经/典/中/国/书系

新世纪散文随笔精品文库·乡土卷

叫一声老乡好沉重

古耜　主编

中国言实出版社

图书在版编目（CIP）数据

叫一声老乡好沉重 / 古耜编. -- 北京：中国言实
出版社，2013.1

（新世纪散文精品文库·乡土卷）

ISBN 978-7-5171-0084-3

Ⅰ.①叫… Ⅱ.①古… Ⅲ.①散文集—中国—当代

Ⅳ.①I267

中国版本图书馆 CIP 数据核字（2013）第 027366 号

责任编辑：张越　李芮

出版发行 中国言实出版社

　　　　　地　址：北京市朝阳区北苑路 180 号加利大厦 5 号楼 105 室

　　　　　邮　编：100101

　　　　　电　话：64924716（发行部）　　64924735（邮　购）

　　　　　　　　　64924853（总编室）　　64914138（编辑部）

　　　　　网　址：www.zgyscbs.cn

　　　　　E-mail：ysfazhan@163.com

经　销 新华书店

印　刷 北京市兆成印刷有限责任公司

版　次 2013 年 1 月第 1 版　2013 年 1 月第 1 次印刷

规　格 787 毫米 × 1092 毫米　1/16　23 印张

字　数 311 千字

定　价 40.00 元　　ISBN 978-7-5171-0084-3

散文与时代

——新世纪散文随笔精品文库前言

古　耜

中国文学的历史经验告诉我们：一个时代自有深植于这个时代全部社会和文化土壤的标志性的文学样式。譬如：汉代有赋，唐代有诗，宋代有词，元代有杂剧，明清两代则有白话小说。文学进入现代中国，小说特有的以故事性和再现性见长的功能优势，明显对应了这个时代相继出现的启蒙、救亡、革命和娱乐的需求，因而它一路走来，风光无限，历久不衰，成为毫无悬念和争议的"第一文学样式"。

然而，大抵从二十世纪九十年代开始，一向波澜不惊，安于边缘的散文随笔，突然爆发出强大的生机与活力：先是历史文化散文异军突起，一枝独秀，接下来思想随笔、性灵小品，书话杂谈，以及新散文、后散文、轻散文、原生态散文、在场主义散文等等，旗帜翻飞，竞相登场，且各有实绩与可观。一时间，散文随笔作家的阵容空前壮大，而一批小说家、诗人、评论家、学者、官员、画家、乃至表演艺术家，亦纷纷加盟其间，频频捧出佳作。于是，"太阳朝着散文笑"，一种昔日鲜见的"散文热"，赫然呈现于文坛。对于散文随笔的这一番时来运转，尽管有学者一再做出"消歇"、"退潮"、"强弩之末"之类的预测，然而，事实却没有为这种预测提供任何支撑与佐证，相反，在跨入新世纪之后，散文热凭借网络空间的进一步扩大和多种自媒体的迅速发展，同时也凭借散文随笔作家的不断探索、深入总结和自觉扬弃，最终形成了以精英写作为引领，以大众参与为特征的更加蓬勃向上，蔚为大观，当然也更加健康合理，前景无限的创作局面。

时至今日，散文随笔创作的风生水起，方兴未艾，已是不争的事实。在这样的事实面前，已有敏感的学界人士使用了"散文时代"或"随笔时代"的命名。窃以为，这多少有些仓促和草率。而换一种更为稳妥和准确的表述庶几是：当下中国的社会条件与精神生态比较适合散文随笔的生成与发展；或者说，这个时代有太多的特质、内涵和需求，呼唤着散文随笔的光顾与传达。关于这点，我们至少可以从四个方面加以考察和理解。

第一，深刻的时代变革与急剧的社会转型，丰富了散文随笔的素材基础和灵感来源。如果借用黄仁宇"大历史"的观点来审视当今中国，那么应当承认，它正将肇始于近现代的历史大变局推向一个前所未有的新阶段，即古老的中国社会由传统向现代的迅速蜕变与急剧转型。在这样的历史进程中，每天的太阳都是新的。呼啸前行的时代车轮不断孕育着新鲜事物、奇异场景与陌生话题，同时也不断传递出行进中的缺陷、失误与阵痛。而所有这些对于立足时代前沿，以迅速捕捉和表现生活新质与新变见长的散文随笔作家来说，既是一种召唤，更是一种机遇。为此，他们以巨大的热情和精力投入创作，力求真实、深入、立体多面地书写现实，于是，文坛不仅收获了一大批打上了时代印记，闪耀着现代意识的散文随笔作品，而且生成了"跨文体"、"非虚构"、"新写实"等新的审美理念和艺术路径。所有这些都在告诉人们：优秀的散文随笔作家同样可以成为巴尔扎克那样的一个时代的书记员，而他们笔下的文字则不啻于最为鲜活的社会长镜头与历史备忘录。

第二，碎片化的精神图谱与情绪节奏，对应着散文随笔即兴式的书写方式。真正的历史变革往往是全方位的，它不仅足以引发生活情境和社会风习的兴衰更替，而且必然带来人的观念世界的大破大立，革故鼎新。而经历着观念变革与扬弃的人们，在冲破了旧有束缚之后，由于不可能很快建立起新的精神坐标与思维图式，所以无论认知还是感情，都难免流露出每每可见的个别性、偶然性、跳跃性、爆发性、随机性，直至冲突性和断裂性，即内心世界处于一种碎片化状态。如果把这样的心态置于文学创作的语境，我们不难发现，与之构成深层对应的文体显然不是小说、戏剧乃至诗歌，而是同样具有极大开放性和自由性的散文随笔。当然，我们也可以反过来说，散文随笔所具有的自由性和开放性，在很大程度上满足和适应了现代人所需要且习惯的东鳞西爪，吉光片羽但又不乏革新性与创造性的精神表达。关于这点，近年来所谓笔记体、语录体、微博体等等，频现乃至走俏于散文随笔领域，或可作为某种印证。明白了这点，我们即可更懂得周作人当年为何要说："小品文……的兴盛必须在王纲解纽时代。"其实，对于社会和民族的进步而言，心灵的涅槃与重生较之散文随笔的兴盛，无疑更值得珍视。

第三，巨大的生存压力和内心焦虑，期待着散文随笔提供充足有效的心灵沟通与情感慰藉。现代社会物质膨胀而又竞争激烈，利益多元而又变数迭见，这使得许许多多的现代人在执着追求和忘我打拼的路上，因为缺乏超脱与节制，而无形中丧失了心灵的从容、宁静和余裕，同时深深体尝到生存的烦恼、无奈和压力。不宁唯是，与现代社会互为因果，联袂走来的，还有铺天盖地的科技文明，后者特有的声光电化、网络、媒体，有如一张看不见的大网，将现代人几乎是密不透风的裹挟其中，使其渐渐疏远了生活的淘洗、山野的哺育、以及与他人的沟通，乃至生命自我的高峰体验，从而最终陷入茫无边际的内心焦虑。毫无疑问，物质文明与科技文明的双重挤压，使得现代人由衷渴望精神交流与情感抚慰，而散文随笔所具有的心灵倾诉与对话的特征，以及它所擅长的谈话风、独白性、絮语体，恰恰可以在一定程度上满足这种需要。正因为如此，长期以来，故乡、童年、母爱、亲情、怀旧、思人等等，构成了散文随笔创作的永恒主题，许多作家围绕这样的主题源源不断地捧出新作，寄托自己的情思，亦安顿他人的心灵。毋庸讳言，如此这般的作品未必都具有丰邃厚重的社会意义，然而，它们连接在一起，却堪称现代人的精神家园，许许多多的心灵漂泊者，正是在这里体味到难得的憩息与滋润。

第四，由现代生存所引发的精神思考，很适合化为散文随笔的侃侃而谈或娓娓道来。现代社会喧嚣、纷乱、复杂，充满矛盾、龃龉和悖论，所有这些让人困惑，但这种困惑又反过来启人思索。而当思索者心有所得、神有所悟，并试图以文学形式诉诸公共空间，对话读者大众时，小说叙事显然失之曲折，诗歌意象无疑过于虚幻，真正能够得心应手，舒卷自如的"工具"应当是散文随笔。换句话说，只有散文随笔的可"入"可"出"，夹叙夹议，才便于最大限度地贴近作家的性情、理念和思辨过程，从而显示一种"我思故我在"的品格与追求。而散文随笔的这种文体优势一旦与种种时代命题或社会症候发生碰撞，自然会形成强劲而持久的审美推助力和艺术冲击波。近年来，思想文化随笔创作异常活跃，高水准的作家和高质量的作品不断涌现，整个散文随笔创作领域的理性与思辨之美空前强化，恰恰可作如是观。而精神的高蹈和思想的超越，以及其内在资源的丰沛充盈，既是散文繁荣的标志，更是历史进步的象征。在这一意义上，我们应当充分肯定散文随笔作家的积极贡献。

正是因为散文随笔在当今时代和生活中具有十分重要的意义，所以中国言实出版社的领导和同仁，决定陆续选编出版《新世纪散文随笔精品文库》，并委托我具体承担率先推出的"思考卷"、"乡土卷"和"怀人卷"的选编工作。对于出版社交付的任务，我抱以认真负责的态度，并施以精益求精的原则。为此，我在调动平日积累的基础上，抓紧有限时间，反复进行相关作品的检索、阅读、比较和遴选，力求拿出一个文学品质较高，可读性较强，且相对来说具有代表性和保存价值的选本。现在，这个选本已经摆在读者面前，至于它是否达到了预期目的，则只能听凭大家的裁决了。"奇文共欣赏，疑义相与析"，一起研究散文随笔创作的持续发展，共同建设一个时代的精神文明，岂不快哉！

2013 年元月匆匆

目录 CONTENTS

1

卖白菜

莫 言

1967年冬天，我12岁那年，临近春节的一个早晨，母亲苦着脸，心事重重地在屋子里走来走去，时而揭开炕席的一角，掀动几下铺炕的麦草，时而拉开那张老桌子的抽屉，扒拉几下破布头烂线团。母亲叹息着，并不时把目光抬高，瞥一眼那三棵吊在墙上的白菜。最后，母亲的目光锁定在白菜上，端详着，终于下了决心似的，叫着我的乳名，说："社斗，去找个篓子来吧……"

"娘，"我悲伤地问，"您要把它们……"

"今天是大集。"母亲沉重地说。

"可是，您答应过的，这是我们留着过年的……"话没说完，我的眼泪就涌了出来。

母亲的眼睛湿漉漉的，但她没有哭，她有些恼怒地说："这么大的汉子了，动不动就抹眼泪，像什么样子?!"

"我们种了104棵白菜，卖了101棵，只剩下这3棵了……说好了留着过年的，说好了留着过年包饺子的……"我哽咽着说。

母亲靠近我，掀起衣襟，擦去了我脸上的泪水。我把脸伏在母亲的胸前，委屈地抽噎着。我感到母亲用粗糙的大手抚摸着我的头，我嗅到了她衣襟上那股揉烂了的白菜叶子的气味。从夏到秋、从秋到冬，在一年的三个季节里，我和母亲把这104棵白菜从娇嫩的芽苗，侍弄成饱满的大白菜，我们撒种、间苗、除草、捉虫、施肥、浇水、收获、晾晒……每一片叶子上都留下了我们的手印……但母亲却把它们一棵棵地卖掉了……我不由得大哭起来，一边哭着，还一边表示着对母亲的不满。母亲猛地把我从她胸前推开，声音昂扬起来，眼睛里闪烁着恼怒的光芒，说："我还没死呢，哭什么？"然后她掀起衣襟，擦擦自己的眼睛，大声地说："还不快去！"

看到母亲动了怒，我心中的委屈顿时消失，急忙跑到院子里，将那个结满了霜花的蜡条篓子拿进来，赌气地扔在母亲面前。母亲提高了嗓门，声音凛冽地说："你这是扔谁？！"

我感到一阵更大的委屈涌上心头，但我咬紧了嘴唇，没让哭声冲出喉咙。

透过蒙胧的泪眼，我看到母亲把那棵最大的白菜从墙上钉着的木橛子上摘了下来。母亲又把那棵第二大的摘下来。最后，那棵最小的、形状圆圆像个和尚头的也脱离了木橛子，挤进了篓子里。我熟悉这棵白菜，就像熟悉自己的一根手指。因为它生长在最靠近路边那一行的拐角的位置上，小时被牛犊或是被孩子踩了一脚，所以它一直长得不旺，当别的白菜长到脸盆大时，它才有碗口大。发现了它的小和可怜，我们在浇水施肥时就对它格外照顾。我曾经背着母亲将一大把化肥撒在它的周围，但第二天它就打了蔫。母亲知道了真相后，赶紧地将它周围的土换了，才使它死里逃生。后来，它尽管还是小，但也卷得十分饱满，收获时母亲拍打着它感慨地对我说："你看看它，你看看它……"在那一瞬间，母亲的脸上洋溢着珍贵的欣喜表情，仿佛拍打着一个历经磨难终于长大成人的孩子。

集市在邻村，距离我们家有三里远。母亲让我帮她把白菜送去。我心中不快，嘟哝着说："我还要去上学呢。"母亲抬头看看太阳，说："晚不了。"我还想啰唆，看到母亲脸色不好，便闭了嘴，不情愿地背起那只盛了三棵白菜、上边盖了一张破羊皮的篓子，沿着河堤南边那条小路，向着集市，踽踽而行。寒风凛冽，有太阳，很弱，仿佛随时都要熄灭的样子。不时有赶集的人从我们身边超过去。我的手很快就冻麻了，以至于当篓子跌落在地时我竟然不知道。篓子落地时发出了清脆的响声，篓底有几根蜡条跌断了，那棵最小的白菜从篓子里跳出来，滚到路边结着白冰的水沟里。母亲在我头上打了一巴掌，骂道："穷种啊！"然后她就颠着小脚，乍着两只胳膊，小心翼翼但又十分匆忙地下到沟底，将那棵白菜抱了上来。我看到那棵白菜的根折断了，但还没有断利索，有几缕筋皮联络着。我知道闯了大祸，站在篓边，哭着说："我不是故意的，我真的不是故意的……"母亲将那棵白菜放进篓子，原本是十分生气的样子，但也许是看到我哭得真诚，也许是看到了我黑皴皴的手背上那些已经溃烂的冻疮，母亲的脸色缓和了，没有打我也没有再骂我，只是用一种让我感到温暖的腔调说："不中用，把饭吃到哪里去了？"然后母亲就蹲下身，将背篓的木棍搭上肩头，我在后边帮扶着，让她站直了身体。但母亲的身体是永远也不能再站直了，过度的劳动和艰难的生活早早地就压弯了她的腰。我跟随在母亲身后，听着她的喘息声，一步步向前挪。在临近集市时，我想帮母亲背一会儿，但母亲说："算了吧，就要到了。"

终于挨到了集上。我们穿越了草鞋市。草鞋市两边站着几十个卖草鞋的人，每个人面前都摆着一堆草鞋。他们都用冷漠的目光看着我们。我们穿越了年货市，两边地上摆着写好的对联，还有五颜六色的过门钱。在年货市的边角上有两个卖鞭炮的，各自在吹嘘着自己的货，在看热闹人们的撺掇下，悬起来，你一串我一串地赛着放，乒乒乓乓的爆炸声此起彼伏，空气里弥漫着硝烟气味，这气味让我们感到，年已经近在眼前了。我们穿越了粮食市，到达了菜市。市上只有十几个卖菜的，有几个卖青萝卜的，有几个卖红萝卜的，还有一个卖菠菜的，一个卖芹菜的，因为经常跟着母亲来卖白菜，这些人多半都认识。母亲将篓子放在那个卖青萝卜的高个子老头菜篓子旁边，直起腰与老头打招呼。听母亲说老头子是我的姥娘家那村里的人，同族同姓，母亲让我称呼他为七姥爷。七姥爷脸色赤红，头上戴一顶破旧的单帽，耳朵上挂着两个兔皮缝成的护耳，支棱着两圈白毛，看上去很是有趣。他将两只手交叉着插在袖筒里，看样子有点高傲。母亲让我走，去上学，我也想走，但我看到一个老太太朝着我们的白菜走了过来。风迎着她吹，使她的身体摇摆，仿佛那风略微大一些就会把她刮起来，让她像一片枯叶，飘到天上去。她也是像母亲一样的小脚，甚至比母亲的脚还要小。她用肥大的棉袄袖子捂着嘴巴，为了遮挡寒冷的风。她走到我们的篓子前，看起来是想站住，但风使她动摇不定。她将袄袖子从嘴巴上移开，显出了那张瘪瘪的嘴巴。我认识这个老太太，知道她是个孤寡老人，经常能在集市上看到她。她用细而沙哑的嗓音问白菜的价钱。母亲回答了她。她摇摇头，看样子是嫌贵。但是她没有走，而是蹲下，揭开那张破羊皮，翻动着我们的三棵白菜。她把那棵最小的白菜上那半截欲断未断的根拽了下来。然后她又逐棵地戳着我们的白菜，用弯曲的、枯柴一样的手指。她撇着嘴，说我们的白菜卷得不紧。母亲用忧伤的声音说："大婶子啊，这样的白菜您还嫌卷得不紧，那您就到市上去看看吧，看看哪里还能找到卷得更紧的吧。"

我对这个老太太充满了恶感，你拽断了我们的白菜根也就罢了，可你不该昧着良心说我们的白菜卷得不紧。我忍不住冒出了一句话："再紧就成了石头蛋子了！"

老太太抬起头，惊讶地看着我，问母亲："这是谁？是你的儿子吗？"

"是老小，"母亲回答了老太太的问话，转回头批评我，"小小孩儿，说话没大没小的！"

老太太将她胳膊上挎着的柳条笸斗放在地上，腾出手，撕扯着那棵最小的白菜上那层已经干枯的菜帮子。我十分恼火，便刺她："别撕了，你撕了让我们怎么卖？！"

"你这个小孩子，说话怎么就像吃了枪药一样呢？"老太太嘟哝着，但撕扯菜帮子的手却并不停止。

"大婶子，别撕了，放到这时候的白菜，老帮子脱了五六层，成了核了。"母亲劝说着她。

她终于还是将那层干菜帮子全部撕光，露出了鲜嫩的、洁白的菜帮。在清冽的寒风中，我们的白菜散发出甜丝丝的气味。这样的白菜，包成饺子，味道该有多么鲜美啊！老太太搬着白菜站起来，让母亲给她过称。母亲用秤钩子挂住白菜根，将白菜提起来。老太太把她的脸几乎贴到秤杆上，仔细地打量着上面的秤星。我看着那棵被剥成了核的白菜，眼前出现了它在生长的各个阶段的模样，心中感到阵阵忧伤。

终于核准了重量，老太太说："俺可是不会算账。"

母亲因为偏头痛，算了一会儿也没算清，对我说："社斗，你算。"

我找了一根草棒，用我刚刚学过的乘法，在地上划算着。

我报出了一个数字，母亲重复了我报出的数字。

"没算错吧?"老太太用不信任的目光盯着我说。

"你自己算就是了。"我说。

"这孩子，说话真是暴躁。"老太太低声嘟哝着，从腰里摸出一个肮脏的手绢，层层地揭开，露出一叠纸票，然后将手指伸进嘴里，沾了唾沫，一张张地数着。她终于将数好的钱交到母亲的手里。母亲也一张张地点数着。我看到七姥爷的尖锐的目光在我的脸上戳了一下，然后就移开了。一块破旧的报纸在我们面前停留了一下，然后打着滚走了。

等我放了学回家后，一进屋就看到母亲正坐在灶前发呆。那个蜡条篓子摆在她的身边，三棵白菜都在篓子里，那棵最小的因为被老太太剥去了干帮子，已经受了严重的冻伤。我的心猛地往下一沉，知道最坏的事情已经发生了。母亲抬起头，眼睛红红地看着我，过了许久，用一种让我终生难忘的声音说：

"孩子，你怎么能这样呢? 你怎么能多算人家一毛钱呢?"

"娘，"我哭着说，"我……"

"你今天让娘丢了脸……"母亲说着，两行眼泪就挂在了腮上。这是我看到坚强的母亲第一次流泪，至今想起，心中依然沉痛。

（选自作者散文集《会唱歌的墙》2012 年 11 月）

父亲的树

陈忠实

又有两个多月没有回原下的老家了。离城不过五十华里的路程，不足一小时的行车时间，想回一趟家，往往要超过月里四十的时日，想来也为自己都记不清的烦乱事而丧气。终于有了回家的机会，也有了回家的轻松，更兼着昨夜一阵小雨，把燥热浮尘洗净，也把心头的腻洗去。

进门放下挎包，先蹲到院子拔草。这是我近年间每次回到原下老家必修的功课。或者说，每次回家事由里不可或缺的一条，春天夏天拔除院子里的杂草，给自栽的枣树柿树和花草浇水；秋末扫落叶，冬天铲除积雪，每一回都弄得满身汗水灰尘，手染满草的绿汁。温习少年时期割草以及后来从事农活儿的感受，常常获得一种单纯和坦然，甚至连肢体的困倦都是别一番滋味的舒悦。

前院的草已铺盖了砖地，无疑都是从砖缝里冒出来的。两月前回家已拔得干干净净，现在又罩满了，有叶子宽大的草，有杆子颇高的草，有顺地扯蔓的草，吓得孙子旦旦不敢下脚，只怕有蛇。他生在城里，至今尚未见过在乡村土地上爬行的蛇，只是在电视上看过。他已经吓得这个样子，却不断问我打过蛇没有，被蛇咬过没有。乡村里比他小的孩子，恐怕没有谁没见过蛇的，更不会有这样可笑的问题。我的哥哥进门来，也顺势蹲下拔草，和我间间断断说着家里无关紧要的话。我们兄弟向来就是这样，见面没有夸张的语言行为，也没有亲热的动作，平平淡淡里甚至会让生人产生其他猜想，其实大半生里连一伤害的话从来都没有说过，更谈不到脸红脖子粗的事了。世间兄弟姊妹有种种相处的方式，我们却是于不自觉里形成这种习惯性的状态。说话间不觉拔完了草，堆起偌大一堆，我用竹笼纳了五笼，倒在门前的场塄下，之后便坐在雨篷下说闲话，懒得烧水，幸好还有几瓶啤酒，当着茶饮，想到什么人什么事，有一搭没一搭地聊着。还有一位村子里的兄弟，也在一起喝着扯头闲话。从雨篷下透过围墙上方往外望去，大门外场塄上的椿树直撑到天空。记不清谁先说到这棵树，是说这椿树当属村子里现存的少数几棵最大的树，却引发了我的记忆，当即脱口而出，这是咱伯栽的树。这话既是对哥说的，也是对那位弟说的。按当地习俗，兄弟多的家族，同一辈分的老大，被下辈的儿女称伯，老二被称爸，老三老四等被称大。有的同一门族的人丁超常兴旺，竟有大伯二伯三伯大爸二爸三爸和大二大三大八大的排列。这里的乡俗很不一般，对长辈的称呼只有一个字，伯、爸、大、叔、妈、娘、姨、舅、爷等，绝对没有伯伯、爸爸、大大、妈妈、娘娘、姨姨、爷爷、舅舅等的重复啰唆……我至今也仍然按家乡习惯称父亲为伯。父亲在他那一辈本门三兄弟里为老大，我和同辈兄弟姐妹都叫一个字：伯。如此说来，这文章的标题该当是：伯的树。

我便说起这棵椿树的由来。大约是"三年困难"最困难的一九六〇或是一九六一年，我正上高中，周日回到家，父亲在生产队出早工回来，肩上扛着镢头，手里攥着一株小树苗。我在门口看见，搭眼就认出是一株椿树苗子。坡地里这种野生的椿树苗子到处都有，那是椿树结的荚角随风飘落，在有水分的土壤里萌芽生根，一年就可以长到半人高的树秧子。这种树秧如长在梯田塄坎的草丛中，又有幸不被砍去当柴烧，就可能长成一棵大椿树；如若生长在坡地梯田里，肯定会被连根挖除晒干当作好柴火，怕其占地影响麦子生长。父亲手里攥着的这根椿树苗子是一个幸运者，它遇到父亲，不是被扔在门前的场地上晒干了当柴烧，而是要郑重地栽植，正经当作一棵望其成材的树了，进入郑重的保护禁区了；也自这一刻起，它虽是普通不过平凡不过的一种树，却已经有主了，就是父亲。父亲给我吩咐，你去担水。他说着就在我家门前的场塄边上挖坑。树只是个秧儿，无需大坑，三镢头两铁锨就已告成，我也就没有要替父亲动手，而是按他的指令去担水。那时候我们村里吃的是泉水，从村子背后的白鹿原北坡的东沟流下来，清凌凌的，干净无染。泉水在村子最东头，我家在村子顶西边，我挑一回水，最快也需半小时。待我挑水回来，父亲早已挖好坑儿，坐在场垴边儿上抽旱烟。他把树苗置入一个在我看来过大的土坑里。我用铁锨铲土填进坑里，他把虚土踩踏一遍，让我再填，他再踩踏。他教我在土坑外沿围一圈高出地面的土梁，再倒进水去。我遵嘱一一做好，看着土坑里的水一层一层低下去，渗入新填的新鲜土坑里，成活肯定是毫无一丝疑义。父亲又指示我，用酸枣刺棵子顺着那个小坑围成一圈栽起来，再用铁丝围拢固定，恰如篱笆，保护小椿树秧子，防止猪拱牛羊啃娃娃掐折。我从场边的柴堆上挑选出一根一根较高的业已晒干的酸枣棵子（这是父亲平时挖坡顺手捡回来的），做着这项防护措施。父亲坐在地上抽烟，看着我做。我却想到，现在属于父亲领地的，除了住房的庄基，就是这块附属于庄基地门前的这一小片场地了，充其量有二厘地。下了这个场垴，就是统归集体的土地了。父亲要在他可以自主掌控的二厘场地上，栽种一棵椿树。

　　我对父亲的一个尤为突出的记忆，就是他一生爱栽树。他是个农民，种玉米种麦子务弄棉花是他的本职主业，自不必说，而业余爱好就是栽树。我家在河川的几块水地，地头的水渠沿上都长着一排小叶杨树。水渠里大半年都流淌着从灞河里引来的自流水，杨树柳树得了沃土好水的滋养，迎着风如手提般长粗长高。随意从杨树或柳树上折一根枝条，插到渠沿的湿泥里，当年就长得冒过人头了，正如民间说的"三年一根椽，五年长成檩"的速度。上世纪五十年代中期以前，我的父亲就指靠着他在地头渠沿培植的这些杨树，供给先后考上高小和初中的哥和我的学杂费用。那时的小学高年级，我都是住宿搭灶的学生。父亲把杨树齐根斫下来，卖了椽子，大约七八毛钱一根，再把树根刨出来，剁成小块，晒干，用两只大老笼装了，挑过灞河，到对岸的油坊镇上去卖，每百斤可卖一块至一块两毛钱。我至死都不会忘记五十年代中期的这两项货物——椽子和木柴的市场价格。无需解释原因，它关涉我能否在高小和初中的课堂上继续坐下去。父亲在斫了树干刨了树根的渠沿上，当即就会移栽或插下新的杨树秧或树枝，期待三年后斫下一根椽子卖钱。父亲卖椽卖柴供两个儿子念书的举动无意间传开，竟成为影响范围很宽的事。直到现在，我偶尔遇到一些同里乡党，见面还要感叹几句我父亲当年的这种劳动，甚至说"你伯总算没有白卖树卖柴"的话。不久，农村实行合作化以后，土地归集体，父亲也无树根可刨了。我就是在那一年休了学，初中刚念了一个学期。不过，我那时并不以为休学有多么严重，不过晚一年毕业而已，比起班上有些结婚和得了儿女的同学，我是年龄最小的一个。这是新中国成立后才获得念书机会的乡村学生的真实情况，结婚和生孩子做父母的初一学生每个班都有几个，不足为奇。

我在每个夏天的周日从学校回到家中，便要给父亲的那棵椿树秧子浇一桶水。这树秧长得很好，新发出的嫩枝竟然比原来的杆子还粗，肯定是水肥充足的缘由。某一个周六下午我回家走到门口，一眼望见椿树苗新冒出的嫩枝折断了头，不禁一惊，有一种心疼的惋惜，猜想是被谁撞折了，或被哪个孩子掐折了。晚上父亲收工回来吃晚饭时，说是一个七八岁的骚娃（调皮捣蛋的娃）用弹弓折断的。父亲说，娃嘛！就是个骚娃喀，用弹弓耍哩瞄准哩，也不好说他啥。后来就在断折处，从东西两边发出两枝新芽来，渐渐长起来。我曾建议父亲，小树不该过早分杈，应该去掉一枝，留下一枝才能长高长直。父亲说，先不急，都让长着，万一哪个骚娃再折掉一枝，还有一枝。父亲给骚娃们留下了再破坏的余地，我就不仅仅是听从了，还有某点感动。再说这椿树秧子刚冒出来便遭拦头折断的打击，似乎憋了气，硬是非要长出一番模样来，从侧旁发出的两根新芽更见茁壮，眼见着拔高，竞相比赛一般生机勃勃。父亲怕那细杆负载不起茂盛的叶子，一旦刮风就可能折断，便给树干捆绑一根立杆，帮扶着它撑立不倒不折。这椿树便站立住了。无意间几年过去，我高考名落孙山回乡当了民办教师，为生活为前程多所波折，似乎也不太在意它了，这椿树已长得小碗粗了。小碗粗的椿树已经在天空展开枝杈和伞状的树冠，却仍然是两根分枝，父亲竟没有除掉任何一根，他说越长越不忍心砍那多余的一根分枝了，就任其自由生长。这椿树得了父亲的宽容和心软，双枝分杈的形态就保持下来，直到现在都合抱不拢的大树，依然是对称平衡的双枝撑立在天空，成为一道风景，甚至成为一种标志。有找我的人向村人问路，最明了的回答就是，门口场塄有一棵双杈椿树。

到八十年代初始，生活已发生巨大转机，吃饱穿暖已不再成为一个问题的好光景到来时，我已筹备拆掉老朽不堪的旧房换盖新房了，不料父亲发生了绝症。他似乎在交待后事，对我说，场塄上那棵椿树，可以伐倒做门窗料。我知道椿树性硬却也质脆，不宜做檩当梁，做门窗或桌椅却是上好木材。父亲感慨说，我栽了一辈子树，一根椽子都没给自家房子用过，都卖给旁人盖房子了，把这椿树伐下来，给咱的新房用上一回。我听了竟说不出话，喉头发哽。缓解一阵后，我对父亲说，门窗料我会想办法购买（那时木材属统购物资），让椿树长着。我说不出口的一句话是，父亲留给我的活物，就只剩下这一棵椿树了。不久，父亲去世了，椿树依然蓬勃在门外的场塄上。八十年代初，我随之获得专业写作的机会，索性回到原下老家图得清静，读书写作，还住在遇到阴雨便摆满盆盆罐罐接漏的老屋里，还继续筹备盖房。某一天，有两三个生人到村子里来寻买合适的树，一眼便瞅中了我父亲的这棵椿树，向村人打听树的主人。村人告诉说，那主家自己准备盖房都舍不得伐它，你恐怕也难买到手。买家说可以多掏一些钱，随之找到我，说椿树做家具是好材料，盖房未必好，可以多给一些钱，让我去选购枕木这些上好的盖房材料，并说明他们是做家具买卖的生意人。我自然谢绝了。这是绝无商议余地的事。我即使再不济，也不能把父亲留给我的最后一棵树砍了。这椿树就一直长着，直到现在。每隔一段时日抽空回到老家，到门口第一眼看到的就是这棵椿树，父亲就站在我的眼前，树下或门口；我便没有任何孤独空虚，没有任何烦恼，没有任何腌臜的事能够把人腻死……

我和我哥坐在雨篷下聊着这棵椿树的由来。他那时候在青海工作，尚不清楚我帮父亲栽树的过程。他在"大跃进"的头一年应招到青海去了，高中只学了一年就等不得毕业了，想参加工作挣钱了。其实，还是父亲在这时候供给着两个中学生，可以想见其艰难。我是依靠着每月八元的助学金在读书，成为我一生铭记国家恩情的事。"大跃进"很快转变为灾难，青海兴建的厂矿和学校纷纷下马关门，哥和许多陕西青年一样无可选择又回到老家来，生产队新添一个社员。哥听了我的介绍，却纠正我说，这椿树还不是最老的树，父亲栽的最老的要算上场里地角边的皂荚树。那是刚刚解放的五十年代初，我们家诸事不顺，我身后的两三个弟妹早夭，有一个刚生下六天得一种"四六风症"死去，有一个妹妹和一个弟弟都长到三四岁了，先后都夭亡了。家养一头黄牛，也在一场畜类流行瘟疫里死了。父亲惶恐里请来一位阴阳先生，看看哪儿出了毛病。那阴阳先生果然神奇，说你家上场祖坟那块地的西北角太空了，空了就聚不住"气"，邪气就乘虚而入了。父亲吓得不知如何是好，急问如何应对如何弥补。阴阳先生说，栽一棵皂荚树。并且解释，皂荚树的皂荚可以除污去垢，而且树身上长满一串串又粗又硬的尖刺，更可以当守护坟园的卫士。父亲满心诚服，到半坡的亲戚家挖来一株皂荚树秧子，栽到上场祖坟那块地的西北角上，成活了也长大了，每年都结着迎风撞响的皂角儿。这皂荚树其实弥补得了多少空缺是很难说的，因为后来家里也还出过几次病灾，任谁都不会再和阴阳先生去验证较真了。这儿却留下一棵皂荚树，父亲的树，至今还长着，仍然是一年一树繁密的皂角，却无人摘折了，农民已经不用皂角洗涤衣服，早已用上肥皂洗衣粉之类。哥说了父亲的这棵皂荚树，我隐约有印象，不如他清楚，我那时不太在心，也太小。现在，在祖居的宅院里，两个年过花甲的兄弟，坐在雨篷下，不说官场商场，不议谁肥谁瘦，也不涉水涨潮落，却于无意中很自然地说起父亲的两棵树。父亲去世已经整整二十五年，他经手盖的厦屋和他承继的祖宗的老房都因朽木蚀瓦而难以为继，被我拆掉换盖成水泥楼板结构的新房了，只留下他亲手栽的两棵树还生机勃勃，一棵满枝尖锐硬刺儿的皂荚树，守护着祖宗的坟墓陵园；一棵期望成材作门窗的椿树，成为一种心灵感应的象征，撑立在家院门口，也撑立在儿子们心里。

每到农历六月，麦收之后的暑天酷热，这椿树便放出一种令人停留贪吸的清香花味，满枝上都绣集着一团团比米粒稍大的白花儿，招得半天蜜蜂，从清早直到天黑都嗡嗡嘤嘤的一片蜂鸣，把一片祥和轻柔的吟唱撒向村庄，也把清香的花味弥漫到整个村庄的街道和屋院。每年都在有机缘回老家时闻到椿树花开的清香，陶醉一番，回味一回，温习一回父亲。今年却因这事那事把花期错过了，便想，明年一定要赶在椿树花开的时日回到原下，弥补今年的亏空和缺欠。那是父亲留给这个世界也留给我的椿树，以及花的清香。

2006 年 8 月 31 日
二府庄

（选自《陈忠实散文》2008 年 9 月）

土　地

韩少功

我听到一阵哗啦啦的异响，跑到院子里探头一看，见竹林里枝叶摇动，还有个隐隐约约的黑影，似乎正在藏匿。是谁呢？我随手抄起一杆铁锹大叫一声，那里便有一刻的静止，然后冒出一个顶着蛛网和草须的脑袋。

"我来砍点茅竹。"他露出两颗黄牙。

"你是谁？怎么砍到我院子里来了？"

"这些茅竹没有用的。"

"你说没用，我有用呵！"

我大为生气，觉得这人真是无礼，不知什么时候竟然擅闯私宅，冲着我的园林狠下毒手，是不是过两天还要来拆墙和揭瓦？还要来这里改天换地？可怜我精心保留下来的一片绿色，院子内必不可少的第二道或第三道绿色帷帘，已经被他撕开了缺口。围墙红砖裸露出来，砸得我眼前金星四冒。

他嘴唇肥厚得有些迟重，又披挂着嘴上又粗又密的胡桩，搬运起来不方便，吐什么字都是一锅稀粥。他说了他的名字又似乎没说，说了他家在何处又似乎没说，还说茅竹不是楠竹，只能砍下来卖给毛笔厂做笔杆云云，但我都没怎么听清。我喝令他立即住手，立即离开这里。他怔了一下，迟疑地点头。但我现在回想起来，觉得他当时回答得并不清楚更不肯定，或者干脆就不曾回答。

"这些茅竹只能藏蛇，留着做什么呢？没有用的，没有用的。"他还在嘟哝，把已经砍倒的竹竿收拢成捆，扛上肩，总算出了门。

不久后的一天，我从外面回家，一进院门，发现这里已经有了主人——又是那一嘴胡桩，像一个刷子没剩几根毛；还有两大块嘴唇，冲着我一番哆嗦和拥挤，总算挤出几星唾沫，是高高兴兴的唾沫："回来了呵？"在他的身后，两头牛也有主人的悠闲自在，一边喳喳喳啃着草，一边甩着尾巴，拉下了热气腾腾的牛粪，惊动了上下翻飞的牛蝇。我恍惚了一下，以为自己走错了地方，但定睛一看，这刚刚用石板铺成的路，刚刚开垦出来的菜地，刚刚搭就的葡萄架子，明明还有我的手温。这围墙外的一棵大树和远远的两层山脊线，明明是我熟悉的视野，怎么眼下反倒让我有一种反身为客的紧张？

　　"你找我有什么事？"我没好气地问。

　　他兴冲冲地指着一块菜土："这里的地湿，你不能种番茄，只能种芋头和姜。你得听我的。"

　　他又指着樟树那边说："那下面有两株好药，五月阳，你不要锄掉了，等我秋天再来挖。"

　　我完全不懂什么五月阳，也不在乎两株草药由谁挖走以及什么时候挖走，但我无法容忍他这种兴冲冲的劲头，这种无视法律和搅乱社会的口气。"你到底是谁？我同你说，这是我的院子，我买下来的院子，我办了土地证的院子。这个意思你不会不懂吧？你要挖草药，要放牛，要砍茅竹，可以到外边去。你如果要进这个院子，就得经过我的同意。你懂不懂？你要不要我拿土地证给你看看？"

　　他怔住了，似乎再一次难以理解这么深奥和复杂的道理，"你是说，你是说……"

　　"我是说，你以后不要到这里来放牛。"

　　"这里不能放牛么？"

　　"你觉得这院子可以让你放牛？"

　　"牛最喜欢吃这些茅草，你留着反正也是没有用……"

　　"留不留是我的事，对吧？"

　　"你要留呵？你要留，就早说呵。我不知道你要留。我不知道。你要是早说一句，我也就不会来了。"

他没有追究我不宣而禁不教而诛的责任，吆喝一声，赶着两头牛出了院门，一大捆牛草在他肩后晃荡，叶尖沙沙地刮扫着路面。他当然没有带走他的牛粪和牛蝇。

我给院门加了一把锁。

我加了锁以后才知道他的来历。他叫李得孝，外号孝佬，是附近的一个农民。只因为我买下的这块地，原是分配在他名下的责任地，二十多年来，已经被他跑熟了，甚至被他家的牛跑熟了，一放绳，根本不用驱赶，牛就乖乖地直奔这里而来。眼下，他不是不知道事情已经有了变化，不是不知道这块地经乡政府征用，最终卖给了我这个外来人。但他砍茅竹或者割牛草的时候，还是情不自禁地往这块地上窜。想想吧，他熟悉这里的茅竹，熟悉这里的茅草，熟悉这里某个角落的五月阳，憋一泡屎尿甚至也曾经习惯性地往这里狂奔，一心要来增肥沃土。他一时半刻哪能割舍得下？他远远就能嗅到这里的气味，远远就能听到这里发芽或落籽时吱吱嘎嘎的声响，连睡梦中一迷糊，也能感触到这里在雨后初晴或者乍暖还寒时的一丝抽搐或跃动。对于他来说，这些当然比一张土地证更重要。有人告诉我，自从我不久前两次把他逐出门外，他还是有点半醒不醒，好几次还扛着锄头来到我家院门前，见门上一把铁锁，才怏怏地蹲下或者徘徊，最后掉头而去，嘴里嘟嘟哝哝地不知说些什么。

他没有大喊大叫地打门，就算是够清醒够冷静的了。我相信，在很长一段时间内，他还会在一把铁锁面前恍惚，就像把一个儿子过继给了人家，但很难把这个儿子视为人家的骨肉，一不小心就还会叫出什么乳名。

我的目光越过院墙，看到了墙外起伏的青山，看到了雨后的流雾在山间悄悄爬升。我这才发现自己对这里所知甚少。

说起来，我在这里已经居住了三个月，也许往后再住上三个月，再住上三年，我也无法得知这里的全部故事。就拿对面山上那个无人的峡谷吧，我只知道它在地图上叫"珠波坳"，或者是农民平常说的"猪婆坳"，一个诗意的名字不时散发出猪屎味。到底是"珠波"还是"猪婆"？在一个旅游者眼里，那条峡谷也许只是一片风光，只是春天的映山红和秋天的落叶红。但在一个勘探者眼里，那里可能不过是丰富的酸性红壤和页状层积岩？是勘测记录里来自侏罗纪时代的云母矿和含硫铁矿？同样是那条峡谷，对于一个耕作者来说，也许更意味着竹木的价格、油茶的产量、蜜蜂花源的多或少，水源利用的难或易，还有某一年山林复垦时刺骨的寒冷和腿上流血的伤口？我在这里还认识了一位喜欢谈风水的船老板。我知道他见山不是山，见水不是水，猪婆坳在他眼里既不是风光，也不是资源或者物产，只是一些青龙、白虎、神龟、玉兔以及来意不明的其他巨禽大兽，是这些神物的伪装和凝固，还有它们对山民们命运的规定。于是，船老板总是在山水中看到了遥远的祸福，有时会被一棵老树的倒下吓得浑身冒汗，或者对某一个建房工地心急如焚长吁短叹。

　　船老板近来忧愤交加，因为风水正在遭到漠视和破坏。外来人越来越多了，大多不理睬他的那个罗盘。除了我这样的城市生活逃避者，还有商家要在这里征地，建制药厂和矿泉水厂，还有政府机构要在这里征地建培训中心，还有一家港资公司打算在这里圈地上万亩，建设宾馆、猎场、马场以及生态公园——测量人员已经来了好几趟，陌生的身影和口音让山民们颇为好奇，未来的一切也就变得闪烁不定零零落落。乡政府干部大为生气，说有些农民一听说外人要来征地，就到处制造假坟，骗取迁坟费。乡长在广播喇叭里曾经大声怒吼：有些家伙，平时一没看见他们上供，二没看见他们挂香，到这时候了，就这也是祖宗那也是祖宗，你们哪来那么多祖宗？孝子贤孙想当就当么？随便挖个洞，丢几根猪骨头牛骨头在里面。想诈骗谁呢？以为我瞎了眼吗？以为人民政府的钱出门就可以捡吗？

　　农民对此不服气，在路口上三五成群交头接耳，说人骨头就是人骨头，乡长如何扯上猪和牛，讲出这种浊气的话来？他自己的祖宗未必就特殊些？有本事他也挖给我们看看！再说，那公司老板的先人姓曹，以前就是这里的大地主，只是革命那年吓得白了头发，瞎了双眼，最后一绳子上了吊。但现在曹家香火旺盛，人脉发达，在台湾出了博士，在香港又出了董事长，财大气粗的又要把土地统统往回收。让他家多出几个迁坟的钱有什么了不起？就算是做了几个真真假假的坟，不也是让他多掏一顿饭钱么？哪里扯得上什么破坏改革开放？

说起来，命就是命呵。他们还常常感叹，十几年前修公路时，移过曹家的祖坟。人们发现坟破之际，坟内的热气直往外冒，潮乎乎的鲜味扑鼻，像包子铺里一个揭了盖的蒸笼。你想想，时隔几十年还能有这样的蒸笼，曹家不兴旺发达也是不可能的。这话的言下之意，是他曹家多出几个钱也在情在理。

如果我没有记错的话，我见到过曹家的后人。乡长带着一行客人来到我家，照例是无可款待的时候，把我这个院子权当乡间景点之一。客人中领头的一位满头银发，但穿着旅游鞋，背着双肩包，揣着照相机到处照相，照我家的树，照我家的草，照我家的鸡埘和锄头，最后照到我的脸上，似有一种对案发现场的认真仔细，让我有一刻的毛骨悚然。他身后的所谓秘书也是个银发老头，也穿着旅游鞋，但一进门就倒在椅子上呼呼大睡，大概是太累了。如果不是他们身后还有年轻的一男一女，在折腾着便携式电脑，我觉得这两个老顽童疯疯癫癫，投资开发一类纯属儿戏。

他们操着台湾式国语，倒是很和善，见人就递名片，见人就彬彬有礼地鞠躬问好，连一个个抹鼻涕的娃崽也被他们笑脸相向，毫无一点寻仇报冤的迹象。

他们把我家院落前前后后细看了，临走时，照相的老头低声说："你在入秋的晚上是否听到过什么声音？"

我摇摇头，不知道他是什么意思。

"没有就好，没有就好。"他笑了笑，吁了一口气："你这里是个好地方，最好的地方，千金难买。我告诉你，只是有一条，你千万不要冲着西北角那个方向撒尿。"

我更不知道这是什么意思。

他看了看我家后门，看了看后门外碧绿的水面，很有把握地点了点头，"你听我一句：这个门的朝向要改一下。实在不能改的话，至少要在门外做两个石头狮子。实在不愿做石头狮子的话，门上至少也要挂一面镜子。"

"为什么？"

"你不知道么？你这张门，正对着猪婆坳。民国十六年，那里一夜之间杀了七个人。血光之灾，必留恶煞之气，还是避一避的好。你明白了吧？你要是下水游泳，也千万不要游到那里去。那里不干净的。你明白了吧？"

我明白什么？民国十六年，也就是七十多年前，也就是比我出生还早三十多年，那里为什么杀人？杀的是什么人？被杀的人与这张后门又有什么关系？

老头言之不详，告辞走了。我事后向乡亲们打听，他们也含含糊糊，没人能说得清楚。孝佬来挖五月阳，顺带找我讨几片瓦，对杀人事更是一无所知，连连摇头，只是说那山峒里原来有一户人家，听风水先生说他家要出三顶轿子，心里十分高兴。没料到一辈子过下来，还是穷得差点卖裤子。主人最后倒也没有找风水先生的麻烦，只是叹了一口气说：三顶轿子倒是没有说错呵，我婆娘结扎是抬出去的，我婆娘遭病也是抬出去的，最后死了也是抬出去的，不就是三顶轿子么？

我一听孝佬说起这事，知道他已经糊里糊涂，不是说猪婆坳，是说到附近的雁泊坡去了。他的耳朵似乎有点背。

我跟着制药厂几个人去寻找水源，去过一次猪婆坳。我们弃船登岸，劈草开路，沿着一条小溪走进了比人还高的茅草丛，走进了一时明又一时暗的杂树林。我不怕蛇，甚至没工夫想蛇，满脑子是前不久曹家老头那很有把握地点头，于是对峡谷里的一沙一石既好奇又提心吊胆。大概就是这里了吧，也许不是。也许事情还发生在前面，在歪脖子松树那里。我不知道溪边那片石滩上是否横过尸体，不知道前面那棵老枫树上是否挂过血淋淋的肠子或者眼球，不知道更前面那一丛火焰般的美人蕉，之所以开放得如此癫狂，是否扎根于一个蚁群曾经密密噬咬过的骷髅。我正在走过一个现场，以至我在一个石头上喘气的时候，觉得这块巨石太凉，凉得很有些来历，让我有点不敢触摸。最后的情节很可能就出现在这里。就是说，那个人，从死人堆里爬出来，从坡上的草丛里爬过来，把扎进肚子的杀猪刀拔出（这样也许可以爬得快一些），把身上那些鼓着气泡的血水送进嘴里（也许可以解渴和增加体力），眼睛就盯着这块石头，一寸又一寸，半寸又半寸，希望能在天黑下来以前抵达，好让他或者她看到山下的屋顶（那时还没有现在这个水库，也不会有水库边的小船和草棚子）。但那个人可能就在触到巨石之前，伸出的手痉挛了，僵硬了，最后垂落下来，并且慢慢地冷却，然后有蚂蚁、蚊子、蜈蚣、山蚂蟥的聚集……他或者她的衣袋里，可能滚落出一个银镯子，或者是一片人耳——以后查找仇人的证据就此失落。

一声尖厉的惨叫拔地而起，吓得我全身有抽空之感。仔细一听，才知不是什么惨叫，不是有人丧命，是林子里鸟的喧哗。

我可以确定，我完全应该确定，我们在这里什么人迹也没看到。除了树上有一张蚊帐般的大蛛网让我心惊，除了一种草叶毒得我两腿奇痒，这里只有各种野花争相开放，足以让你想象自己落入了一个万花筒天旋地转。在一种有草腥气息的晕眩里，你还可以看到一大群蝴蝶扇动着阳光的碎片，遮天蔽日地从天而降，感觉到全身被无数个光点一瞬间击穿。

坐在这块石头上，同行人谈着引水工程以及将来的大规模开发。我没有什么好说，回望水那边，恰好可以看到村子里的几户人家，包括看到孝佬的那两间瓦房，看见他的屋顶上照例没有炊烟。我知道，他很久没有来我家了。我知道，像其他有些农民一样，失去土地以后，他就去城里打工了。他算是运气不太好，打完第一年工，老板跑了，让他一个工钱没有拿到。第二年算是拿到了工钱，但老婆跟上一个照相的浙江佬，要跟他离婚，还要带走儿子。儿子想了想，对母亲说："爸爸一辈子抓泥捧土，好辛苦，我不会离开他的。"母亲说："妈妈再给你找个好爸爸。"儿子说："我不要新爸爸。你一定要离婚的话，我就穿一身白衣到汽车站去送你，给你叩三个头，但从此以后你不要回来，我也不会去找你。"这话是孝佬说给我听的。

还是从孝佬的嘴里，我听说他婆娘听完儿子的话，跑到山上大哭了一场，但还是走了。儿子果然穿着一身白衣去送她，果然是在汽车站撅起瘦小的屁股，冲着她的背影跪叩三番，直到夜色降临还跪在路口，直到泪水流干还面朝着公共汽车远去的方向。是一个陌生的老头最终扶起了他。

从那以后，母亲再没有回家，再没有寄钱回家。为了独力负担儿子的学费，孝佬在工地上不再吃早餐和晚餐——因为老板只管一顿免费的中饭。这样，他每次看见同伴去吃饭，就假装上厕所或者逛街，一直熬到中午，一直熬到可以白吃的时刻，再狠狠吃他个两眼翻白，又是嗝又是屁地动静很大。他后来一失足摔下脚手架，摔断了腰骨，大概就是胀昏了头或者饿昏了头的缘故。

他一度回到了村里养伤。我有时看见他一手扶着腰，在山里挖药，或者给邻居阉鸡，还给学校里这个或那个老师挖地，种点菜秧，好像他吃着百家饭管着百家事，或者是一个无家可归的游魂。后来我才知道，他欠了很多人的钱，一时没有办法还清，就用气力来还一点人情账。

有时他也一手扶着腰，拿着十几根多余的菜秧来找我，问我要不要赶着季节栽下。这时候，他蹲在地头，接过我递过去的一根烟，嗖嗖地吸出声音，总是嘟哝到他的儿子。儿子在县城里读高中，本来成绩好好的，去年竟然考了个门门不及格，退学了，去了广东的工厂。其实学校里的老师同学们都知道，他是故意考砸的，是想考出个退学的正当理由，早点去打工赚钱替父亲还债。

"孽障啊，你看看，真是个不忠不孝的孽障啊！这个该吃枪毙的，英语只考了个八分，传到外面去，把我祖宗的脸面都糟践成屁股皮了。"

他一说起这事，就抽自己一大耳光："我就是腰不好。要不是这腰，我早就跑到广东去了。我要找到他，打断他的腿！"

"你不要怪他。年轻人也不是只有读书一条路。"

"不读书怎么办？不读书怎么办？你说怎么办？到时候不就像

我？一辈子就土虫子一条？"

我连忙岔开话题，问他为什么不另外找一个老婆。女人的话题也许能使这个单身汉开心一点。

"我有儿子了呵！"他瞪大眼睛。

"我不是说儿子，是问你为什么不再找个女人。"

"我有儿子了呵，已经有了呵。我对得起祖宗了，还结婚做什么？还养个婆娘来吃饭？来费衣？来摆看？"

这回轮到我有点费解了，"你毕竟……才四十出头，就不要个做饭的？"

"做饭最容易了。我煮一锅，吃得了两天。"

"就不要个伴，好说说话什么的？"

"我不喜欢说话。"

他已经栽完了菜秧子，又摘了些大树叶来给菜秧子遮阳，防止它们遭到暴晒。看他对菜秧子兴冲冲的劲头，我怀疑他根本没听懂我刚才的话。他平时随便找个碗，往地上一砸，取块瓷片就可以帮邻居阉鸡或者阉猪，甚至给自己剜疮或者割疣，他莫不是又砸了一个碗？取一块瓷片把自己给阉了？这是另一种可能。不然的话他为何对再婚毫无兴致？

春天又来了，我家的芥菜果然长得很猛，每一棵就胀得地皮开裂，能让你挖出碗大的菜头，可见孝佬确实熟悉这里的泥性。春天里的茅竹齐刷刷抽笋，很快就绿成了密不透风的一片，有几只鸟在那里面扑腾或者啼叫，总是引起来客们的注意。我不得不去间伐掉一些茅竹的时候，就想到了孝佬。我早就取下了铁锁，敞开了院门，希望他什么时候提着柴刀前来，但他的脚步声倒是不再出现了。我家的五月阳已经繁殖出一大片，开出的花朵像满地金币，却没有人再来挖采。

我路过他家门，发现门上挂着锁。他是去寻找他的儿子，还是去哪里给人家帮工还人情，抑或是去城里找他的一位兄弟，不得而知。

他的邻居也不知他去了哪里。更准确地说，他其实已经没有多少邻居。村子里有点空空荡荡，我的脚步声足以引起巨大的回响，我的说话声也足以让自己惊吓。一张大门锁着。另一张大门锁着。另一张大门还是锁着，就像一场瘟疫留下了突然的空阔。声音在这里出现了奇异的放大，一片树叶的轻落，一只蝴蝶的飞掠，一缕微风的穿过，几乎都是这里震耳的惊雷，震出天地间滚滚的声浪。还算好，我找到了一间有人的房子。但留在这里的老人和小孩似乎已经习惯了寂寞，不大说话，只是倚着门，直愣愣地看着我。你完全可以看出，他们的眼光里有欢迎但没有惊奇，看我离去时有欢送却没有惜别。也许他们已经生疏了人间交往，常见的世界只是泥土和泥土和泥土和泥土和泥土，常见的活物也只是野兔、野麂以及飞鸟。那么我在他们眼里不过是一只人形的鸟，即算挂着古怪的墨镜和照相机，也还是一只鸟，一只稍微有些特别的鸟，不过是来此落脚，吃点谷米，撒点粪粒，然后又飞上前面的山冈，离开他们的视野。

我问他们：打工的人会回来吗？比方说，过春节的时候会不会回来？

他们说：可能回来，也可能不回来。

我问：他们总会要回来的吧？

他们说：当然，总要回来的。

我看见了好些空屋都充当着库房，堆放着一些杂物，有烧剩的干柴，有破摇篮或者旧水缸，当然更多的还是一些农具，比方木头大禾桶，是以前给稻子脱粒时要用的；比方说木头大风车，是以前给谷粒去壳时要用的；还比如木制的龙骨水车，复杂和精巧得像巨大的骨雕项链，是以前抗旱引水时要用的。眼下，它们用不上了，或者说是被更先进的金属机器替代，只能在这里蒙上尘垢，冷落在某个阁楼上或者墙角里。奇怪的是，主人把这些东西都保留着，没有把它们烧掉，好像它们还会有用上的一天。

在这些人家的屋檐下，在横梁上或者走道里，一定还停放着一具或者数具棺木，不可一世地占据着很大的位置，翘起的棺头更有点趾高气扬，只差没有喷出呼噜噜的鼾声，或者高声大气的一个哈欠。

我知道这些棺木是主人们的宝贝：一户人家如果有这样的棺木，足以证明这一家略有积蓄，还有对未来的及早准备，常常引起他人的羡慕和称道。生活从此就可以过得踏踏实实。

我还突然想起了前不久院子里的一只鸟。有一个初秋的夜晚，这只鸟在林子里呱呱呱地大叫，搅得我根本无法入睡。我只得摸黑去寻找和驱赶，用木棒敲击了好些树干，用石块射击好些树杈，但最终不知它藏在哪一片墨色的树影里。直到第二天早上，我才发现鸟叫不知什么时候已经停止，而且发现这只鸟就死在石阶上。它身上没有任何伤痕血迹，只是瘦成一包壳，掂在手里轻飘飘的，像一片影子。它有蓝色的翎毛，有橘红色的眉圈，有眉心间的一点纯白，其实美艳惊人。

它为什么死在这里？它是不是带来了远方什么不祥的消息？抑或远方什么喜庆的消息？曹家老头曾经低声说过，要我注意初秋夜晚里的动静。我这才发现，那老头看似疯疯癫癫的，其实是个知情人，对我早有暗示。在这一刻，我甚至相信七十年前七百年前七千年前七万年前所有在这里生活过的人都是知情人，对今天的一切几乎了如指掌。他们大概早就知道，早就在口口相传，有一只无名的鸟今天将回在这里，死在露水和晨光之下。

我把它埋葬在竹林边，踩紧了一堆新土。

（选自《文学界》2005 年 5 月创刊号）

莱山之夜

张　炜

相守之心

当我真的徘徊在平原上，却像一个孩子羞于见到大人似的，小心地绕开了那棵大李子树。但我知道，没有来到它的身边，就等于没有来到这片平原。关于它的无数回忆让我心中战栗，让我有一种时时难以解脱的感觉。我无论在何方何地，只要一想起自己的来路，总会记得是从它的身边走开的，并且还要回到它的身边去……

我从童年起就开始得到某种暗示似的，从心底认为：这棵大李子树长在了整个世界的中心，而不仅仅是这个平原的中心——大地就是从它的四周往外延伸，以至于无穷……我从东到西或从西到东、去南方北方，心中的坐标是不会改变的。我走向最远的远方，可最终也还是要归来，这是无可怀疑的心念——当我走近了它，离它越来越近时，就会感受它温煦的目光。这像抚摸一样的感觉。是的，它有无穷的魅力，有奇怪的磁力一般的吸引。

我静默下来就易于回答一个问题了：我为什么要在此寻找一片田园？为什么要匆匆地奔向这里？一切都是因为它，一切都源于一种不可更改的景仰和相守之心。

我在平原上忙碌，常常一个人到镇子上、小城里，到大海滩上。我似乎有忙不完的事情，因为离开得太久了。可是我料理得最多的还是自己的一颗心——那里面的荒芜与琐屑。我有时会默念、会想起它——大李子树。是的，它的旁边就是我的出生之地，那儿曾经有一片小小的果园。去那儿是方便的，只要穿过那道起伏的沙岗、沙岗上茂密的杂树林，踏上一条弯弯曲曲的小路，就可以一直走到那里。我站在园边上就可以看到那棵巨大无比的李子树。

不知多少年了，它一直在这儿守候着。它比我来到这世界上的时间要长得多，而且比许多人的年纪都大……我们寻到了它，在它的身边筑起了一个小小的家园。我们在这里休养生息，躲灾避难，等待亲人……多少年过去了，大李子树旁边的人一个个先后离去了，只剩下了树旁的一座茅屋。

这儿到处都留下了过去的痕迹，一种难以言喻的气息让人沉迷。小小园林西边是一行茂密的槐树，槐树外又是一片紫穗槐灌木……一些乌黑旺盛的马尾松，一片在风中发出唰唰响声的杂树林，还有洁白的沙土——这儿联结着我的全部。我的心无论飞多么遥远，都有一线系在了这一端。

我在这片平原上留下了什么？有什么东西坠着我的心？到处漫游，走过了山岭平原，再往前走去，直走到长江和黄河的源头——可是仍要归来，然后久久地徘徊在这片海滨平原，步履沉重地踏上那条通往大李子树的弯曲小路，再次登上沙岗。

我只要望见了它的巨大身影，周围的一切好像都视而不见了，只直直地迎着它走过去。我再次感受着它无所不在的目光，让它的大手抚摸我的额头……我就在它的目光下长大，领受着它的体温、它的慈爱；从小到大，我一直攀伏在它的身上，我的生命与之难分难离。打我生下来的那天，我就看见它屹立在茅屋旁边。后来星转斗移，一切都凋零了，它还是那么屹立着，微笑如初。它俯视着大地，俯视着消失的岁月、人、一切的一切……

我走近它，靠在了它粗糙的皮肤上。我感到了它在轻轻地颤抖。我仰起头看它密密的枝叶和刚刚结出的果实，再看四周：一片树木还在，可是有的已经枯了半边；往年那修整得笔直的树下田埂、水道，如今都已残败坍塌。

就是这片与我的根脉紧紧相系的园林，在远方的那个城市里，在深夜，在我愉快和不愉快的时刻，是我总要想到的一片炽热之地……对于我而言，人生的每时每刻，只要想到童年的这片园林，就会感到一种难言的幸福，有时这幸福大得令人无法消受。是的，它完美无瑕。

记得小时候，这里的每一棵树木都被我取了名字，每一条枝桠都让我亲近过。包围这片园林的那些杂树、沙岗，灌木丛中开放的各种野花、长出的各种浆果，都让我牢记在心。它们蕴含着永远讲不完的故事和唱不完的歌……

看着我的昨天

这儿曾是一片多么肥沃的土地，一个多么诱人的地方。母亲和外祖母把它修葺得多么完美……

离大李子树十几米远就是我们的茅屋旧址。这里什么也没有留下，只有一片黑泥，上面长满了野草：马齿苋，一两棵地肤、几棵金星蕨科的沼泽蕨、禾秆碎盖蕨——它们一律长得黑乌乌的，特别茂盛。我们茅屋的地基比周围略高一些，因为坍塌的泥土垫得更高了一些。真是不可思议，从眼下的痕迹和界墙看它是那么小，小得不像是住过一家人……一个苦难的故事，一个折磨人的童话。不过这是真的，这儿有旧址为证。它的倒塌与新的护园人有关，因为我把经管这座茅屋的权力交给了他们，有一次回来，干脆又把整座茅屋送给了他们。可是他们取走了屋内的杂七杂八，压根就没有想过料理它，结果任其倒塌。

我感到了难忍的疼痛。

这是先人留下的最后一个居所啊，它盛满了我的昨天，它是我的一切。可是没有了它，我还剩下什么？我还有可能真正找回昨天吗？我不敢肯定。

好像冥冥中有什么告诉我，要让我远远地离开这片平原，躲避着什么不祥和灾难……可这是我的故地啊，这儿有我的灵魂！我早就成了一个孤儿，早就举目无亲——让我再往哪里走？！

我知道，这并不是一个中年人的多愁善感，不是——我真想趴在这满是野草的地基上亲吻、紧紧地贴住它……找到了这里，就找到了我的开始。我出生在这里，依恋在这里，奥秘和奇迹也在这里。

我四处看着，看着我的昨天……每一株树每一棵草都不愿放过，直到看得两眼疼痛……不知多少次了，我在这里驻足，不愿离去。我在努力探究着属于我的一切。我觉得再也没有比这块脚踏之地更神秘的了：母亲就在这儿生下我，我生下来第一眼看到的，就是这个小小的世界——再后来我可以移动了，可以奔跑了，不知不觉还是以这儿为中心；我走向四方，寻找着崭新的朋友和崭新的故事……陌生的世界变得熟悉，熟悉的世界又变得陌生；只有回到这里，才感到一种真正的归来，真正的回避和真正的悄藏——无论是恐惧还是喜悦。好像我的一生只要有了这样一座茅屋，再凶狠的力量也难以加害于我了。

在此地，我可以永远躲避寒霜和北风，可以一直蜷在外祖母身边，在被窝里、在深夜闪跳的油灯下，缠着外祖母讲一个又一个故事……

从茅屋旧址走开，我一个个抚摸和注视着童年的朋友：各种各样的果树，包括其他植物。我差不多能感到它们在手下的脉动。有些树木也像我一样苍老了。我想从它们的目光中感到一丝责备，可是没有。我就一个最应该接受谴责的人．因为我没有守在它们身边，没有为它们付出。我的一腔怀念和牵挂并无有助于它们。我是一个脆弱的人，我的善良只在一个很小的范围内、在一个特别容易的时刻里才能显现，才被接受和理解。站在这里，我会想到，我已经四十多岁了，应该具有本能的询问和质疑：你生活的支点到底在哪里？你将由此出发，迈向何方？

也许当年就是在这声声质询中归来了：不是做客，不是匆匆奔走，而是要在此驻足，与之长相厮守。当我的愿望几乎实现了的那一天，兴奋无可比拟。它一直藏在心底。我找到了自己的根性，显示了一个人的拗气，多少变得像一个男人。这就是我今天的理解和感悟。

我不止一次地使用"根性"这个词。因为舍去了它就不能表达。我的根扎在这片土壤里，是它决定了我的命性。我的来路决定了我的去路。还记得有个家伙曾经不止一次地揶揄，攻击说："你的本事也就那么一点点，什么爱啊恨啊……"我回答："你说对了。爱和恨可是了不起的事情；可惜你永远都不会懂。"他瞪大了眼睛："我不懂？老天，我不懂？"

他的"爱"只是那种男女的缠绵和伤感，是哼叫。而我有过伤感吗？我更多的体验是苦难和悲痛。它们包围着我，辖制着我，使我步履维艰。

在大李子树旁，面对无声的童年伙伴，我明白人不能没有心灵的叮嘱，不能没有幻想和渴念，特别是——不能哼叫呻吟；即便贫穷潦倒山穷水尽，也不能发出乞求。

我走开，向西，穿过那一行无精打采的槐树，走过了紫穗槐灌木。马尾松在风中摇动。我只在心中默祷：安息吧！我的故园，我将永远厮守着您，我将用身躯护卫着您。

这里有我们家族繁琐而神秘的历史，我将在安静的时刻里把这一切记录下来。我需要好好地观察自己、以及我所感到的一切。我还要不厌其烦地验证和演算。

他们没有心

我在一对五十多岁的夫妇铺子里住下了。他们十分热情，但得知我是从海边来的时，就变得冷淡起来。原来那个男人直至到如今还是一个村庄的头儿呢，他被迫出来打工，完全是因为在庄子里实在没有事情可做。他习惯了率领别人做点什么，所以这一溜山谷里很多人都听他的话，就连这里的矿主对他也要高看一眼。散布在这条谷地里的打工者，大部分是来自其他的村庄，与他一起来的只有十几个人。他告诉：在整个的平原上，受损害最大的，大概就是他们那一带的村庄了——那里是煤矿最先动手开采的地方，所以土地下陷很严重，如今到处都高低不平，一眼望去满是水洼和荒草。刚开始他们还试着将停止下陷的土地重新整修出来，可后来又发现这是很难的一件事：苦苦干上一个冬春才整出很少一块地，可由于土层被打乱了，再加上地下水没了，所以根本就没法种，一连多少年也没有一个像样的收成。而且村庄由于土地下陷，接连搬迁过两次，如今已经是元气大伤，总之全都完了。我问他怎么会接连搬迁两次？他说人家说了算，想让你搬就得搬，只要有谁看中了这个地方，你就得让出来！结果好不容易从一个地方搬到另一个地方，才把土炕烧暖呢，又要搬，庄稼人怎么经得起这样的折腾啊，折腾来折腾去，人都快死了。"当然啦，他们要给些搬迁费，土地也要给些赔偿，不过这都是眼前的事儿，往后的事情多着哩，日子久了怎么办？还有，那笔钱听起来数目不少，可它也不能一下子全给你，那要像挤牙膏一样一点一点挤给你哩，钱又一天比一天不顶用，谁受得了？最要紧的还不是钱，咱还要干活儿呢，那些王八蛋也不想想，没了地，让我们这一大村子人做什么去？"

我望着他，不知该怎样回答。这个男人捏起红红的炭火按在了烟锅上，由于专心说话，手不小心给烫了一下。他往手上抿着唾沫，不停地甩打手指，愤愤地嚷叫：

"我就这样问了上级。他们说：矿区来招工，先招走你们庄子的人，等着吧，家家都要有人去做工。剩下来的可以用赔偿费开个工厂，搞搞副业什么的。他还鼓励我们到海边去打鱼。刚开始我这个村头儿满欢喜哩，心想天哩，东方不亮西方亮哩，兴许是个好主意。弄到后来才明白，几年下来我们村子里只招走了二十多个工人，剩下的一两千口子人呢？做什么？开工厂？庄稼人哪有那么大神通，这也是说干就干的事儿吗？搞副业，前些年就不想搞副业了？什么劲儿都使上了，什么门路都找过了，难道地一折腾光了，庄稼人就能多生出几个心眼吗？开不了工业，搞不了副业，就听上级的话，去海上打鱼吧。不知花了多少钱才置了船置了网，把赔偿费也花去了一多半——到了海上才知道，打鱼的人比鱼还多哩。再说海也快完了，打鱼的人都要躲开排污管那一围遭，往东越走越远——那儿别说鱼了，连人都不敢下海洗澡，水都快臭死了。打鱼的人挤成了一球。你想想，人家都是早就在海边上混的人了，还有咱这些新手的好处？咱什么也不会，只得花钱雇了当地人当船老大。一个春天夏天过去了，打的鱼啊，说来不怕你笑话，还不够俺庄里嘴馋的娃娃吃的哩。"

男人说话时，老婆子就在一边用一个木槌纺麻线。她纺一节就往木槌上缠几下，用手转动木槌。我觉得这个工作有趣，也巧妙极了，就长时间盯着旋动不停的木槌。老太太头也不抬地附和着男人："什么全坏在开矿的人手里了，他们哪，只顾挖走地底的好东西，就不管地上的人啦。他们把好生生的一片地弄成了坑洼，从地底掘出的土也堆那儿，一岭一岭黑乎乎的，刮风下雨天里土堆子还要冒烟，大雨也浇不死。那股硫磺味啊，又臭又呛，老往村里刮，躲也躲不开。有一阵全村的人都流眼泪、咳嗽。庄稼人又不是那些细皮嫩肉的娇气人，你想想庄稼人都受不住了，这日子该怎么过？"

女人的话让我想起那一处处堆积起来的矸石山。那里面有一种硫化物会在空气中燃烧。

男人又说："我在一开头的那工夫，跟矿上的一个头面人物争过，不争不行啊，我得替咱这一村老百姓讲话呢。我问他：'我们这么大一片地哩，说毁就毁了吗？'那个头儿摊摊手说：'地嘛，也不是你们的。你们不过是在这里耕种的人，细讲起来，土地都是国家的。'我那会儿也不太明白，只得随他点头；不过我还是要问：'土地是国家的，这大概不错；不过我要问的是，我们庄里的人哪个不是国家的？国家怎么一下就不要俺了哩？'那个人说：'怎么不要你们了？不是给你们一些钱，让你们另打谱过日子？'我说：'天哪，这是大孩儿糊弄小孩儿玩哩，那几个钱管什么用哩！'那个人吃吃笑：'也不能让国家一碰你，你就让国家养起来呀，你还要发挥你们的主观能动性儿。'我日他娘，那一回我什么也没记住，就记住个'主观能动性儿'，我日他娘！开大会我跟全庄人讲这个'主观能动性儿'，越讲大伙儿越糊涂。到后来，庄里的人都骂起来，说：'鬼，搂住上级老婆睡觉就是能动性儿。'你看看，难听的话都是给逼出来的呀。"

老太太在一边拨着木槌，看看男人，又看看我。

我想开采矿藏也是必需的，问题是怎样保护家园？如果毁掉了后者，那前者又有什么意义？我们只有一个家园哪，他们不光是在践踏家园，还在践踏人心。他们没有心。

一串瓷亮的野枣

从很小的时候我就习惯了山野户外一人独处的生活；再后来我出门时头戴一顶太阳帽，让所有的山里孩子都追踪着我，指点着我，直到消失在大山的背后……那种自由而奇妙的感觉，直到现在还能一一回想起来。而今天我是在追踪另一些活灵灵的生命，再不仅仅是拷问山脉的秘密了。我急于看到的是一个个久别的朋友，而不只是这片贫瘠的山岭。我想尽量使自己的行走避开来路，这样就能避免重复的探询——这一带太荒凉了，有的地方十分险峻，不记得以前有没有走过。我的好几次晚餐差不多都是靠了采集的浆果——它们的滋味是那些城里朋友怎么也想不到的，有的虽然很甜，但咀嚼到最后却有一股涩味儿，使人难以下咽。我有意无意地节省下很多食物，故意要迎接那种山野独处的考验。我尽可能地采集野菜，即便离村庄很近了也不愿走入乞讨——我并不认为乞讨有什么不好，因为一个长年在外的人无论如何不能拒绝别人的帮助，不可能完全回避讨要的生活。那在我看来是一种自然而然的，并非难为情的事情，类似于修行者的"化缘"。在这片山地，或者在我所去过的其他地区，无论走到哪里，人们都乐意打发一个四处游荡的人。他们把食物递给你，看着你饥不择食地捧在手里大口吞食，会感到极大地宽慰和满足。当你离去时，有的人还追上几步问一句："要不要喝汤？"那时候你就摆着手说："不要了，不要了。"

实际上人在野地里很容易就能搞到水喝，但不能那么娇气。游荡的人不要拒绝生水，也不要拒绝流浪汉黑乎乎的粗瓷缸。如果踏上旅途的头几天，你对那些肮脏的衣衫不整的旅伴还有一丝厌恶的话，那么在一起走上几天，就会把他们当成自己人了，共用一个脏腻腻的瓷钵不算什么；你与之伏在同一口锅上吃饭，会像那些老得没有牙的流浪汉一样，张开嘴巴吹气，赶开汤上面的一层草屑和浮土，然后大口把汤喝尽。这是一种自由自在的生活，是大地给你的一种犒赏，它会使你一次又一次地变得生气勃勃，心里充满了希望。那些经多见广的流浪人所讲出来的各种各样的神妙故事，是那些拒绝与他们为伍的人永远也听不到的。有些故事是相同的，但它们又经过了多少次融合渗透，变得愈加完整动人。有些故事是完全闻所未闻的。

即便是一个人的时候，你也会得到一种酬劳：一支从绿丛中探出的彤红的浆果，一串瓷亮的野枣，或是一只从未见过的彩色大鸟、一潭清水中慢慢游动的几条鱼……你将设法逮到一条，然后撒上盐，在野地里搞一顿真正的美餐。总之那种愉快是任何没有经历过这种生活的人所不能体味的。在山间走久了，一个人很容易就会知道哪里才是一个幸福的去处，哪里没有伤人的野物。即便是阴森森的山岭之间，如果嗅觉好，看得准，悟力强，也很容易就会弄明白这里是否有什么危险……实际上流浪汉很少遇到伤人的野物，也很少能遇到加害于他的什么人，因为活动在山岭间的所有人有一点差不多是共同的，那就是贫穷的、漫游的命运。他们一块儿走向田野又走向山岭，无论出身如何，都在游荡：或者是急匆匆地寻找，或者是以此来打发寂寞，背负着愧疚。只要漫游在山野之间，就会立刻懂得互相安慰、互相询问、互相借光。给一个陌生的流浪汉几把米，几支火柴，一口酒，都会让对方真正感激，相互之间立刻就是朋友了。如果分手之后有幸在路途上重新相见，那一刻会是非常感人的，那时候两人之间就没有什么秘密不可以交流了。

（选自《长江文艺》2012 年第 6 期）

家在瓦窑堡

王巨才

因为母亲的病，今年春节一放假，我便匆匆赶回陕北。

十年前调北京工作，当时最放心不下的是父母的身体，临别时再三叮嘱他们有病一定要及时去医院，千万不要硬扛；我只要有空，会常回来看看的。对我人过中年的这次调动，父亲本来就有一种无可名状的忐忑，听了后边这句话，显然以为只是出于宽慰说说而已。他泪眼迷蒙地摩挲摩挲我的头发，又弯下腰去拍打拍打我的裤腿，说，再不要给我们操心了，好好去干你的工作，远路风尘的，哪能经常回来，吃公家那碗饭不容易，由不得自己。

父亲是我到北京的第三个年头去世的。病危时我正在外地出差，飞机汽车几经辗转，又遇大雪延误，回去后竟未能见上他生前最后一面。心里的那份痛悔，真是椎心泣血的感觉。

这次从北京出发，已是阴历腊月二十八，正赶上铁路第五次大提速，晚八点半乘新开通的 Z19 次特快，次日凌晨便到西安，下车后休整半日，下午八点，又登上刚刚贯通陕南陕北的安康至神木的火车，一夜安睡，醒来已是瓦窑堡车站。

老伴不无惊喜地感叹：你说快不快？说话中就回来了，真是方便。

见我们一脸兴奋，儿子瞟了瞟眼，摇头晃脑说：少小离家老大还啊。

我脱口纠正：酸臭。该是青春做伴好还乡。

但要细较起来，要准确表达我此时的心境，还是杜甫老先生

"即从巴峡穿巫峡，便下襄阳向洛阳"这两句诗更为贴切。

是的，这一天两夜的行程，我们一家人东拉西扯，说说笑笑，毫无旅途的焦愁和疲惫，倒是真切地体味了一把"其乐也融融"的天伦温馨。

有弟弟的引导，很快便到母亲居住的新家。我家原有三孔砖窑，前些年旧城改造时拆掉了，现在的三层楼房是城建局统一规划，公家和住户共同集资兴建的。楼房临街，高门亮窗，一字排开，足有半里路长。一层为出租的门脸儿，二三层住人。从二楼的窗子望出去，街上车水马龙，人头攒动，卖灯笼年画的，买青菜熟食的，呼朋引类，吆五喝六，加上高分贝回旋的音响声，一派喧嚣。那景象，直如一帧活化了的《清明上河图》，若不是有亲人在旁，真会让人产生今夕何夕、此身何身的迷惑。

母亲是髋骨粉碎性骨折，经三个多月的医治，正在康复中，只是还不能下地行动。见我们回来，特别是看到日夜念叨的孙子，自是乐得合不住口。拉过话，吃过饭，午觉起来，她再三催弟弟领我们到街上去转转，说可热闹啦，可时新啦，你看看就知道。见我推诿，弟弟嘿嘿一笑，说，你以为就你们北京好，瓦窑堡现在也"红洋"了，不比从前。

瓦窑堡，这个在《毛选》四卷和中共党史教材中反复提到，又在丁玲等著名作家笔下多次出现过的地方，其实只是陕北高原连绵群山无数皱褶中的一个小小县城。我上小学、中学时，全城也就万把人口。狭长的街道全用石板砌就，也不知经过几朝几代的蹭磨，路面像涂了一层厚厚的腊油，白天晚上，总也折射着钢锭般乌青乌青的光亮。街道的两边是一眼望不到头的铺面，但除过百货公司、供销社、生产资料公司、医药公司等几家国营门市和骡马大店、大众食堂外，多数已改作民居。城中心的中山门前，另有几家卖凉粉、煎饼、碗饦和油茶、枣糕的、据说"文革"中都以无正当职业为由迁返农村了。总之，除非是到了"六月六，新麦子馍馍熬羊肉"的农闲季节，或是八月十五、春节等几个大的节庆，平常的日子，这古旧的县城就像上了年岁的老人，在岁月的风尘里满脸沧桑，显得格外落寞、冷清。

街道就在楼下。由于行人拥挤，从西头到东头，又绕到县河对岸新建的"农民街"和农贸市场，整整转了两个钟头。经过的商号店铺，至少要有四五百家。弟弟说，这大多是由进城的农民经营的，要不农村怎能那么富。也有从江浙一带和内蒙山西来的，全城流动人口有四万多，加上有常住户口，近七万，听说过两年就要申报县级市。

令人惊叹和赞赏不已的，是那些店铺新颖气派的名号和美观醒目的招牌。我留意了一下，我家对面的几户，就依次是：中山摄影工作室，丰采日化城，安徽黄山名茶，国威电器，中山移动通讯，家庭用品批发城，金龙超市，陕西金源房地产开发有限公司，等等。端详着这些五颜六色、目不暇接的牌匾，我一时恍如置身疾驰而过的岁月激流和蓬勃涌来的时代风云，心潮澎湃，激动不已。及至回过神来，眼角竟有些潮湿。

入夜便是除夕。家家户户的"火塔"一片通红，鞭炮声震耳欲聋。街上的彩灯和高处和灯笼交相辉映，亮如白昼。吃过晚饭，又陪老太太打几圈麻将，大家都渐有倦意，陆续睡去。而我和弟弟谈兴尚浓，便到隔壁房间里继续啦话。

谈起光景，弟弟说，还可以。杂七杂八加起来每月总有六千来块钱的进项。

我说，那你收入比我高。

这我承认，生活是不成问题，不能亏共产党。弟弟说，但你不想想，我们受的什么苦（受苦，即劳动），你们受的什么苦？

弟弟在延长油矿下属的子长油田工作，开油罐车。据他讲，油田去年计划产油二十三万吨，经过苦打硬拼，年底一举突破二十五万吨。整个油矿的原油产量，去年达到二百三十万吨。你算算，这二百三十万吨原油销售收入就是五十多个亿，税利相加，也有二十多亿。这几年延安市财政收入能到三十多亿，我们有多大贡献。

弟弟是以能说会道、精明过人出了名的。他讲的这一排数字，倒又让我大感惊异。我在延安工作二十年，一九八八年调离时，全区原油产量也就七十多万吨，财政收入不到三亿。十多年时间，能有这样大的跨越，确是我始料未及的。这中间，"决定的因素"，难道仅仅是人为的努力，即弟弟所说的"受苦"么？

这一夜，我久久无法入睡。躺在床上，脑海里总是不断回旋着那句非常流行的歌词："只要你过得比我好"。

看着身旁酣然沉睡的弟弟，我虔诚地向他祝福：

真的，弟弟，我真希望你过得比我好；也希望家乡父老都像你一样，过得比我好！

大年初一，我是被一阵激越的唢呐吹奏声从睡梦中震醒的。按家乡的习俗，今天是不该出门的，只有过了初二，四邻八乡的人们才会络绎进城，走亲戚，闹秧歌，今年这是怎么了，这么早就上街？

正寻思间，听见老伴在隔壁房间呐喊：快起床吧，热闹极了，新鲜极了，亏你能睡得着！

走过去一看，一家人正围坐在窗前，对着街上的景致，指指画画，评头论足。

原来，这是一幕幕连续不断的"婚礼进行曲"。一家的迎送队伍刚过去，另一家接踵而来。队伍的前头，照例是乐队，除传统的"响器"外，还增加了电子吉他、萨克斯管等"西洋家伙"，曲牌有古老的《将军令》、《大摆队》，也有时兴的《达坂城的姑娘》、《我爱你中国》等。见围观的人多，各家乐队都在暗中较劲，吹奏十分卖力，悠扬的曲调，欢快的节奏，出神入化，和谐嘹亮，在我看来水平绝不比电视舞台上所看到的差。新娘大多披戴长裙曳地的婚纱，也有着丝绸唐装的。新郎则一律西装革履，一个个潇洒英俊，神采飞扬。队伍的后边，是用气球和红绸装扮过的车队，小轿车数量不等，座位大多空着，工具车上则满载冰箱、彩电、立柜、摩托、被褥等生活用品，一一显示着各家的实力和对婚事的重视。队伍行进中，不断有人向空中抛撒彩色纸屑，五颜六色的花雨在和煦的阳光中纷纷扬扬，飘飘而下，极力渲染着婚礼的祥和、喜庆。

弟弟说，今天日子好，城里办喜事的有二十来家。年前家电脱销，现在又把婚庆公司忙坏了。忙是忙，也大捞一把，赚美了。

母亲耳背。按儿子的说法，她只管神情专注地"检阅"着街上的人流。在偶尔回头呼应大家的欢声笑语的刹那间，我发现，她的笑容竟是那样灿烂，生动。几个月来难熬的病痛折磨、几十年艰辛的家务操劳写在她脸上的愁云不见一丝踪影，定格下来的，只是这迷人的、极富感染力的笑意。

最欣赏母亲的，当然是儿子。他在奶奶身边长大，上小学时才跟我们到延安，对老人家格外崇拜，亲昵。这时见他一手搂着奶奶的肩膀，一手指着窗外，大声哄逗：老太太，好不好？

母亲先是茫然，随即会意。连说好，好。

文明不文明？

文明。说这两个字时，母亲多少显得生涩。

大家使劲哄笑。

儿子又问：满意不满意？

满意。迟疑了一下，又说，也不甚满意。

众人一怔。

太铺排了，太"能艳"（招摇）了。有钱，也不能这么糟蹋。母亲说，你看现在的年轻人，是疯了还是魔了，好好的头发，硬要染得花里胡哨，见天儿成伙结队的，不是打架，就是赌博，也没人管管。

见要扯开话头，弟弟"果断制止"：行了行了，您尽报忧不报喜，老脑筋不改！

什么喜哩忧哩？母亲显然要争辩：从前的社会……

儿子显然以奶奶高水平的发言深为自豪，一边向大家挤弄着眼睛，却反过来加入"大批判"：

老太太，二爸说得对，要与时俱进哩，记住老邓的话：发展是硬道理。

又是一轮哄然大笑。

这个春节，全家人就是在这种欢快舒心的气氛中度过的。临走时，弟弟特地叮咛，以后不要再往家里捎东西了，现在什么买不到？北京有的，瓦窑堡应有尽有。而母亲只是一句话：

抽空儿就回来，北京有什么好待的！

（选自《都市美文》2003 年第 10 期）

那些天，吃饭不要钱

周同宾

我有幸——或者说不幸——赶上一段吃饭不要钱的日子。

一九五八年，读高中。学校在古镇上。古镇离家三十里。吃饭就在学校的大伙房。每星期回家一次，用小扁担挑面、米、红薯、芝麻叶、红薯叶、柴火，挑来交给伙房。白面换白面票。五十斤高粱秆换五角钱，五十斤玉米秆换三角钱。凭票买饭。买一个杂面馍，要二两杂面票加一分菜票。买一碗面条，要一两白面票加二分菜票。买菜只要菜票，半碗素菜三分菜票，荤菜一角。菜票可用钱买。面票只能用面换。我父母在农业社干活，每年秋后分红，最多时只分六元钱。我从没吃过荤菜。也没吃过白面馍，家里分的小麦磨的面仅够我每天喝一次面条。常常不敢吃饱，肚里老是饿。

突然间，来了个人民公社运动（同时来的还有"大跃进"运动。这两个运动加上"总路线"在当时和以后的颇长时间里被称为"三面红旗"），十几个村子组成一个公社。同时，各村都办食堂，全村人一口大锅搅稀稠。各家的粮食、米面都上缴，锅灶都扒掉，铁锅、锅铲、火钳一律收走送去炼钢（"大跃进"的主要组成部分是"大炼钢铁"）。不几天，说是要"跑步进入共产主义"，又把许多公社合成大公社。大公社有多大，不知道，我表姑奶家离我家四十八里，在一次全社群众大会上，我父亲曾碰上表姑奶的儿子。我就读的中学所在的古镇和我家所在的村庄，也就属于一个大公社了。

大公社一成立，学生也是社员，当即宣布面票菜票都取消，统统吃饭不要钱了。同学们都兴奋不已，嗷嗷大叫，又跳又蹦，一再欢呼"三面红旗万岁"。开饭铃一响，各班的学生都带上碗筷（规定左手拿碗右手拿筷），排着队（班长吹着哨子，步伐整齐，雄赳赳气昂昂的），唱着歌（最常唱的是"公社是个棵常青藤，社员都是向阳花"），喜气洋洋去学校的食堂。班长说声"解散"，才去拿馍，舀饭，打菜。馍是各种面粉混杂一起蒸的，个儿大，如榔头，高粱面多了发红，玉米面多了发黄，红薯面多了发灰，偶尔也泛白色——显然白面不少。饭往往是玉米糁糊糊，不稠，吃足了馍，喝一碗为了"灌缝"。菜是萝卜、白菜、萝卜缨、红薯叶，几乎没油，盐倒很足（农村人吃菜讲究咸香，只要咸，就有味道）。有一次，公社副食品加工厂送来几筐臭豆腐，每人分火柴盒那么大一块，吃着臭极了又香极了，嘴里心里都受用。可惜太少，班长说："等几天进入共产主义，想吃几块吃几块。"馍、饭、菜都可以敞开肚皮吃。头一顿，那个结了婚、有了孩子、长了胡髭的同学（那时上学，婚否不限，学生年龄也悬殊），一下子吃了三个馍；过去只敢吃一个二两面票的馍，他家里粮食更紧。第三天中午就改善生活（那时说的生活主要是指吃饭，改善生活就是吃顿好饭）。吃的是肉面条。面条少，一碗仅有十几根，还很短。肉更少，一碗仅有两三片，小而薄。满碗都是白菜帮子和面糊糊。却很稠，插上筷子不会倒。据说炊事员擀面条擀不及，只有多和（huó）面。饭舀进碗里不能立即吃，得放地上，等千余名学生都舀毕，管伙食的老师吹一声哨子，一齐端起碗，呼噜噜喝，来不及嚼，伙房前顿时一片呼呼声，气势宏壮，像刮大风。吃着好香，一定是放了很多猪油。都吃了两三碗，动作快的能吃五碗，肚子鼓起像瓮。

吃着不要钱的饭，心中充满共产主义生活的幸福感。

每天都组织学生拿着公社开的条子，下乡拉粮食，拉菜，拉柴。用架子车、牛车拉。架子车两个学生拉一把，牛车十个学生拉一辆。几乎拉遍大公社的各个村庄。我和同学去我家的邻村拉粮食，拉一辆铁轱辘牛车。铁轱辘的边沿已磨损得豁豁牙牙，辐上凸起的字是"大清咸丰××年铸"。拉回了一袋没有脱粒的谷，十几嘟噜没有剥掉包皮的玉米棒，拢共不到二百斤。土路凸凸凹凹，轱辘磕磕碰碰，像拉千斤重。都不说累，"大跃进"中没有苦和累。都像牛一样伸长脖子使劲拽，十个人不如一犋牛。我和一个同学去丘陵上的一个小村拉柴，没有好柴，正碰上扒房，说是扒下木料去炼钢工地搭工棚（那时候，男男女女都集体住宿，村里空房很多），就让我们拉了一架子车房上扒下的山草，已经朽成了灰色，长些伞状的蕈类植物。

去农村拉东西，我们理直气壮。不独因为手里有公社开的条子，更因为"人民公社是一家"（这句话是当时的口头禅），一家人嘛，不分彼此。人民公社"一大二公"（毛泽东语），大公社的每粒粮食、每根柴草都是共有的。

渐渐地，拉回的粮食减少，最多的是红薯。就每天早晚吃红薯，只中午吃馍。馍是高粱面掺红薯面蒸的，要么捏成盔状的窝头（乡下人管那叫"将军帽儿"），要么团成秤砣样，上有炊事员的没有变形的指印，都死硬，可以砸死狗。但仍不要钱，仍能可着肚子吃，幸福感依旧，常满怀豪情念诵当时的著名诗句"共产主义是天堂，人民公社架桥梁"，以为正走在通往天堂的路上。

如果不在学校吃饭，可以找管伙食的老师领饭票，凭票在全公社任何食堂都能吃来饭。那饭票，是大公社发的，草纸石印，一分钱纸币那么大，上有"顿票"二字（意即一张票可吃一顿饭），盖有公社的朱红大印（印章大，票上的印迹不到二分之一）。我和一个同学去公社办的"大跃进"展览馆画占满一面墙壁的《钢铁元帅升帐》宣传画，就在公社的机关食堂吃饭。顿票一交，就随便吃。我发现，那里有白面馍，萝卜菜里还有一些肉。可惜，两晌一夜就画完了，只在那里吃四顿饭。"大跃进"高潮中，干什么都是"一天等于二十年"，从没磨蹭偷懒的。

常常不在学校吃饭，当然也不再正常上课。学生都被公社派去淘铁沙（就是河里的黑沙，据说可以炼钢），深翻土地（十几个学生曳一把本应由两头牛曳的木犁，一直翻出生土），用黄胶泥脱坯（据说那是修建炼钢炉的耐火材料），推石碾把旧砖头碾成灰做水泥

（据说兑进一种化学药品凝结后比水泥还硬），参加消灭麻雀会战（数万人在古镇的街巷院落同时鸣鞭放炮，敲锣打鼓，拿着绑了红布的长竹竿边挥舞边叫喊，一时间麻雀吓得满天飞，直到耗尽气力而坠地，声势之磅礴，场面之壮观，前所未见。据说那一次战役打死麻雀八万多只），去炼钢工地宣传鼓动（我曾在一座麦秸垛状的炼钢炉前一口气写出十首诗，当场朗诵，内有"高炉万丈英雄多，炼出钢水赛黄河"之句，一个正向炉里扔铁打的锄、镰、耙齿、錾子、门钉锔、纺线锭子的老农笑道："咦，这个学生娃口气还怪大哩。"）……成天忙得热火朝天，兴致勃勃，心情一直激动，一直满怀投身伟大事业的崇高感。反正到处都能吃来饭，又不必为几何、代数伤脑筋（我一直讨厌数学），那一段日子过得快活。劳动之余，我写了几百首"大跃进"民歌（那时候，人人都做诗，诗都是以七字句为主的顺口溜，诗坛上我素来敬重的名诗人也写顺口溜。诗歌也要跃进，每个地方每天做出几万首诗和炼出多少吨钢一样要报告上级）。还参加过一次全公社的赛诗会。在那个会上，一个自称"日产千首"的农民诗人（我怀疑他原来是念顺口溜卖老鼠药的），以一首"公社粮囤比天高，一下子撞断玉皇爷的腰"获得头奖，奖品是一朵大红花，连接红花的红布条上画一个卫星（当时，苏联的人造卫星上天不久，"放卫星"表示最先进）。

鏖战月余，放两天假，说是稍作休整，要掀起更"大跃进"高潮。我和本村的两个同学结伴回家。那两个同学，年龄和我相仿，按辈分，一个该叫爷，一个该叫姑。离校时已经半响，走十多里，日头正南，肚子就饿了。看见前边那个村庄，村头高地上一片瓦屋，屋后丈余高的烟囱正冒黑而粗的炊烟。那个爷说，咱们去吃饭吧。

那是一座古庙，上翘的檐角挂有铃铛。院里长棵老树，一半枝权干枯，另一半只有几簇苍黄的针叶。梢头架高音喇叭，正播放《社员都是向阳花》那首当时到处都唱的歌。那是村中唯一的树，别的树都砍掉送进炼钢炉了（这棵树没砍，大概是为了高音喇叭）。庙门的高屋脊上，直竖一根木杆，飘一面红旗，日晒雨淋，色已浅淡，旗上写有字，颜料脱落，字迹模糊，细辨认，为"三面红旗万岁"。院里两座大殿。前殿敬奉的是玉皇大帝。此时，它的头颅肢体已碎成几十块，露出黄泥，扔在殿前的地上，彩绘的黄袍青带依然鲜艳。殿内，老天爷原来坐的地方，后墙上画了巨幅毛主席像。画得不像，远没有我画得好，只下巴上那个瘊儿能表明他是毛主席。画像两旁，还是原来的壁画，画的是八仙，每位仙人脚下都踩着云彩，衣袂飘拂，神采悠然。只不过何仙姑已被领袖的画像盖住，近靠画像的是倒骑驴的张果老和背酒葫芦的李铁拐。这里，大概是社员集会的地方。

食堂在后殿。后殿是阎罗殿。阎王爷的泥胎也被推倒，打烂，片片断断，摞在迎门的树下，头脸还完整，依然狰狞可怕。殿里垒了锅灶。灶口屋门大，一个长着男人相的女人正把成捆的玉米秆往锅下塞，火焰像个簸箕形的巨舌，早把灶台舔成黑黢黢的，浓烟直冲大梁，火星子满屋飞，熄灭后变作羽状的柴灰纷纷落下。锅的直径总有五尺，锅沿向上用红砖砌三尺高。一个赤膊大汉正拿一根枣木棍在锅里搅，可以听到水沸腾的咕咕嘟嘟的响声。旁边还有一口锅，三块石头支着，锅底的地上挖道烧火的沟，一个络腮胡子的矬个子男人正炒菜，掂的锅铲是一把平时用来铲土铲粪的铁锨，翻动时，嚓嚓响，和在干地上铲土铲粪的声音一样。原来属于阎王的神案上，几个荆条编的箩筐里，堆满蒸熟的红薯，热腾腾的冒水汽。

已经有人来等吃饭。三三两两，在地上或坐或躺，表情木然，都不说话，只晒太阳。

食堂里竟没有轰轰烈烈的"大跃进"气氛，只高音喇叭唱着亢奋的歌。

炊事员把红薯抬到当院，像打水一样把菜汤打进木桶里提到树下，把炒好的菜铲进两口瓦盆端到廊前。而后，赤膊汉子去敲钟，不是钟，吊在树上的大半个铁轱辘当钟，声音却洪亮，余韵绵长。很快，大群的社员都进了庙。有的端碗，有的拿瓢，有的提瓦罐。我发现，大多是老人、娃娃和带娃娃的女人。一个老头，面色黧黑，脖子青筋暴起，拿一只竹编的笆箩，一个粗瓷大碗，走着嘟囔着，像是骂谁。一个瞎眼老奶奶，一手拄拐杖，一手提一个带襻的锯掉了把的葫芦，扭着一双小脚，蹒蹒跚跚朝前挪，被阎王的半条胳臂绊了一跤。一个女人一手抱着婴儿，一手端一摞大碗小碗（有两个木碗），后跟一个娃，一个妞；女人蓬头垢面，孩子脸上倒白净。除了这娘儿四个，别人都是单个的，看不出谁和谁是一家。不在一起吃饭，不在一起睡觉，也就没有家庭了。

红薯随意吃，菜汤随意喝，菜则由炊事员用两根细木棍儿只给每人夹一点点。那个黑脸老头边往筐箩里放红薯，边说："顿顿红薯，放屁都是酸的。"炊事员抢白道："想吃馍，你上工地跃进去。杠子馍，想吃几个吃几个，吃饱得连明彻夜干活——'眼熬烂，腿跑断，出大力，流大汗，活着拼命死了算'，你能干？"老人又嘟囔一句，倔倔地拗着头去了，抓一个滚圆的红薯，狠狠咬一口，凹陷的腮帮子立即鼓起。瞎眼老奶奶把菜汤舀进葫芦里（舀汤的工具是给牛驴拌草时舀料水的马勺），让把菜也放进葫芦，用拐杖探着路凑到盛红薯的箩筐前，摸一个细长的，就近坐下吃。那红薯又干又面，老人无牙的嘴拙笨地咀嚼许久，抱起葫芦喝口汤才仰面直脖艰难咽下。那女人把裹着尿布的婴儿放地上去舀汤，婴儿立即大哭，哥哥姐姐趴下，边轻拍，边大人似的哄："喔，乖，别哭，别哭。"

近百人吃饭，却没有原来农村饭场的说笑声，好像大家都哑了，只树梢的喇叭高唱着"公社是棵常青藤，社员都是藤上的瓜。瓜儿连着藤，藤儿连着瓜"，歌声激昂，音律悠扬。喇叭声停息的片刻，我听到树上有一只知了叫，时令已是晚秋，叫声无力，带着凉意。那应是村中唯一一只知了，因为再没别的树，知了无枝可依。

我们三个各掏出一张顿票，交给一个好似干部模样的人。他吩咐炊事员找碗、舀汤、铲菜，还说了句农村人待客时常说的话："没菜啊，随便吃吧。"给我们每人一大一小两个碗，都是灰黑的没釉的陶器，粗糙，也不圆，沾满污渍，大的盛汤，小的盛菜，我们碗里的菜比别人稍多。让我们坐灶前吃，那里有几块土坯。汤里和（huò）红薯面，很稀，下红薯叶，熬成了黑水，放盐少，不咸。

菜是红薯梗（即红薯的叶柄），没切断，倒放了足够的棉籽油，炒得有滋味。红薯蒸裂了口，皮上带没洗掉的泥，也许因为太饿，觉得比学校的红薯好吃。正吃时，那位干部或许意识到我们是中学生，不能和本村的老弱病残一样待遇，就从盖着的蒸笼里抓出三个窝头，给我们每人一个，同时看看外面，对我们挤挤眼，意思是"别吭声，吃吧"。那是红薯面窝头，可能兑有十分之一白面，捏得小巧玲珑，闪闪发光，恰似扑克牌里的黑桃 A。吃罢饭，殿里的柴烟、蒸汽已经消散，我看清了墙上原有的线描涂色的画，画的是地狱，青面红眼、尖头竖耳的鬼怪正折磨赤条条的人：爬狼牙树，扔滚油锅里炸，头朝下用锯在裆里拉……阴森森的，看着瘆人。我问那位干部："这墙咋不用石灰水刷刷，把画盖住？"他说："都大跃进去了，忙得头不是头，脚不是脚，累得正走路都睡着了，谁有时间干这。"

饭后，打个饱嗝儿，我们继续赶路。那个爷说："真是进共产主义了，各取所需，到哪儿都有饭吃。"那个姑说："还没进，真到了共产主义，一天还要吃一个苹果哩。"

过不多久，不要钱的饭食难以为继。又不多久，农村的食堂断炊，大饥荒开始……这是后话，不提也罢。

（选自《都市美文》2005 年第 6 期）

空中农家院

李存葆

　　我的少年时代，是在五莲县一个名叫东淮河的村庄度过的。村前的河流宽阔且弯曲，风一吹，就像抖动着的碧蓝绸缎，把三百多户人家的村落，紧紧地揽在它的怀里。

　　建国之初，父亲是乡农村信用社主任，家境较为殷实。当时，家有房屋八间，院落也算得上宽敞。毗邻院落的是家里的小果园，里面栽满桃枣杏梨。奶奶喜种花草，整个院落常是瓜藤满架，花卉满庭。河岸的高台上，还有家中的两大片菜园，春夏秋三季，菜园里黄绿错综，瓜果交叠，摘之不尽，食之不完。二大爷是村里有名的种菜把式，卖出的菜蔬钱，足可支付家中日常花销。

　　春日，家中院落和小果园里，杂花生树，蝶舞蜂喧，鸟雀枝头弄日影，鹅鸭庭前理羽毛。夏夜，特别疼爱我的二大爷，常带我渡河躺在细软的沙滩上，祛暑纳凉。河中那咯咯欢快的蛙叫声，连成一片；林间那似乎与酷热竞争的蝉鸣虫吟，此起彼伏。正是这些大自然天才的歌手共同演奏的交响曲，赋予了我最初的诗歌旋律。金秋时节，少年的我即使足不出户，也能尽享土地的丰厚馈赠。院中的棚架上，挂满了串串晶莹紫亮的葡萄；房前的两棵石榴树上，大石榴微启樱唇，露出玉石般光鲜的皓齿；磨盘旁的正值盛果期的梨树，那嘟嘟噜噜黄澄澄的梨儿，压累了枝头，我怎么数也数不过来。院墙上，栅栏边，粉红的牵牛花，鹅黄的丝瓜花，雪白的葫芦花，紫红的爬扁豆花，则是风凉花更美，露滴叶愈鲜。挂在葡萄架上的几笼蝈蝈，那忽断忽续的脆叫，不舍昼夜；善于登堂入室的蟋蟀，也总是藏在墙角或炕下，以迷人的歌唱，夜夜伴我走进黑甜之乡……

这一切，都是我儿时心灵中最美的乐园，是深深嵌入我记忆中挥之不去的图画。

在1958年那荒谬的岁月里，先是"大跃进"用失去理智的巨斧，将故乡山坡及原野上的林木，统统投进大炼钢铁的炉膛；翌年，一座水库的修建，又使村中所有院落和两千余亩良田，皆沉于水底，乡亲们全沦为东迁西移的"库区户"。为摆脱在地瓜干子的王国里左冲右突，仍难得一饱的厄运，1964年，不满十八岁的我，应征入伍。从军营的绿色方阵，走进稿纸的白色方格，岁月以它强劲的波，早已漂走了我儿时心灵中的乐土，我生命中出现了"断裂带"。1995年，我从济南军区创作室调军艺任职，家人都不愿随迁进京。终老泉城，成为我唯一的选择。

人是善于回忆的动物。尤其到了知天命之年以后，我心头犁下的沟痕比脸上生出的皱纹还多。近些年，随着城市的急剧膨胀，大城市都变成了物化的波翻浪涌的海，在这海的每个浪头的"小白帽"上，分明都写着"人欲"、"物欲"的字眼儿。为规避贪心替代正义，回避猜忌替代同情，躲避虚伪的酬酢替代真诚的交流，更为了去掇拾儿时的梦境，我多么想在林泉之下，山野之间，觅得一栖息之处。

为购得较为理想之房，我曾在军艺节假日返济期间，与妻子一道，四处打探，八方察看，历时七载均未果。

我也是讲求实际的凡夫俗子。起初，友人带我与妻子到济南南部山区的仲宫镇，去看周围山间建起的别墅群。这些别墅的每栋楼前，大都有半亩土地，足够养花种菜。惜哉这里距市区太远，孩子上班，未来孙辈入托、上学，我与妻子就医看病，多有不便，只得怅然放弃。后来，妻子在千佛山中麓新建居民小区旁的山坡上，发现一片即将告竣的连体别墅，便带我前去观望。此别墅群，间隔过密，每栋楼前空地，不足二十平方米。即使这样，为圆我农家小院之梦，妻子和我也决计购买。正欲付款，一熟知该房地产商内情的朋友告诫说，此商家的资金链早已断裂，付款之日必是血本无归之时。果不其然，没过半年，这片连体别墅就被夷为废墟，代之而矗的是一事业单位建起的二十多层的宿舍大楼……

2003年冬，正当我与妻子为购房事茫然无措时，在山东电力部门工作的儿子告知，千佛山东麓新辟有一花园式小区，他单位已有十余户在那里买了房，并强调说，如果单就环境清静而言，这小区是靠近市区的"绝版"。

我与妻子来小区一看，儿子所言不虚。其时，偌大小区内的房子多已售出，半数户主已经入住。小区的栋栋楼房，依山势而建，错落有致，间隔较远，均为设有电梯的小高层。当时，小区房价平均每平方米不足五千元，最顶层房价虽高，但每平方米六千元便可购得。过了此村，难有这店，在一一察看了尚未售出的楼房后，我和妻子当机立断，在小区最南端一栋临山傍崖的楼中，买下一套五层与六层的复式房，儿子也看中了这栋楼另一单元最顶端六层的一套房子，以备做婚室。

我始终认为，无论经济社会如何发展，人类首先应该考虑的是，如何将人安置于"适当的尺寸"中，最理想的当为把人安置在以大自然做背景的位置上。

第二年盛夏，装修好的房子正在通风。在一个大雨初歇的下午，我来到小区，细细品味了这里的景致。小区三面环山，山上苍松如盖，翠柏劲拔。小区内随处可见移栽的绿树红花，假山、亭阁、雕塑，点缀其间。先前梯田边上的杏、梨、樱桃、核桃树，也多有保留。小区南端的中间，一条流溪顺山而下，因势利导于新砌的长满芙蓉的池塘里。这时，山雀唱晴，蜻蜓舞水，蝉声聒耳。更喜我所住楼之西侧的高崖下，一道像水晶帘子般的瀑布，从崖上直泼而下，溅在石上的水花，晶亮多芒，看上去宛若一朵朵小白梅，纷纷飘落……这情这景，我似乎找到了儿时山野生活的某些感觉。

是年冬天，我与儿子都各自迁入新居。购房前，所有住在顶层的户主，都配有登上楼顶的房门，和一坚固美观的绿色大遮棚，楼顶四周皆设有围墙和护栏。按此前甲乙方达成的协议，楼顶使用权归买主，可在上面种植花木菜蔬。看来，我憧憬的农家院的愿景，已不再是非分之想，而变得触手可及。

然而，要在空中营造农家院，对一个城市家庭来说，无疑是一复杂的系统性工程，需要假以时日。

迁入新居不到两年，小孙子檀檀降生。世上没有一件宝，能胜过自己的孙辈，檀檀遂成了家中生活的圆心。妻子的精力，几乎都倾注于爱孙身上。一直忙忙碌碌的我，也无心思敦促妻子谋划空中农家院的事儿。这期间，小区内住在顶层的几乎所有户主，已将楼顶上的遮棚，或改为玻璃房或易为木屋，并在房前屋侧的围墙、护栏下，砌起畦池，栽上了花木果蔬。妻子每有闲暇，便逐户参观取经，希冀后来居上。直到 2010 年孟秋，檀檀入托后，我渴望修建的农家院，方付诸实施。

如何充分利用楼顶一百五十平方米的面积，是颇费脑筋的事儿。丈量、构想、可行性研究，请业内人士指导、点化，耗时月余，思维缜密且博采了众长的妻子，才让设计人员拿出了立体效果图。越两月，于隆冬时节，方建成南、北、西三面，都镶有镀膜钢化玻璃的木屋。屋前留有近五十平方米的庭院，木屋西侧留有十几平方米的狭长走廊。庭院及走廊的围墙旁、护栏下，都砌好了畦池，且在庭院和走廊上，都用防腐木搭起了可供藤本植物攀爬的棚架，浇水设施也安装停当。

畦池里要栽种的花木果蔬，都是土地的女儿。缺少土地那博大无私的母爱，它们就会成为"弃婴"。为保持移来泥土的绵软润泽，干湿有度，需首先解决排水问题。2011 年初春，妻子汲取其他户主的经验，先在畦池底部铺上了二十公分厚的炭渣，又复盖上了十五公分厚的建筑用沙。始料不及的是，为填垫沙之上的那四十公分厚的泥土，却是一波三折。

此前，我和妻子到济南东郊农村某苗圃订选花木时，曾另出资四千元，订购了两车泥土。这天，我与妻子正在城内访友，忽接卖主电话，说所买的六十袋泥土，已运至楼下。待我与妻子急匆匆登上空中农家院后，见来人手忙脚乱地已将泥土中的三十袋，倒入了畦池。打眼一看，我与妻子大惊失色：泥土竟全是从苗圃排水沟里，掘出的生泥蛋子！若用这板滞的生泥蛋子移栽花木，花木来不及沐浴明媚的春光，来不及倾听山雀醉人的歌唱，就会以它们待发的生命和柔美的青春，成为早春的祭品。

妻子蓦地想到，与她同龄的一女友，在南部山区购置了一所农家院，承包了一片山林，院中及林间的表层土，相当肥美。妻子和女友通了电话后，当天下午，我家的另三十袋尚未倒入畦池的生泥蛋子，就换回了她家同等数量的沃土。我青州的朋友闻得此事，也速用车送来两麻袋上好的羊粪，并嘱我搅拌于生泥蛋子中。家乡的一亲友闻讯，也捎来半袋豆饼和五斤麻酱……

楼顶的畦池，仅有区区二十余平方米。种哪些花木菜蔬，又成了家中一大"议题"。基本原则很快达成一致：栽花不求名贵，但求春夏秋三季有花；所种蔬菜能适应楼顶环境，并能最大限度利用好庭院周边的三维空间。在养花方面，妻子很有灵感，儿子屡夸他母亲："花儿如何喘气，老妈都知道。"前年，妻子养的那盆蟹爪莲，一年内四次开花，入冬后的那次绽放，竟延续到转年农历正月，那密匝匝红艳欲滴的花朵，在冬日里显得灼灼夺目。此时，妻子以深谙诸多花性的优势，主张多种花；而我为找回少年时代的记忆，力主多种菜。经儿子出面"调停"，我与妻子达成了"口头协议"：种花的主动权在她，种菜的掌控权属我。庭院周边的畦池，以南面中间为界，对半而分。但在种花方面，我却提了个附加条件：必须要栽两株石榴树。昔年家院中的那两棵石榴，曾以"五月榴花照眼明"的艳丽，和"嚼破水晶含露湿"的甘甜，给少年时的我留下了太多太深的念想。在蔬菜中，种南瓜成为我的首选。一是我家六层南阳台的房顶，有十平方米空间，可将畦池里的瓜藤，穿过护栏，引入其上，能拓展绿色空间。二是南瓜不计土薄水瘦，给点儿雨露就灿烂。更让我没齿难忘的是，在1959至1961那三年大饥馑时，它曾以"藤蔓半枯瓜倒悬"的果实，救过我和弟弟、妹妹们的命。

学子光阴诗卷里，杏花消息烟雨中。眼见小区内的杏、桃已经吐蕾，为不错过春时，我家空中农家院的移栽与种植，必须争分夺秒。庭院周边及木屋西侧的畦池里，先是栽下了一株文冠果，两墩玫瑰，三蓬连翘，六棵月季。继而，北京一朋友将其家养的七盆改良月季，从北京托运到济南，妻子遂当即将之植入月季"系列"中。我执意要栽的石榴，经向行家咨询，不宜在楼顶栽种。"榴都"枣庄的文友闻知，便运来两盆有着五十龄的石榴盆景，为不拂逆文友的隆情厚意，我与妻子连盆带树，小心翼翼地分植于木屋檐前两侧的畦池里。接着，我又在畦池里种下了黄瓜、茄子、青椒、西红柿、老来少扁豆等生性泼辣、农家院常见的菜蔬；并择畦池空间，栽下了三棵南瓜。庭院中及木屋西侧走廊的木架下，妻子原拟栽植葡萄与紫藤，我力图的却是，当年就要叶满架，花满棚，便在架下旁的畦池里，种下了葫芦、丝瓜、爬扁豆。妻子嫌她的花区仍不够丰富，便充分利用畦池间隙，栽下茉莉、矮牵牛、凌霄花……

大自然有着无所不在的灵魂和奥秘，妻子在楼顶"克隆"的农家小院也是如此。抑或是因了家住小区所独有的山缘、水缘与风神脉息；抑或是因了东郊苗圃的生泥蛋子、南部山区的沃土，青州羊粪及五莲豆饼、麻酱的相掺相揉，使畦池里土壤颗粒与微量元素的分分合合、紧紧松松、强强弱弱、主主次次，贴近了土壤构成的最佳契合点，谷雨刚过，农家院便呈现出一派勃勃生机。

那带花挂蕾移栽来的月季、玫瑰，经过短暂的适应，最先舒展开姹紫嫣红的笑靥，不时向登楼进院探望它们的家人，颔首致意；那两株五十龄的石榴盆景，承接地气后，也以艳而不俗，丽而不媚的层层花朵，像在心存感激地告诉主人，它们已开始了第二个青春；那仅有一拃多高的一排矮牵牛，火蓬蓬、红嫩嫩的花朵，竟与它们身穿的绿裙一样长，这些来自"小人国"的胭脂们，又仿佛在提醒主人，切莫忽略了它们的美丽……

畦池里的菜蔬，在过了蹲苗期后，吸足了水分和地力，都在摽着劲儿疯长。那黄瓜秧上柔黄的丝须，不断缠绵着以竹竿搭起的瓜架，一味想登上它们生命的制高点；那老来少扁豆，也以像蚕儿抽出的丝线一样的秧梢，紧紧抱着竿儿，弯曲回转，企图快速攀上架顶，去壮大它们郁郁葱葱的事业。在夏风、夏雨的熏育下，青椒、茄子、西红柿，竞相舞动着苗拔的身姿，奋发地演奏着它们的生命进行曲。那朴实、谦恭的南瓜，似乎无意急于建功立业，只是在主人的诱导下，将须蔓伸过护栏，在窄长的墙头上，沉着、坚定地匍匐前进……

妻子倾力修建农家院的初衷，是想让我从军艺离职后，能有一个清新空爽，既可劳作、赏玩，亦可涵化性情的空间。亲近自然，也是她的天性。她每天头午总会拿出两个小时，给花木菜蔬或捉虫或打杈或剪枝或浇水。空中农家院，竟成了她忘情恋栈的"伊甸园"。

檀檀出生后，孙子自会成为我每次出发时，与妻子通话的"主题词"。农家院香韵满园后，它又成为我心中的第二件"宝贝"。外出时，每每想起它，我日渐苍老的心，便溢满水一般的柔情，会情不自禁地向它流去。

没有虫鸣鸟唱，蝶飞蜂舞，空中农家院的诗意，当会寡淡许多。六月初，我便发现那玲珑的云雀儿，娇媚的黄莺儿，常来光顾这空中农家院；还有两只我叫不出名儿的蓝羽白脯的鸟儿，也常在瓜棚上下，匝匝翻飞，它们是来觅虫，还是爱上了这片风景，我不得而知。七月中旬，我正在沂山写稿，妻子电话中告诉我，夜间已听到有只蟋蟀在叫，家乡人送来的两笼蝈蝈，她已挂在黄瓜架上。我听后，欣喜无比。看来，我的农家院就要名副其实了。

七月底，我从沂山返济进家后，扔下行李，便急火火登上农家院。分别才二十天，院中那竞肥争绿，五彩斑斓的景色，超出了我的想象。地能生万物，土可发千祥。但见院中和木屋西侧走廊的木架上，早已被葫芦、丝瓜、爬扁豆的秧子所罩满，周边的护栏，也被密稠稠的绿所包裹。那润洁的宝葫芦状的葫芦，那长长的带着条纹的丝瓜，垂悬于木棚下，护栏间。畦池里，那顶着黄花、挂着嫩刺儿的黄瓜，那红扑扑、能照见人影儿的西红柿，那翡翠般墨绿的青椒，那紫红的闪着玛瑙般光泽的茄子……在我眼中，无一不是土地赐予我的灵魂补剂；此前，这妙意我只有在重回儿时秋梦的幻觉里，才能捕捉。

回家当晚，坐在木屋前的院中，我就聆听了蟋蟀那仿佛在纯银制作的琴弦上，才能弹奏出的乐曲；也饱享了蝈蝈那仿佛只有金属碰撞时，才能击打出的乐段。次日头午，天晴气朗，我又登上了农家院。这时，棚架上下，护栏内外，一群群蜜蜂，嘤嘤吟唱着，从玫瑰花飞到月季花上，从葫芦花飞到扁豆花上，它们那满身绒毛、胖圆圆的身躯，即使落到花蕊上，仍在欢快地张合着吮吸花粉的口器。那七彩缤纷的蝴蝶，雄飞雌从，一会儿飞向南瓜花，一会儿飞向丝瓜花，即便停在花朵上，双翼还在轻盈地扇动。它们的舞姿是那样潇洒优雅，我想，敦煌的飞天若能走下壁画，也会拜它们为师……

人的身上有着大自然的全部因素。只要人有意，一山一树，一花一草，一虫一鸟，都会同你相互感应。去年，从初春到金秋，只要我在家，每天会不下十几次登上空中农家院。每有文友来访，于木屋内品茗唠嗑，隔窗观山，到庭院里赏花、听鸟，成为我待客的最高"礼仪"。夏夜，家人围坐在空中庭院内，或摘两根黄瓜，或摘几个西红柿，分而食之，仔细品味。两岁半便能背过《三字经》的檀檀，时下已快满四岁。他幼小的心灵，正处于最旺盛的哺乳期。空中农家院，已成为他追天寻地的乐园，一天上午，他推开我的书房，拽着我说："走，摘根黄瓜，花下慢慢享用。"孙子这语法不完整的话语，在我听来，却是泥土赐予他的最完美的诗句。我知道，他"慢慢享用"的，不只是农家院中那没有被污染的黄瓜，而是点点滴滴浸润过他童心的大自然的甘泉。

到了"高树晚蝉，说西风消息"的暮秋，空中农家院四周的情调也变了。葫芦花谢了，丝瓜花凋了，只有月季、玫瑰、矮牵牛的花儿还在开放，像是要以最后的芬芳，来报答妻子的劬劳。霜降过后，那仅占畦池几巴掌地块的三棵南瓜的藤蔓，也日见干枯了。这些曾爬满护栏内外和六层阳台房顶、为拓展绿色空间竭尽全力的"功臣"们，在墙头上、护栏间，结下的六个把长肚圆的大南瓜，却显得分外醒目。它们即使谢世，还要在冬日里，给主人留下甜美的咀嚼，醇厚的回味。

元宵灯近，香散梅梢。在我记述空中农家院营造过程及去岁的景象时，木屋旁的三墩连翘，已是新萼满棵。我期待着龙年的农家院，榴花艳故枝，菜蔬翠新岁，以它们更浓郁的芳菲，更甘美的果实，将我与妻子拥抱自然的情怀，再度与它们紧紧啮合在一起，以洗濯物化社会不时袭来的精神上的负载，去实现生命的一点儿痛快。

2012 年 2 月 9 日于济南

（选自《人民文学》2012 年第 5 期）

一块土地

贾平凹

这话是把我吓了一跳，但我绝不会认为他的话是对的，我只是担心这十八亩地很快就要被铲草掘土，建起高楼了，那野鸡还能生存多少日子呢？

这是××给我说的，他说，那块地并不大，总共十八亩二分五，他们习惯于说是十八亩地。

十八亩地很平整，但北头窄，南头稍宽些，西边有一条水渠，水渠一拐，朝别的地方去了，拐弯处长了棵梧桐树。十八亩地里冬天种麦夏天种包谷，庄稼长得好不好，他那时太小，只有两岁吧，并不理会，他只关心着那棵梧桐树上会不会来凤凰。梧桐树是沙白村里最粗的树，树冠特别大，也特别圆，风一吹，就软和了，咕涌咕涌地动。大人们都说，梧桐树上招凤凰，但他从来没见过凤凰，来的全是黑羽毛鸟，一落进去就不见了。

那时候，他的太爷还在，太爷鼻子以下都是胡子，没有嘴。他记得有一阵子太爷总是去十八亩地，从地北头走到地南头，再从地南头走到地北头，来回地走。太爷在地里走着就背了手，腿好像没了膝盖，直戳戳往前迈一步，再迈一步，像是不会走路似的。从渠沿上走过的人说：阿爷，你咋天天都量地哩？

太爷说：我有么！

那人说：那原本就是你的么。

太爷瞪了一眼。

太爷为什么要瞪人家，他不知道原因，后来是爷告诉了他，爷的爷初来乍到沙白村时，还是一片狼牙刺滩，一家人起早贪黑硬是挖掉了狼牙刺，搬走了石头，才修出来了十八亩地。但在太爷三十岁的那一年，房子着了大火，把什么都烧成了灰，十八亩地就卖给了村里的马家，太爷还从此给人家吆马车。

太爷在用步子丈量着十八亩地，村子里正叮叮咣咣地敲锣鼓。锣鼓差不多都敲过十天半月了，还是敲，那是一套新置的响器，敲起来他总以为要敲烂了，可就是敲不烂。

锣鼓敲到谁家，谁家就拿一条红被面来挂彩，快到他家时，太婆舍不得把红被面披出来，记得太爷站在上房台阶上吃水烟，太爷每天丈量一遍十八亩地回来都要吃水烟，说：你呀你呀，新社会了么！

他那时候不晓得什么是社会，社会又怎么是新的了。

太爷说：土地改革了呀！

太爷在十八亩地里种了麦子，麦子长势很好，风一来，麦地里就漩了涡，风好像有双大脚，一直在那里跳舞。可是，麦子刚刚泛黄，眼看着都要搭镰了，太爷却死了。

太爷他没福。

沙白村的坟地都是在村东那个堆料浆石的高岗子上的，只有太爷的坟埋在梧桐树下。太爷临死前给太婆交代，这十八亩地是极力要求分回来，宁愿一人孤孤单单，一定要埋在十八亩地里。太婆和太爷一辈子意见不合，平日一个说要这样，另一个偏要那样，太婆说：啊，这一回听你的。就把太爷埋在了梧桐树下。

村里的人说，太婆真不该把太爷埋在十八亩地里的，可能太爷知道太婆不顺听他的话，故意反说的，太爷哪里会舍得让坟占用十八亩地呢？他们就提起太爷的往事，说马家不仅在沙白村的土地多，在西安城里仍还有一个骡马店，太爷就每日从渭河码头上到城里的钟楼下，又从城里的钟楼下到渭河码头上吆马车拉客。冬季的夜里吆完最后一趟马车，钟楼下就有老妓女等太爷，太爷便给她买两碗热馄饨，她可以整夜把太爷的一双脚抱在怀里暖热。这老妓女后来就是他的太婆。但这话爷不让后辈人说，他爹不说，他也不说。

其实，太爷的事他记得并不多，记得深刻的还是他爷。爷对十八亩地更是上心，种麦，种包谷，也种豌豆和芝麻，地堰砌得又细又直，地里的土疙瘩都揸得碎碎的，更不能有一棵杂草。沙白村人在很长时间里流传着一个笑话，说爷有一次进城，沙白村离城有十里路，爷感觉要大便呀，就往回赶，须要把便屙在十八亩地里，但终究没憋住，半路上屙了，却还屙在荷叶上提回来倒在地里。这笑话或许是编的，但他亲眼看过爷在吃土，那是一个秋后，十八亩地犁过种麦，麦苗还没有出来，爷领着他在地里走，爷一直鼻孔张大地吸。他说爷你吸啥呢？爷说你没有闻到土气香吗？他闻不出来，爷就从地上捏了一把土，捏着捏着，竟把一小撮塞在嘴里嚼起来了，吓了他一跳。

他说：爷，爷，你吃土哩？

爷说：吃哩。

他说：爷是蚯蚓。

爷哧哧地笑了，说：蚯蚓？啊，蚯蚓，爷是蚯蚓。

后来，爷就当了村长。当了村长，就走方字步，而且每次出门，都要披一件衣服，冬天里披的是棉袄，夏天里披的是褂子，在村道里走，人人见了都问候。爷怎样经管着村子，他不甚清楚，但在爷当村长的几年里，沙白村一下子成了远近闻名的先进村。

有一年夏天，有个风水先生来到村里，看了沙白村地形，认为沙白村并没什么出奇处呀，就见到爷，怀疑村长的祖坟是不是好穴位，爷带着他就去了十八亩地。才走到水渠拐弯那儿，爷却让风水先生等一等，风水先生问为啥？爷说：一群孩子在地南头偷吃豌豆哩，咱突然去了会吓着他们。风水先生哦了一声，不再去看穴位，说：我明白了，全明白了。

是过了两年吧，村里又是敲锣打鼓，叮叮咣，叮叮咣，他还是操心着锣鼓要敲烂了，可锣鼓就是敲不烂。爷当然也是参加了锣鼓队，但敲完锣鼓回来，婆在问爷：咋又敲锣鼓哩？

爷说：社会又变呀。

婆经过土改，以为又要分地，说：村里不是地都分完了吗?

爷说：要收地呀。

这就是成立了人民公社，沙白村各家各户的土地都收了，十八亩地也收了，所有的土地都归于集体。

村子里架起了高音喇叭，喇叭是个大嘴，整天在说着人民公社好。但是爷不久就病了，爷发病先是眼睛黄，后来浑身黄，黄的像土，再就是肚子泄，汤米不进。沙白村成了人民公社的一个生产队，生产队选队长，选的还是爷，爷已经领不了社员们去拔界石，扒地堰，平整大面积耕地了。侧睡了一个月，到了初秋，爷突然精神好些，要家里人挽着去十八亩地，家里人挽着他到梧桐树下，爷说：哦，芝麻开花了。头一歪，咽了气。

爷死后没有埋在十八亩地里，因为十八亩地已经不属于他家的地了，爷埋在了村东堆料浆石的高岗子上。太爷的坟堆也平了，清明节去祭奠，只在梧桐树下烧烧纸。

十八亩地里再不可能还种豌豆和芝麻了，那是村里最好的三块地之一，秋季全种了包谷。包谷秆上结了棒子，像牛的犄角，他总感觉十八亩地里是摆了牛阵，牛随时都会呼啸着跑出来。

那些年里，吃粮吃菜连同烧锅的柴禾都由生产队按工分的多少来分的，人开始肚子吃不饱饭，猪也瘦得长一身的红毛。沙白村的人几乎都成了贼，想着法儿偷地里的庄稼，他也就钻到十八亩地里将套种在包谷里的黄豆叶子。将黄豆叶子时连黄豆荚一块将，拿回家猪吃叶子，人煮了豆荚吃。他是先后去将过三次，第四次让队长发现了，队长夺了笼筐，当场就用脚踏扁了。

他说：这十八亩地原本是我家……

队长说：你说啥? 你再说?!

队长扇了他一个耳光，他就没敢再说。

他回到家要把挨打的事说给爹的，爹却正把那套锣鼓往他家的土楼上放，他以为又要敲锣鼓了，爹告诉他这套锣鼓一直在常三爷家，常三爷年纪大了，常三爷的儿子老谋着要把锣当烂铜烂铁卖了去买黑市粮呀，常三爷就让爹存到他家的。

这锣鼓从此就放在他家的土楼上，再也没有敲过。有一年村里有个叫朱能的人来他家借小米，他家没有秤，也没升子，朱能说你家不是放着锣吗，给我量上一锣。他爹从土楼上取锣，锣里竟然有一窝新生的老鼠，用锣量了一锣小米，朱能却是把那一锣小米做了干饭，一顿吃了。

朱能坏了村子的名誉，周围生产队的人都在嘲笑，说沙白村的人是饿死鬼托生的。

在他七岁的那年，娘得了一种病，就是腰越来越弯，好像她背上老压着大沙袋似的，眼睛再也看不到天了。爹把他寄养在了城里的姑家，就在那里上学。村里的事自那以后他便知道得少了，只晓得爹在后来像太爷年轻时一样，吆起了马车。但爹吆马车不是去拉客，爹是到城里拉粪。每个星期六，爹都要来姑家的那个大杂院收粪水，辕杆上就吊一个麻袋，里边装着红薯，或者是白菜和葱，放到姑家了，便在厕所里淘粪，然后一桶一桶提出去倒在马车上的木罐里。那匹老马很乖，站着一动不动，无论头是朝东还是朝西，尾巴老是朝下。掏完了粪，爹是不在姑家吃饭的，带着他回沙白村过星期天，他便坐在辕杆上。

他是每个星期六都坐粪车的，一直坐到了中学毕业。

这期间发生了多少事啊，比如，他娘死了，他爹摔断过腿，头发一根一根全白了，他又上了大学，大学毕业又在一家报社上班。

就在他再一次回到沙白村，要把工作辞退准备经商的想法说给爹，他记得清清楚楚，那一天他家的院子里涌了好多人。这些人在从土楼上往下取锣鼓，鼓是皮松了，重新拉紧钉好，而锣也锈了几处，敲起来还是震耳欲聋。他那时真笨，以为他们要闹社火，还纳闷着沙白村从来就没有闹过社火呀。

院子人说：征地啦，征地啦！

他说：土地又改革呀？

院子人说：你还是城里人哩，你不知道征地?！

他当然知道征地，好多城中村都征地盖楼房了，可他哪里能想到，沙白村距城这么远的，怎么就征到了这里的地！

沙白村的锣鼓叮叮咣咣敲动着，沙白村里真是被征了地，不仅是征了耕地，连村子都被征了。因为沙白村西边的三个村子原是唐代的皇家公园旧址，现在要恢复重建，周围十几个村子都得搬迁。

那个晚上，沙白村人都在高兴，这地一征，社会又变了么，他们终于不再是农民了，以后子子孙孙永远不是农民了，而且每家还领到了一大笔补贴费，就筹划着该怎么使用这些钱了：去大商场租个柜台吧，从广州上海进货，做服装生意，却又担心如果货卖不出去怎么办。最可靠的还是到街上去摆地摊吧，或者推个三轮车去卖早点。他爹却在屋里喝闷酒，喝了半瓶子，喝得一脸的汗都是油。

爹问：你爹真的也不是农民了？

他说：没地了，当然不是农民了。

爹却说咱到十八亩地去。

他能理解爹的心情，以前分了地，又收了地，地还在沙白村，天天都能看到，现在却要离开沙白村，十八亩地说不定做什么用场，就再也没有了呀。他陪爹去了十八亩地，那一夜月亮很亮，爹又像太爷一样，反背了手，腿也没了膝盖，直直地一步一步从地北头走到地南头，从地南头走到地北头。走了七八个来回，爹的腿一软就跪在地上磕头。他不知道爹是给十八亩地磕头哩，还是给埋在十八亩地里的太爷磕头。

爹离开了沙白村，搬住到了城西南角新建的小区，把家里的什么都带去了，包括那一套锣鼓。但爹过不惯高层楼的生活，说老觉得楼在摇，晚上睡不踏实。

他不能陪爹呀，先还是十天半月去看望一次，后来三四个月也难得去，因为他的公司经营外贸生意，生意又非常好，而且在积累了一定资金后，他也开始进入房地产市场。

城市发展确实很快，像潮水一样向四边漫延着扩张着，那个唐代的皇家公园在三年内就恢复重建了，果然成了西安最现代也最美丽的地方，原先20万一亩征去的土地，地价开始成了400万一亩，纷纷建造了别墅，别墅已卖到两万元一平方米。还未开发的那些地方，政府都用围墙圈着，过一段时间，拍卖一块；再过一段时间，再拍卖一块。

当然，每次拍卖会他都去参加的，每次参加了都铩羽而归，因为价钱实在是太高了。但当又一次召开拍卖会，拍卖的是沙白村那一片面积，他竭力竞争，他的实力不可能拿下整个沙白村，却终于得到了那十八亩地的开发权。

他把这消息告诉了爹，爹雇了一辆三轮把那一套锣鼓拉到了十八亩地里，和他公司的员工整整敲了三天三夜，叮叮咣咣，这一回鼓敲得散了架，锣真的就烂了。

他说，这十八亩地他要得到，就是倾公司的所有力量，一定要得到，得不到他就得疯了。他确实有些孤注一掷，甚至是变态了，他在给他的员工讲道理，他说十八亩地，是他看到的也是经过的，收了，分了，又收到，又分了，这就是社会在变化。社会的每一次变化就是土地的每一次改革，这土地永远还是十八亩呀，它改革着，却演绎了几代人的命运啊！

××说完了他的故事，我让他带我去十八亩地看看，十八亩地果然还被围墙围着，地很平，没有庄稼，长着密密麻麻一人多高的蒿草。水渠已经没有了，那棵梧桐树还在。那真是少见的一棵树呀，树干粗得两个人才能抱住，树冠又大又圆。突然，地的南头嘎喇喇一声，飞起了一只鸟，这鸟的尾巴很长，也很好奇，我们立即认出那是野鸡，就撵了过去。野鸡还在草上闪了几下，后来再寻就不见了。

怎么会有野鸡？野鸡是能飞的，但它飞不高也飞不远，围墙之外都是楼房，它是从哪儿来的？我们都疑惑了。

我说：是不是沙白村原来就有野鸡？

他说：这不可能，我从来没在村里见过野鸡。

我想，那就是这十八亩被围起来后，地上自生了蒿草也自生了野鸡。因为只有一个水塘，水塘里从没放过鱼苗，过那么几年水塘里自然不就有鱼在游动吗？

××却突然地说：这是不是我太爷的魂？！

他这话是把我吓了一跳，但我绝不会认为他的话是对的，我只是担心这十八亩地很快就要被铲草掘土，建起高楼了，那野鸡还能生存多少日子呢？

　　又是一年过去了，我再没见到××，也没有听到关于他的消息，有一天路过了那十八亩地，十八亩地的围墙换了，换成了又高又厚的砖墙，全涂着红色，围墙里并不是建筑工地，梧桐树还在，蒿草还一人多高。而围墙西头紧锁着两扇铁门，门口又挂着一个牌子，写着：一块土地。

（选自《南方周末》2010 年 8 月 25 日）

村庄笔记

南 帆

一

要说的这几个村庄都不会在地图上留下姓名。

世界上只有几个村庄诞生过伟大的历史神话，成为圣地。大部分村庄潦草地摊在田野之间，山坳的皱折里，或者江河的堤岸上。几截龟裂的泥墙和乌黑的椽子，炊烟低低地缭绕在潮湿的瓦片夹缝中，芭蕉树阔大的叶片和龙眼树茂密的树枝，重叠而上的农舍之间大大小小石块草草砌就的台阶，公鸡抢在黎明到来之前争先恐后地啼叫起来，瘦巴巴的生产队长披一件蓝褂子站在晒谷场中央，操一口方言抑扬顿挫地骂人………现在，这些村庄正在急速地向我的记忆深渊沉没。

年轻的时候，我当过几年乡下人。当年乡村的天空仿佛更开阔一些，阳光里有很多稻谷的气息。暮色苍茫，归鸟漫天，田间的青蛙和草丛中的爬虫鼓腹长吟，世界一片嘈杂。我混迹于一堆皮肤黧黑、衣裳褴褛的农民之间了，斜戴一顶斗笠，荷一柄锄头，厚厚的工衣一遍一遍地被汗水腌透，硬如铠甲。夏收夏种是一个百般辛苦的季节，清晨的五点钟已经下到了水田里。背负一轮火辣辣的骄阳挥镰割稻，汗水如注蜇痛了双眼。不小心一刀割到左手的小拇指，蚯蚓般的伤疤至今还会一阵隐痛。农民觉得我的个儿高，弯腰割稻子不够利索，吩咐我到打谷桶那儿摔打稻子。当时南方的多数乡村已经用上了脚踏脱粒机。这是一种半自动的机械：一只脚不停蹬着脚踏，皮带带动滚筒飞快地旋转；双手用力将一捆稻子按上安装了铁刺的滚筒，谷粒嗤啦啦地旋出来。奇怪的是，村庄里的农民不乐意使用，他们嫌机械脱粒不够干净。一捆稻子的芯里常常遗留十来粒谷子打不下来，多么可惜。农民宁可使用原始的打谷桶。四四方方的打谷桶往田里一搁，四根竹竿支起一个小帐篷，远远望去，宛若围起一个匿藏了许多秘密的小城堡。打谷桶里放置一个木筛子。挥起一捆稻子重重地砸在木筛子上，有节奏地抖动几下，谷粒哗啦啦地落入桶里。奋力摔打过几次，谷子已经一粒不剩。站在水田里一天干下来，晚上双臂无力如同脱臼。第二天早晨起床，两条胳膊疼痛得抬不起来，以至于没办法穿衣服。

　　这个活大约要干十来天，然后放水犁田，开始插秧。犁田的技术含量很高。跟在水牛背后扶稳犁耙，吆喝一声甩出鞭子，田间的牛把式是一个神气活现的角色。水牛一对弯弯的犄角，圆滚滚的肚子，拖一具铁犁耙轻松地犁开了仅仅剩下尖利稻茬的田地。我曾经申请试一试，可是遭到了拒绝。轮不上这等风光的差事，只能蹲起马步窝在一个角落里插秧。插了十来米，水田里的秧苗弯曲蛇行，周围的农民就会不满地嘘起来。几只蚂蟥悄悄地爬到了腿肚子上吸血，一注细细的血流顺着皮肤淌到了浑浊的水田里。伸手狠狠地一扯，蚂蟥断成了两截，上半截仍然牢牢地叮在腿上拔不出来。这时只得向农民借一支点燃的烟卷，先将蚂蟥烫得蜷缩起来，然后再把它拍落。

　　这种日子想起来多少有些心酸，以至于我很少重温这一段生活。三十多年之后沿着一条水泥路橐橐地进入一个村庄，打开记忆的竟然是一个意想不到的器官。我的脚趾头和脚后跟首先想起来，那个时候的行走可没有这么轻松。当时村庄里一律黄泥路，坑坑洼洼。坐在手扶拖拉机的拖斗上，剧烈的颠簸总像是随时就要翻车。一阵豪雨歇了，大片的田野渐渐从白蒙蒙的水帘之中浮现出来，然而村庄里的所有道路一片泥泞。出门没有走几步，鞋子上就糊上了两大团泥巴，如同穿上了两个大泥坨子，每一个泥坨子至少五六斤重。

现在多数的村庄里都铺设了一条水泥路。水泥路宽不过三四米，路面与旁边的土地之间几乎没有任何过渡。水泥路的边缘即是杂草、砂石、泥土。某些路段，建筑用的沙子和黄土径直占用了一部分路面。我一次又一次地觉得，铺到村庄里的水泥路是另一个世界弯弯曲曲的血管。那个叫做城市的地方如同一个心脏，一个又一个的村庄由于这些血管而联结到某一个躯体之上。村长是一个腰里吊了一大串叮叮当当钥匙的汉子。他收起了正在通话的手机寒暄了几句，骑上摩托车沿着水泥路一溜烟地驰走了。路旁一幢灰砖的农舍边露出一辆蓝色小卡车的尾巴。即使在乡村，汽车也算不上稀罕之物了。我年轻的时候，坐一趟汽车真不容易——我和一伙人多次以赌命的方式拦截运货的卡车，只不过为了到二十公里之外的县城看一场电影。现在，一辆又一辆的大卡车沿着水泥路驶入村庄，歇在路口。毛竹、橘子和蔬菜运走了，年轻人一个个地运走了，最后，村庄的魂魄也运走了。

不知什么时候开始，村庄里一天比一天安静，到处都空了。

二

大半个世纪之前，广袤的大地动荡起伏。每一个村庄仿佛都在剧烈地摇晃。一群群脸孔黧黑的农民手执梭镖和鸟铳揭竿而起，先是撞开了土豪的朱漆大门，然后浩浩荡荡地包围了城市。农村包围城市是革命领袖的伟大构想。相对于无边无际的田野和星罗棋布的村庄，城市犹如一条惊慌地颠簸的小舢板。城市的滚滚红尘和纸醉金迷意味了糜烂、颓废和坠落，青纱帐里神出鬼没的八路军和游击队才是大地的儿子。那个时候的知识分子纷纷逃离城市，奔赴乡村。如果肩上没有压过担子，脚上没有踩过牛屎，皮肤没有晒成古铜色，他们就没有资格谈论民族的命运。许多事实证明，杰出思想的诞生地是乡村。种种带有泥土气息的观点是那些关在学院里的知识分子怎么也想不出来的。革命领袖就是在山沟里对于那些自以为是的戴眼镜家伙宣布：反对资本主义！泥腿子的革命大功告成，但是，他们攻陷了城市之后并没有遗忘自己的来历。回到田里割几垄麦子或者到一个村庄喝口水，这是在湿润的泥土之中体验传统，召唤灵感。

开始当乡下人的时候，文学曾经帮我制造了一大堆一厢情愿的想象。《暴风骤雨》、《三里湾》、《红旗谱》、《创业史》、《艳阳天》、《金光大道》均是我预习多遍的乡村生活教科书。我猜想第一天就会在村庄里遇到浓眉大眼的支书，公而忘私的铁姑娘和尖嘴猴腮的周扒皮，两个月以后将在地主的床底下挖出一支报复革命的二十响驳壳枪。意外的是，这些文学虚构并未如期实现。困扰我的居然是另一些琐事——我没有想到屋后那一口水井冰凉彻骨，没有想到蜂拥而至的蚊虫如此凶猛。尤其意外的是，一向安分守己的胃突然开始造反——一夜之间，我的饭量大增，以至于每时每刻都处于饥饿制造的恐慌之中。

还没有习惯离家的生活，晚上成了难熬的时光。收工之后穷凶极恶地吞下一大钵的米饭，然后定了定神坐到一盏摇曳不定的油灯前。这时的村庄已经万籁俱寂。风吹竹林，群山滚滚，独在异乡，愁绪一寸一寸地漫上来了。何以解忧？残存的书生意气诱使我再度投靠了文学。长夜难眠，在山坡下的一幢孤楼里搜索枯肠写几句诗，犹如给自己注射美学麻醉剂。斜峰残阳，野渡孤舟，骤雨初歇，落霞长天……仿造一些吟咏田园的诗句，恍然栖身于山青水秀之间。不久以后我就意识到，这些诗句是一堆虚伪的破玩意儿。五柳先生采菊东篱下，王维、孟浩然、苏东坡，古人的山水是没有温度的。君王的冷眼，同僚的倾轧，胡不归？明月松间照，清泉石上流，这些山水是他们修身养性的镇静药。不知深浅地将这些玩意儿搬运到皱巴巴的纸面之上，神闲气定的风格根本托不住大汗淋漓的日子。每一天清晨，我嗵地从诗里落到风尘仆仆的地面。睡眼惺忪地出了门，一步一滑地穿过一条条田埂，一脚踩入水田，冰凉的泥浆立即淹没到膝盖。挥动手里镰刀或者草耙子的时候，种种诗情画意一下子溜得无影无踪。

无数稀稀落落的村庄面目相近，这儿无非是农民居家过日子的地方。太阳照射到村口的那一棵大榕树时，村庄里的钟声当当地响起来。挑一副担子出了门，彼此寒暄的时候估计一下今年的虫害和收成，预测年底一个工分值多少钱。风吹日晒，砍柴锄草，大部分村庄既没有戏剧性故事，也没有迷人的风景。弄清这一点的时候，我已经算一个地道的乡下人了。这不是一种轻慢或者失意，而是学会了把日常生活的全部重量搁到了这一块土地上。

我没有料到的是，现在与"土地"联系在一起的众多词汇都在贬值。山脉，田野，森林，河流——当然还有村庄。所有的人都明白，土地膜拜过时了。当今世界的头版位置是留给硅谷、华尔街或者石油输出国这些地方的，历史提速的动力来自金融家的资本运作，来自那些著名实验室提供的玄妙结论，或者来自所谓的信息，而泥土里长出来的庄稼已经端不上台面了。

世界变得太快了。

三

那一天在村口见到了一幢黑黑的礼堂。同行的一个人说，小时候她曾经在这个礼堂演出。礼堂门口的长条台阶是乡村的聚会处所，多少有点儿像城市的广场。看来这一座礼堂已经废弃多时，大门上挂了一把锈迹斑斑的大锁，丢了合扇的窗户耷拉下来，玻璃上一层厚厚的灰尘。一只狗懒洋洋地趴在门廊上，许久才抬起眼皮瞥路人一眼。

从礼堂边上的石板路拐入，一排排摩肩接踵的破败房子似乎阒无人迹。几块木制的墙板脱落下来，石块垒起的台阶隐没在杂乱的荒草中。一只四脚蛇一扭从石板路面闪过，窜入石缝。几捆干枯的柴草摊在墙根，一张晒豆子的匾滚落在台阶下，边上那个断了铁箍的尿桶已经散开了。信步进入一个院子，东面的黄泥墙塌了半堵，一簇长长的茅草晃动在豁口上。天井的长石板条中间一汪一汪的污泥，接在一个水龙头上的塑料管弯弯曲曲地拖在地上。一只鸭子待在厅堂的正中，把头埋在翅膀里睡觉。几个装农药的铁皮桶和麻袋胡乱堆在柱子下，柱子上倒是镌刻了一副楹联。一对白发的老人突然从厢房破损不堪的窗棂下钻出来，热络地用方言招呼我们吃午饭，窗下一个电饭煲正在噗噗地冒出白汽。老人家神情快活，嗓门高亢，似乎不觉得这幢院子有什么问题。

磕磕绊绊地走在村庄里，似乎仅仅听到了自己的脚步声和喘息。两堵泥墙的夹缝偶尔闪出一条窄窄的小巷，光滑的石板路笔直地伸入纵深之后一折绕走了。巷子尽头的泥墙有一扇小小的石窗，窗内乌黑一片。沿途遇见了若干倒塌的院落，阳光之下芳草萋萋，几堵孤立的残墙缄默不语，两扇开始朽烂的门板黯然歪倒在地。一个人从路上捡起一根竹条，他说下一个路口的几条狗十分凶悍。话音未落，一群大大小小的黄狗雄赳赳地冲出来，拥挤在路口伸长脖子狂吠，仿佛他们才是这些房子的真正主人。

四

当年我是在乡村开始喝酒的——乡下从来就是醉酒的地方。我到一户农家院落里找个熟人，无意地撞上了一场婚宴。昏暗的厅堂里摆了几张圆桌，上面搁了几盆冒白汽的热菜。一堆人坐在长条凳上，面前一双筷子和一个小酒盅。熟人从桌上站起来，一定要敬我三盅。那是一种微酸的自酿米酒。我没有想到的是，同桌的另一些人不依不饶——只和熟人喝酒就是看轻了他们。我只得逐一喝过，片刻之间三十杯下肚。出了门一脚长一脚短地走了一会，很快就没事了。乡村的婚丧节庆都是喝酒的理由。桌面上吆三喝四地划拳，桌子底下几只狗挤来挤去，争抢丢下的骨头。农民告诉我一个诀窍：脱了鞋子，双脚踩在厅堂的泥地上不容易醉——酒气顺着脚板透到地里去了。尽管如此，还是常常被米酒醉得东歪西倒。一个伙伴将光脚搬到桌面上，要求别人评价他的脚板红成了什么样子；另一个出门绕着一根电线杆打转。他企图与电线杆握手，可是一直找不到对方的胳膊。

逢年过节，乡村是一个红红火火的地方。杀猪宰羊，鸡飞狗跳，鞭炮一阵阵响起来，孩子在小巷子里尖啸而过。即使不愿意出门走家串户，坐在屋子里也察觉得到喜庆的气氛。天色晦暗的时候，肯定有人招呼喝酒。没有人嫌弃薄酒淡菜，聚在那儿就是一个热闹。如果村庄里晚上有一台戏，男女老幼都会冒着寒风早早地挤在戏台面前。台上咿咿呀呀地唱和乒乒乓乓地翻筋斗，台下的黑暗中推推搡搡和打情骂俏。通常，年轻人更想有一场电影。白色的银幕牵在晒谷场上，夜风吹得鼓起来。一些老掉牙的电影照样百看不厌，许多人背得出每一个主角接下来要说些什么："张军长，拉兄弟一把！""先生，能帮忙推推摩托车吗？""让列宁同志先走！"……现在的村庄里还有人记得这些名言吗？

我曾经在瘦巴巴的生产队长家喝过一回。旧历七月半是当地的鬼节。祭奠供奉之余，活人当然也跟着享用一番。酒足饭饱之后夜渐渐地深了，据说这时的鬼魂开始出来活动手脚了。一些人甚至说得出无常出门的时间。他们信誓旦旦地说，半夜里曾经听到街上叮叮当当地响——那是无常前往拘人，手中的铁链拖过石板路面时发出的声音。听了这些故事，我更不愿意独自行走几里的山路返回住处。生产队长在他家的厅堂里为我安排了一张竹床，不料这一夜根本无法入睡。我完全没有想到，瘦巴巴的生产队长居然可以发出如此强悍的鼾声。鼾声源源地穿透门板盘旋在厅堂，即使用枕头捂住耳朵也无济于事。

估计生产队长已经过了七十。我想象他满脸皱纹地坐在门槛上晒太阳，神色木然。我在许多村庄里见到这种老人。他们静静地坐在那儿，看守背后的一座空落落的村庄。身上的一把力气用完了，人就变成了一具空壳。可是村庄为什么变得如此荒凉？那些大呼小叫、强壮而快活的年轻人哪去了？

五

这些村庄的年轻人成群结队地提上一个编织袋，乘坐拥挤不堪的火车前往城市打工。即使找不到工作，他们宁可一堆一堆地坐在人行道上打扑克也不愿意回去。如同当年知识分子纷纷逃离城市，现在是农民逃离土地的时刻。一排排的农舍里只剩下老人和孩子，空寂的村庄渐渐丧失了生气。

然而，我竟然在一个空寂的村庄发现了一个古怪的现象。这个村庄的墙上完整地保存了各个年代的标语——从二十世纪五十年代的各种口号到七十年代革命领袖的语录。令人费解的是，那一条窄窄的主干道上，每隔五六米，墙上就贴了一张治疗花柳病的广告。拐入路边一个臭气熏人的简陋厕所，整面墙上花花绿绿地贴满了如何治疗阳痿或者淋病。我差不多就要这么猜想了——如果村庄里不是开了一家妓院，那就是开了一家性病诊疗所。

三十多年前我抵达乡下的时候还是一个毛头小伙子。田野之间的开放气氛令人瞠目。一大群人嘻嘻哈哈地涌入一块田地，割稻、插秧、锄地兼带互相骂娘或者泼粪。最为放肆的是那些结婚不久的小媳妇。她们似乎是过来人了，一大堆叽叽喳喳地说起床上的事情百无禁忌。一个小媳妇突然意识到我就在边上锄地，指着我吃吃地笑起来："他都听见了！"另一个小媳妇大声说："他们不就爱听这些吗！"一阵放浪的笑声之中，我反而成了一个大红脸。有时，一伙小媳妇会风卷残云般地冲过去，七手八脚地按倒一个汉子，往他的裤裆里塞泥土。搏斗之中，她们的衬衫倒卷起来，露出了古铜色的结实后背。

那些未出阁的姑娘混在小媳妇之间，她们仅仅是鼓噪而不动手。听到各种赤裸裸的玩笑，她们照样开怀大笑而毫无扭捏之态。一群人公然议论村里的一个流鼻涕的娃娃，说他的鼻子是张三的，耳朵是李四的，额头是王五的，我在阵阵喧笑之中茫然了很久才明白，原来众人正在集体揣摸谁是这个娃娃的父亲。偶尔他们也会将话题转到了那些姑娘身上。锄地的间歇，一个白皙的、嘴边有个黑痣的姑娘将下巴搁在锄头把上偷懒，边上一个汉子问她是不是想嫁给村里的那个小木匠。小木匠擅长在木床上雕出各种龙、凤或者花卉，这可是一门挣钱的手艺。那个汉子露骨地说："你让他把钞票哗哗地点过来，然后爬上那个雕花大木床，这才叫爽啊！"那个姑娘脸不变色，朱唇微启，极其清脆地吐出一句粗话。一张姣好的面容与一句脏话结合得天衣无缝，我至今还记得当时的惊愕。

穿过田埂的时候，当年那些放浪的笑声和粗话突然在脑后回响，可是现在的田野上空无一人。不会再有一大堆男女扛着锄头在那里闲话、嬉闹或者扒谁的裤子，种种男欢女爱的故事不会再有阳光、泥土或者稻草垛子的气息。我觉得，这些故事变得幽暗起来了，偷偷摸摸地转移到灯光暧昧的发廊或者按摩店这些地方，只有墙上那些治疗性病的广告被风刮得簌簌地响。

六

另一个村庄就在高速公路旁边，远远望去东一疙瘩，西一疙瘩的房子。这个村庄似乎很兴旺，房子还在一幢接一幢地盖起来。村庄背后的一座小山坡被劈开了，植被下面露出了一大块黄色的土芯。这是盖房子就近取土的地方，一辆手扶拖拉机还停在那里。多半是资金的原因，村庄里的许多房子盖到一半就停了下来。裸露的红砖还未抹上水泥，屋顶上一簇簇钢筋指向天空。一些房子的窗口伸出几捆长长的木条，另一些窗口已经拉上了窗帘——先住进来再说。一些赤膊的汉子在这些房子门口进进出出，不知是房子的主人还是建筑工人。一幢尚未完工的房子迫不及待地在底层开了一个杂货铺，贩卖香烟、方便面和矿泉水。没有顾客的时候，主人就将卷帘门哗哗地关上。

村庄里有各种版本的房子。木头模具架还未拆除的，修了两层停下的，墙面上抹上了灰色水泥的，许多房子的外墙醒目地架设着白色的 PV 管，偶尔还挂了一台空调机。至少有一半房子的屋顶搁上一个亮晶晶的铝皮太阳能热水器。这些杂乱房子中间突然会冒出一幢鲜亮的小楼，铝合金窗上镶入蓝色的玻璃，墙面的白色瓷砖和屋顶橘黄色的琉璃瓦在太阳之下闪闪发光。

村庄里老房子的窗户又窄又小，内部光线昏暗。厨房里的锅碗瓢盆，厅堂上的木制桌椅，屋角的锄头和畚箕、粪桶，悬挂在房梁上的蒜头、辣椒，一台老式的榨油机。登上二楼的楼梯，这一切无不沉浸在半明半昧之中。老房子主要是由木条和黄泥墙搭盖起来，坐落在石块垒的墙基之上。传说这些老房子冬暖夏凉。年深日久，一代又一代的老人陆续死去，新生的婴儿呱呱坠地，长大成人。房子的横梁和柱子慢慢变黑，泥墙被雨水冲出了一道道弯曲的纹路，整幢房子仿佛在土地上生了根，若干藤蔓沿着墙根爬了上来，房子附近长出了一簇一簇的灌木。很久以来，荒野上奔窜的豺狼虎豹已经沦为遥远而缥缈的传说。大部分动物早就不再在林子里游荡。它们一拨一拨地进驻老房子，安营扎寨。屋檐下有了个鸟巢，猪在厩里哼哼；鸡、鸭在天井里悠闲地觅食、拉屎；狗忙碌地跑进跑出；老鼠、菜花蛇和青蛙隐在台阶下面的小洞穴里；一团团的蚊虫盘旋在炉灶口……

新建的房子窗户宽大，有一扇门通向阳台，厅堂里十分敞亮。这些房子多半是套用了别墅的设计图。奇怪的是，大量新盖的房子朝向不一，形状各异。阳光掠过山坡斜斜地打在村庄里，这些新房子犹如山上滚下的一堆乱石，高低参差，东歪西倒，或者挤成一团，或者一哄而散。有些地段新建的房子一幢挨一幢，七拐八斜，错落起伏，村庄里的道路因为这些房子而不断地打转，甚至呈锯齿形。如果不是从这些房子的缝隙看到那一座笔架似的山峰，我几乎无法辨认村口的方向。

村里的房子盖得越来越密，田园仿佛消失了。房前屋后随便用一些碎石块垒了垒，拦一些泥土种几畦瓜果蔬菜，这就够了。偶尔见到一个浇园子的小水坑，水面上漂浮一些塑料袋、木橛子或者小鸡的尸体。田野和庄稼都在很遥远的地方，似乎和这个村庄没有什么联系。附近有一片树林孤零零的，仿佛被村庄排挤出来，突兀地待在一边。

乡下人的快乐和苦恼无不来自土地，很难想象游离了土地的日子。可是，泥土里长出来的稻谷和瓜果愈来愈贱，没有多少人还愿意在田园里忙碌。土地似乎正在渐渐地滑出生活。赶快用手里攒下的几文钱给自己盖一幢房子吧，说不定这是抓住土地的最后一个机会。再迟一点或许什么都没了。

（选自《作家》2010年第1期）

返乡记

彭 程

一

计划了很久，终于，在三月底的一天，开始付诸行动了——开车带上父母，回河北老家。说到三月，容易联想到暮春三月杂花生树群莺乱飞之类的形容，但那是南方。这里的视野中仍然还只有浅浅的绿色，早晚风吹过来，仍然裹带着料峭的寒意，毛衣还不敢脱下。

父母搬来京城已经满八年了，以往每次回老家，多是坐长途客车。坐我的车回去还是第一次，方便了很多，尤其是父亲有个习惯，一出门就觉得憋尿，忍不住想上厕所，哪怕出门前一点水也没有喝。很明显的心理作用，但就是无法摆脱。因为这种顾虑，他怕坐长途车，这些年来比母亲少回去好几次。这回省事了，不过也许是因为卸掉了心理负担，他倒是一点事情没有了。

从永定河大桥下了京开高速北京段，就进入了固安，河北省的地界。虽然自此以下不是高速公路，但也很好开，轻轻松松地就上了一百迈。第一站是任丘华北油田小姨家，要接上她一同回去，给姥爷姥姥上坟，清明节快到了。不到两个小时就到了小姨家，一家人都站在门口等着。姨父的母亲，我一直叫大奶奶，二十来岁就守寡，把独生儿子抚养大，如今快八十了，不过和差不多二十年前最后一次见面时相比，变化并不算大。表妹也带了孩子，从婆家赶过来照了个面。上次见她时，她刚刚高中毕业，考上了东北的一所警校，我在北京火车站提前买好票等着，在附近饭馆请她吃了一顿饭，然后把她送上火车。她毕业回到油田当了一名民警，然后成家，养孩子，如今她的孩子都读初中了。不知不觉就过去了这么多年，想不感慨都难。表弟那时还穿开裆裤，如今也早就到了该成家的年龄。最近谈了一个，处得还不错，女孩提出要来家里看看，就定在今天下午。姨说计划赶不上变化，未来的儿媳妇我怎么也得瞅一眼，把把关，不跟你们一块儿走了，过后我坐长途车回去吧。

上世纪八十年代，是华北油田、可能也是整个石油行业的黄金期。那时候，小姨家数得上是亲戚们眼中的富人了，吃的用的，都比我们要高一个档次。姨父为人豪爽大方，尽自己所能给了老家的亲戚们不少经济上的支持。但如今却风光不再，油田早就采掘枯竭了，收入大幅度减少，住的地方也很逼仄，和当年比没有什么改善。但他几十年的老习惯没有变，仍然是喜好交往，每天烟酒不离口，虽然烟换成了几块钱一包的，酒也是很便宜的酒。没多少事干了，和一帮朋友打麻将的时间更长了，屋子里总是烟雾缭绕。父亲是节俭惯了的人，一直对姨父的大手大脚颇不以为然，多次说过他这么多年喝掉抽掉的那些钱，都够买一处大房子了。要是节俭点，会计划些，哪会像今天这样住得紧紧巴巴的。母亲也赞同，但有时候嫌父亲说得多了，也会抢白两句：人家哪像你那么封闭，跟谁也不交往，一辈子抠抠索索，舍不得吃舍不得穿的。看来性格、生活方式不同，沟通起来真不容易。

吃过小姨和表妹上午就做好的一桌饭菜，便又动身。接下来的路更好走了，不久就到了河间市。此地历史久远，古代曾为河间国，宋朝设河间府，明清两朝是通往南方各地的"御路"，俗称京南第一府，极为繁华兴旺，但如今却只是冀中平原上的一个普通县级市。驴肉火烧是这里的名产，因此满眼都是卖驴肉火烧的店铺招牌。但我不免有些疑惑：驴是耕地拉车都用得着的生产工具，谁舍得杀，哪有那么多？成了人口中菜的，要么是老死的，要么是病死的，或者是挂羊头卖狗肉也未可知。当然，这只是个人的想法，不曾求证过，或许真有专门食用的所谓菜驴？爱书人的迂腐气不觉又发作了，我忽然想到，驴子以其温顺的性格，乖巧的形象，在西方文学作品中向来是正面角色。大诗人希梅内斯、史蒂文森等，都以充满爱怜的口吻，咏之诵之，他们倘若来到这里，看到满街的招牌，会做何想？

然后是献县，阜城，车开得更快了。当年路可远没有这样宽阔平坦，坐长途车回家，差不多要六七个小时。如今有了自己的车，三个多小时就到了，且一路很舒服。当年那些旅途辛苦，夏天的炎热，冬天的寒冷，颠簸和拥挤，都仿佛变得不真实了。如今回家变得这么容易，看来今后要多回几次，即便仅仅是为了父母。父母随着岁数越来越大，近年来更多更经常地念叨老家里的人和事，毕竟那里是他们生活大半辈子的地方，叶落归根，老马恋栈，这一点也是基于人性的奥秘吧。一路上，父母都很兴奋的样子，话也多，觉得没有跑出多远，就看到了前方地平线上浮出了古塔的轮廓，那正是县城的标志。

当晚就住在父亲当年的一个同事家，这是早就说好了的。多年来两家人走动频繁，父母搬来京城后也一直保持电话联系。这是一个新起的小区，当年这里是西南城墙外边的一片庄稼地，地势洼，一下雨时就变成了水塘。这位伯伯是县城机关官员中的文化人，爱读书，擅书法，温文儒雅，大姨更是热心肠。孙女也争气，考上了北大，很快又被香港中文大学录取，提供全额奖学金。一直聊天到很晚。

二

第二天在旁边一家饭馆吃早餐，油条豆浆鸡蛋咸菜，熟悉的家乡味道。饭后到银行办工资易地提取的手续，到社保机构提出近两年的医疗保险费用，等等，都是来之前筹划好要办的事。开着车，所以办得较快。县城比当年大多了，新添了好几条很宽的马路，新起了不少五层六层的楼房。原来熟悉的几条老街都还在，但显得短了很多，窄了很多，两边保留下来的少数老房子，看上去也那么低矮破旧寒碜。父母目睹了它们多年中逐渐的变化，搬来京城后差不多每年也都回去一趟，感觉不明显，但自己离上次回去已经有八年了，感受自然要强烈得多。办事情时，碰到好几个人，要么曾经是当小学教师的母亲的学生，要么是当年县委家属院里的孩子。县城小社会，低头不见抬头见，当年中学的同班同学，有的彼此变成了妹夫妻兄的关系，有的又成了连襟，娶了同一家的姐妹。社会学家要是研究一番县城人际关系网络的话，肯定会很有趣。

经过一条污水沟时，恍然意识到这应该是原来城墙东边的那条小河。现在是春天，没有感觉到什么，但看那个黑乎乎的程度，估计到了夏天老远就得捂鼻子。上小学乃至上中学时，这条小河都是我的天堂。那时没有别的娱乐，夏天跳到水里就是最开心的享受了，现在还恍惚记得每次赶往河边时那种欢喜雀跃的心境。当年水很清很干净，渴了可以捧起来喝。河两岸绿树成荫，芦苇密布。有个要好的同学，父亲是转业的老军人，最大的嗜好就是钓鱼，每天很长时间坐在河边。家里也总是有鱼吃，虽然多数个头不大，超不过半斤。他的母亲是广西人，做菜的味道很不一样，好几次被留在他家吃饭，觉得极好吃。但二十来年过去，如今小河却变成臭水沟了，两边原来的庄稼地也盖上了房子。县城里和当年自己岁数仿佛的孩子，想都不能想我们那时候曾经体验的快乐，只能玩玩花样繁多的电脑游戏了。

中午，父亲原来工作的单位请吃饭，多一半是新的面孔。有几个当年的叔叔阿姨，也早都退休了，得到消息临时赶来的。有的差不多二十来年没见面了，但声音笑貌一点儿不觉得陌生。不知不觉，如今我也是他们当年的岁数了。这样一想，人生短暂的感慨就陡然变得浓烈了。有一位我一直叫铁成大叔的，是骑车从七八公里外的一个村子赶过来的。我记得，当年他生活十分艰难窘迫，脸上总是愁容不展。家在农村，好几个孩子，妻子又有病，晚上下班后他经常骑车回去干农活。他有一个比我小一两岁的女儿，有时会带到办公室来，也瘦弱得不成样子，黄黄的头发，一看就是营养不良。当年干瘦得竹竿一样，如今却发胖了，仿佛变了一个人，但言谈举止中仍然是那种谨小慎微的模样。分手时，他对父亲讲，以后再回来时一定要提前通知他，他一定赶过来，老伙计见一面不容易。两个人眼眶都有些湿润。

饭桌上，有一搭无一搭地聊天。这个部门是信访办，说起下个月该轮到谁去北京，把上访的人接回来。现在干信访的常挨骂，想想真冤。访民反映的情况，该汇报的都汇报了，有关部门拖着不给解决，信访又能怎样？说到县里有实权部门的领导们一般不来这个饭馆，都去二十多公里外的德州吃饭，一是那里档次高，二是可能也不愿意给人看到吧。说起县委大院里另一个部门的谁谁，老伴去世后想续弦，儿女死活不同意，他执意做了，如今得了重病，儿女都不来看一眼。然后免不了感叹几句。

离餐馆不远处，一条街道的内侧，就是原来的家，一个小院，三间平房，从搬来到离开，差不多住了二十年。当年父亲专门回来一趟，几万元卖了出去，如今听说涨了几倍了。买主把房子拆了，将地基垫高，在其上重新盖了两层的楼房，开了一家商店。这条三百来米长的街如今变得非常热闹了，两边起了不少小店铺。少不了要看看几家临街的老邻居，坐上一刻钟，说说各自的健康、子女们的近况等等。每次回家，都会听到有老熟人老同事故去，这次也不例外，又让父母唏嘘一番。从一个邻居家出门时，远处走过来一个熟人，邻居悄悄说，前些天他查出了大肠癌，家里一直瞒着他，说是痔疮。

又绕到家属院东边的舍利塔前看看。这是本县的名胜，建于佛教兴盛的北魏年代，在全省也很有名，被列为"河北四大古迹"之一。当年还有千佛阁、无梁殿两处附属建筑，"文革"时被县里中学的红卫兵"破四旧"拆毁了，当时还死了一个人，是脚被生锈的铁钉扎了得了破伤风。前几年无梁殿按原貌重建，塔周边也整修成了一个很像样子的广场了。广场东边，新建了一座佛堂，正在做法事，香火缭绕，梵乐阵阵，煞是兴旺。母亲在门口探头，意外地发现当年一位老姊妹、在小学教书的同事也在里面，穿着式样宽松的灰色居士服。她走出来跟母亲高兴地聊了半天，说还有几个当年的同事，也是这里的常客了。我还记得，她当年操着让我们听来发笑的普通话腔调念课文，教我们做共产主义事业接班人。听她讲，城西边的天主教堂里人更多。

因时间匆忙，本来未打算和县城里当年的同学们联系，但在街上碰到了一个女同学。女同学一家四个姐妹，个个漂亮如花，当年曾引起县城里多少人的遐思绮想。记得小学三四年级时，晚上和小组的几个同学到她家去，在一张桌子上写作业，头挨头，心中曾浮现出最初的朦胧甜蜜的情绪。如今她完全是政府机关一位干练的科级干部了，听说下一步有可能出任某个更高的职位。对事先未告诉她颇有微词，不由分说，当时就拨打手机通知了几个同学，说好晚上请我吃饭。见了面，那些多年未见的老同学们，神态声音动作，都不觉得有什么变化，恍惚回到了二十多年前。也是话题散漫，东一句西一句的，如当年同学时的趣事逸闻等，但更多是对于高层内幕的一些打探，许多传言荒诞不经，但看得出很多人信以为真。这也正常，谁让这些总是被遮掩在幕后呢？那就难免让人猜测。在座的同学多数都是在县里各个部门级别相当、有点权力的了，那些混得不济的基本上也不在他们日常交往范围中了，我问起两位同学的情况，都说不清楚，好久未联系了。

说起他们天天都要应酬，喝酒，脂肪肝了也得喝，对上面的要恭敬，对下面要显出领导的样子。也烦，但都是这样，不能不参加，得罪谁也不好。要建和谐社会了，但首先要和领导和谐好，和关系单位和谐好。吃到一半，一个同学匆匆离开，说请老同学原谅，还得赶另外一个饭局，早就答应人家了。

和这么多老同学聚，二十多年来是第一次。因为高兴，不用人劝，自己就喝了不少，头晕乎乎的，筷子接连掉到地上，说话也不利落了，倒是大家阻止我再喝下去，送回所住的宾馆房间，一沾枕头就昏昏睡去了。

三

第三天的早餐是在县城西门旁的一家早点店吃的。这个地方，我听父母念叨过多少次了，搬走前多年中他们经常来这里吃饭。不大的门脸，前面是铺面，摆了四张长条桌子，后面是厨房。不少人只能站着吃。五十来岁的主人和善谦卑，让人想到旧电影中那些信奉和气生财的掌柜们。见到多日不见的父母，满脸堆笑地问好。母亲说生意这么红火，把店面扩大点吧。掌柜笑笑说倒是有这想法，可小本生意没有积攒下那么多钱啊。

早餐后即出发去衡水，本地十几个县的行政首府所在地。小时候觉得这里是很远、很大的一个地方，记得第一次走在它的街上时，体验到了一种羡慕和自卑相混合的情绪。没想到如今开车一个小时就到了，和我在北京每天上班路上一个单程花的时间差不多。年龄增加的过程，也就是世界缩小的过程。到市公安局办了有关申请护照的手续，然后到指定的照相馆照了相，妹妹在国外，一直想让他们出去看看。然后去看望当年在县城的一家老邻居。多少还有些亲戚关系，按辈分我叫他们姑父姑姑，前几年搬来这里跟儿子住。问了彼此身体情况、儿女情况后，话题移到了当前形势上。姑父长期在法院工作，列举了当地几个近期的案件，说现今腐败是没法治了，里里外外都烂透了，咱们上班那时候哪想到会是这样的？姑姑多年前就得了半身不遂，说话含糊，样子显得有些傻乎乎的。但告别时，却分明流下大滴的眼泪。大概心里在想，今后是不是还能见面难说了。

出了门，又去二舅家。十几年不来，周边环境完全变化了。舅舅一家人已经等在楼下了。舅舅性格忠厚平和，平时话很少，退休前在电台做技术工作，舅母也是温婉贤淑。不大的三居室，东西不多，收拾得极为齐整。阳光照着清洁寂静的屋子，有一种知足常乐的氛围，那是一种属于小民的安宁平淡的幸福。两个孩子性格也像父母，内向文静。大表弟在省城读的中专，分配到市里对口的部门当了公务员。小表弟毕业于北京的一所名牌大学，如今在北京有很好的工作。

去旁边的饭馆里吃了饭，带上舅舅，开了一个小时车，又回到县城西边七八公里远的姥姥家。说来也巧，姨也刚刚下长途车进门。小时候，我前后在姥姥家住过不少时间。十几岁时，读浩然小说入迷，梦想着将来也当一名写农村生活的作家，内心中把这里当成了自己的根据地。和大舅、小舅都有十多年未见面了，因此脑海中保留的还是当年的模样，觉得肯定会变老一些，但没有料到老得那样多，那样明显，见面时的第一眼，给了我内心一种颇强烈的撞击。大舅脸部不停地抽搐，据说是得了面部神经麻痹之类的毛病。他当年当过乡中学的老师、校长，后来被调到乡里当了党委秘书，也退休多年了。当年很有抱负，如今言谈话语里却只剩下牢骚了。大表弟在公路边开了个商店，生意还好。小表弟当年在北京部队机关大院里给首长开车，大字也写得不错，都以为他会转成志愿兵留下来，结果被别人给顶替了，说起来，表弟直后悔礼送少了。如今在乡政府开车，爱人在乡里中学教书，想调到城里，正在托关系找门路，但听说难度也极大。

相形之下小舅光景最差。小舅人长得土气，小名就叫"小丑"，但心地极其善良，热心助人，在村子里有很好的口碑。记得好多年前的一个冬天，姨父送给他一件簇新的油田工人的棉衣，当时可是非常珍贵的，但穿了没几天，看到村子里一个光棍汉没有棉袄穿，当场脱下来给他。我小时候泡在姥姥家，在小舅身边的时间最长，因为调皮，经常气得他够呛，但最多也就举起手吓唬一下，从来没有落下来过。如今庄稼人上了岁数，能够依靠的只有孩子，可惜，两个儿子都不争气，没有继承他的吃苦耐劳的秉性，地里的活不爱干，又没有本事干别的。如今小舅给一家村子里人开的乡办企业看大门，也是人家念他的好，让他挣几百元钱的零花钱，这点钱有时还要补贴儿子。说起来，都让他厉害点，家长的架势该端还得端，这时候小舅只是憨厚地笑笑，说认命了。

母亲一家兄弟姐妹，坐在一起喝茶，抽烟，闲聊。忽然有谁说了一句：好多年没有聚齐过了！然后一起回忆，上一次这么齐全是姥姥过世后不久的那个春节，至今已经有三十年了。我也清晰地回忆起来，我当时正生痄腮，也就是流行性腮腺炎，疼得要命，母亲按照别人介绍的偏方，将仙人掌弄碎捣成糊糊，抹在腮上，冷冰冰的难受。那几天什么也不想吃，除夕晚上，经再三劝说才夹了一个饺子吃，不料是豆腐馅的——几百个饺子只有一个是豆腐馅的，寓意"有福"，我当时明白了什么是苦笑：原来得痄腮是有福呵！此刻他们回忆着当年的种种情形，颇有感慨。过后我有些后悔，为什么没有把这个场面拍照下来。人生匆促，聚少离多，这样的时候肯定是难得的。

晚上，我和父亲睡在表弟临近马路的商店里。半夜起来，去外面小解，看满天繁星，明亮皎洁。旁边村子里的狗，高一声低一声地吠着。这样的情景也多年没有闻见了。

四

第四天，在姥姥家吃过早饭，又开车去二十多公里外的一个村子。这是我的老家，填表时在出生地一栏里要填写的地方。其实我从出生起，就跟着当小学教师的母亲，前后住过几个村庄，后来又搬到县城，在老家村子里待的时间，加起来也没有几天。如今县里各个村庄贫富不均，那些搞得不错的地方，或者土地条件好，或者靠近公路可以做些买卖，或者有"能人"带头弄个工厂企业把乡亲们带动起来，这里却是哪一样都不沾，所以多少年都不成，一直破败，附近村子的闺女都不愿意嫁过来。别的村子再穷，进村的路起码是柏油路了，这里却仍然是一条坑洼不平的土路，飞土扬尘，和我二十多年前来时的样子似乎没有什么不同。

阳光明亮地照射着，让人眯了眼睛，春天的风也大，顺着过道刮过来，扬起满地的尘土，像是黄乎乎的烟雾。父亲沿着老宅所在的那一条巷子，挨家登门打招呼。按血缘讲，住在这条巷子里的是最为亲近的。父亲至少也十几年没有来过了，但哪里是谁家都说得基本不错，也证明没有太多变化。不过好多家的老人已经不在了，年轻些的多不认识，往往是父亲费半天口舌自我介绍，对方才明白过来。于是有叫叔的，有叫大爷的，还有叫爷爷的，又让父亲不由得感叹。

小姑嫁到了旁边的一个村子，说是两个村子，实际上只隔了一个水坑，多年前就完全干涸了，坑底变成了道路，车辙遍布。小姑几年前就高血压半身不遂了，只能维持最基本的治疗，每天吃一片降压药。表弟和嫁到本村的表姐，还有嫁到外村的表妹，都在门口迎候。他们岁数和我前后差不了几岁，但看上去比实际年龄苍老得多。姑父说家里就那几亩地，女人家弄弄就够了。村子里没有厂子，要想挣点活泛钱只能出去打工。老家有个风气，女孩子都不兴出去，既不当保姆，也不当餐馆服务员，个别出去的也是到亲戚家帮着做家务，照料老人和孕产妇等。男的多数是去石家庄、天津或者北京的建筑工地上做农民工，一年下来弄好了能挣个万儿八千块钱，不济的话就难说了。表弟十八岁的儿子现今就在天津当瓦工。

自己在媒体工作，也编发过一些赞美新农村的稿子，但在这里似乎难以感到那种喜庆的气氛。当然生活是比过去改善了，一般不再为吃穿犯愁，但种种操心忧虑总是影子一样伴随，随时可能出现让日子重新变得艰难的事情，让人难以彻底地放宽心——像家里有人生病，孩子考上大学交学费等等。说起让下一代好好念书，将来考大学出去，改变自己的身份和命运，他们也并不以为然，还张口就举出例子来：旁边的一家，闺女考上了省城的一所高校，四年下来花了家里不少钱，但毕业快两年了，到如今也找不到工作。女孩心理都有问题了，整天把自己关在家里不出门。村子里有一半以上的初中生都辍学了，帮着家长干农活，或学着做点小生意。

父亲让表弟带着，来到了一处麦田，当年奶奶就葬在这一带。我恍惚记得出殡时的情形，吹唢呐，放鞭炮，穿一身素净的白色孝服，将一个瓦盆举起来摔碎，等等。那时我大概七八岁。麦苗还不够高，只是淡淡的一抹绿色，风扬起尘土一缕缕飘过来。坟早就被平了，只能知道大致的方位。父亲跪在地上，朝着那个方向，嘴里念念有词：娘，你儿子，你媳妇，你孙子，今天来看你了！然后磕了三个头，我则鞠了三个躬。仪式是一种感情的寄托，给祖母上一次坟，是父亲念叨多次的心愿，今天算是终于实现了，我看到父亲脸上挂着欣慰的神情。

然后又开车七八公里，到了二姑家。二姑快八十岁了，身体还算健壮。姑父多年前去世了，她跟着二表姐过，上门女婿很能干，又十分孝敬。二姑反复说了几次：我虽然没有儿子，女婿比好多当儿子的还知道孝顺我呢，你说我有福吧？后院他三叔家，有仨儿子又怎么样，老了，生病了，谁都不管，住放柴禾的耳房里，吃剩饭，冬天也不给生炉子，脚指头都冻下来了。在县城里时，我就听一个在民政局工作的同学讲到过类似的事情。同学是文学爱好者，说农村如今可不是当年沈从文笔下的样子了，道德沦丧并不比城里少。

大手大脚的表姐，一直在旁边忙着做饭。肉是到旁边乡镇市场上现割的，一半瘦肉一半肥膘，炖好后装在大碗里，油汪汪的。真空包装的德州扒鸡是别人送的，一直舍不得吃。还有自己家腌制的萝卜缨子，茄泥，芹菜梗，样样味道都让我想到了多年前，那种感受，和小玛德琳点心的味道让普鲁斯特恍惚回到童年时光，该是没有什么两样。味觉最能够唤起记忆，这是被科学研究证明了的。

姑姑得知我的女儿十四岁了，读初三了，便念叨说过几年也该找婆家了，家里还有些好棉花瓤子，趁着眼神还行，先给絮几床被褥，算是姑奶奶的一份心意。她当然无从知道，孩子眼下正是多梦时节，小脑瓜里三天两头有新想法，前几天还嚷嚷着想考 SAT，到美国读大学。我忽然联想到了如今颇时髦的后现代主义理论，对它我始终是一知半解不得要领，但此刻在华北平原的一个农家小院里，却对其中一个主要的观点，就是同一空间中不同时间的并存，似乎有所理解了。我和姑姑所生活的世界，虽然只有几个小时的车程，但从外观到内里，却是多么的不同，中间仿佛隔了一个世纪。

午饭后，稍稍打个盹儿，就驶上了返回北京的国道。

车飞驰着，很快就将故乡甩在了后面。我想，随着重新回到前方那个巨大的城市，随着进入那里的生活和工作，这几天所经历、所感受的一切，很快就会被忘却，变得像影子一样虚幻。

（选自《都市美文》2009 年第 2 期）

农具的眼睛

迟子建

看一个农民的活计做得是否地道，打量他家的农具便知晓了。

农具一般被置放在仓棚中，或者被挂在山墙上。放在仓棚中的，是镐头、犁杖、铁齿子和钐刀，而挂在山墙上的，是耙子、锄头和镰刀。农具似乎与树木有着亲缘关系，农具的把儿几乎都是木柄制成的。你能从光滑的农具把儿上，看到树的花纹和节子。那些大大小小的木节一个个圆圆的，有黑色的，也有褐色的，好像农具长了眼睛似的。

农具当中，我最憎恨的就是犁杖了。由于家中没养牲口，用犁杖耕田时，我爸爸就把我们姐弟三人当成牛，套在犁杖上，让我们拉犁。我一拉犁就有屈辱的感觉，常常是直着腰，只把绳子轻飘飘地搭在肩头。这时父亲就会在后面叫着我的乳名打趣我，说我真不简单，能把绳子拉弯了。我父亲是山村小学的校长，曾在哈尔滨读中学，会拉小提琴。他那双手在那个年代既得写粉笔字，又得摸农具，因为我们上小学时，学工学农的热潮风起云涌，我们每周都要到生产队的田地里劳作一两次。而且，家家户户又都拥有园田，种植着各色菜蔬，自给自足，所以无论大人还是孩子，没有没摸过农具的。

农具当中，我不厌烦的是锄头和镰刀。锄头的形状很像道士帽，所以你若把它倒立着，俨然是一个清瘦的道士站在那里。锄头既可用于铲除庄稼中的杂草，又可给板结的田地松土。我扛着锄头去田间劳作，一般是到土豆地里去了。土豆地一般要铲三次，人们称之为"头趟、二趟、三趟"。没打垄时铲头趟，那时苗才出齐不久，土豆秧矮矮的，杂草极好清除，半天的时间，一片地就会铲完了。铲二趟的时候呢，那是在土豆打垄之后，粉的白的蓝的土豆花也开了，杂草与土豆秧争夺生长的空间，这时就得抢起锄头"驱邪扶正"。到了铲三趟的时候，闷在土里的早熟的土豆已有把泥土顶破了的，这时稗草疯长，有的和秧苗缠绕在一起，颇有"绑票"的意味，想把秧苗一并拖垮，这时候为土豆清除"异己"就显得尤为重要了。所以，铲三趟的时候最累，有时候你得撇下锄头，亲手一下一下地把纠缠在土豆秧身上的杂草摘除。我喜欢铲二趟，我爱那些细碎的土豆花，它们会招来黄的或白的蝴蝶，感觉是在花园中劳作。干活乏了小憩的时候，躺在被阳光照耀得发烫的泥土中，感受着如丝绸一样柔曼滑过的清风，惬意极了。清风拍打着土豆花，土豆花又借着风势拍打着我的脸颊，那些娇柔玲珑的花朵如蜜蜂一样蜇着了我，让我脸颊发痒，那是一种多么醉人的痒啊！渴了的时候，我会到田边草丛中采上几枝酸浆来吃。它长得跟竹子一样，光滑的身子，细长的叶片，它的茎能食用，酸甜可口，十分解渴。我铲地时就不背水壶，因为酸浆早已存了满腹的清凉之汁等着我享用。

　　我父亲是个知识分子，他伺候庄稼的本事与他的教学本领是无法相提并论的。我们家的地不是因为施肥过少而使庄稼呈现一派萎靡之气，就是垄打得歪歪斜斜的，宽的宽，窄的窄。白菜和豆角往往长着长着就露出根茎，阻碍了它们的成长，所以进了我家园田的庄稼，很像是被送入孤儿院的弃婴，命运总是不大好。我就不止一次听见邻人在路过我家的田地时，发出"啧啧"的叫声，那不是赞赏的"啧啧"声，而是惋惜，好像我们辜负了那肥沃的田地似的。我们家的农具，也因而比别人家的要邋遢许多，锄头上锈迹斑斑，镐头和犁杖上携带的尘土足够蓄一只花盆的，镰刀钝得割草时草会发出被剧烈撕扯的痛苦的叫声，如乌鸦一样"呀呀呀"地叫，而不是锋利的镰刀割草时所发出的刷刷的如流水一样的声音。而那些地道的农家，农具总是被磨得雪亮，拾掇得利利索索的，不似我们家的农具，一律被堆置在墙角，任凭风雨侵蚀，如一群衣衫褴褛的乞丐。即便如此，我还是热爱我们家的农具，热爱它们的愚钝和那满身岁月的尘垢。

我喜欢镰刀，是因为割猪草的活儿在我眼中是非常浪漫的。草甸子上盛开着野花，你割草的时候，也等于采花了。那些花有可供观赏的，如火红的百合和紫色的马莲花；还有供食用的，如金灿灿的黄花菜。用新鲜的黄花菜炸上一碗酱，再下上一锅面条，那就是最美妙的晚饭了。我打猪草归来，肩上背的是草，腰间别的是镰刀，左手可能拿的是一束马莲，右手握的就是黄花菜了。所以我觉得猪的命运也不算坏，它一天到晚除了吃就是睡，窝里絮的草还来自于芳菲的大草甸子，比耕田的牛马要有福气，可惜它的命太短太短了。看来单纯为了人的口福而生存的动物，总是薄命的。

我们家在山村小镇使用过的那些农具，早已失传了。它们也许流失到别人手中，依然被农人的手握着，春耕秋收；也许它们已经在被废弃的老屋中静悄悄地腐烂了，成了一堆废铁。但我忘不了农具木把儿上的那些圆圆的节子，那一双双眼睛曾打量过一个小女孩如何在锄草的间隙捉土豆花上的蝴蝶，又如何在打猪草的时候将黄花菜捋到一起，在夕阳下憧憬着一顿风味独具的晚饭。我可能会忘记尘世中我所见过的许多人的眼睛，那些或空洞或贪婪或含着嫉妒之光的眼睛，但我永远不会忘记农具身上的眼睛，它们会永远明亮地闪烁在我的回忆中，为我历经岁月沧桑而渐露疲惫、忧郁之色的眼睛，注入一缕缕温和、平静的光芒。

（选自《散文选刊》2011 年第 3 期上半月）

我的四叔

阎连科

1.日子与生活

四叔是去年国庆离开这个世界的，我不知道他选这个日子离开，是有意还是无意。四叔离开我们时，周岁还不到七十岁。这个年龄说不上大，也说不上小，但想到四叔的一生，想到我四叔一生的生活时，我很少想到生命、生存那样的事，而更多想到的，是活在这个社会上的生活和幸福。

我很想借助我四叔的一生，去弄明白什么是生活，什么是幸福。

城里人把"日子"叫"生活"，乡村人把"生活"叫"日子"。这似乎是对同一人生状态的不同说法，但其本质的差别，却有着天壤的不同。"日子"更多的含意是，"一天加一天，天天都是那样儿"，它单调、乏味、无奈、消耗人的生命，而你又无力去改变；可"生活"，却给人的感觉是丰饶，它有色彩，有人气，有宽阔的马路，有明亮的路灯。也许，你一生不去公园，不进图书馆，不下游泳池，可图书馆、游泳池和美丽的哪怕是废弃的公园，却在你的生活中依然如故地存在着。生活似乎是可以改变的，似乎是可以以人的意志去转移变化的，尽管在许多时候不是这样儿。但日子，却似乎是恒久不变的，历朝历代、祖祖辈辈都是那样儿，尽管在许多景况中，事实也不是那样儿。对于生活而言，日子是一种贫乏和愚昧；对日子而言，生活是一种向往和未来。日子是一种被遗弃在宽广山野而又冥顽不化的荒石；生活是被养育成长、四季有变的花草树木。如果日子是一棵草，那么，生活就是一株花；如果日子是一棵树，那么，生活就是一处坐落在城街中心的公园了。当然，花草、公园都易损害和废弃，而荒野的石头和旷野中的树，则更为坚牢和具有抗灾性。正因为这样，我们这个社会，面对"生活"时，总是那样小心翼翼，精心呵护；而面对"日子"时，却大手大脚，随心所欲。说生活是我们这个社会的亲儿子，日子是这个社会后娘养育的，仿佛有些庸俗和过分。但是如果说，生活是被父母喜爱，并总是穿得花枝招展的漂亮女儿，而日子却是被父母依靠，并总是被打发出去做工挣钱的儿子，也许就平正真实、恰如其分了。

我们不能说，是日子养着了生活，但我们是否可以说，在父母只有一个馒头时，面对日子和生活这一双儿女，他们没有一分为二地把馒头平均分开来，一半给日子，一半给生活，而是分成了一多半和一少半，或者三分之二和三分之一，再或者，是四分之三和四分之一，多的给了生活，少的给了日子。甚或有时候，因为只有一个苹果，也就习惯地、不假思索地把苹果给了生活，而日子口干舌燥、焦渴难耐了，只就顺手递给了它一口水。

这样的分配和养育，这样的成长和劳作，这样的同在一轮日月下，却无法获得同样的日光、月色及和风与细雨，自然，生活成了日子的幸福，而日子成了生活的厌烦和唾弃。于是，生活成了一种轻松与快乐、明媚和期冀；而日子，则标志着沉重、烦闷和无休止的日复一日的无意义与别无选择的无奈和无聊。

2.一件布衫

四叔是最早让我感到生活与日子差别的人。

四叔在河南新乡的潞王坟水泥厂里做工人。在我儿时的记忆里，每年四叔从新乡坐着火车、转乘汽车回家探亲时，都让我着迷和向往。我不在意那个生产水泥的工厂有多大，不在意四叔在那个厂里做什么，是被人管着还是管着别的人，可每每四叔一年一次，偶尔是一年两次地探亲回来时，我都向往四叔坐的火车和汽车，羡慕四叔穿的制服和不是粗布而是各种斜纹的机织洋布做制的上衣和裤子，还有四叔穿的皮鞋和尼龙袜、夏天回来时头上戴的大檐遮阳帽、冬天回来时手上戴的白手套。我坚信四叔过的日子叫生活。而我们过的日子只配叫日子。在我十二三岁时，第一次从大姐的床头偷看的第一本小说是《西游记》，第二本是我忘了名字的外国都市爱情小说。从那本好像是英国的小说中，我知道了"生活"这个词，隐隐地觉到了"生活"和"日子"的差别在哪儿。而"日子"展现在我眼前的，一切都是看得见，摸得着，可感可触，并且我一出生就一天一天地经历着。而"生活"的幸福和神秘，却像一本我已经知道它在哪儿却无法拿在手里打开来的书。

四叔是我想要打开那本书的第一页。

四叔也是我向往的幸福生活之书的第一页。

我曾经像无数的乡村孩子样，问过我四叔：

"火车大吗?"

"火车很长吗?"

"一列火车上能坐多少人?"

"火车的轰隆声，是不是它响在山那边，我待在这边都能听得到?"

关于火车，关于乡村之外的另一个世界的模样，我最早所知的，都是四叔告诉的。他告诉我了城市的马路都是水泥地，告诉我了城市的夜晚灯火通明，彻夜不息，马路上无论有人无人，电灯都是从天黑亮到来日东方发白才暗去，并且还说灯泡的大小论瓦算，最小的灯泡是十五瓦，十五瓦的灯泡亮起来和一百个煤油灯同在一间屋里燃着一模样。

我似乎知道城市的模样了。

似乎已经分辨出生活和日子的差异了。

我觉得四叔的生活是幸福的。而我们的日子，哪怕是幸福的，可比起四叔的生活，它也就不再幸福了。我希望从四叔的生活中，把那幸福要过来一部分，填补到我们不幸福的日子里，就像把一处河流里的水，引过来浇灌一处干渴的田地般。我就在这渴望的日子中，一天一天地长大着，终于就由小学升到初中了。终于，就在那年夏天盼到四叔探亲回来了。也终于，看到了四叔回来时，穿了件白底蓝格儿的花衬衣。那衬衣的布料不是土织布，也不是斜纹机织布，而是一种细腻、光滑的"的确良"。村人们拉着四叔的衬衫问："这是什么布?"四叔说："的确良。"村人们便都水落石出地见到了大家只有耳闻而无缘目睹的、盛行于那时都市的新品了，便个个围着四叔，围着那布衫说了许多许多的话，表示了对都市的羡慕和对乡村的厌恶感。

我远远地站在一边上，知道了那布衫其实不是布衫儿，而是一种幸福和生活。

我渴望得到那幸福和生活。

这样儿，憋足了劲，在村人们都从我四叔家里走了，四叔独自往他家的屋里走去时，我紧随其后，说了一句惊天动地的话："叔——把你的布衫给我吧。"

这话让我四叔有些吃了惊。他站在那儿怔了怔，似乎是在思索给我还是不给时，我不知是出于聪明的灵机，还是索要的本能，忽然我又红着脸朝四叔补充了一句话："给我穿吧，我都是我们班的学习委员了。"

四叔什么也没说，没有犹豫的动作和迟疑，脱掉那件他新做的布衫叠了叠，用一张旧的报纸包起来，塞到我手里，又拿他的大手在我头上摸了摸，像我大伯给了我一把糖后，在我头上摸摸样——那件布衫就成我的了。因为那糖、那布衫，直到三十几年后的今天，我都还能感到大伯、四叔在我头上抚摸的温暖和亲情，宛若永远不落的日光照在我的头上、身上和心里。

那天下午上学时，我迫不及待地穿上了四叔给我的白底蓝线格儿"的确良"布的花衬衫。说花不是那么艳丽和刺目，说质朴，那衬衫却色泽鲜艳，式样时新，胸前有一行六个银白的小扣儿——而我们乡村的布衫都是五个扣，许多时候还是布扣儿——它们闪闪发光，如用晶莹的玻璃或月光做制的。脖子下又尖又高的衣服领，硬挺挺地站起来，支撑着我的脖颈儿，结果连我的腰都给支撑得直直挺挺，高高傲傲，仿佛我是将军、皇帝的孩子到了学校样。走进初中那古旧的校门时，我感到羞怯和自豪。如我所料的一模样，一踏进学校的大门，穿过校门里的那架葡萄树，同学们的目光齐刷刷地横扫竖盯在了我身上。那一天，与那衬衣匹配的，还有一双母亲给我新买的塑料红凉鞋。我穿着它们，如同浑身上下都穿戴着师生们的目光样，从未有过的"生活的幸福感"，在我的周身漫溢和流动。

无论如何说，学校除了个别有城镇户籍、父母都领着国家工资的女同学，其余男生都还未及穿上"的确良"。无论如何说，我是学校数百学生中，第一个穿上它的男同学。无论如何说，在那个年代的日子里，在满校乡村的孩子中，我是最早体会到生活幸福的人，就像一个人不仅第一个见到了孔雀，还拿到了一支孔雀的羽毛样。

那一天，教语文的张老师见了我，摸了摸那衣服，笑着说："这布真光啊，好好学习才能对得起这衣服。"

数学老师是女的，也姓张，是我们家邻居。她上课时像没有看见我穿了那件"幸福"样，可在讲完课、布置完了作业后，她从讲台上走下来，到我面前弯腰拉着我的衣领看了看，没说衣服好不好，却很郑重地说："努把力，你的数学成绩从班里前三掉了下来啦。"

那年的整个夏季，我每天上学都穿着四叔给我的"的确良"，就是穿脏要洗时，也一定要赶在星期天里洗。

那个夏季，四叔的假期满后走了时，我因为上学没有送四叔。可在一个黄昏的落日间，我放学回到家里后，母亲说我四叔又回他的水泥厂里上班了，说四叔在离家走之前，把他身上穿的一件"嗒嗒颤"的裤子脱下来，洗净叠好留给我穿了。"嗒嗒颤"是当年从日本进口到中国的尿素肥料的包装袋，那袋布是一种质地柔软结实的化纤布，待肥料用完后，两个包装袋刚好可做一件布衫或裤子。因为那袋布如绸子一样软，在风中飘摆不停，发出"嗒嗒嗒"的颤抖声，所以，豫西乡村就把那布叫做了"嗒嗒颤"。上世纪70年代初，中国的城市和乡村，盛行着那样"嗒嗒颤"的布料和衣服，正是日本那种尿素肥料袋，在很大程度上缓解了中国布料的急缺和短需。可惜事过几年后，日本人知道了中国人都用他们的"嗒嗒颤"布袋做衣服，便把那尿素布袋的包装改为我们今天到处可见的粗糙的"蛇皮"纤维袋子了。

再后来，日本人发现中国人不能用蛇皮纤维袋子做衣服，但却可以用那袋子做麻袋、粮袋用，一样地在日子中起着作用，促进着日子时，又将蛇皮纤维袋改为了玻璃纤维袋。玻璃纤维——顾名思义，是用玻璃做制的，皮肤接触那袋子稍久些，它让你浑身刺痒无比，看见那袋子，恨不得朝后退三躲五地藏起来。想起那年代，也许日本国那时的器量对中国人的日子似乎缺少一些无私的扶帮和同情，但毕竟有那么几年里，尿素的袋布成为一种时尚、一种幸福生活的组成曾经在人们的记忆和岁月中，成为广告招牌样的标记和象征。

四叔把他那条"嗒嗒颤"的裤子走时留给了我——它被四叔洗得干干净净，叠得方方正正，一样包在一张旧的报纸里。我从母亲手里接过那报纸，打开来望着那裤子，如同望着一面叠成方块的国旗般，有些温暖，有些慎重，对四叔的感恩如对国旗似的庄重样。

就在那一刻，我脑子里闪过了一个奢侈的念愿——我这一辈子，能像四叔一样，到某个城市当工人，把本属我的乡村的日子改变为生活，那该是多么美好、幸福的一生哦。

3.静夜

有一件事不能不提。

我四叔家里也要盖房了。盖瓦房，和大伯家竖在村口一样的新瓦房。这一方面是因为四叔家的两个儿子——我的叔伯弟弟长科和建科，一日一日地长高长大着；另一方面，确实是因为四叔在外挣工资，似乎经济上要比我们在家的丰盈顺活些。说到底，无论每月四叔能挣多少钱，总是到了月底都有一份工资的。

因为有工资，没见到四叔如同大伯样，到河的对岸没日没夜地运石头卖钱，四叔家就决定盖房了。也许为了盖那房，其中有无尽的甘苦，只有四叔一家知道吧。可在那时我的眼睛里，还是觉得四叔家盖房似乎比别家雨顺风调容易着。那时盖房和现在不一样，今天你只要把钱交出去，将所有的劳作工程全都包出去，也就水到渠成、季米有果了。那当儿，无论谁家盖房和操办红白事，都必然会本着节约的原则去行为。为了省些钱，瓦房的屋墙都是土坯、木夯砌制的。为了这土墙，需要到很远的荒野地里把土运回来。社会的乡村建制是：人民公社社会主义集体制，下设生产大队和小队，每天死命地劳动一整天，一个工（十分）好的能挣一毛几分钱，差的狠命地干上一天十小时，结果每天只挣八分钱。可为了这一毛几分钱，所有的农民都舍不得逃工让自己休息一天或半天。可所有村人、邻人家里有了大事情——主要是修房、盖房啥儿的，又不能不去相互帮着把事情度过去，让日子中没有一束日光也有一寸月辉的亮，没有月辉也有星星的一些清明色。于是间，这些帮工的活，就都放在了有月光的晚上干。

为了盖这房，四叔特地从新乡赶回来了半个月，他白天安顿、劳作盖房的一应务杂，晚上请村里人从野荒地里往房宅运黏土。请人帮工干活儿，自然自己是不能惜了力气的，必须要比别人更勤快，更舍得出力流汗，不知疲倦才可以。就这样日夜劳作了一周后，四叔累垮了。在星月满天的一个晚间里，我和四叔一道在山坡下的荒地刨着土，往那来往的板车上装满黏土后，看着人家拉着土车走掉了，四叔和我瘫坐在了那一片星月的荒地里。荒地里树影婆娑，云移影动，有秋天的凉风习呼呼地吹过来，还有蛐蛐白亮亮地叫，在草地田头脆咯朗朗地响。夜好像一首诗。就在这诗似的田园静夜里，我对疲惫的四叔说了几句我那青春时期最不该说的话。

我说："人活着真是没意思。"

四叔有些吃惊地抬头望着我。

我说："天天干活、盖房、吃饭，可一年到头累死了，到过年才能有一顿好吃的。"

四叔盯着我的脸："你想咋样儿？"

我说："我想不读书，不下地，和你一样出去当工人。"说完过一会儿，又接着补充道，"只要能让我离开这儿就可以。"

四叔没有立刻对我说什么。他望着我们面前的村庄、房舍、树木和星光月色什么的，仿佛是盯着一本书，看了几页后，从中总结出了什么经典般，扭回头来用很轻、很随意，却是意味深长的语调对我道："连科，你要对你爹妈好。你爹妈供你们读书不容易。人活着最不能忘的是父母亲的恩。忘了恩，人生在世也就白活了。"说完这些后，四叔又拿起镢头开始刨着荒地的死礓土，然刨了几下子，仿佛觉得我们彼此的言说不是十分对在话题上，他忽然又把举起的镢头僵在半空的月光里，扭过头来对我道："天下没有一碗好吃的饭——想离开家了，等你高中毕业和叔一道到外边干活去。"

这是我在初中时，四叔于我说过的最为郑重的几句话，平淡无奇，也似乎没有太多的意义，及至牵扯到人生、命运上去，也都没有直接的作用和效力。可那句"天下没有一碗好吃的饭"，在今天我回忆四叔时，却让我感到意外的悲痛和深刻，让我无法忘记四叔似乎不是生活在"日子"中，而是生活在"幸福"里的判断，是那么的荒谬和幼稚，就像一个孩童看见了一颗一闪而逝的流星后，就狂妄地宣布说自己发现了一颗行星样。

两年后，前后加起来，四叔家盖房断断续续准备了将近七百天，终于在我读着高二时，那房子从地上艰难地竖立起来了。那几年，因为我家的日子秋风枯叶，就在四叔把房子盖起时，父母在我的一再请求下，同意我辍学同四叔到新乡潞王坟水泥厂里做了临时工，目睹了四叔的生活和我的以为的幸福与尴尬。

（选自《我的父辈》2009 年 10 月）

老水车旁的风景

梁晓声

其实，那水车一点儿都不老。

它是一处旅游地最显眼的标志，旅游地原本是一个村子。两年前，这地方被房地产开发商发现并相中。于是在盖别墅和豪宅的同时，捎带着将这里开发成了旅游景点，使之成了小型的周庄。

在双休日或节假日，城里人络绎不绝地驾车来到这里，吃喝玩乐，纵情欢娱。于是，这里有了算命的、画像的、兜售古玩的；也有了陪酒女、陪游女、卖唱女、按摩女，皆姿容娇好的农家少女。她们终日里耳濡目染，思想迅速地商业化着。

城里人成群结队地来到的时候，必会看到，在那水车旁有一老妪和一少女。老妪七十有几，少女才十六七岁，皆着清朝裳。老妪形容枯瘦憔悴；少女人面桃花、目如秋水，顾盼之际，道是无晴却有晴。老妪纺线，少女刺绣，成为水车的陪衬，景观中的风景。她们都是景区花钱雇了在那儿摆样给观光客们看的，收入微薄。幸而，若有观光客与她们照相，或可得些小费。老妪是村里的一位孤寡老人，在村里有一间半祖宅。村子受益于旅游业，有了些公款，每月亦给她 50 元。老妪是以感激旅游业，对自己能有那样一种营生，甚为满足，终日笑眯眯的。少女是从外地流落到这儿的。像寻蜜的蜂儿一样被这旅游业的兴旺发达吸引来的。她的家在哪里，家境如何，身世怎样，没人知道。曾有好奇的村人问过，少女讳莫如深，每每三缄其口，是以渐无问者。当地人对于外地人，免不了有点儿生。可像她这么一个十六七岁的女孩，讨生活的方式并不危害任何当地人的利益，虽然明明是外省人，便借故欺她，却是不忍心的。不忍相欺归不忍相欺，但对于那来路不明的小姑娘，当地人内心还是有些犯嘀咕。会不会是个小女贼，待人们放松了警惕，待她摸清了各家的情况，抓住对她有利的机会，逐门逐户偷盗个遍，然后逃得无影无踪。据他们所知，省内别的景区发生过这样的事，祸害了当地人的也是个姑娘，只不过是个二十几岁的大姑娘，只不过没有亲自偷盗，而是充当一个偷盗团伙的眼线。那么，她背后也有一个偷盗团伙吗？人们相互提醒着。随后，她的行动，便被置于许多双有责任感的眼睛的监视之下。但她一如既往地对人们有礼貌，还特别感激当地人收留她。难道因为她才十六七岁，还太单纯，看不出别人对她的警惕吗？这么小年龄的女孩儿走南闯北，会单纯才怪！那么，必是伪装的了。于是，在当地人看来，小女孩还很狡猾……

只有老妪觉得她是个好女孩儿。

她们成为"同事"几天以后，老妪曾问过少女住在哪儿，少女说住在一家饭店的危房里，每天五元钱，晚上还得帮着干两个多小时的活。饭店里有老鼠，她最怕老鼠。"就是每月150元，也花去了我半个来月的工资，还得看主人两口子的眼色……"

少女说得泪汪汪的。

"闺女，住我家吧。我那儿就我一个人，我也喜欢有你这么个伴儿，不会给你受气。"

老妪说得很诚恳。

少女没想到老妪会那么说，正犹豫着该怎么回答，老妪又说："我一分钱不收你的。"

……

于是，少女作为老妪所希望的一个伴儿，住到了老妪家里。

于是，少女脸上笑容多了，喜欢和她一块儿照相的观光客也多了。最多时，每天能收到五十元。

老妪脸上的皱纹少了。熟悉她那张老面孔的人，发现她脸上几条最深的褶子变浅了，有要舒展开来的迹象了。她脑后的抓髻也好看了，不像以前那么歪歪扭扭的了。她的指甲不再长而不剪。指甲缝也不再黑黢黢的了。她那身"行头"，显然洗的勤了。她的好心情让她的小费也多起来了。

有好心人提醒她："你让那小人精住你那儿去了？千万防着点儿，万一你那点钱被她偷了，临走连件寿衣都穿不上……"

老妪不爱听那样的话。

她说："走？往哪儿走？人家孩子比我多的钱放哪儿都不避我，我那么点儿钱，防人家干吗？"

她爱听少女的话。

少女常对她说："奶奶，尽量想高兴的事儿，那样您准能活一百多岁。"

经历了二十几年孑然一身，形影相吊的孤寡生活以后，忽然有了一个朝夕相处的小女伴儿，老妪返老还童了似的。有时，一老一少对面坐着，各点各的钱，还相互换零凑整的……

然而有天老妪忽然失明，接着咯血了。村里不得不派人把她送到县医院，一诊断是癌症，早扩散了。那么老的人了，也只有回家挨着。

村里的负责人就对少女说："她都这样了，你搬走吧，爱住哪儿住哪儿去吧。"

少女哭着说："我不搬走。奶奶对我好，我也要服侍服侍她……"

非亲非故，来历不明，还口口声声"奶奶，奶奶"叫得挺亲，就是不搬走，图什么呢？

村里的负责人想到了老妪的一间半祖屋。

这个小人精，不图房子，还图什么？

于是，在老妪精神状态稍好的某日，村里的负责人带着一男一女来到了老妪家里，他介绍那男的是县公证处的，女的是位律师。他开门见山地对老妪说，她应该在临死前做出决定，将一间半的祖屋留给村里。那屋子是可以改装成门面房的，稍加改装以后，或卖或租，钱数都很可观。

老妪说："行啊！"

村里的负责人又说："那你就在这张纸上按个手印吧！"

老妪不高兴了："我觉得，我一时死不了。"

村里的负责人急了："所以趁你还明白，才让你按手印嘛！"

老妪就不理他们三个男女，把身子一转，背朝他们了……

村里的负责人没主意了，找来另外几个有主意的人商议，他们都认为老妪完全有可能被那个外省的小妖精蛊惑了，把一间半祖屋"赠送"给那小妖精了……

口口相传，几个人所担心的事情，一夜之间，仿佛成了确凿之事。是可忍，孰不可忍？岂能让不相干的人占了便宜？

于是全村男女老少同仇敌忾起来。

没人愿意去照顾那糊涂的老妪了……

少女就连她那份儿工作也不能干了……

村里人们的心，暗中扭成了一股劲儿——你不是哭着闹着要服侍吗？你一个人好好服侍吧！服侍得再好也是枉费心机，企图占房子？法庭上见吧！

十几天后，老妪走了。

老妪攒下的钱不够发送自己，少女为她买了一件寿衣……

又没过了几天，那少女也消失了，没跟村里任何人告别，也没留下封信……

村里负责的人竟不知拿老妪那一间半祖屋怎么办才好了。景区内的门面房是在涨价，但他也不敢自作主张改造，装修了或租或售，因为他怕有一天少女突然出现，手里拿一份什么证明，使村里损失了改造费和装修费，甚至落个非法出售或出租的罪名……

那景区至今依然游人如织。

那水车至今还在日夜转动。

那一间半老屋子，至今还闲置着，越发破败了。再不改造和装修，不久就会倒塌……

（选自《读者》2009 年第 3 期）

逛巴扎

刘亮程

库车的万人巴扎（集市）许多年前便在全疆闻名。每逢周五，千万辆毛驴车从远近村镇拥向老城。田地里没人了，村子里空掉了，全库车的人和物产集中到老城街道上。街上盛不下，拥到河滩上。库车河水早被挤到河床边一条小渠沟里，人成了汹涌澎湃的潮水，每个巴扎日都把宽阔的河滩挤满。

库车四万头毛驴，有三万头在老城巴扎上，一万头奔走在赶巴扎的路上。一辆驴车就是一个家、一个货摊子。男人坐在辕上赶车，女人、孩子、货物，全在车厢上。车挨车、车挤车，驴头碰驴头，买卖都在车上做。

库车县每星期有七个大巴扎。周五老城巴扎，周六东河塘巴扎，周日牙哈乡巴扎，周一玉奇乌斯坦巴扎，周二阿拉哈格巴扎，周三齐满乡巴扎，周四哈尼哈塘木巴扎，周五又转回老城。

库车的物产，大多半就装在那些毛驴车上，不停地在全县转。从一个乡到另一个乡，从一个巴扎到另一个巴扎，把驴蹄子都跑短了。

一筐半生西红柿，转遍七个巴扎回来，就彻底红透了。价格却由原先每斤一块掉到七毛。

半麻袋黄瓜，转上三个巴扎卖不完，剩下的只能喂驴了。

熟透的杏子，一两个巴扎卖不出去，就全烂在筐里。一大早摘的无花果，卖到中午便不能看了。越鲜美的东西就越难留住。

最禁卖的是那些干货：葡萄干、杏干、无花果干，还有麦子、苞米、枣、巴旦木。能从一个巴扎到另一个巴扎，无限期地卖下去。今年的新杏干已经上货，去年前年的旧杏干，还剩在谁手里，摊开、收起、再摊开。

在老城的贫穷日子里，总有一些食物富余到来年卖不出去。想吃它的人没钱，把一口食欲压抑到明年。有钱的人早吃够了。去年冬天，谁的嘴没嚼上一口酸甜杏干，今年夏天他是不是补上了。

那些各种各样的干果，在轮回的转卖中，在库车特有的烈日和尘土下，渐渐有了一种古旧的色泽，它更耐看了。只是，它的甜不知还在不在里面。一年年的尘土落在上面，却看不见。仿佛那些尘土被它吸收，成了它的一部分。在老城那些世代相传的买卖人手里，有没有半筐一千年前的杏干，一直卖到今天。

我有幸一次次地走进老城巴扎。我不买什么东西，也没啥要卖的。我和那些喜欢逛巴扎的维吾尔族人一样，只是逛一种闲情。看哪儿人多、热闹，就凑过去。

并不是每个人上巴扎都做生意。

每个巴扎都是一个盛大节日。

女人在巴扎上主要为了展示自己的服饰和美丽，买东西只是个小小的借口。女人买东西，一个摊位一个摊位地挑，从街这头到那头，穿过整个巴扎，再转回来，手里才拿着一点点东西。

年轻小伙上巴扎主要看漂亮女人。

没事干的男人，希望在巴扎上碰到一个熟人，握握手，停下来聊半天。再往前走，又遇到一个熟人，再聊半天，一天就过去了。聊高兴时说不定被拉到酒馆里，吃喝一顿。

我到巴扎上什么都看，什么声音都听，遇到新鲜事情就蹲下来仔细打问。我觉得，我比那些在巴扎上收税的戴大盖帽的税务员，更了解这些做小买卖的。一次，我看见几个税务员，从一位卖奥斯曼草的妇女手里，强收了三块钱的工商税。最后，那个妇女收拾起卖剩的几小束奥斯曼草，哭着回家去了。

我不知道那个妇女的家庭情况，不知道那三块钱对她意味着什么。但我清楚，那些卖奥斯曼草的妇女，一天都挣不了三块钱。

当然，巴扎上更多的是热闹，是有意思的事情，我随便写了几件，有兴趣你就看看。就像公驴上巴扎主要不为拉车而是为了看年轻母驴，谁在巴扎上都有自己的兴趣，别人并不十分清楚。

最小的生意

早晨，我走过沙依巴克街时，看见一位维吾尔族妇女，面前摆着几小把奥斯曼在卖，几个年轻女人围着挑选，已经卖出去一把，收回来五毛钱。我数了数，她总共有七小把奥斯曼，全卖完能收入三块五毛钱，其中的本钱是多少我就不知道了，或许是她自己种的，或许是两三毛钱一把从别处批发的，守一天卖掉，挣一块多钱。

这还不是最小的生意。离她不远，另一位蒙面妇女，面前摆着拇指粗细的七八把香菜，一把卖两毛钱，菜叶上洒了水，绿莹莹的。看装束是城里妇女，或许从赶集的农民那里，四毛钱买来一把香菜，再分成更小的七八把，摆在街上卖。

下午我转过来时，见她面前还摆两小把香菜，叶子已经蔫了，看样子卖不掉了。街上人已经不多，她挪动着身子，像有收拾回家的意思，又抱着一点点希望，等着朝这边走来的几个人。

我大概算了算，她这笔买卖，除掉本钱，最多挣八毛钱，还赚了两小把香菜，够晚上做羊肉揪片子用了。

还有一个卖针线的小女孩，几十根不同大小的针，插在一顶小花帽上，每根针上穿一截不同颜色的线。一根针卖几分钱，一根一根地卖。

我离开巴扎时，看见那个抱了一只歪葫芦、卖一天没卖掉的老汉还坐在墙根。他看上去表情安静，目光平和地望着街上渐渐散去的人，又像望着更远处我不知道的什么地方。他的歪葫芦在夕阳下发着红色艾德兰丝绸的光泽。我知道这种老式葫芦，已经很少见了，知道它香甜味道的人也可能不多了。

明天后天，这只葫芦和这个老汉，还会出现在周边乡镇的巴扎上。下一个礼拜五，说不定他又转回来，坐在这个墙根，还抱着那只歪葫芦。

我没上前去问那只葫芦的价格。我知道不会太贵，三块两块，就买来了。

老式瓜菜

在沙依巴克街的瓜菜市场上，老式的西红柿、甜瓜、土毛桃，矮小的芹菜、萝卜，一筐一筐摆在那里。几十年前我们吃过的那些未经"改良"的瓜菜，几乎都能在这里找到。我看到一位农民，筐里放着几个又小又难看的甜瓜。我觉得眼熟，问名字，"克克奇"。我小时自家的菜园里就种过这种叫克克奇的小甜瓜，秧扯得不长，瓜也小小的，一棵秧上结三四个。奇甜，还有一种很浓郁的特殊香味。

那时候，在一些人家的小菜园里，总有几样别人家没有的稀罕瓜菜。都是些古老品种，靠主人一年年地传种下来。我们家的克克奇，就是母亲每年拣最甜最饱满的瓜留下种子，在窗台上晾干，来年再种，可是后来就再也见不到了。我们都不知道是哪一年忘记种了。那种特殊的浓郁香甜味，从我们的生活中消失的时候，竟都没有被察觉。

库车这块土地上是否还遗留着一座人类古老的菜园子，我们喜爱的那些在别处早已绝迹的老式瓜果蔬菜全长在那里。

但我知道，那些珍贵的种子，只保存在个别一些农人手里。他们喜爱那些土瓜果，每年在自家菜园种几棵，产量不高，果实也不大，卖不了几个钱。只是自己喜欢那种味道，就一年年地种了下来。如果有一年他们忘记种了，或者，他们仅有的几颗种子叫老鼠偷吃了，一种作物便会从这片土地上消失。

我们培育改良的又大又好看的瓜果长满大地。它们高产，生长期短，适合卖钱，却不适合人吃，它把人最喜爱的那些味道弄丢掉了。"改良"的结果是，人最终会厌恶土地，它再也长不出人爱吃的东西。

事实就是这样，我们改良成功一种物种，老品种便消失了。没有谁负责为那些老品种留下样种，到最后，我们都不知道人类最初吃的是什么样的东西。

如果改良错了，路走绝了，我们从哪里重新开始。

当年政府用高大的关中驴改良库车小毛驴时，就是因为有许多驴户抵制，许多母驴自发反抗，跑到庄稼地和草湖躲藏起来，才会有古老可爱的库车毛驴保留到今天。

但作物不会躲藏，它们只有消失，永远消失。

坎土曼的卖法

那些摆在街边待卖的坎土曼，每一只一个样子，整整齐齐摆着。这只被买走了，那只依旧静静地待着。它们似乎早就知道自己最终在哪块地里挖卷刃子，所以一点不着急。

卖坎土曼的老人也早知道了自己的命运，他更不着急。坐在摆放整齐的坎土曼后面，双眼微眯，他不吆喝，也不还价。大坎土曼十八块，小的十五块，就这个价钱这个货，没啥好商量的。卖掉一只算一只，卖不掉的，傍晚收回家去，第二天又摆在这块地方。他从不挪窝，错过的人有的是时间再回头。钱不够的人，也有足够的时间去把钱凑够。他唯一要做的一件事就是等。等到坎土曼生锈，落满沙土。等到那些挑剔的人，转遍全库车的铁器摊铺再回来。等到库车河边的引水大渠，被泥沙淤死。又要新开一条百里长渠了，全县一半劳力投入挖渠，坎土曼又一次派上大用处，供不应求。

他的坎土曼按大、中、小三排，在地上摆成整齐的梯形，卖掉一只，他会从铁匠铺进一只补上，卖得再多梯形也不会残缺。这是他的牌子，几十年不变。那些低头转街的人，只要路过这儿，看见坎土曼摆成的梯形，就知道是他的摊子，价格、货都不用问，想买的挑选一只，钱一付就走，不会有任何变动。

那些卖坎土曼的，没有招牌，没有铺子，就街边一小块空地，东西就地一摆，但每个人都摆卖出一种样子，绝不会有重复。

你看那个大热天戴皮帽子的老汉，他的坎土曼沿街边摆成一长溜子，从小往大排过去，他蹲在尽头，像一只最大号的坎土曼。买货的人从那头挑选过来，好一阵才能走到这头。

那个光头巴郎（男孩）的坎土曼，一只一只插在地上，好像每一只都正在挖土，远远看去有上百只坎土曼在挖那块地。

而另一位白胡子老汉的坎土曼，也是立在地上卖，却全部刃口向上，仿佛干完了活，全都白刃朝天晒太阳呢。

还有的坎土曼挂在墙上卖，像一张张维吾尔族人的铁青脸谱。

只要这条街道不变，卖坎土曼人的摊位就不变，每个摊子上坎土曼的摆法更不会变。一个一个巴扎，一年又一年地摆卖下去，就成了这条老街上的名牌摊铺，全库车人都会知道。远在塔里木河边草湖乡的农民，活儿干累了靠在埂子上，边抽莫合烟边摆弄自己的坎土曼：我这把嘛，是在老城"一长溜子"上买的，快得很，一点点泥巴都不沾。我的坎土曼嘛，另一个说，是在"梯形"那里买的，钢硬得很，挖柴火时当镢头一样用，从来不卷刃子。

能变成钱的东西

各种各样的吃食，冒着香味儿等候那些嘴和肚子。有钱人吃的抓饭、拌面、缸缸肉，没钱人吃的馕、羊杂碎。在以抓饭闻名的乌恰市场，我看见几个妇女卖煮熟的洋芋蛋，两毛钱一个，四毛钱、六毛钱就吃饱肚子——老城的穷人给乡下来的更穷的人们备下简单实在的廉价食物。

赶一天巴扎不能空着手空着肚子回去。

有数的两筐杏子，一麻袋青菜，价格卖好了能吃一盘素抓饭、两个烤包子，卖不好就只有啃自带的干馕子。收成是可以想到的，一年里只有几样东西变成钱：不多的几棵树上的杏子、一小畦没种好的辣子和西红柿。地里的麦子刚够自己吃，埂子上的几行苞谷，早掰掉煮青棒子吃了。屋后的白杨，长粗还得几年。几只土鸡的蛋，一个个收起来，还不够换茶叶和盐。儿子眼看就长大了，要盖房子娶媳妇。对于大多数人，永远不会有意外的收入。只有可以想到的一些损失：那些杏树中的一两棵，杏花被大风吹远，白长一年。不坐果的杏树，密密麻麻长满叶子，遮阳光、挡风雨，秋天落

·叫一声老乡好沉重·

下来，喂羊喂驴。还有那几亩麦子，种不好了一半是草，种再好也不会有剩余的，总要损一些养活鸟和老鼠，这些都在意料之中。一年一年，几袋麦子一两只羊，陪伴一家人的日子。父亲老掉了，儿女莫名其妙长大，不会有更多的快乐幸福，但也不会再少。县上的统计报表中，有这些贫困村庄的人均收入，少得不能再少。有没有一份报表，统计这些人的笑声。他们一年能笑多少回，今年和去年的笑声，是否一样多，哪一年人们的笑声减少了。有没有人去问问那些忧郁沉默的人，你怎么不笑，怎么好长时间听不见你的笑声了。有没有人去问那些快乐欢笑的人，你高兴什么呢，有什么高兴事让你一年四季笑个不停。

眉毛的粮食

奥斯曼草，维吾尔族人称它为"眉毛的粮食"，据说有生眉养眉的功效。在库车农村，几乎每家房前屋后都种一些，女人们用奥斯曼的叶汁涂抹眉毛，久而久之，眉毛便像吸足了养分的庄稼一样，变得乌黑发亮。

这种"眉毛的粮食"学名叫菘蓝，株秆粉红，叶子深绿，种在庭院里既可当花欣赏，又随时随地可采叶描眉。一位妇女，只需种三五株就够一年用了，用不完的拿到巴扎去卖。扎成小束，一束卖五毛钱。城里妇女们的眉毛比乡下妇女更饥渴，她们有的在花盆里种几株，解燃眉之急，更多的要到巴扎去买。老城巴扎的奥斯曼生意经久不衰，每年都有许多妇女做这种无风险的小生意，靠别人的眉毛挣钱过日子。

冬天眉毛"吃"什么呢。维吾尔族妇女在春天花红叶绿之时，便采集大量的奥斯曼鲜叶，用挤压出的叶汁拌以适当羊油，制成不腐不烂的眉膏，以备冬天之用。另一种储存方式是像烟叶一样晒干存放，但涂眉效果不如前者。

在巴扎上，还能买到一种特殊的头油，是用沙枣树的树胶制成的。据说用这种头油抹出的头发又黑又亮，还有股沙枣花的浓香。

维吾尔族女子最引人注目的美是那双眼睛，而使眼睛熠熠生辉的则是那两弯令人惊异的浓黑眉毛。眉是五官最上一官，美容先美眉，维吾尔族妇女似乎天生就知道这个道理。在库车小巷，常看到三两个维吾尔族女人迎面走来，还看不清五官容颜时，便已被她们的浓黑眉毛吸引。待走到跟前，眉毛下又黑又深又大的眼睛，笔挺的鼻子，棱角分明的嘴唇，那样的容貌，让人很难移开眼睛，移开了也还会再一次追望上去。

按维吾尔族人的古老传说，女孩双眉间的距离，决定了日后婚嫁的远近。两条眉毛隔得远的女孩子，一定会嫁到很远的地方。母亲总是希望女儿留在身旁，所以女儿一出生，母亲便用奥斯曼叶汁涂抹她的眉毛，稍大一些，女孩便学会自己用奥斯曼涂抹眉毛。日复一日，年复一年，长大的女儿两弯秀眉紧紧相连，嫁去的地方喊一声就能听见。

如今，这种"眉毛的粮食"已被制成眉笔、眉膏，价格很贵。库车老城的女人们，仍旧喜欢用新鲜奥斯曼的叶汁涂抹眉毛。那些自然的东西，机器一加工便变质了。

（选自散文集《在新疆》2012 年 2 月 1 日）

磨坊目击记

张承志

一

我在那一年的目击，使得我患了沉重的心病。

它的地理位置，已经在衰退的记忆中漫漶不清。能记得的，是在李家峡还是龙羊峡？或者就在孟达峡上下的某处。反正是一个曾经盛产马家窑彩陶的山沟台地附近。

黄河从一个拐弯处巡游而来。威风凛凛，磨坊就在拐弯下面的一个崖坎上。

它的木轮巨扇插在浊黄的泥水里，喑哑地吱嘎响着，溅起浓褐的浪头和水雾。不知从哪里运来了一截千年老桧，把它凿成了磨轮的轴。嵌进大轴里的每根斜撑，像车轮的辐条，都是一棵笔直的松树。工匠为了不伤木头元气，刻意留下树皮枝杈，让它们随着水势，缓缓地、颂歌般地在半空转动，转动，缓慢沉重，无止无休，像一个图腾，如一个符咒。

庄里人都靠磨坊度日。

人们裤脚半浸在水里，扛来自编织袋装的麦子和黑牛毛麻袋盛的青稞，运走白面和糌粑。人走的时候泥浪撞着脚踝，哗哗地敞开的水，在小腿上留下一层泥巴，人都尽力走得快些，那半壁山一般的巨轮吱呀转过头顶，仿佛这一刻就会坍塌下来，把人砸在泥洼里。

我又是在那儿做什么呢？怎么想也想不起来了。若考虑那些彩陶，该是在我考古的年代。那时，世上的变化还没人留意。只记得那一年，我正用一支炭笔勾勒磨屋的线条时，韩家的儿子给绑走了。罪名是毁坏磨坊。韩家的老母亲举着两条瘦骨嶙峋的手臂，拼命摇着身份证。她银发纷乱的、嘶哑争辩的影子，弄得我很难专心作画。

反正从那一回起，我习惯了磨坊的速写打发时间。或者该说，我习惯了在磨坊打发自己的余生。我画得不好，但画轮廓不难。费力气的，是怎么对付那凶恶翻卷、滚滚泄下的黄河。

二

速写强使我仔细观察。

一边画着，我发觉了那些腐蚀的蛛网裂纹。要紧的是，裂纹并不只出现在粗壮的松木臂膀上。我看见在水面上边的木头，不论木造的磨坊或是矗立的磨扇，都被厚厚的水碱裹住，呈着湿漉漉的一种白绿或者黑黄。碱壳剥落的原木上，暴露的木头是漆黑的，好像谁给它刷了沥青。

那黑漆的木头上纹理密布。我画不好，停下仔细打量，于是发现了蚀透了木芯的裂缝。

问庄子里的农民，他们说：闲着呢。意思是没关系。但我觉得危险，所以把当坐垫的石头搬远些。

在第一次，就在我的速写画完的那一天，咯轧转过的木轮上，突然断了一根条。它从大轴上剥离的时候，好像落下了一个烂果，也像滚沸的汤里，一根煮烂脱离的骨头。根本没有动静；它只是轻微地、呻吟般哼了一声，如今忆起是好比低沉的叹息，它先是悄悄地从高高天空上栽了下来，直到溅入水里，才轰然在浊浪上扬起爆炸般的声音。河面上一下站立起两道水墙，半是泥巴半是透明，冲腾的水雾久久不散，染黄了尖梢的树叶。

清晨农民们背面来的时候，围着那根巨木，商量怎么分了它。只有韩家的人沉默着，背着行李鱼贯而过。他家遭了冤罪，这里已不能住了。木头已经腐烂透了，分了搬回家也当不成柴薪。人群喧嚣，老人指挥儿子娃，一旦磨轮转了过来，就用铁钩子一根根钩着拉。果然又拉下来两根，也都朽透了。

用不成！顺河淌了算啦，最后他们说。

众人散了。

顺流而下的三株巨木，正巧挡住几堆难画的浪花——我刷刷几笔，第一张速写于是画成。

三

又一年去时已经不是考古。

四顾世风日下，满眼病入膏肓。我怀念那个雄山大河的小村，想去看看它。那里是文明的渊泽，这会儿它会怎么样呢？哪怕去画上一张磨坊的速写呢，我想着就买了一张车票。几天后，我走进了熟悉的庄子。

我干脆靠着破败的韩家颓墙，盖了一间木头小屋。小屋苫顶的那天，我不由得对自己捉摸不透：我的魂儿，也随着磨扇在转么？

咆哮的激浪，掀起震天的轰鸣，击打着我的耳鼓。我的耳朵已经失聪，我欲辩不能。我注视着黄河的铜色浊浪，一声不吭摆开了画具。

由于一点野心，这回我带来的是油彩。上一次，当行家看我的速写时，批评我的画说：缺乏力学的布局。我想克服这个毛病。也就是说，不单是速写而是想写生，想描摹它更多的真实。写实！你能写实，力学关系就对了！行家临走留下一句。

不祥的颜色。我一眼就明白，对付这种颜色，我不光是缺乏技术而且缺少思想准备。磨坊已经毫无原木的本色，它在落日残辉之下，呈着一抹铁锈的斑驳。突兀一眼瞥去，磨坊如一个不祥的黑架子，备足的土黄与赭石，都用不上了。

河水猛烈地冲撞着，咬住一般摇撼着半颓的磨扇。磨坊这一刻是一头绝望的骆驼，它死不躺倒，亡期还尚在以后。原木劈成的辐条般的放射线，只剩下斜斜的几根，左一根右一条勉强支撑着。那个缺牙断齿的巨大轮扇，这一回它不是一个圆，而是几块碎了的半扇，互不相干地嵌在千年老桧树凿成的大轴上。估计那个桧树轴还挺结实，它和轮扇的接口被水垢的硬壳糊住了，看不清细致。我只见它们咯吱喑哑，呻吟着半摔半倾，在强大的水力推搡之下，恐怖地挪动。

我呆傻地痴痴望着。这么画，究竟要画一个什么？已经没有浑圆磨轮、古朴木屋。对着峡口望去，几片庞大的扇面。宽窄不均，直插半空。每当被水流猛撞，就危险地一歪，接着就向前一栽，一歪，一倒，朝着水面跌倒移动。背后的天空是一派血红。

油彩几下就涂抹出一个黑框子。力学还是不对，它活像一座歪着一个劲地往一边倒的黑牢。我一发怒把它丢进了河里，盘算以后下力气重画。

四

最后一次去磨坊，是在去年的七月初。

磨坊的风情，当然不止我一人留意。它已然被当做"产品"推销，计划挤入全国旅游百强。婊子店、火锅厅、小旅社盖了半山沟，红漆在峭壁上刷着大标语，到处是"最后的磨坊"的广告，甚至有一处写的是"磨坊之死"。

在这个月份，河床里突然涌进自融雪以来就蓄积不止的汛水，一条河都洪水猛涨，水温冰冽。从遥远的昆仑山，以及所有冻土冰川奔流而至的河水，七月进峡，陡然暴涨，攻打这座建在下游的磨坊。破旗碎扇的磨坊，一瞬间落入劫难，瀑布宛如炮弹，对准了它狠砸猛轰。

人们都去峡口了：顺河淌下来各色的浮财，可真是浮财啊!河里有木料、家具，甚至还有活着的牲口。据说庄子里唯一地主成分的人家，就是在几十年前的一个七月里下水，从河底捞上来一个元宝箱子——才成了富汉的。"说不准能捞上台桑塔纳。"人们说着，一边匆匆走过。

差强人意地，圆木屋和几片破扇子都画完了。笔涂到了桧树轴。我调了些锌白，打算描出桧木上的水碱锈壳。

　　我蘸了些调色油，正想画溜光的碱垢——那时分瞥见一道新鲜的裂缝。桧木上有一道伤口，正静静地绽开。狂怒的水，涩塞了或吞没了开裂的声响。在我的目击之下，它正一寸一寸地、无声无息地、微微颤动着劈成两半，露出桧木的淡黄本色。

　　裂缝和嵌着松树的凿口，慢慢酥碎了。力的平衡一瞬崩溃，一片轮扇栽翻水里。但是没有溅起大浪，翻滚的河水，淹没了浪头。尚还没有转上轮顶的磨扇，那一刻如迟疑般，停在了半空，先静了一会儿，然后凭空加力，颓然后仰，一下子散了架！

　　磨坊的木屋被一根巨木砸个正着，不吭声地坍塌了半边。碎木、石块、土坯都哗哗倾入洪水，被疯狂的怒涛接住，一抱即席卷而去。每一根垮塌下来的木头，都在我眼睑里爆皮裂骨，断成碎段。每一颗朽烂腐蚀的铁钉，都在我的凝视中炸跳爆出，化为齑粉。失去了磨扇遮挡以后，天空放晴了，露出紫红的太阳，恐怖至极。剩下的残扇，如可笑的羽翅，倒垂着粘在轮轴上，在水流中横七竖八。随即，它们一根根被拆卸，并撕扯一样把轴上的木头扯下。桧木的巨轴终于瓦解了，磨坊的最后，如刀子宰割的一个赢羊骨架。此刻时辰已到，最后的进程已然开始，它清晰且悲哀，像一场廉价的电影。

　　水更加升涨恣溢，一直淹到我的脚下。踩着的石崖一阵工夫就塌了，我的那张见鬼的画，连同画架子一块，霎时被水卷走，瞬间无影无踪。这回能听见木头的声音了，它们劈裂折断，拥堵粉碎，暗苦的哑叫，如地狱的哭声。

　　我屏绝了呼吸，双手痉挛地攀住枯草。我感到随着磨坊，自己也正在洪水中溺没。这是我立脚的热土，是惠与我母语、是给了我生命的祖国啊——有一个时分，我按捺不住殉死的冲动。我几乎就要跳入河里，想攀住半个桧木的磨轴，想抓住我未完的绘画。

　　一双手扯扯我的衣襟。咦，是韩家的老奶奶！她独自回来了。

　　后来，奶奶说我画得好。

　　暮霭沉落，远近无人。在人去村空的这里，只我娘儿俩坐着。她把我的第一张速写，远近上下地端详，看了一个遍。她的枯手颤抖，银发触着画纸。一颗浑浊的老泪，溅在了画面上。我感到脸上抽搐，想笑却做不出来。我忍住泪站起，然后穿过磨坊废墟，大步离开了小村。

——以上就是我对磨坊的回忆。

它能算一篇写生笔记么？曾三次专心命笔，只落下最初的一幅。

我还是挺喜欢这幅速写。画得不像，可是它能让我触景生情。在我心里铭记的磨坊，连同它的山河人民，确实是美好的。

（选自《人民文学》2010 年第 5 期）

塞上走笔 (二章)

王昕朋

窑洞里的女人

去过宁夏几次，拍了一些照片，我真正喜欢的是一张与几位党校同学在窑洞里拍摄那一张。因为每看一次，心灵就会受到一次震撼，灵魂就会得到一次洗礼。

在彭阳一道黄土高坡的陡坡下，排列着十几座窑洞。有几家的窑洞外是一个大院，院里种着树，枝繁叶茂，一片暖暖的春意，还有的人家屋顶上养着花草，仿佛一片空中花蕾，更多的人家院子里圈着牛羊。有一家的院子里放着一辆农用四轮车。这样的人家，在当地算是富裕一些的。塞上人很热情，看见远方来的客人，笑着点头表示欢迎。我们走访的一户窑洞人家，共有两孔窑洞，一孔坐北朝南，一孔坐东朝西，两孔窑洞相挨在一起，门前是一个小院落。

窑洞是中国北方最常见的居住形式。据不久前公布的考古发现和专家论证，这一人类最早的地下居住形式，就是始于宁夏的海原。我们对那些考古学者不能不油然而生敬意。他们一年四季甚至于夜以继日，同那些陈旧、腐朽、带着潮湿、霉气的墓园、墓穴打交道，不断为我们揭开一个个历史秘密、一段段历史云烟，展示中华民族古老的灿烂文明。据说，宁夏窑洞的发现将人类居住窑洞的历史至少推进到 4500 多年前，让我们了解先人们的居住学。据《诗经·大雅·绵》中记载："古公亶父，陶复陶穴，未有家室"。亶父，周文王的祖父。陶，借为掏；复，借为覆。从旁掏的洞叫覆，即窑洞或山洞；向下掏的洞叫穴。由此可见，窑洞的历史相当悠久。

我们到的这户人家的窑洞，应该是小窑洞。窑洞里用来接受阳光照射和吹风透气的窗口也比较小，上边又被自家用面打成的糨糊粘贴上一层发黄的报纸。因此，初进到屋子里，几乎看不清任何东西。过了一会儿，眼睛适应了，才看见屋子里放着一张双人床，床头上放着用来盛粮食的坛坛罐罐以及放杂物的纸箱。就在这个面积只有十几平方的地方，竟然还堆着做饭的锅台，由于油烟飘散的方向不同，顶上和四壁被油烟熏得一道黑一道黄，看上去像是一幅千奇百怪的壁画。

窑洞的女主人大约三十开外，个子不高但很结实，脸膛黑里透红，一看就是经常下地，在太阳下晒、在风雨中吹打的那种纯粹的庄稼人。她脸上的皱纹和黑黑的皮肤，记载了她与大自然、与贫穷抗争的痕迹。她不善言谈，问一句答一句，不会主动张口。我们问了她的家庭收入情况，地里种什么庄稼、收成如何。她回答的都很平静。你根本无法从她的表情上和言语中看出她对贫穷生活的理解和感受。直到问到她的子女时，她的脸上突然放射出一层光，两眼也亮了起来。她带着我们到了坐东朝西的那间窑洞。一进窑洞，我看见了贴了半片墙壁的一张张奖状。奖状是中国特色的一个品种。每年学期末，学校都要考试，都要评比，然后给那些考试成绩好，平时表现好的孩子颁发奖状。别看这只是一张印上了花纹花边的纸，分量却很重。那些领到奖状的学生拿着奖状回到家里时，父母都会十分高兴。我想起有一则电视公益广告，里边就是一个女孩子领了奖状回到家，高高兴兴地打开门，想让爸爸妈妈与自己分享喜悦，而爸爸妈妈都不在家。女孩一脸天真烂漫的喜悦变成了失望。那个女孩子等啊等啊，等到很晚，一听到门外有响动，就拿起奖状，喊叫着爸爸妈妈迎上前去，然而，她一次次落空了。睡觉的时候，她还把奖状放在胸前……这则公益广告结束时有句话，意在提醒做了父母的人应该多关心孩子，多陪陪孩子。由此可见，奖状对于一个小学生来说多么珍贵。窑洞墙壁上的奖状，从一年级到三年级，几乎年年都有，是这个窑洞孩子成长的见证。窑洞一张小小的桌子上，放着的一瓶廉价的雪花膏和一面方形的镜子、一把普通的木梳，还有只有男孩子玩的塑料玩具冲锋枪。可以看出，这个窑洞人家既有男孩子也有女孩子。仔细看了看那一张张奖状，我突然发现，写着女孩子名字的奖状都与学习成绩、与考试有关，唯一一张写着男孩子名字的奖状，是一个体育项目。我的一位同行不禁感慨地说了一句："看起来，女孩子比男孩子学习成绩好。"

那个女人听了这话，眼睛一暗，眉宇间瞬间添了几道愁绪。她心里的酸楚和苦涩也淋漓尽致地展示到我们面前。这一细小的变化，足以说明她同这块土地上的很多女人一样，对男孩子比较看重或者说疼爱。当然，这也不能怪罪她。也许，她小的时候，也和我们所有人小时候一样，有着远大的理想。然而，父母的一句话，就改变了她的向往和追求。她与许多同龄女人一样，在唢呐和鞭炮声中，在父老乡亲怜惜的目光中，青春、向往都被迎亲的一头驴驮走了……也从此，儿子便成了她和许多一样做了母亲的女人的精神寄托，甚至是唯一的寄托。可以肯定的是，女儿和她一样，从小就要承担家务的劳累。每天晨曦微露，女儿就要和她一起做饭。通常是她和面，女儿用柴火烧锅。也许，她还不时吆喝或训斥女儿几句。在她看来，这是做女人的本分和天职，神圣的天职啊！

在一条条崎岖不平的黄土路上，我们也的确看到过一个个背着柴草或担着水桶的女孩。她们年龄大都在十岁出头，小学二三年级。她们在放学之后，节假日里，或放羊，或锄草，或拾柴，过早地承担起生活的艰辛。她们从那些羊肠小道，从一道沟翻过一道梁的脚步虽然沉重而艰难，然而，她们脸上的表情却十分平常，有的还冲着路边的野花微笑，有的边走边唱着流行歌曲的情景，让人心动。

这些年幼的女孩子们，根本就想象不到以后的命运，心中最深刻、最沉重的只有责任二字。

那个女人一边回答着我们的问话，一边小心地把女儿床上散落的几根头发拣起来，看了一眼，在手里搓几下，放在了一个做针线活的筐子里。她的那一细小的动作，永远永远地铭刻在我的记忆深处。那是一个母亲的情愫。

我们从窑洞女人嘴里得知，她的男人在银川打工，半年也难回来一次。

"家里的地也是你一个人种吗？"我问。

那个女人认真地点了点头。我清楚地看见，她的眼睛在那一刻湿润了。她是在想念丈夫吗？抑或是在为自己的命运难过？我不得而知，但是，我的心在那一刻，真真正正地对她充满了敬意。我相信我的同行也与我有同样的感受和心情。所以，出了窑洞，我们与那个窑洞女主人合影时，大伙不约而同地，而且是恭恭敬敬地让她站在了中间。我们敬重的不单是这样一个普通的窑洞女主人，敬重的是我们伟大民族的传统和精神。

尽管我没有记住窑洞里那个女人的名字，但是，我却记住了两个与人生、与命运相关的字：坚强！

赶毛驴的大嫂

她是赶着毛驴与我们迎面走来的，所以，引起了我和同行的注意。

毛驴可以说是人类最忠实的朋友。它勤苦、勤劳、勤奋，往往出着牛马力，在主人面前却得不到牛马那样的待遇。我印象中，最能表现毛驴的是新疆库尔班大叔，他的骑着毛驴，千里迢迢到北京去见毛主席的故事，在上个世纪传遍全国，还被编成歌曲传唱。据说，至今在新疆还有他骑着毛驴的雕塑。

赶毛驴是陕甘宁一带的民间艺术，有着上千年历史。每逢重大节日搞庆典活动时，赶毛驴是必然出现的传统节目。那个时候，被选中的毛驴一下子身价百倍，又是披红挂花，又是佩戴红色罩子，在唢呐声中，随着人们欢快的秧歌舞步，也飘飘然起来。

毛泽东主席曾借赶毛驴比喻与蒋介石作战，叫做一推，二赶，三打，既形象生动，又富有哲理。这个经典的战略战术恐怕外国人不容易学习。

我小时候，每逢寒暑假就回皖北萧县老家。那时还是人民公社的集体化制度，毛驴由生产队统一喂养。一个队里大概有几头毛驴，是用来打麦子时拉碾子、磨面时拉磨用的。这是毛驴的专利。大人告诉我，毛驴戴上眼罩，就只会低着头转圈儿。一头毛驴，拉着几百公斤重的石磨，不停地转啊转啊。老人端着一筐粮食跟在毛驴的身后，不时向磨眼里注入粮食。磨眼里进去时是颗粒，出来时则是细细的面粉。记得老人一边走，还不时地哼着小曲，毛驴好像熟悉了那小曲，走路的节奏与小曲配合得十分和谐。我记得爷爷生产队里有一头毛驴死的时候，全村人都很伤心。生产队的饲养员蹲在毛驴的尸体前，大颗大颗的眼泪往下掉，就像死了亲人一样。最后，队里几个壮实的劳力把那头毛驴的尸体拉到生产队的一块地里郑重地埋下了。那只毛驴戴了多年的套子，被饲养员挂在门前很久很久。多少年没见毛驴了，所以，乍一见毛驴，我心里真的有几分喜欢。

那头毛驴看上去年龄不大。身上驮着两只硕大的水桶，约有半人高。不用问，我们就明白，那个大嫂是赶着毛驴去驮水的。这一带是黄土高原，吃水相当困难，据说要到十几里外驮。家庭富裕一些的人家，有拖拉机、三轮车甚至汽车去运水，家庭困难的也只有用毛驴这样的原始工具去驮水了。这个时候是晌午，算一算时间，大嫂和她赶的毛驴应当是在凌晨出发的。那时，天上还有星星，地上灰雾蒙蒙。大嫂先给毛驴喂上饲料，让它吃着喝着。然后，大嫂开始做早饭。饭做好以后，毛驴已经吃饱喝足。大嫂再看一眼熟睡中的孙子或孙女。可以想象，她的眼神中既充满了无奈，又充满了期待。毛驴早已熟悉了大嫂的生活规律。这个时候，它很老实地站在院子里，等候着出发。当大嫂把水桶托起的时候，它还会主动地低下身子，帮大嫂一把。

村子里高一声低一声，紧一声慢一声的鸡叫声，与邻村的鸡叫声此起彼伏，遥相呼应。大嫂和毛驴上路了。大嫂太累了，有时走着走着就打起了瞌睡。迷迷糊糊中，毛驴成了她的向导。如果遇见路上有同类，或者不熟悉的人，毛驴会主动地仰天长啸一声，提醒大嫂。大嫂也就会机灵地睁开眼睛，四下张望。如果没有什么危险，她还会嗔怪地骂毛驴一声。但那骂声中也包含着疼爱和亲昵。人和牲畜的关系在那个时候竟然那么亲密无间。

大嫂对毛驴的感情的确很深。她知道，毛驴驮着的不仅仅是两桶水，而是生命之源。所以，她累了休息的时候，把那两只水桶从毛驴的身上取下来，让毛驴也休息一会儿。大嫂对着水桶，看着自己在水里的模样，额头上的皱纹又多了几道，头上的白发又多了几根，唯有那双眼睛还是那样清澈。大嫂此刻看着在一旁低着头的毛驴，心里不禁涌出少许酸楚。这就是人生！

每天，黄土高原的晨曦里，那坎坷不平的山路上，大嫂和毛驴俨然成了一道亮丽的风景。这使我想起美国女画家爱迪娜·米博尔的一段话："美的最主要表现之一是，肩负着重任的人们的高尚与责任感。我发现这一点特别地表现在世界各地生活在田园乡村的人们中间……"

我不禁对大嫂充满了敬意。遗憾的是，没等我拿出相机，大嫂就和毛驴走远了。我多么想拍下一幅大嫂赶着毛驴的照片，将来有机会的话，交给她的孙子看一看，这就是黄土地上的母亲。

我甚至想如果有这样一张照片，我还会把它送给国家博物馆收藏，让更多的炎黄子孙们知道有这样引以自豪的母亲。

（选自《光明日报》2012 年 9 月 2 日）

·叫一声老乡好沉重·

我的大年我的洞房

郭文斌

　　因为忙碌，今年的大年是在没有丝毫心理准备的情况下到来的，就像一列飞奔的列车，突然遇到了路障，不得不刹车。腊月三十下午，处理完单位上的事回到家中，妻在洗衣服。我说，总该准备一下吧？妻说我这不是在准备嘛，如果你愿意就去擦玻璃吧。我说，洗洗衣服擦擦玻璃怎么算是过年的准备呢？妻说，那你说还要怎么准备。想想，也的确没有什么可准备的。就去擦玻璃。但总觉得还应该为年准备些什么。可是几个窗子都擦完了，脑海里除过一副对联要买，还真想不起有什么需要准备的。

　　就上街买对联。一出小区门，发现许多人跪在门口左侧的空地上烧纸，按照老家的习俗，这应是"请祖先"了。不知为何，看着这些"请祖先"的人，我的心里一阵难过。那地方是平时倒垃圾的地方，怎么能够"请祖先"呢。停下来打量，发现他们是那么的底气不足，紧张、瑟索、局促，小偷似的。细想起来也是，这本来就不是自家的地盘，而且身后是喧闹的车水马龙，一个人怎么可能从容自在呢？思绪就飞到老家去了。"请祖先"的时辰到了，一家或一族的男人向着自家的祖坟走去，远远看去，一串串葡萄似的，挂满山坡。阳光温暖，炮声悠扬，在宽阔绵软的黄土地和黄土地一样宽阔绵软的时间里，单是那种不疾不徐地散淡地行走，就是一种享受。一般说来，坟院都在自家的耕地里。宽阔、大方、从容，让你觉得那坟院就是一幅小小的山水画，而辽阔的山地则是它的巨幅装裱。说是坟院，其实没有院墙，区别于耕地的，是其中的经年荒

119

草，还有四周的老树，冠一样盖着坟院，让那坟院有了一种家的味道。坟院到了，一家人跪在经年的厚厚的陈草垫上，拿出香表和祭礼，焚香、烧纸、磕头，孩子们在一边放炮，那是一种怎样的自在和安然。且不管祖先是否真的随了他们到家里来过年，请祖先的人已获得一份心灵的收成。

这样想时，觉得留在乡下的哥不再那么苦了，而且有了一种正当理由，老人坚持住在乡下也有了一种正当理由。物质上他们是拮据一些，但他们却享有另一种富裕。而且因为有他们在乡下，自己就不需要在这个污秽的地方"请祖先"了，这些跪在垃圾场里"请祖先"的人，肯定是从乡下连根拔起了。

街口就是一家卖对联的摊儿。在老家，每年全村的对联都是父亲写的，后来父亲把衣钵传给我。有一年自己因病没有回家，村里人就只好买对联贴了。第二年再回去，乡亲们就又买了红纸让我写。我说，买的多好看啊，也省事。他们说，还是写得好，真。一个"真"字，让我思绪万千。现在，也只有在乡下，老乡们才认这个"真"。其实我知道，我的那些蹩脚的字，并没有买的好看。那么这个"真"到底指的是什么呢？现在，一个平时给大家写对联的人，却来地摊上买对联，心里一阵好笑。但写嘛，一则嫌麻烦，二则连红纸在什么地方买都不知道了。

想想自家能贴对联的门也只有防盗门了，却买了两副。另一副往哪儿贴心里无数，先买上再说。心想，在老家，只有那些特别穷的人才写一副对联，只在大门上贴贴，表示这个家还有烟火。

摊主说，不请门神？我说，不请了。一个"请"字，让我想起小时候请灶神的事来。随父亲上街办年货，发现父亲买别的东西叫买，买门神和灶神却是"请"。问为什么。父亲说，神仙当然要请。我说，明明是一张纸，怎么是神仙？父亲说，它是一张纸，但又不是一张纸。我就不懂了。父亲说，灶神是家里的守护神，也是监察神，一家人的功过都在他的监控之中，等到腊月二十三这天，他会上天报告一家人一年的功过得失，腊月三十再回来行使赏罚。父亲还说，这请灶神是有讲究的，灶神下面通常画着一狗一鸡，那鸡要向屋里叫，那狗要向屋外咬。仔细看去，确实有些狗是往外咬的，有些是往里咬的，就看你家厨房在东边还是西边。还有那秦琼和敬德，一定要脸对脸。我问，为什么一定要脸对脸？父亲说，脸对脸是和相，脸背脸是分相。贴灶神也有讲究，一定要贴得端端正正，灶神的脸还要黄表盖着，不能露在外面，不然将来进门的新媳妇不是歪嘴就是驼背。这样，再次走进坐了灶神的厨房时，一股让人敬畏的神秘的气息就扑面而来。

买好对联之后，主意又变了，心想再往里边走走，说不定会发现自己没有想到的年货。

在一家买香表的摊前，脚步不由自主地停了下来。以往，腊月三十天一亮，父亲让我们干的第一件事是拓冥纸，先把大张的白纸裁成书本宽的绺儿，用祖上留下来的刻着"中华民国冥府银行"的木板印章印钱。小的时候觉得非常不耐烦，及至成人，觉得一手执印，一手按纸，然后一方一方在白纸上印下纸钱的过程真是美好。不知从什么时候起，开始有了机印的冥钱，上面的面值是一万元，有的还是华盛顿的头像，显然是来自国际接轨的思路。但父亲还是坚持用手印，有时来不及了，哥就拿出祖父传下来的龙元（一种上品银元），夹在白纸里用木桩打印纸锭，父亲虽然脸上不悦，但终没有反对。纸锭虽然讨巧，却总要比从大街上买的那些花花绿绿好得多。买不买，要收摊了？小贩说。我说，不买了。他说，过年不给先人送点钱花啊，市场经济社会，哪儿都得用钱的。我说，我们祖先那边还在计划经济时代。

到了炮摊前，花花绿绿的炮群让人眼花缭乱。想买，但一想儿子坚决不让买，就打住了。儿子已经对放炮没有了兴趣，他现在感兴趣的是考重点。而一个不放炮的年还是年吗？小时候，一进腊月，父亲就带着我们做炮了。父亲先用木屑、羊粪、硝石、硫磺一类的东西做火药，然后用废纸卷大大小小的炮仗，剩下的火药装在袋子里，侍候铁炮。铁炮有大有小，小的像钢笔一样细，大的像玉米棒子那么粗，屁股那有个眼儿，用来穿引信。过年了，只见小子们差不多每人手里都有一个沉沉的铁炮。村前的空地里，一排排铁炮对着美帝国主义，整装待发。小子们先把火药装在炮筒里，然后用土塞紧，然后点燃引信，人再跑开，捂着耳朵等待那一声来自大地深处的闷响。父亲还给我们用钢管做长枪，用车辐条做"碰炮"。长枪大家知道，和当年红军用的那种差不多，只不过腰身小一些。说碰炮——把一个车辐条弯成弓形，在弓尾绾上橡皮筋，橡皮筋的另一头拴着半截钢条。这种碰炮不用火药，用的是火柴头，把几个火柴头放在辐条帽碗里，用钢条碾碎，然后把系在皮筋上的钢条塞在辐条帽碗里，拉长的皮筋起到了用拉力把钢条撬在辐条帽碗里的作用。这样，你的手里就是一张袖珍的长弓。然后高高举起，把钢条向砖上一碰，就是一声脆响。现在想来，那时的父亲真是可爱，在那么贫穷的日子里，在五两白面过年的日子里，他居然有心思给我们做这一切，他的开心来自哪里？而现在，什么都不缺了，但是我却没有见过哥给他的儿子做过这一切。而在城里的我，别说做，就是想给儿子买个炮，他自己却不要了。

到了电灯笼摊前，手又痒了。往出掏钱时，却是一股煤油的味道扑面而来。那是三十年前的供销社，父亲带着我，站在那个比我还高的大油桶前，把带嘴的油壶放在木板柜台上，那个穿着蓝卡其制服的漂亮的女售货员用一个竹竿舀子，把油从油桶里提上来，往油壶里倒。父亲拿出布做的钱包，把几角钱错来错去，艰难地做着是否还要第二提的决定。女售货员的舀子就停在空中，一脸理解的微笑，等待父亲的决定。我仰起头来，看着父亲的眼睛，父亲的眼里是一万个铁梅。最终，女售货员悬在空中的那提煤油一路欢歌进了我家的油壶。父亲说，就是再穷，腊月三十晚上每个屋里的灯都是要亮着的。有时实在买不起煤油，就先保证院子里的灯笼。

有那么几年，日子好过一些，父亲就用清油和蜂蜡做蜡烛，为的是敬神。当然，如果充裕还可以用来照明。做蜡的具体细节记不准确了。只记得父亲在一个个竹棍上缠了棉花，然后伸在清油和蜂蜡混融之后的锅里一遍遍地蘸，几次之后，一个黄萝卜似的米黄色的蜡烛就成了。一个个蜡烛插在麦秸编的塔形的蜡座上，看上去像个宝塔。最后一个蜡烛做完后，父亲就把那个宝塔倒提起来，挂在房檐上。刚包产到户的那一年，房檐上玉米辫一样挂满了蜡烛串儿，每天看着它们，心里就是一个灯海。在后来的作文课上，我好像写过这么一句话：那不是蜡烛，那是一串串在房檐上睡觉的光明。赢得了老师的表扬。接着几年，父亲都是亲手做蜡烛。再后来有了洋蜡，虽然比自己做成本低，但父亲还是坚持自己做。父亲说，这敬神就是一个诚字，买来的东西怎么能够敬神呢。

要说这红灯笼，比父亲竹做骨纸糊面的灯笼好看多了，却一点也没有父亲做的那种"活"的感觉，但还是买了一个。人山人海，车不好打，就提了灯笼往回走。走着走着就走到老家的土路上了。在老家，年三十早上讲究跟抢集。一大早，差不多每家都有人到集上去，没买的再买，没卖的全部出手，有些几乎是送了。有那么一个时刻，街上哗地一下就没人了，一下子成了空街，看着让人心里有些害怕。多少年来，那种哗地一下就没人的情景一次次在梦中出现，让人思索这个"年"到底是什么，为何如此的神通广大，让人们一个个心甘情愿地自投罗网，无可抵抗。

看时辰，这一刻老家应该是上坟回来了。心里一下子着急起来，小跑回到家里。一看儿子挥汗用功的背影，又被刚才行色匆忙的自己惹笑了，今年本来就没有打算过年的啊。一放寒假，儿子就一再重申今年春节不回老家。一天，我动员儿子说，回去把三天年一过就回来，你也放松放松。儿子用不容商量的口气说，不可能！妻子附和，年，年年过，高考只有一次，就依儿子。再说，等你儿金榜题名日，咱们再衣锦还乡，那种感觉该多好。儿子抱了他妈的脖子说，俺妈说得太对了，我们可以回去住它个十天半个月，好好显摆显摆。我说，那你娘俩在城里过，我一人回去。妻说那不行，单位安排她从初二晚上开始卖戏票。二比一，今年过年不回家的决议形成。当时是那么地不可接受，觉得这过年不回老家就像结婚不进洞房一样不可思议。现在，儿子坚毅的背影似乎又在重申，对不起老爸，今年你就先把你的那个年瘾放放吧。

看来这年贴只能在书房里进行了。书房在阁楼，因为是斜窗，不好弄窗帘，搬进来后，为了给自己制造一个相对隐秘的小天地，就顺手把几张报纸贴在玻璃上，不知为何，当时感到的却是"年"的味道。自己知道，这种感觉肯定来自老家八卦窗里新贴的窗花，来自被父亲熬罐罐茶熏黄的房墙上新贴的年画。过段时间把旧的剥下来，换上新的。每换一次，年的味道就被复习一次。小时候，一进腊月，父亲就早早让我们裁窗花：用纸搓针，把上年的花样钉在一沓新买的红黄绿三色纸上，衬了木板，然后照着花样裁窗花。刀子从纸上噌噌噌地划过，一绺绺纸屑就从刀下浪花一样翻出来，那种感觉，真是美好，更别说看着一张张窗花脱手而出的那种喜悦了。父亲还教我们画门神，画云子（一种往房檐上挂的花饰，我不知道父亲为何把它叫"云子"），包括给戏子打脸。

报纸已经贴好，年的味道再次扑面而来，那是一种被阻止了的光，或者说是一种被减速之后的光。恍然大悟，原来年的味道就是停下来的味道。那么，这个停下来又是谁的发明呢？而人又为何如此地喜欢这个"停下来"呢？莫非它是一个速度和惯性制造的阴谋？我的胡思乱想被窗外的一声炮响打断，好一阵懊悔，多少年神秘在心里的一种美好，一种鸡蛋清一样漾在心里的美好，满月一样圆在心里的美好被刚才的胡思乱想划破了。从未有过地觉得思想这东西的坏。时时勤拂拭，莫使染尘埃，才觉得这话说得真是好。就用一把想象的大扫帚把这些胡思乱想从心里扫去，连同懊悔。

再次回到腊月三十进行时。下来该干什么呢？在老家，应该是安喜神和天官神位的时候了。喜神位在大门，天官在当院，或者正面的山墙。显然，这两项在我的书房是无法完成的。就把书柜打开，找出《论语》，放在书柜的最上方，然后找了一个茶杯，在里面装了米，算是香炉，却没有地方放，就把一本精装书抽出来一半，用一摞书压了另一头，把香炉勉强放在抽出的那半面上。人民群众的创造力是无穷的，自己把自己惹笑了，一个模仿年俗的城里人。不知孔圣看着他的这样一个不地道的供奉人，该作如何感想。父亲说，他们上私塾时，每天早上起来都要在"大成至圣文宣王"的神牌前磕头的，赶考前也是一定要到文庙上香的，考回来也是一定要到文庙谢恩的，大年三十也是要先到文庙敬献的。现在，文圣的牌位有了，那么祖宗三代的呢？想填一个牌位，却找不到红纸，而白纸是不能设牌位的。再想，就是设了，先人们也识不得城里的路；况且他们压根就不想到城里来。父亲算是半个现代人了，但来城里没住几天，就要嚷着回家，别说先人。还是让他们在老家列席吧。

贴好窗纸，设完祭坛，拖完地，还是觉得不像，发现问题出在这地板砖上。老家的黄土地面，扫净，洒上清水，有一种来自地气的氤氲，感觉就出来了。还有，地上没有一个炉子，也就没有那种炭火的香味，没有一壶水在炉子上嗞嗞作响；没有炕，也就没有炕上的爷爷奶奶，当然也就没有一个偎着他们打盹的猫。"猫儿吃献饭"，这是窗花，也是老家"年"的经典意象，而此刻，这一切，于自己都是梦想。最后发现，城里最大的问题是没有地方祭祀，老家年的气氛多半是上房里那个天地供桌渲染出来的。才明白，这个"年"，它是"土"里长出的一朵花儿，它姓"乡"名"土"，它本来就和这个一厢情愿者是两路人。

老家把张贴对联、门神、云子一应叫"贴巴"。贴巴一毕，该干什么呢？该做泼散和供献了。所谓泼散，就是饭前由长男端半碗饭菜到大门上去布施，大户人家一般有一个节日专设的散台，一般人家就由泼散的人挑了碗里的饭菜反手向四方扔扔，让无家可归的游魂野鬼们享用。所谓供献，就是一家人团坐在上好的饭菜前，供养天地，供养众神，供养祖先，也有点请他们给年夜饭剪彩的意思。然后一家人坐在上房里吃头道年夜饭。头道年夜饭通常是长面，这个妻子倒是做了。妻子也是从农村出来的，这个年俗她懂。

吃过长面该干什么呢？在老家，对于男人，这段时间是一年中最为享受的时光。准备工作做完了，香已上起，烛已点燃，酒已热上。孩子们在院里噼噼啪啪地放炮，男人们就坐在炕上过年。

那个"过"，真是只可意会，难以言传。勉强说，有点像"闲"，但你又觉得它非常的紧张，是非闲；静，但你又觉得它非常的热烈，是非静；是温暖，但你又觉得它非常的清凉，是非温暖。那是什么呢？是和祝福的同在，是躺在一叶时间的舟上赏月，任舟下碧波荡漾，只不过那月不是月，那碧波也不是碧波，而是一种叫"年"的东西。如果一定要我找个词来称呼它，那就叫它逍遥，或者静好也可以。后来回想，这种静好大概和神同在有关，神像一个过滤器一样把平时浮泛在我们心海的那些杂七杂八的东西"过"掉了，让你心里的水还原到当初的纯净，那是一种液体的烛光。当然，这种静好还和供桌上请的是家神有关系。因为和神同在，大家比平时有些庄严；又因为是家神，就不必像庙里那么肃穆。

如果说年是岁月的精华，那这段静好就是年的精华。多少年来，只要一闭上眼睛，我就能闻到它的香味，那种超越一切香味的香味；看到它的颜色，那种超越一切颜色的颜色；感到它的温暖，那种超越一切温暖的温暖；听到它的脚步，那种超越一切脚步的脚步，糖一样的脚步。

好了，该给您说实话了。上面之所以写下这么多文字，只是想向您说明您从这些文字中看到的都不是那个"过"。回过头来，觉得能够表达那个"过"的，还是那个"过"字。我反对把汉字简化，但对"过"这个字的简化却非常的赞佩，一寸一寸地，过，多好。

男人们"过"年的时候，女人们大多在厨房里煮骨头，收拾第二轮年夜饭。给孩子们散糖果、发压岁钱一般都在第二道年夜饭上来时进行，论时辰应该是亥尾，十点半左右。因此，这段十点半之前的时光，男人们就像茶仙品茗一样，陶醉而又贪婪。

回过头来说泼散，城里人显然没有条件做。因为没有地方可供你去泼，去散。你不可能把一碗饭端出楼道，泼散在小区里，那样别人会认为你是神经病。

供献倒是可以做，就三口人坐在一起献了饭，然后开吃。

吃完长面呢？应该是品尝那段静好的时间了。在老家，为了把这段静好延长，由我带头，把贴对联的时间一再提前，后来干脆不跟抢集了，一大早就开始贴了。依次类推，上坟的时间也提前了，有时如果效率高赶得快，那段无所事事的静好就从黄昏开始。按照习俗，一般情况下，只要大门上的秦琼敬德贴好，黄表上身（把黄表折成三角，贴在神像上方，意为神仙已经就位），别人就不到家里来了，即便是特别紧要的事，也要隔着门，这种约定俗成的禁人要一直延续到第二天早上行过"开门大礼"，就是说，这是一段纯粹属于自家人的时光。

但是放下碗筷，却一点也没有那种感觉。儿子已经迫不及待地打开电视，手机也不安分，祝福的短信频频响起。是啊，该给师长、领导和亲朋好友拜年了。就躺在沙发上编词儿。儿子见状，拿了饮料和干果就着春节晚会自斟自饮。编了许多句子，都删掉了。祝福的时刻也是感恩的时刻。年年岁岁，每当写下那个"祝"字，心里就是一种莫名的感动。才知道什么叫词不达意，再美好的贺词也难以表达心中的那份感念，对亲人，对师长，对善缘，对大地，对万物。真是岁月不尽，祝福不尽。

从小，父亲就给我们灌输，一个不懂得惜缘和感恩的人是半个人，常言说，受人滴水之恩，当以涌泉相报，可是你想想，一个人一生要用掉多少水，造化的这个恩情，一个人怎么能够报答得了。当时不懂得父亲话里的意思，及至年长，每次打开水龙头，就觉得父亲的话真是至理名言，假如这地球上没有水，没有粮食，没有阳光，别的一切又从何谈起？我们还谈什么荣耀，谈什么理想和幸福？这样想来，就觉得在我们生命的背后确实有一个大造化在的，她给我们土地，让我们播种、居住；她给我们水，让我们饮用、除垢；她给我们火，让我们取暖、熟食；她给我们风，让我们纳凉、生火；她还给我们文字，让我们交流、赞美，去除孤独和寂寞。要说这才是真正的"供献"，但对此勋功大德，造化却默默无言，无言到普通人连她在哪儿都不知道。

再想祖母生前的一些恪守，比如饭前供养，不杀生、不浪费、施舍、忍辱、随缘、无所求，等等，不禁油然而生敬意。父亲说，这人来到世上，有三重大恩难报，一是生恩，二是养恩，三是教恩。因此，他的师父去世后，师母就由父亲养老送终，因为师父无后。当年我们是那么的不理解，特别是在那吃了上顿没下顿的日子里，他却拿最好的衣食供奉师母，就连母亲也难以理解。现在想来，父亲真是堪称伟大。

受父亲的影响，感恩成了我的一大情结。以至于在这个赤裸裸的利益社会中，自己的一些古旧的做法在别人看来可能有些可笑。但要改变，似乎已不容易。父亲说，感恩是一个人的操守，应该知行合一，落实在默默的行动上，不要修口头禅。那么短信呢？短信当然不是行动，有些口头禅的嫌疑，但不发心里又过意不去。可身为作家，却写不出一句自己满意的贺词来。就在作难时，一句春联出现在脑海，天增岁月人增寿，春满乾坤福满门，横批，出门见喜。觉得不错。在春联中，最喜欢这句了，尤其"天增岁月"、"春满乾坤"这对，真是大美。就把按键想象成毛笔，把彩屏想象成红纸，书完赵家书钱家，写完孙家写李家。恍然间又回到了老家，身前是一个方桌，左边是研墨压纸的侄子，右边是排队立等的乡亲，身后是一院红。又被自己惹笑了，一家家住在火柴盒一样的单元楼里，哪里有什么院啊。突然觉得这城里人真是可笑，一个家，怎么可以没有院呢？

如上所述，觉得祝福是一种近似于祈祷的庄严行为，就算做不到虔诚，至少也应该真诚，因此不喜欢那些从网上下载的段子，尤其厌恶群发，就逐个发。

发完已是老家上第二道年夜饭的时间。一般家庭，第二道年夜饭的主菜是猪骨头，我们家因为祖母信佛，父亲又是孝子，尊重祖母的信仰，也就变着花样做几道素菜。妻子征求儿子意见，把这个环节干脆省掉了。但压岁钱是要发的，虽然要比老家散的多得多，可儿子却丝毫没有几个侄子从我手里接过压岁钱的那种开心，手伸过来了，眼睛还在电视上。

老家也有电视了，多少对那段静好有些影响，但深厚的年的家底还是把电视打败了，大家还是愿意更多地沉浸在那种什么内容也没有又什么内容都有的静好中。说到电视，思绪就不停地往前滑。平心而论，有电是好事，但在没有电之前的年却更有味。想想看，一个黑漆漆的院子里亮着一盏灯笼，烛光摇曳，那种感觉，灯泡怎

叫一声老乡好沉重·

么能够相比。再想想看，一个伸手不见五指的村子里，一盏灯笼在鱼一样滑动，那种感觉，手电怎么能够相比。假如遇到雪年，雪打花灯的那种感觉，更是能把人心美化。细究起来，灯是活的，灯泡是死的；灯笼是活的，手电是死的。这到底是怎么回事呢？为什么越先进的东西越是给人的感觉是死的呢？怎么社会越发展活的东西越少，死的东西越多呢？

刚才说过，尽管有了电视，有了春晚，但老家的孩子却没有完全被吸引。吃过第二道年夜饭，他们就穿了棉衣，打了手电，拿了香表和各色炮仗，到庙里抢头香了。几个同敬一庙之神的村子叫一社，那个轮流主事的人叫社长。说来奇怪，那一方水土看上去极像一个大大的锅，那个庙就在锅底的沟台上，但是这种体制并没有限制锅外面的信众翻过锅沿来敬神。特别是那个灯笼时代，一出村口，只见锅里的、四面锅沿上的灯火齐往庙里涌，晃晃荡荡的，你的心里就会涌起莫名的感动。如果遇到下雪，沟里路滑，大家就坐在雪上往沟底里溜，似乎那天的雪也是洁净的，谁也不会在乎新衣服被弄脏。

然后，一方人站在庙院里，静静地等待那个阴阳交割的时刻到来。通常在春节联欢晚会主持人宣布新年的钟声敲响的时刻，庙里的信俗两众就一齐点燃手里的香表。这里不像大寺庙那么庄严，大人的最后一个头还没有磕完，一些胆大的小子们已经从香炉里拔了残香去庙院里放炮了。这神仙们也不计较，爷爷宠着淘气的孙子似的乐呵呵地看着眼前造次的小家伙们。不多时，香炉里的残香都到了小子们的手里，变成一个个魔杖。只见魔杖指处，火蛇游动，顷刻之间，整个庙院变成一片炮声的海。现在，窗外也是一片炮声的海，但怎么听都让人觉得是假的。想想，是这高楼大厦把这炮声给破碎了，不像在老家，炮声虽然闲散，却是呼应的，"聚会"的。还有一个不像的原因，就是这小区不是院子，再好的炮声也让人觉得是野的。

小子们放炮时，有点文化的成年人则凑在庙墙下欣赏各村人敬奉的春联。什么"古寺无灯明月照，山刹不锁白云封"，什么"志在春秋功在汉，心同日月义同天"，什么"保一社风调雨顺，佑八方四季平安"，等等。长长的一面庙墙被春联贴满，假如你是白天到庙里去，一定会远远地就看见一个穿着大红袍的老头蹲在那里。庙院里插满了题着"有求必应"、"威灵显应"一类的献旗，庙堂里"感谢神恩"一类的丝质挂匾堆积如山。每年社上的还愿大礼上，社长就叫人把那些丝绸献匾缝成一个帐篷，供戏班子搭台用。

从庙上往回走的那段时光也非常爽。脚下是宽厚的大地，头顶是满天繁星，远处是隆隆炮声，心里是满当当的吉祥和如意。上了沟台，坐在沟沿上歇息，你会觉得年是液体的，水一样汩汩地在心里冒泡儿。要是天天过年就好了，一个说。人家神仙天天过年呢，另一个说。目光再次回到庙上，觉得年又是茫茫黑夜中的一团灯火。可是现在，我站在自家的阳台上，目光望断，那团灯火却固执地不肯出现在我的视线中。

从庙上回来，一家人往往要同坐到鸡叫时分，由孙辈中的老大带领去开门，然后留一个人看香（续香火），其他人去睡觉，但也只是困一会儿，因为拂晓时分，长男还要去挑新年泉里的第一担清水，等太阳出山时全家人赶了牲口去迎喜神。再想想看，一村的人，一村的牲口，都汇到一个被阴阳先生认定的喜神方向，初阳融融，人声嚷嚷，牛羊撒欢，每个人都觉得喜神像阳光一样落在自己身上，落到自家牲口的身上，那该是一种怎样的喜庆。一村人到了一块净土的正中间，只见社长香华一举，锣鼓消歇，众人刷地跪在地上。社长主香公祭。祭台上有香蜡，有美酒，有五谷六味，也有一村人的心情。社长祷告完毕，众人在后面齐呼，感谢神恩！然后五体投地。牲口们也通灵似的在一边默立注目（更为蹊跷的是，有一年，在大人们叩头时，有一对小羊羔也跟着跪了下来）。

那一刻，让人觉得天地间有一种无言的对话在进行，一方是大有的赏赐，一方是众生的迎请。一个"迎"字，真是再恰当不过。立着俯，跪着仰，正是这种由慈悲和铭感构成的顺差，让岁月不老，大地常青。现在想来，那才是原始意义上的祝福。礼毕，大家都不会忘记铲一篮喜神方向的土回家去，撒在当院、灶前、炕角、牛圈、羊圈、鸡栏、麦田菜地、桃前李下。

大年初一的早上，通常是吃火锅。那火锅和现在城里人用的火锅不同，是祖上留下来每年只用一次的砂锅。说是砂锅，又和现在饭店里的那种砂锅不同，中间有囱灶，四周有菜海，囱灶中装木炭火，下面有灰灶。木炭把年菜熬得在锅里叫，就菜的是馒头切成的片儿，那种放在嘴里能化掉的白面馒头片，热菜放在上面一酥，你就知道了什么叫化境。菜的主要成员是酸菜、粉条、白萝卜丝，主角是酸菜，一种母亲在秋天就腌制的大缸酸菜。现在一想起它，我就流口水，那种甘苦同在的酸，只有母亲能做出来。进城之后，我曾让妻子按母亲的方子做过好多次，都失败了。妻子无奈地说，有些东西，城里人就是无福消受。

初一下午的那段时间也不错。记忆中永远是懒洋洋的阳光，就像那阳光昨晚也在坐夜，没有睡好的样子，现在虽然普照大地，但还在睁着眼睛睡觉。我和哥走在那种睡觉的阳光里，去找那些长辈和填了"三代"的人家拜年。一般来说是按辈分先后走动，但最后一家往往是我们爱去的地方。因为我们会在那家坐下来，喝着小辈们炖的罐罐茶，吃着小辈媳妇端上来的甜醅子，有一搭没一搭地说着在心里存了一年的闲话，直到晚饭时分。不知内情的人会想这家肯定是村里的大户人家，其实情况恰恰相反，他是我的一个堂哥，论光阴是村里最穷的人家了，但他却活得开心，永远笑面弥勒似的，咧着个大嘴，让人觉得没有缘由的亲，没有缘由的快乐，没有一点隔膜感。自己虽然穷，却不抠门儿，假如有些什么好东西，往往留在这天让大家分享。大家都愿意上他家的那个土炕，无论是大人还是小孩。大半村的人，炕上肯定坐不下，小子们就只能围了炉子坐在地上。通常情况下，炕上的大人在说闲，地上的小子们在打牌。那种感觉，让人想起共产主义。有时我们干脆不回家吃饭，接着打牌，堂嫂就给我们做大锅饭。吃完大锅饭，接着打，堂嫂就把馒头笼子提了来，放在牌桌下，谁饿了只要一伸手就可以解决问题。父亲说，奶奶活着时，上正时月，一村人差不多都围着奶奶过。奶奶去世后，这坛场就转到堂哥家去了。

父亲还说，那时的年要过整整一正月的。而年的准备工作一进腊月就开始了。父亲说，家里有两台石磨子，四头驴换着推，要转整整一个月，因为奶奶磨的是一村人吃的面。腊月八一过，村里的戏班子就住到我们家了，开始排戏。腊月二十四彩排之后，大家回家过年，三天年一过，出庄演出，演戏回来，戏班子就干脆住在我们家打牌，等下一方人下红帖。不过那时村里人不多，正好一台戏，父亲说乔家河的戏是远近出了名的。关于郭家河的戏，有许多的故事可讲，别的不说，单说有一年，伯父为了做一位龙王，三九天在沟泉边往麦草扎的龙骨架上浇水，整整浇了一个月，硬是冻出了一个活生生的龙王，一出庄，把外方人的眼睛都惊直了，代价是伯父的手指差点被冻掉。多少年来，我一直在想，伯父的这种近似着魔的热情到底从何而来？

　　相比之下，城里的初一就有些百无聊赖。傍晚，我打开电脑，开始写这些文字，以一种书写的形式温习大年，我没有想到，它会把我的伤心打翻，把我的泪水带出来。

（选自《都市美文》2010 年第 12 期）

搂地毛的风险和冒险的农民

冯秋子

　　地毛和发菜，是同一种植物，专业上讲它是旱生蓝藻类低等植物。这个精贵东西，柔软而有刚性，看似不讲究，实际是百般挑剔生长的地方。它多长在砂岩沉积物和风积物造就的红土裸地里，海拔一千至二千八百米高处，须是干旱、半干旱的一部分荒漠草原和荒漠地带，典型的大陆干旱性气候条件。地毛紧贴住潮湿的草滩和沙地生长，速度极其缓慢，天然产量极低。凡有地毛分布的区域，植被以旱生或真旱生多年生草本植物为主，草势低矮、稀疏，降水稀少，干燥度高，昼夜温差大，四季分明。地毛无根、无叶、无茎，呈黑色，幽光发亮，形如人发，丝网一般缠绕在其他植物的茎基或枯枝落叶等死地被植物的上面，是干旱半干旱草原特有的一种混生苔草。

　　千百年来，地毛匍匐在北方的草地上，与北方的众生一起，聆听草地的召唤，动静如意地款待着上天，款待着行走在草地里的动物群落，与他们达成了共生共息的默契。地毛搬家，便是在土地被动物践踏以后，或是在其他外力作用下，身体发生断裂，脱离地面，被风搬运到别处，重新分布。地毛搬迁何处，由风决定，风是地毛进行再分布和扩大分布范围的主要动力因素之一。

　　而进草地搂地毛的人，成为另一种使地毛搬家的动因，不同的是，风搬运地毛，是使地毛重新分布，被风带走的断了截的地毛，找到适宜它的地方便踏踏实实落脚，再行生长；人搬运地毛，是做彻底分割，使地毛与相伴的杂草、与土地，彻底割裂，完全阻断了地毛的生长可能，消灭了、或者说掠夺了地毛资源，并在同一时间、由同一行为造成了地毛赖以生存的大量土地的毁坏，造成了生态环境的严重失衡和无序。

人是为了牟取暴利而为。风是为了什么而起，风由小而大，由大而无法无天疯狂妄为。对地毛来说，风是辅助性动因，人是其生死的根本性因素。人的根本性的决断形势，在人的生存条件、生存意欲、文明需求极不均衡时，所作所为，往往加速着地球的无序开发，推进着地球日益走向毁灭。其他的，比如风，会因人而改变习性，改变它们对地球的姿态。这一点，不是一个郭四清做或不做搂地毛的事能够改变的。

我只是被郭四清打动，想看见个人的世界，想看见上个世纪末、这个世纪初，风沙下的某个人存在的理由和方式，想知道人跟草地的深重关系怎样建立，又怎样呈现。我想从人的角度进去，见识和思量一些真实存在的东西，如果能从人的角度出来，再好不过。

草势好的地方没有地毛，有地毛的地方没有多少草。一年四季，草地上生生灭灭一类规律不怎么改变，但不长草、单出沙子的地，越发展面积越大。红土地里埋伏了越来越厚的黄沙。红土地隐退、剥落出去，黄沙地蔓延上来。

郭四清进草地一次，从最初的搂三四斤、四五斤（市斤）地毛，发展到能搂十来斤，最多有过搂三十来斤的记录。三十来斤地毛，混在杂草里，重量翻番，怎么拿回来？郭四清说，不怕多单怕少。连草带地毛，通通塞进编织袋，塞得跟磁铁差不多，一提拎就走，不觉得费劲。编织袋又轻又结实，像是专为郭四清一群需要出远门搂地毛的农民制造出来的，价钱极便宜。他和同伴每回出门都想多带一个这样的塑料编织袋。实际上用不了两个，带一个足够，可是心里想多带，感觉能用上。

从家里出发的时候，需要带够十天的粮食，如果哪次出门断了粮，就是出意外了。

总结那些年，郭四清说搂地毛遭遇过几次危险。

　　第一次是去四子王旗的乌兰锡勒，牧民拿望远镜瞭牲口的时候，瞭见我们，也不知道是哪个牧民报告了草原管理站，还是草原站的人也同时看见了我们，一家伙把牧民集合起来，开来一辆吉普车，两辆摩托车，总共有五六个人，把我们从地坑里喊喝出来，命令交出干粮、水什么的，让我们脱了鞋，排成一队跑步。跑出三里地的样子，回头看看牧民不再跟着我们跑，我们就站下。

　　牧民能说汉话，那次态度挺好。只是叫我们排队、跑步。我们跑离驻地以后，牧民收起我们的东西，把车开走了。他们把吃的烧了一部分，给我们留下一部分，装水用的塑料卡子损坏了一部分，也给留下几个。我们赶紧收拾收拾往回跑，不到约定车接的日期提前回了家。

　　事先说好的车，不知道我们这头发生变故，没法联系上。汽车说好哪天来就哪天来，你临时改变时间他没法知道。我们跟汽车搭挂不上，只好步行走。这辆汽车接送我们的同时，天天在我们周围接送别的老乡进出草原，估计也能知道点情况，风能传达点消息，老人们说风声紧，草根子跟着紧。要是他们不知道我们这边发生情况，我们回去后赶紧跟人家打招呼，让人家知道我们已经步行回来了，得告诉一声。说起来，汽车司机应该是这件事的主犯，他投入的大，但是没有太多生命危险，我们投入的小，每一回都有生命危险，不过，我们大部分能活下来，能活着回来。牧民逮住司机，没收他们的车，把人扔下去，给你讲道理，说你破坏草滩，牧民没法生活了，叫你回去。人回去，车没了。按实际情况来说，司机冒的风险，不比我们小。

　　第二次发生危险是哪一年，不记得了，在我二十几岁的时候。是第五天头上被发现的，也是被牧民看见，他们骑马出去找牲口，发觉了我们的人。牧民没路过我们睡的地方，估计也是拿望远镜瞭见的，向上报告了。那一次不知道是告到了哪儿，来了五六个人，开一辆京吉普、一辆摩托，我们来了三车人，有二百一二十个，一大堆人跟五六个人，阵容就这，一边人多，一边人少，势力相差没影儿了。那也不行，看见五六个人，这一大堆人都怕得不行，早吓得不成个样子了。细说起来里头的事情挺复杂，三句两句说不清楚，自己也觉得挺没风水。一开始，你心里头就觉得自己见不得人。人家还没咋着你，就先软下来了。完全不是那么回事儿。一大堆人一看人家来了，估计没好的，心里头就害怕，哪里还敢反抗，就担心人家动手。那个时候一被人家抓住，就动手打，经常听说有人被打了，要不然我们一旦发现牧民或者草原站的人，就紧张得上牙嗑打下牙，让交什么就赶紧交出什么。这一回人一上来，就跟我们要地毛、要耙子，我们把地毛、耙子取出来。吃的啦、水啦都在明处放着，他们没毁这些。然后又让我们脱鞋，排成长队往远处跑。净是叫你往远跑这种办法。等我们跑出去，他们拿上东西走了。做法跟上一回一样。我们回来穿上鞋，提拎起剩下的东西，赶紧上路回家。这回也是不到大车接的时间，我们只能靠脚板子走路。这次没被打。第三次挨打了。

第三次是个七月份，是在东苏旗地片，是八几年？忘记了。搂到第七天，被发现了，一下来了两辆吉普车、一辆大卡车，十二三个人，都穿着草原管理站的黄衣服，给我们看了一下工作证。也不知道怎么认住我们村里头有个二虎，跳下车就问我们村的二虎在哪儿？不知道是谁跟他们说的。这回我们的人来了五汽车（去的不是一个村儿的），三百多人，都集中在这一带搂。他们上来就把我们好几个人用警棍戳倒了，三个人冲上去拿半自动枪托打二虎。二虎搂的地毛不多，但搂的次数多，那年他有四十二三岁，瘦长条脸，黑呛呛的，看去比实际年龄显老，生活负担重，平时没啥笑头脸。一干人出手过于厉害，二虎全部的反应也就是叫一下，别的人谁也不帮衬、不反抗，任他们劈头盖脸乱打。当时不知道二虎给打断四根肋肢，都听见打断肋肢了，但不知道断了几根。打了一个来钟头。有人说：哎呀，这回可打坏了，打断骨头了。他们也就打得手软了，下手不那么狠了。

我见势不妙，偷跑了，从这条沟里头跑到那条沟里头，来回进沟，最后用手刮下个小道道钻进去躲。那边打完以后，把东西收走了。我出来，腿跟面条一样软，就像刚才将将打的是我。身上的土，脸上的土，那种相貌，唉，简直想不出哪还像个"二不愣"。我也不知道那次我那么害怕是咋搞的。

人们一齐背起行李，往出走。我相跟着人群，就怕掉了队。

又没到约定的时间，司机没来。

我们拿毯子、塑料袋把二虎的腰紧紧缠起，上了路。每天走一百里出头，去赛汗塔拉火车站，走了三天两黑夜。走到离赛汗塔拉六十来里的时候，二虎坚持不住了，一开始是脸发白，后来疼得哭起来，不能走了，他喘不上气了。年纪大些的人说是内出血，的确从外边看不见哪儿流血。我们都知道二虎受了内伤，伤势不轻，但是谁也说不清，除去断了骨头，还伤了哪些地方，也不知道二虎能不能活着回到本村。商量以后，四个人一组，拿毯子兜着二虎走。走半个来小时，换人再抬，后来抬的人走不动了，那就抬十分钟、二十分钟换一次人。相跟的人多，轮流换，轮到谁谁抬。到了赛汗塔拉，每人买一张火车票，花八块，还是十二块钱，我忘了，一股气坐到察右后旗的土牧尔台，离我们村还有五六十里，是离我们村最近的火车站。土牧尔台火车站有接站的三轮车、四轮车，我们再坐上三轮或者四轮回村。二虎呼吸越来越困难，需要躺下回村，占地方大一点，给他多花点钱，一个车坐十个人，他这个车就坐六七个，不能坐满。人们把他送回家。

二虎在家歇了一年，也没钱看伤，就买点寒七伤啦跌打丸啦吃一吃，一见好，又进草地去了，接住搂。再去，他不敢去西苏旗、四子王旗地片了，如果我们村的人这一回去这些地方，他这次就不走，我们去别的地片，他就相跟上。

人困难呀，不走没办法。

还有一次，说险也不算太险，说不险哇也不好过。离我们二三里地那边出事了。晚上七点多的样子，阳婆快落了，草原站的人先发现山头顶上有人，就在那儿收拾他们。当时我们好几百号人住在山底下，没被发现。草原站的人把山顶上的人的地毛叼了，把装水的塑料卡子都拿枪打烂了，倒没动手打人，折腾了一个来小时，走了。我们躲在坡底下，他们没下到坡底，没看见我们，也没叼我们。但人人吓出一身冷汗。

山顶的人没交待我们，不会交待我们，谁也不会告发谁，不说哪儿有呀、哪儿有呀，这种话不说。都知根知底，生活怎么样，互相清楚，半分没奈何了，才走这一步，谁告谁呢，不会去告。草原站的人碰到我们同村的三个五个，就死叫住我们村的人往我们这边领，他们后头跟上来，这种情况倒是有过。

这回虽然是叼了山顶上人们的地毛，我们也不敢久留，第二天赶黑夜我们就离开了。车没来接，每个人背上自己的地毛、随身东西。被没收了地毛的人，只带随身东西往出走。随身东西多的时候大概有二十来斤的重量，少的十几斤。去的时候，感觉是一种，回的时候，感觉又是一种，说起来，每一天，每一个钟头，感觉都不一样。酸甜苦辣哪种滋味都有。唉，人活得，不那么简单，是一下，不是一下的。

搂的次数多了，走夜路，大部分人能辨出方向，实在辨不了的就紧跟住别人。不到一夜，走出七十来里。天一亮，不敢往前走，就停下来等车。找一条深沟，进去，再挖个地窖睡下。还有两天时间，车就应该来了。我们黑夜走，白天住下等待。黑夜，向汽车跟我们会合的方向走，随时准备迎接汽车。不远处有一条公路，但我们不敢走公路，只能顺着山坡走，山坡离公路不远，汽车来了能瞭见。一般情况下，接我们的车是黑夜上来，离开村子以前就说好晚上九点还是十点钟上来。

结果，到了约定的会合时间，车没上来。人们只好背起东西继续往前走。

带的东西全部吃完了，几百号人饿了两天两夜。一路上，人们的想法没有不同的，都想快些走，不走就没命了，估计比长征时候的人们走得心还齐，到底是为自己走啊，不像长征那里头的个别人们是为谁谁谁走，比如说为劳苦大众人民走，不为自己走，不觉得是为自己走，走到一定时候，走不动了，总有人产生一个怀疑，走的这条道路是不是对，选择做这个事情是不是对。说把它放下就有可能把它放下，放下了一点不觉得不对，不觉得可惜。不管是高调调、低调调，唱哪个调，好像都有理。长征不往下走的人，又返回自己的村庄了。我们不行。我们高的低的哪种调调也不敢唱，就是一股劲往下走。从白走到黑，从小走到老。我们没有别的余地，要么走，要么不走。不走，没钱、没生活；走，就有危险这么回事。没怨的。所以，没人叫苦喊累，走动走不动，挣扎起走吧。有走不动的，互相照应一下，拖泥带水也要往出走。实在走不动，就歇一歇脚。我自己这次饿了三天两黑夜。什么感觉也没有，就是害怕，全身发软。倒是还有一点水喝。到天黑下来，我得领先背上东西走。一开始，每个小时能走十里，后来走至八里，越往后越慢。

走至离赛汗塔拉六十公里的新公路附近，碰见一辆车。不是接我们的车。我们里头能拿意见的人上前，和那辆车上主事的互相商量以后，临时雇下，送我们回家。每人出份儿钱。估计这是附近云母矿拉云母的车。当地的车，愿意拉我们，大部分人没想到。他们完全知道我们进来是干这个事儿的。那里的人都知道我们就是搂他们地毛的人。你一相跟一大群，他就知道是搂地毛的，跑不脱是搂地毛。但是，他们居然同意拉我们，多多少少有些意外。他也是为了几个钱，愿意拉我们，送我们回家。

等我们回到村子，司机张秉忠说是车坏了。估计他是说谎。那时候形势过于紧张，他怕人家叨他的车，就毁了约定，自顾自了，不上去接人。如果碰不见那辆云母矿上的车，我们就得一直走至赛汗塔拉，从赛汗塔拉坐火车返回家，不过，那次饿得人们走形了，真不知道会出现啥情况……

这一天，郭四清多次提到，到了第十二天、第十四天，接他们的车没有如约赶到。

在草地连续度过十四天，实属罕见。郭四清说，没有办法，回不了家。滞留的唯一原因是，车没去接他们，他们步行往出走。时间长，是步行走延误下的。这又是一重风险。因为绝大多数人把带的东西吃光了。

为什么每次出去是十天而不是十二天或十四天？我有些不解，为什么出发时不带够十二天或者十四天的干粮？

郭四清说，连来带走，约定十天，是多年总结出来的经验，自有道理。去的时间短，搂不到地毛。去一次风险大，花费多，惊动那么厉害，劳人劳心，搂不着地毛就往回返，不划算；去的时间长，实在受不了罪，吃不好，喝不好，睡不好，穿不好。老是白天睡觉，黑夜搂地毛，人不习惯白天睡觉，睡过觉就像没睡，一天到晚醒不清楚；还会落下病，腰杆疼、偏头疼、腿疼。再一个，睡湿地皮，时间一长，感冒、拉肚子，出什么事的都有，带的药都吃完了，得病的人能坚持住的还接着搂，坚持不了的就没办法了，身体上、心里头都承受不住。十天是一个极限，十天一过，还在草地里头窝蜷着，就感觉人难活出去了，心里头十分麻烦，恐惧感压得人喘不过气，招架不住。

回到土牧尔台，一下火车，身上有钱的，就在土牧尔台割点肉，买点蔬菜，提拎回家。感觉是活着回来了，还闹腾了一点宝贝回来，有那么一点庆祝的意思。家里头人当然也挺高兴。男劳力出门了，家人都担心，因为挨打的事经常发生，是被打怕了。下回走的时候，有的家人劝说不要走了，每次家里头的大人都会劝说人们不让走。郭四清的媳妇劳花也劝过，郭四清说，她也穷得没办法，不让走没办法呀，还得走。你知道你家里头的生活情况，不走不行呀。

耙子在返回来的路上，全被郭四清他们扔进了草地。

郭四清说，一进了车站就不怕了，那边的人不敢上车站叼他们装地毛的编织袋，怕出事，道路警不会让他们上去叼东西。

我说，你们又饿又怕，想没想过下回不去搂？

他说，没想过。还准备搂。

永远不停？

不停。

只要不扣人，你们就不停？

永远不停。

我说，现在人们还是这么个想法吗？

他说，还是这么个想法。只不过现在不太做了，因为地毛少了，搂不着了，是说我们那儿的人不大搂了。别的地方照样搂，听说有人开始换工具了，拿镘子往出镘地毛，少有，这种人少有，也不知道是咋想的，成不了大气候，上去的人绝大部分还是用耙子。只要你思谋一下哪种家伙作用大，你不可能用那个作用小的，道理在这儿摆着，人人都懂。

郭四清这次虽历经风险，收获却很可观，连草带地毛，搂回三十来斤。

郭四清的妻子劳花负责处理地毛，一根一根从杂草里挑拣出来，从早干到黑，只能挑拣出手心窝那么一小把。但她总共挑拣出十五斤地毛——净菜，那一次卖了一千零八十块钱。郭四清说，冒这个险值得，还想干下去。

不过从这以后，草原站看管草场的力度加大，权限加大，比原先盯得更紧，郭四清再没有出去搂过地毛。

还有另外一些原因，郭四清没讲。他妻子劳花告诉我，说汽车不敢上去。车不送他们，他们步行走，背的东西多，上不去。负重的人进不了草地，草地太深，等你终于进了草地，你已经不能算一个正经劳动力。带的东西在去的路上就被吃光了。就算真能走进了草地，精疲力竭，躺倒睡一黑夜湿地皮，不用想起以后的事，因为没有谁能起来，也没有一个人能过来抬你了。就等于是自己给自己挖一个埋的坑，等于出门以后你就可能是半截子死人。

没翅膀，飞不过去，飞不回来。这些因素，切断了郭四清对改变生活怀抱的一个小小梦想。

隔一天的晚上。

郭四清放下饭碗，一支接一支抽烟。

他说，那些事，说不好。他都忘了。

我们说起郭四清的村庄。他们家过去的日子。他说父母亲现在病得很厉害。

郭四清三四岁开始跟父母亲下地干活儿，农活都会做。他哥哥郭子义一直念书，全家供郭子义念到高中毕业。按他父亲的估算，后面的子女都去念书，最低限度念到高中毕业，不能一代比一代念的书少，那样子不成体统，他自己私塾公堂没少念，有了新世道，子女们不能不念书走了样。事与愿违，郭四清的父亲总感觉到埋活的岁月里有一个地方没摆置好，不知道是哪儿错了牙儿。

郭四清念不成书，干农活儿还不赖，村里人见他做营生，都说他行。他哥哥郭子义不怎么硬戳，主要是不在行。念书和做地里头的营生是两码事。郭四清说，下苦做营生的人和动脑筋、吧嗒嘴皮子的人，老天爷在你一出世，就决定下了。咱们命苦，那就认命，除了下力气，还是下力气。改变面貌看下一代吧。下一代从目前形势看，没啥起色，没有景气。那就没办法了，将来他也得做苦营生去。你给他讲道理，他哩，一句正经话也递不进去，没法儿。

郭四清没有明说，但听得出，他是指他的小子。劳花之前告诉我，他们的小子，最近从商店赊账买头油，买皮鞋，买衣裳，欠账一千多块钱，店主手拿他们小子写的倚里歪邪的赊账单找上门来。劳花对我说：“你不要跟郭四清说。”我问：“他不知道这件事？”劳花说：“知道。他不让跟人说。”

我问郭四清，你们这个村在商都县算什么样的村，穷到什么程度？

他说，说下来，也还可以，不算过于穷得厉害。你说不穷得厉害吧，我们那一带搂地毛，就是从我们村开始的，我们村最厉害，人家别的村就不受那个苦，人家怕打呀叼呀甚的，看起来，人家总还是有一些活路办法。我们村就是想搂地毛，走，搂地毛。这批一回来，那批就出发。我不是每一批走都跟，跟不动，回来一次就得歇半个来月，歇半个月就又有人要走了，还是一个村子的人。去的地方就是这几个，东苏旗、西苏旗、四子王旗的红根，也有去过八连的——八连在二连西北面，是个边防连，听回来的人说，那个地方没人烟，就有一个哨所。哨所的人管治得厉害。那感情（当地方言，意为可不是，那当然），不管治你，就跑到外蒙古了。

有人去外蒙古搂地毛吗？

郭四清说有。不是专门为搂地毛去的，是黑夜转了向，跑过那边搂几下，让人捉拿了。听回来的人说，是拿马赎回来的，一个人七匹马，咱们中国给人家七匹马，人家就给你放一个人。不是我们村的人，离我们二十多里地一个村的，听说捉走三个人。

他们不想留在那儿？我知道，现在过去一个人几天后就被遣送回来，并不需要拿马什么的去交换。前些年二连歌舞团有个演员喝醉酒，玩儿着玩儿着过去了，几天后就被送回来，中间只相隔几公里路程。

郭四清说，敢情！中国人不想在那儿多待一天。

假如是你，你会不会选择在那边留下来？

那他就想留在了？我要是被捉住，肯定想回来。从咱们的想法，人一离开土地，离开本乡本土，心里头不一样。

假如那边比较富裕？

再富也不能待。人家肯定不要你，你也不想在。你不适应那边的水土呀、语言呀。

郭四清所在的村庄距离北方锡林郭勒盟的东苏旗约二百公里，是商都县一个贫瘠的山区小村。绝大部分村民是上一辈或上两辈从山西走出口外的移民后代，其次是山东、河北、东北的移民后代，也有个别蒙古族人、回族人、满族人。

这个村庄每年收入低下，挣的工分越多，年底结算赔得越多。劳动一天，一个男性壮劳力，队里给记一个工分，女性劳力只记工分九、八、七、六、五、四厘不等，能达到一个工分的女劳力仅有一两个人，在男人们眼里，这一两个女人，属于钢筋铁板式的女人，屋里地里下得了力气；吃不上东西，饿不死；累趴下了，也累不死，经磕经碰。

郭四清所在的村庄，一个工分有的年份获得一角八，有的年份获得两角，或两角五六。但是到年底，一个工分，往往倒扣掉八分钱、五分钱。出工的和不出工的，到头来都短不了要亏欠，人人沦落到半饱的地步。日子年复一年没有什么指望。买药片，买照明用的煤油（这两年安了电灯，也需要买电灯炮、买根灯管），交娃娃的学费，买根铅笔，买个课本，过年给女孩子们买根扎辫子的红头绳、红绸子，一概掏不出钱。大人愁得擦屁股、吮指头，小孩子们大眼瞪小眼，除了哑衣裳扣子，没什么能哑的。村里人即使不哭，也不想笑，笑不出来。

郭四清家，一条大炕上只铺了一张他父母结婚时置办下的炕席，烂得穗穗挂挂，不敢拿起来。郭四清的母亲剪了孩子们穿了又穿、实在不能再穿的烂衣裳，给炕席补补丁，才将补上一个补丁，没几天工夫，连根毛丝丝也磨得见不着了。郭四清的父亲说：不用补，没个完。于是全家男女老少直接上炕坐烂席。大的盘腿坐，小的跳上跳下。在地下是一身土，上炕坐不坐，也是一身土。唯一标志炕上与地下有所不同的，是上炕的时候拍打两下手，下炕的时候拍打两下屁股。一家人天黑以后直接睡在烂席上，日久天长，挨身的土变作身上的腌臜泥，拍不脱、抖不掉，用手蘸点唾沫搓一阵，搓出一大把泥卷卷。大的问题，身上的全部腌臜泥问题，要等到腊月二十九，才能得以改观。

腊月二十九晚上，小孩子一个挨排一个，盘腿坐进洗衣裳的大铁盆，用半铁盆温水，清洗身上的腌臜泥。隔天过大年，今天无论如何得把身体洗涮干净，这是个大节气，有钱没钱都得过年，一年里头的事情，到了过年，旧的了结一下，新的盘算一下，所以得洗干净。有没有新衣裳？没有。拆拆洗洗就算新的。再一个，洗涮、洗涮腌臜泥，身子感觉到特别轻，也是一种新。大年三十熬夜，垒堆旺火，迈旺火，烤旺火，念叨明年好过些。该做的，做一下，有钱，按有钱办；穷，按穷的办，都奔的是一个新。

等郭四清终于成为全家最强壮的劳动力时，实行了包产到户。公家鼓励自由单干，二阴地、下湿地一类好地，和沙板地、山坡地、凹地这类赖地，不算特别合理，将将就就，总算好赖搭配，分田到了户。但是没钱买化肥，上不足肥，分到手的田只长一点不死不活的庄稼。加上他们村十年九旱，蝗灾不断，年景没怎么好过，一年干下来打的粮刚刚够吃。

粮食不富裕，手里就没钱。那会儿每年一个人交三四十块农业税。提留比农业税大，每个人交多少不等，有时候一年交五六十，有时候交六七十。还有牲畜税，按养活的牲口数量提，养活的多，提得多，比如猪、羊、牛、马一类，牛、马、猪提五块，羊提三块；鸡呀兔呀，每年收一点防疫税，跟提留一次性提留走。村干部自行去信用社给人们贷款交税交提留，你还不知道哩，他就给你借下钱了。假如还不上信用社的钱，村干部就来硬的，没收你的房子。后来，大部分人家打下的粮食能有些富裕，就多籴点粮，也就有了一些零用钱，能勉强交上费用。还是没有现钱应对生活。

就剩一条路啦，就能走一条路啦——搂地毛去。

搂地毛能挣出零花钱。

郭四清选择了边帮助家里做一些农活，边出去搂地毛。以后结婚生子，孩子们上学交个钱啦什么的，都是靠搂地毛挣的钱来抵挡。但是搂地毛，郭四清不比别人"急活"，下得辛苦比起别人，显得很不够，因此搂的地毛不算多。

如果地毛被没收，司机的运输费照给，一趟出去不光白干了，还得倒贴钱。

我说，搂地毛挣下的这些钱，怎么分配？

郭四清说，就是供娃娃念书啦，买点衣裳什么的。有时候也拿出点给我父母。

给父母多少？

那时候，我也挺困难，三块五块的给点。

你每次搂回地毛，你母亲说什么？

她跟我媳妇一块儿捡地毛。

（选自《随笔》2006 年第 1 期）

流　年

彭学明

屋檐

　　湘西的屋檐都是瓦做的。瓦做的屋檐都一溜溜地横在吊脚楼上，坐在一座座大山里，随山势起伏错落。瓦的前生是泥。泥在窑里一烧，就成了瓦。当瓦一块一块地爬上房梁盖在屋顶时，就成了屋脊和屋檐。屋脊像一根厚厚的梭子，瓦槽像百根长长的丝线，瓦，就被梭子和丝线俯一块、仰一块地串起来，织成一条条小沟和一个个屋檐，变成一行行诗歌和一句句民谣，整齐而好看。

　　一栋栋黑色的瓦房，像一架架黑色的钢琴，那一溜溜沿着屋脊走下来的瓦线，就是一排排黑色的琴键。阳光上了一层金色的釉。风雨镀了一道银色的漆。鸟和蝴蝶，还有蜻蜓，在上面一按，琴键就会跳跃起来，有音乐在舞。

　　整齐的屋檐下，是木板的墙壁，雕花的门窗，是铺着石板的阶沿和坪场。

　　湘西的屋檐和屋顶，是从来不长草的。长草的屋檐和屋顶，虽然有地老天荒的意味，却也常常是生命残败的象征。湘西的屋檐和屋顶，不仅会飘出袅袅炊烟，还会长出新鲜的生命。像梯子一样拾级而上的一群群房子，往往是我家的屋顶平着你家的坪场，她家的屋檐贴着他家的屋勘。不爱种花却爱种菜的人家，就会在自家的屋勘上或坪场边撒一些南瓜、豆角或西红柿的种子。春天的风一吹，那瓜果就疯一样地长了起来。一根根春天的藤，一片片春天的叶，一蓬蓬春天的气息，就顺着地势爬上屋檐屋顶，开满了迎春的菜花。西红柿和豆角的花像一枚枚细嫩而翠薄的胭脂扣。南瓜花则大朵大朵的，像一个个安在屋顶的喇叭。而整齐地吊在屋檐上的一朵朵南瓜花，更像一排排吊在屋檐下的风铃。风过之处，我们能够听到春天问候我们的铃声。

秋天来时，南瓜就会一个挨着一个睡在屋顶上，睡相很美，睡姿很乱，就像幼儿园里一群东倒西歪、横七竖八的孩子。不管太阳暖暖地照着，还是微风轻轻地吹着，不管大雨滂沱地下着，还是小雨轻轻地敲着，南瓜都在梦里，睡得很香。一根根长长的豆角，像一颗颗珠子串成的门帘，在屋檐下晃着，只等我们揭帘而进。火红的西红柿，早已为我们点亮了回家的路，一盏一盏，比灯还红，比灯还亮。

小时候，由于父亲早逝，我们姐弟几个，跟着娘过上了颠沛流离的生活。我们常常走进一个个屋檐，在屋檐下遮风躲雨。都说在人屋檐下，不得不低头。那时年幼的我，是不懂得这些的。因为我们靠在一个个屋檐下歇气时，主人往往会搬来几张凳子请我们坐，如果我们饿了，好心的主人还会给我们弄点吃的，让我们吃饱了有劲了，继续上路。雨天，当我们一身湿透躲在屋檐下避雨时，主人会急忙打开大门，生起灶火。让我们把衣服烤干。入夜，只要我们敲开人家的门，主人都会出来，给我们打一个地铺，留我们住上一宿。若是冬天，主人还会给我们烧一堆旺火，让我们驱寒。儿时的屋檐，是我人生迁徙的一个个驿站。生命漂泊，屋檐无言，暂且的依靠，沉默的温暖。

油坊

油坊和碾坊，有时候是一对兄弟，挨得很近，住在一屋或者住在隔壁。有时候是远方的亲戚，隔得很远，翻几座大山，都看不见各自的身影。

母亲带着我们几姐弟颠沛流离时，我们总会在一条条小河边看到一个碾坊和油坊。碾坊的碾子，寂寞无声地转动乡村的一轮轮日月。油坊的打油声，却响亮地敲醒整个乡村的梦境。在我们一家住进油坊前，我对碾坊的熟悉，远比油坊明晰。碾坊每村都有，油坊却很少见。湘西的每一个村庄，碾坊是孩子们常去的地方。在靠水的河边或溪边，看大人碾米是件快乐的事。闸门一开，白花花的水流就急切地跑进水槽冲进水车。水车一转，与水车连为一体的碾子也被带动起来，在碾槽里，咕噜噜地转。金黄的稻谷，就被碾子碾掉谷壳，露出白生生的乳牙来，拖出一条白色的弧线。大人们跟在碾子后面，用一把扫帚扫着谷米，以便碾得均匀。更多的时候，是在碾子上系一把扫帚，让扫帚自己翻动谷米。大人不劳而获。孩子常常趁大人们不备，冲上碾盘，骑在连在碾子上的那根木梁，跟碾子一起转动和飞旋。当孩子与碾子一起转动和飞旋时，整个世界都为孩子飞起来了，笑声和欢呼声，回荡在一个碾坊。

而油坊，对湘西的孩子们是相对陌生的。它不像碾坊在孩子们的笑声中和乐园里。它深居简出，所以不常见。它沉默寡言，所以很低调。它笨重高大，所以难跟孩子相处。要是我的一生没有过住油坊的经历，我也不会对油坊有什么特别的注意。

在湘西古丈县断龙乡的一个小山村里，我们一家与油坊结下了不解之缘。那时候，我们没地方住，善良的村民们就把村里的油坊让给了我们。那油坊是我见过的最大的油坊!足有二十来栋木房子那么大!乡下人是不会说什么乖面话的，看到我们可怜的母子时，他们只是说：要是愿意，就住油坊，反正油坊空着也是空着，想好宽就好宽，只要不影响村里开会打油。

流浪了半辈子的母亲喜出望外，泪水涟涟地道谢。

油坊立在一个台地上。台地平平展展的。全是泥地。偌大的油坊，虽然空空荡荡，却也是瓦房。那是上世纪 50 年代留下的房子，立柱、房梁都很大。立柱一排有好几十根，几排过去，就差不多上百根。每根立柱又高又直，要两人合抱。上百根柱子一字排开，搭上横梁，盖上瓦，就成了油坊。虽然很大，却没装板壁，是空架子。我们砍来一些土墙树条子，做成围墙，隔开三间，一间做堂屋，两间做卧室，算是有一个遮风挡雨的家了。

我不知道土墙树条子学名叫什么，一根根，很细，小的只有拇指粗，大的也不过两根拇指粗。微黄，泥土的颜色。夏天时，会开出细碎的、白色的花。花不香，秆和叶却很香。这么小的树木，只能做柴烧和围围墙。因如泥土的颜色，所以叫土墙树。在这土墙树围成的小屋里，奇异的树香，盈满了小屋。我常常一边嗅着树香，一边看一些小人书和小说，一看就入迷，一迷就把饭烧煳了。为此，我还挨过母亲打。家里这么穷，我还常常把白白的米饭烧成一鼎罐黑炭，母亲不打我才怪。母亲还抢过我的书，扔进火坑烧了几次。

因为我们一家住进了油坊。空荡的油坊就有了生气。每天都会有乡亲干完活后上我家坐坐、歇歇。聊一会儿天，抽一根烟，走了。孩子们一放学就往这里跑，白天就爬房梁和跳房子。晚上就捉迷藏。我们叫躲咕哩咕。为什么叫躲咕哩咕？是因为躲好后，要叫几声"咕哩咕"，告诉寻找的人，已经躲好了，可以找了。

我们住的西头，靠着一坝水田。油坊的全部行头都在那边。油榨、油楔和油锤。油榨是一根巨大的古树干做成的，很大，要五六人合抱。长有二十来米。横在地上，有如睡狮。油榨正中间凿空了，叫油槽。油楔有三四个，用铁皮包着，不长，楔头用铁皮包着。油锤也用铁皮包着，几十米长，用手臂粗的竹绳吊在屋梁上。锤头在地，锤尾在天。

秋天，洁白的山茶花开过以后，油茶就丰收了。满山的油茶摘进仓，挑出籽，放进一个很大的炕里，用火烤上十天半月，烤熟后，碾成粉末，用稻草包成圆圆的枯饼，压平，箍紧，塞进油槽。塞几个枯饼加一个楔子，再塞几个枯饼，再加一个楔子，叫下尖。

打油时，油匠们都光着上身，穿着短裤，打着赤脚，野性的肌腱如铁打的砧板，刀枪难入。随着号子，油匠们先是扶住油锤边跑边退，把油锤高高举起。又边跑边进，把油锤低低放下。油锤和油楔子猛然一撞，沉闷、响亮而又旷远的声音，就从油坊里飘出来，飞得很高，跑得很远。楔子被油锤越撞越进到油槽里面，油枯被楔子越插越紧缩一团。油，就亮闪闪地被挤压出来，丝丝，线线，瀌瀌滴淌。浓浓的油香，立时弥漫，飘入肺腑。

打完油，油匠们炒菜时，把油当水一样地放，油当汤一样泡饭吃。缺米少油的年代，那是神仙一样让人羡慕的美味！

怕我们嘴馋，母亲会在油匠们吃饭时，带我们出去做点什么。而每次回来时，总会看到油匠师傅给我们母子留有一大罐子油，一大海碗菜。那时候不像这样遍地强盗，哪家出门都不用锁门，哪家睡觉都不用插闩，哪个在外都不用担心被偷。

油榨干后，枯饼变成了一个紫中带黑的茶枯。茶枯长相难看，却面色红润。茶枯极不起眼，却战斗力强。用茶枯洗衣，什么样的脏衣都洗得干干净净，且没有化学污染和工业毒素，还充满了茶香和油香。现代的衣服洗涤液，是没办法比的。

仓库

仓库，总跟田园、庄稼连在一起。仓库和田园、庄稼就像动物的肚子与五脏六腑。肚子是仓库，田园和庄稼是五脏六腑。一个粮仓的肚子，装尽天下的五脏六腑。那时候，每一个小生产队都有这样一个仓库，每一个仓库，就是这样的一个肚子。

在乡村，仓库永远是一个沉默寡言的老人。安详、孤寂，却沉稳、乐观。它一辈子都那么蹲着，听风吹来，看雨打来，望云飘来，当然，也任凭阳光泼来。风染一道，它老了点。雨染一道，它老了点。云染一道，它老了点。阳光染一道，它又老了点。这样，它就上了些年纪，有了些历史。它皮肤的颜色就黑了，身上的骨头就硬了，历经沧桑的老年斑也满仓奔走了。可仓库，就是神清气爽，硬硬朗朗的，顶天立地，从不服老。其实，仓库就是最大的一个农家院落：木板的墙壁，木质的立柱，石头的桑登，青瓦的屋顶。在每一个寨子的最显眼处，占每一个寨子最好的风水，成每一个寨子最好的风景。

秋天，一山山的庄稼背下山后，一垄垄的谷粮背进筐后，村里的仓库就是一个丰收的拼盘和风景了。五谷杂粮的五颜六色，都集合在一个巨大的仓库里，比你好看，比我好看，比花姑娘好看，比小帅哥好看，比任何风景和相好都好看。不信，你看那些从田里刚刚上岸的人，看那些从地里刚刚收工的人，他们发自内心的笑，他们脸上像水从杯里扑出来一样的喜悦和满足，就知道那仓库的成色有多么好看。那是他们一年的心血、一年的回报啊！怎么不喜？晒谷场上，一大片金黄的稻谷晒着。稻谷金黄，阳光金黄，稻谷和阳光的金黄在晒谷场上耳鬓厮磨着，散发着迷魂的清香。四周一排排的房梁上，挂满了一提提的苞谷、一提提的高粱、一提提的小米、一提提的黄豆。白色的苞谷挂满一排，成一条直线；红色的高粱挂满一排，成一条直线；黄色的小米挂满一排，成一条直线；黄中带灰的黄豆挂满一排，成一条直线。若不同颜色的彩带，像土家多彩的织锦，把本很普通的仓库，围成一个灿烂锦绣的画廊。

粮食进仓后，晒谷坪就剩下空旷而干净的青石板了。一块块一两米大小的青石板，早被岁月磨得光溜溜、亮晃晃的了。孩子们就会有事无事跑去，打闹，玩耍，游戏。那么大一个晒谷坪，有的是地方安放孩子们的童年。他们在晒谷坪上摔跤、踢毽、跳房子、刷陀螺、拣码子、躲咕哩咕，甚至沿着柱头，爬上仓库的楼阁里，一顿乱喊乱跳。我也跟所有的湘西孩子一样，就是在仓库的晒谷坪前疯大的、野大的。因为，除了大山，仓库是我们湘西孩子唯一的乐园。

没想到，农村实行生产责任制后，田土到户，家家都有小仓库了，集体的大仓库竟废弃了。也没想到，我年少的青春，会在仓库里度过好几个年月。

1978 年的一个日子，因为农村分田到户，一直牵挂我们的舅舅找到母亲，要母亲迁居到舅舅家去，分田分土，以便不再颠沛流离。舅舅家，一个寨子都是一个家族一个姓。一个寨子年长的男人，都是舅舅。年长的女人，都是舅娘。年轻的，就是表哥表妹。他们所有的人都不愿看到他们的亲人一直在外漂泊。因此，我们很顺利地迁居到了舅舅家，也很顺利地分到了田土。舅舅是生产队多年的队长，跟所有隔房的舅舅商量后，生产队废弃的仓库成了我们母子的家。

舅舅家住湘西保靖县水银乡马湖村梁家寨。寨子只十多户人家。集中在一面山坡上。房前屋后的山坡上都是油茶树。山与山之间，有一条狭长的山容沟，上高下低，一山容沟的田。

仓库变成我家后，就常常有人到我家屋后的山坡上来。因为我家屋后的山坡上，有一片园圃和油茶林。园圃就是菜地，莴笋、辣子、韭菜、大蒜、白菜、青菜，什么都有。寨上人来扯白菜萝卜、或摘酱果辣子时，都会边扯摘边跟我娘讲话，如果我娘有什么要做而做不了的，他们会出了园圃帮我娘做做，没什么做的，他们就会丢一把菜就走。娘就会拉着他们不让他们走，留他们吃饭，菜不好，心却诚实。亲热的样子，就像很多年没见面的亲戚。

那片油茶树不怎么茂密，但却一年四季都郁葱葱的，绿。油茶树开花时，是孩子们最喜欢的。因为花一开，孩子们就有糖吃了。油茶花的花期，是所有树木里最长的，每年冬月开花，来年春天才落。因为花期长，又经过了冬天的霜打、春天的雨沐，油茶花的花蜜特别的甜。一山山白色的油茶花，像一山山栖息的白鹭或蝴蝶，于绿色中白茫茫一片。花心里，有一朵朵黄色的花蕊，一包包汪汪甘露淤积着，亮亮闪闪，甜得人晕!一放学，孩子们都会跑到我家屋后的这片油茶林来，攀下一枝枝花，收圆嘴唇，吸花蕊里的糖水。一路吸过去，个个嘴唇周围都是厚厚的一层花粉和结晶的花蜜，那花粉和结晶的花蜜都黄黄的，把孩子们糊成了一个个花野猫。

油茶花虽然很甜，母亲心里依然很苦。能够住进仓库，母亲当然高兴，她漂泊了大半辈子，终于可以让孩子安身立命，不再在风雨中流浪、飘摇，心里稍感安慰。但这毕竟是舅舅们施舍的。母亲想的是有一栋用自己双手竖起来的房子，那样才心安理得。仓库虽好，却非常小，只有一个大间。一个只有十几户人家的小生产队的仓库，大也大不到哪里。母亲和妹妹睡在仓库里面，我就睡在仓库楼上。仓库的门，也不好关。仓库门不像我们平时的门，就一扇。

仓库门全是一小块、一小块的。关时，从最底下一块，一块一块地关上去。开时，从最上面一块，一块一块地开下来。很麻烦。来了客人，也没地方坐，只得在旁边搭起的一个小偏房里坐。于是，母亲就做梦都想着有一栋自己的大房子。

（选自《十月》2011 年第 3 期）

大地的事情

鲍尔吉·原野

火

蒙古人不让人往火里掷石头、不许往火里泼水、不可以向火吐唾沫。他们不允许轻慢地对待火，就像人不能往自己父亲的脸上吐唾沫一样。

蒙古人认为火是生命，是神灵。

蒙古人这么想很对头。火如果不是生命，世间哪还有生命？所有的命里面——无论是小虫的命、老虎的命、人的命、树的命、云的命——最旺就是火的命。

火的命长在身体外边，飘摇、高举、蛇的腰、热，能把人烧出油来。火除了怕水，不怕一切。我在大连中石油的火灾中得知，火可以把10公分的钢板烧成纸那么薄，把一米厚的水泥隔离墙烧成粉，把钢板管道烧的吱吱响。火，你到底是什么？请告诉我们真相。

大连的火灾让人知道，燃烧是火、不燃烧也是火。不燃烧的火藏在管道的油里，遇到氧气才现形。现形之前，它仍然是火，只是人类眼睛看不见火形。它用热辐射把金属灯柱烤弯，剥夺人身上的汗液甚至唾液。这就是火。

火像花朵，是跳舞的花朵。火苗们手拉着手跳转圈儿舞。橘红的火焰镶一层红边儿，白色的火焰镶一圈儿蓝边。火的头发如烈马之鬃，火是一匹马。

用火柴点燃一张纸的时候，纸抽搐、曲折的黑色边缘收缩。火苗初起很小，火好像胆子也很小，烧大之后，火伸开腰，吞掉纸，吐出灰，火随之消失。

释迦牟尼佛问弟子：火苗去了哪里？

是啊，火苗去了哪里？纸烧没了、木柴烧没了、煤烧没了、火也没了，但木柴有灰烬，火却无痕，火到底去了哪里？正如它来之前，曾藏在一个地方。那个地方不是火柴盒，也不是打火机。火那么大，那么旺，没有一个地方能藏得住火。火在哪里待着呢？

旧日的油灯里有另一样火。油灯的火苗如一颗黄豆，不大不小，像一颗左右挪动的金豆子。这是儿童的火，又像安静的农妇的火。这个火不野，也不跑。它熟悉农民的脸，认识母亲缝衣的针线，油灯照过并读过许多旧时的书，现在的话叫"通晓国学"。

秋天，我在悬崖上看见一小片枯草，金黄贴在地皮上。风往悬崖刮，我点燃这片草。正午阳光，竟看不到火苗。火苗在阳光下穿了隐身衣。而草在一瞬间变成黑色，好像黑的灰烬占领了金黄的草，黑色一直冲到悬崖边上。我觉得很神奇，像一只变魔术的手把草变没了。

一位参加过大兴安岭灭火的老兵问我：如果山下树林起火，卷到你所在的地带，你往哪里逃生？

我说逃到没起火的树林里，肯定是这样。

他说，起火天一定是刮风天，火跑得比你快。你背着火跑，肯定被火烧死。

我讥讽他：难道往火里钻吗？

他说对。凡是在山火中活命的人都是往火里钻的人。火的燃烧带只有几米宽，最多十多米宽。人用3秒钟就可以跑出十米远。跑过燃烧带，就是火烧过的安全地带。

他说得有理，越想越有道理。

大凡面迎困难的人，困难都没有人所想象的那么艰难。山火中，丧命最多的是动物。动物肯定顺风跑，它们不敢往火里钻，结果被烧死。人的聪明这时候有了用处，顶风顶着火跑，保住了命。

暗夜里，火是乱发的武士。火好像全是雄性，全急躁，全追着风往前跑。只不过木柴和煤扯住了它的脚步。火生于大地、熄于大地。火是遁形的精灵，人只可扑灭一处火，而不可能消灭火。火和水、和天空大地一样，是永恒之物。

雪地上的羽毛

去年冬天，我起早遇上一场大雪。街上没人，雪已经停了。我像狗一样在无痕的雪地留下脚印，还真舍不得踩这么细腻、柔情的雪。很想雇一人背着我走，但背我的人也要留下脚印。就这么趟吧，暴殄天物啦。

我小心走着，准备上大道跑步。见天上打旋落下一样东西，似落非落，像不太愿意落。啥东西？雪后无风，所以此物才慢悠悠落下来。我希望是钱，100元、50元都行，10元也行，5元就不要落了。但颜色不对，不红不绿不灰，怎么会是钱呢？这件东西在我的仰视下几乎贴我鼻尖落下，躺在雪地上。我定睛看，是一根白色的鸽子羽毛。羽毛没有雪白，算乳白吧。

早上，一根鸽子的羽毛拦住你，静卧雪上，这简直是最好的礼物，比钱好。我拣起羽毛，看上面有无玄机，比如几个模模糊糊的字迹——原野快要发财了，但没有，鸽子不会写字。我突然想起羽毛的主人，它应是一只白鸽子，现在何处？天上空空如也，泰戈尔说的真对，飞过天空的鸟不会留下痕迹，留一泡粪也会落在地上，而不能留在空中。鸽子飞走了。那么，鸽子送我这根羽毛干啥？我头发越发少了，但不宜贴鸽子毛充数，我即使把这根羽毛黏在胳膊上，也没有相信我是鸽子。

我拿着这根羽毛走路，既然拣到了一样东西，我希望继续拣到其他东西，比如一封待寄的信。把羽毛黏在信上，表示十万火急。但大清早上拣不到信。事实上，我在中午和晚上从来没拣过信，信在邮电局的信筒里。我突然想到，羽毛不是来找我，它找的是白雪。

我把羽毛放在雪上，白的羽毛白的雪，很圣洁。如果带照相机就好了，拍下来挺美。雪地的阴影微微有一点蓝，羽毛的竖纹衬托在雪的颗粒中，显出优雅。如果这是灰鸽子的羽毛，跟雪就不怎么默契了，白鸽子很懂事，而且懂美术，啄一根羽毛降落之，装点美景。我觉得这个鸽子挺讲义气。

我正看——新浪微博把我归纳到"吃饱没事"的作家行列，而其他作家是怀疑型，半怀疑型和诗意型，归纳的真对，只有吃饱没事的人才盯着雪地的鸽子毛出神——身旁一人问我：看啥呢？

我没法回答看啥，便胡乱指指羽毛。

这人说：你把鸽子埋雪里啦？

我说：没有。

那你看羽毛干啥？他又问。

我反问他：不看羽毛，我看啥？看你呀？我直视他。他上下看我，我俩对视。他叹口气走了。

我们俩这么说话都不讲理，因为这个事里面没理。只有一根鸽子羽毛。我撤退，拜拜羽毛。我街口拐弯，无意回头看。你猜怎么了？那个问我的人正撅着屁股刨雪，他相信羽毛下面的雪里一定有一只等他红烧的鸽子。

嗨——我一喊，他撒腿跑了，骂我：你是个大骗子。

是，我在心里说，我是骗子。如今你不能在大街盯着一件近乎虚无的东西看，你看了而别人没看出其中的利益，你就骗了他。

我开始跑步，希望天上再落下一根鸽子的羽毛，或落下两根、三根羽毛，我把这事看的比吃饭喝粥都重要。

蜜的秘密

我们在花里看到的是花瓣，是美人意态和飘零。蜜蜂在花里看到了蜜。

蜜在哪里？

娇嫩的花蕊生在花的中心。花蕊像蛇信子、像微型豆芽、像海洋生物的手足。哪里有蜜？花蕊的冠上有一点点花粉，这是蜜源。世上所有的蜜都来自如此稀少的花粉，蜜蜂把它们酿成蜜。

人在世上浑浑噩噩几十年，不明白的事情太多了。比如曾经吃过蜜，却说不清什么是蜜。

蜜何止于甜？它是成分复杂的能量，也是生物体。蜜纯净如琥珀。我宁愿把琥珀看作是远古蜂蜜的结晶，我希望它是蜜的化石，切成一个戒指面戴在手上。蜜抱着手指睡觉，手隔着银子甜。

蜜的汉语发音轻柔甜美，吵架时用不上这个词。你蜜，听上去不狠。

蜜是世间最神秘的东西之一，它不同于纯朴的粮食要去壳碾压，要煮熟果腹。蜜从蜜蜂（的嘴里、肚子里、哪里不清楚）那里到人口中，融化了一个甜的秘密。它和舌头如同情人一般相遇并相爱，缠绵不已。蜜在前生前世就知道人想蜜，知道舌爱蜜，最神奇的，是蜜蜂知道蜜在哪里。只有蜜蜂知道花里有蜜。

花多干净。我们以为花仅仅负责人间的美，人把花的图案印在布上，雕成花放在房檐上，故宫影壁墙上刻着琉璃的荷花。花迎风摇摆，一如有情。花临水揽照，一如幽怨。花不语，人却从花容里分明看出了笑容。而花竟是蜜蜂的粮仓。蜂没吃掉花，没嚼碎花却采到了蜜。蜂从美里找到了粮食。

对人来说，蜂蜜提供热量，愈合创面、止痒、解毒、甜，对蜂来说，所谓蜜是它一生的事业和负累。除了采蜜，蜜蜂什么也不会干，不会打猎、不会吃草。可是，会采蜜的生物什么也不需要干了，采蜜已近于天使，无须会其他技能。

在蜜蜂面前，我每每自惭形秽，我会的手艺虽多，肚子里却没有一滴蜜。我也没见过其他肚子里有蜜的人。所谓甜言蜜语都是干坏事之前的铺垫，肚子里也没蜜。即使蜜蜂像法国地铁工人一样罢工，不再酿蜜，它的形态也令人敬重。金黄色带黑条纹的肚子有一些豹的不羁，又生出透明的翅膀，上有河流般的网格。翅膀是蜜蜂的代步工具。它如此辛劳，上帝让它再辛劳一些，给它安了个翅膀。众所周知，长翅膀的生物没有哪个懒惰，不停地飞啊飞。人的懒，原因之一是没翅膀。人若插翅，会加速户籍制度的灭亡，不亡也无用，人已飞了。海关的设立、边检站的设立、护照、飞机、汽车乃至婚姻制度的存在，皆因人无翅膀。有翅之人还坐什么飞机？办什么护照？结什么婚？打一圈麻将的时光，人已飞出好几个县。就算胖人，也飞出好几个村子。借别人钱的人，永远不要还，一飞了之。人长了翅膀，无须买房。谁家房子好，上他家房檐住去。惟人心念太多太杂，上帝不让人长翅膀，让人膜拜车和房，让他们认为刘翔跑得很快。

蜜蜂像手脚沾着面粉的女人，沾的却是花粉。它们说不出话，用翅膀代替嗓子。嗡——。蜜蜂一辈子只发这一个音，嗡，别人以为它还接着发——嘛、呢、叭、咪、吽。蜜蜂止语，只嗡，嗡的意思是热闹，热热闹闹，办采蜜这么大一件事。不可能一点声音都没有。蜜蜂带着它的花肚子，藏着它的暗刺，翅膀扇出人之视网膜识别不出的频率，在花丛踯躅徘徊。

人在槐花里待一天，能让香味熏死，蜜蜂却清醒。那些枣花、荞麦花、苹果花、黑莓的花是蜜蜂一生的工作车间。它在花里度过匆匆忙忙的一生。它知道花瓣的质地，花蕊的弹力，露水的深度。它手脚并用搬回来蜜。蜜蜂用太阳光照的夹角计算自己的路程，它从带白绒的叶子上听到植物的呼吸。

蜜的秘密无人知晓，人们吃掉蜜忘记蜜的味道。除了吃喝玩乐，人会忘记一切。蜜蜂在劳动中、飞翔中、睡梦中忘不了蜜，它把蜜安放在蜜的位置。它继续飞，风告诉它花的位置，太阳与它复眼的夹角告诉它返程的路线，蜜蜂嗡遍了天涯海角。

资讯说，农药，特别是除草剂已让蜜蜂越来越少。蜂类无法抵御化学制剂的杀伤力。资讯说，移动电话的基站让蜜蜂的巡航系统失灵，蜜蜂找不到回家的路而死在尘土里。

人说，蜜蜂死了，人就吃不到蜂蜜了。实际上，现在没几个人吃过真正的蜂蜜。蜜蜂并不为让人吃到蜂蜜而活着，正如它们没想到因为农药和移动电话基站而死。连续三年，我家门口小花园的蜜蜂一年比一年少，世间将失去这样一种美丽的、无害的、会制造甜蜜的小精灵了。孩子们将在课本里像认知恐龙一样认知蜜蜂，好像它是三国人物。

黄昏无下落

是谁在人脸上镀上一层黄金？

人在慷慨的金色里变为红铜的勇士，破旧的衣裳连皱褶都像雕塑的手笔。人的脸棱角分明，不求肃穆，肃穆自来，这是在黄昏。

小时候，我第一次感受悲伤是无意中目睹到黄昏。西方的天际在柳树之上烂成一锅粥，云彩被夕阳绞碎，在无边的火池里挣扎奔走。暮霭在滚金里面诞生俗艳的红。更离奇的是从红里变出诡异的蓝。红里怎么会生出蓝呢？它们是两个色系。玫瑰红诞生其间、橘红诞生其间、旋生旋灭。夕阳把所有的碎云熬成了汤，天际只横着一把笔直的金剑。

这是怎么啦？西方的天空发生了什么？我结结巴巴地问大人，那里发生了什么？大人瞟一眼，只说两个字：黄昏。

自斯时起，我得知世上还有这两个字——黄昏，并知道这两个字里有忧伤。我盼着观黄昏，黄昏却不常有，至少天际不老黄。多云天气或阴天，黄昏就没了下落。我站在我家屋顶看黄昏，大地罩上一层蓝色，晴天的黄昏把昭乌达盟公署家属院的红瓦刷上金色，瓦的下檐有凸凹的黑斑。柳枝笔直垂下，如菩萨垂下眼帘。而红云有如在烈火中奔走的野兽，却逃不出西天的大火。太阳以如此大的排场谢幕，它用炽热的姿态告诉人它要落山了，人习以为常，不过瞟一眼，名之"黄昏"。而我心里隐隐有戚焉。假如太阳不再升起，全世界的人会在痛哭流涕中凝视黄昏，每日变成每夜，电不够用，煤更不够用，满街小偷。

黄昏里，屋顶一株青草在夕照里妖娆，想不到生于屋顶的草会这么漂亮，红瓦衬出草的青翠，晚霞又给高挑落下的叶子抹上一层柔情的红。草摇曳，像在瓦上跳舞。原来当一株草也挺好，如果能生在屋顶的话，是一位在夕阳里跳舞的新娘。地上的草叶金红，鹅卵金红，土里土气的酸菜缸金红，黄昏了。

　　我在牧区看到的黄昏惊心动魄。广大的地平线仿佛泼油烧起了火，烈火战车在天际穿行，在落日的光芒里，山峰变秃变矮。天空盛不下的金光全都倾泻在草地，一直流淌到脚下，黄牛是红了，黑白花牛也红了，它们扭颈观看夕阳。天和地如此辽阔，我久久说不出话来。坐在草地上看黄昏，直到星星像纽扣一样别在白茫茫泛蓝的天际。

　　那时，我很想跟别人吹嘘我是一个看过牧区黄昏的人，但这事好像不值得吹嘘。什么事值得吹嘘？我觉得看过牧区的黄昏比有钱更值得吹嘘。那么大的场景，那么丰富的色彩，最后竟什么都没了，卸车都卸不了这么快。黄昏终于在夜晚来临之前昏了过去。

　　"我曾经见过最美丽的黄昏"，这么说话太像傻子了。但真正的傻子是见不到黄昏的人。在这个大城市，我已经 26 年没见过黄昏，西边的楼房永远是居然之家的楼房和广告牌，它代替了黄昏。城市的夜没经过黄昏的过渡直接来到街道，像一个虚假的夜，路灯先于星星亮起来，电视机代替了天上的月亮。我一直觉得我身上缺了一些东西，我以为是缺钱、缺车，后来知道我心里缺了天空对人的抚爱，因为许许多多年没见到黄昏。

　　　　　　　　　　（选自《深圳特区报》2012 年 6 月 26 日）

大地清明，故乡永在

凸 凹

人行羊迹

祖父俊美，身形高大，面白无须。

但右腮上，却孤零零地长了一根长毛，与净洁的颔面不协调，家人说，还是拔去吧，因为它让人感到怪异。祖父说，不拔。问其理由，他说，这根长毛有说辞，它叫"玲珑须"，是仙人才有的物件。为什么独独长在我脸上？是造化让我与你们不同。

真是不同。

因为虽一表人才，本可以派上大用场，可他一生只做了一件事：放羊。

他1938年就入党了，为了能顺利地搜集情报，并及时地传递出去，组织上给他配了一群羊。全国解放了，作为革命功臣，组织上给他安排了一个让人眼红的差事，让他当地区的武装部长。他居然辞了。理由是，他尽跟羊打交道了，跟羊有说有笑，跟人却谈不来。

私下里跟家人说，你们看我这双脚，脚面弓着，脚心洼着，是天生走山路的。如果不放羊，这么好的一双脚，就废了。他还说，你们不要认为放羊就委屈了人，与其说是人放羊，不如说羊放人，是羊让人懂得了许多天地间的道理。譬如说吧，羊一撒出去，就争竞着吃草，以为只有眼前的草好，如果不赶紧吃进肚里，就失去机会了。可羊不知道，山场这么大，遍地是好草，然而羊只有一个胃，这搭吃饱了，那搭就吃不下了。为什么羊的眼里常汪着泪蛋子？因为羊拿遍地的好草没办法，觉得无奈。都说属羊的命不济，毁就毁在一个"贪"字。他又说，村东的云上广其实跟我一样，本来都是雇农，半辈子都给地主扛长工，临解放的时候，地主低价甩地，他买进了不少。总以为近水楼台先得月，他赚了，没想到，一划成分，被划成了地主，成了专政对象。都说是地主把他陷害了，其实是他自己害了自己，因为他长了贪心。再说，土地自古以来就是大家的，属于自己的只是身后的一小座坟茔。所以，对于土地，你只需种，没必要占有。

组织上尊重祖父，依旧让他放羊。羊是集体的，给他记工分，且记最高的工分，年终结算的时候，他拿的钱就最多，日子宽裕。但大家也不嫉妒、也不眼红，因为他们觉得，且不说他是革命的功臣，就是他整天起早贪黑、跋山涉水，比谁都辛苦，也自然要多拿一些。

祖父一生，育有六男二女，香火延续，半个村庄都是他的人丁。但对子孙们的生活，无论顺畅，还是艰辛，他都不过问；即便是手里有钱，对贫穷者也从不接济。每到晚间，他都要喝上一杯，仅仅一杯。他只喝一种叫竹叶青的酒，酒色青碧，略带甜香，他喜欢这种绵软的滋润。他既享受又节制，从不胡言乱语、怨天怨地，从容自在，一世清明。

祖母对他说，子子孙孙可都是你的，无论如何也应该给一些照拂，他们过得好与坏，可都连带着你的脸面。

他说，不，你看到羊没有，无论瘦肥，都是他自己在啃青草，难道他们还不如羊？

祖母说，人毕竟不是羊，人有感情。

他说，羊也有感情——你如果偏袒哪一只羊，别的羊就朝你叫，声声如怨。那只羊再回到羊群里，别的羊会就会用犄角顶它，从此就再也不能安生了。再有，病了的羊为什么也不能喂吃喝？因为你一旦喂了，它会真的以为自己病了，撒到山上，它也懒得吃草，它对人产生了依赖，知道你不会让它饿死，到了，它会连跑山的本事都比别的羊差了，不是掉队，就是被狼撵上。怜就是害，道理就在这里。你就说这鞭子吧，它不只是为那些调皮捣蛋的羊预备的，更多的是为那些偷懒撒贱的羊预备的，羊的勤快和矫健都是鞭子抽出来。所以，对儿孙的不管不顾，反而是又管又顾，使他们及早懂得自立，自己活出尊严。

祖父的做法，断了子孙们的指望，他们只好咬紧牙关，在苦日子里硬撑硬挺。到了后来，家族里的人竟都变得很有气性：个个要强，个个勤勉，个个乐观，个个本分，即便是好处就放在眼前，譬如国家给补贴，上边发救济，他们也懒得去领。奇怪地，家境竟都渐渐地发达起来，且人才辈出：父亲当了村支书，老叔当了南海舰队的营长，堂兄做了石材加工厂的厂长，幺表妹是县里有名的中医……在五行八作里，都有老羊倌后人的身影。而且，当官的清正，经商的诚信，从医的仁义。家风所致，对身外利益没有兴趣，便无贪心，乐善好施、喜生自足。大家都有一个共同的信念：除从根本上做人之外，其他一切，都是多余的。

有人问祖父，看你家混得这样齐整，你是怎么调教后人的？

他捻着他那根玲珑须，得意地说，我从不调教。

"齐整"一词，在京西，是个大词，有兴旺、端正、光亮、体面的多种含义，后面的意味，便是家道中兴，广有影响，受人尊重。

所以，祖父的得意，是真得意，其中包括着对自我的认可。他真的没有刻意调教，只是按照自己的心性去做。一如头羊领走，如果它走得直，后边的羊自然就走得齐整。

我在文学的路上走过许多年之后，一个时期，突然就生出焦灼，甚至有了文学害人的念头。因为我心中有"高峰"之想，而实际上，虽苦心求成，文章发表之后，却总是不温不火，便陷入幻灭与寂寞。

祖父对我说，你能不能跟我去放一天羊？

一天下来，祖父问我，你看，羊最喜欢待在哪里？

我说，半山腰的阳坡。

他又问我，羊最不喜欢待在哪里？

我懵懂无言。

祖父说，羊喜欢待在半山腰的阳坡上是对的。但你知道是为什么？是因为那地方风刮得小，水分存留得多，土质也肥，光照也温暖，百草就繁茂。对羊来说，那简直是一处喜乐福地。接下来，你就知道，羊最不喜欢待的地方了，对，就是山顶。山顶之上，无遮无拦，是个大风口，风刮得那么猛，水土都被卷走了，一片光秃之外，只生荆棘和苦草。你也看到了，山顶是瘦寒之地，绵性的羊是待不下去的。还有，羊们都知道，到了山顶，就意味着走下坡路，就意味着归栏，就意味着被关起来而远离了青草，只给它们留下一个字：等。

祖父又说，为什么关在羊栏里的羊常常咩咩地叫？那是它们在想念青草。想念是不好忍耐的，因为它是苦。

祖父虽然一句"字话"都没说，我却明白了他的用意。他让我感到，所谓"高峰"之想，无非是名利之念，与文学的本质无关。成大名又如何？如祖父所说，到了山顶，就是一步一步地走下坡路了，那可是终极的失落，才真正可怕。所以，一如羊们喜欢待在青草繁茂之处，写作者能够自由地读写，而且总是有的写，一如羊只要有青草可吃，就是生命的喜乐福地了。也一如羊们只关心草，写作者只关心写作本身，心无旁骛，自然就会下笔有神，乐在其中了。

那之后，我真正进入了自由之境——内心纯净，像有阳光；甘享文字，身体健康；文坛熙攘，无奈我何；庙堂清冷，我心为佛，安妥。

祖父在 90 岁的高龄无疾而逝。去世前一天，还赶着羊群，在大山里矫捷行走，绝无老态。他是在睡眠中飘然而去的，最后的面相，妩媚安详，唇角像有一丝笑。子孙们感到他还活着，均肃然起敬。

祖父是没读过书的。站在他的灵前，我想，有文化的，不一定有智慧，有智慧的，不一定有喜乐。祖父的智慧与喜乐，得益于他终生与羊为伴，在大自然里行走。大自然虽然是一部天书，堂奥深广宏富，但他不刁难人，字里行间说的都是深入浅出的道理。只要人用心了，终有所得。如果说祖父像个哲人，那么，他的哲学主题就是四个字：人行羊迹。

所以，在动物里，我最敬重的，是羊。咩咩，咩咩……乃天籁之音。

蜂擎荆旗

一如树高了，就有喜鹊筑巢，村庄繁盛了，就有猪狗，因为大山连绵，便有了遍地荆棵。

荆棵贫贱，叶小、株矮，且枝杈琐碎，既无树木之材，也无摇曳之姿，便不被人惦念，兀自生长着就是了。

然而它也开花。开得米粒大小，隐忍无形，一点也没有花朵的样子。

要不是有蜜蜂，它差不多就被人彻底遗忘了。蜜蜂殷勤，竟日里在荆花的微粒上采花粉，生生地酿出蜜来。因为"荆花蜜"名贵，有化淤止痰兼及养生的效用，卑微的荆棵，才有了一个免予荒火和砍伐，贫贱却安妥地生存下去的理由。

是蜜蜂给了它尊严。

然而蜜蜂却背负上了一种沉重——荆花之微，意味着它的劳作之艰，上百次的采撷才有一滴蜜生成，累死于花间，便是常有的事，颇有壮志未酬，赍志而殁的悲壮意绪。但它们从来无悔，因为，一如圣诗总是唱给受难者，他们被人类感念，获得了永生。

所以，蜜蜂虽小，却终生唱大歌，那是荆花给了它生命的底气。

日前去了一趟苏州的拙政园，得到了一个更深的体味：园中的每处景观，虽匠心独运，构置精巧，但格局都显得小，只有从整体上纵览，才看出大园的气象。盖因景与景之间，一旦交融在一起，在相互映衬、相互依托、相互弥补之下，互为因果，互为前提，各美其美，美美与共，便有了天地间的大美。陪同的建筑学家说，在大化之境中，其实每个"要素"都是不重要的，重要的是有没有整体意志，有没有灵魂的统领。一旦融入整体的格局中，轻也是重的。

由此观之，荆棵之卑，蜜蜂之微，是无碍的，一旦它们走进了对方，一同呈现价值，就都高贵了。

所以，古人说，即便是人，也要敬畏自然，不鄙万物。这或许就是人们常说的大地伦理、大地道德。即：在大地上，每束阳光都有照耀的理由，每一种生长都有自适的风流。

荆花是有香味儿的，一种略带苦味的药香。白日里它专心地接受照耀，静心吸纳，一到晚间它就尽情释放，满山遍野都有香气缭绕。那时，地面的热气暗自蒸发，便香得浓郁，令人心浮躁。山里男女便欲望蓬勃，忘却日子的穷苦，都往对方的肉里爱。

贫地反而崽多，道理就在这里了。

一如遍地广种必有收成，十里蒿草必有嘉卉，柴门里的泥崽，也有聪颖者脱颖而出，走出山外，弄出一番不俗气象。所以，人杰未必是因为地灵，盖因不毛之地，了无禁忌，能自由生长。也是因为，纤草不做大树的期许，不高看自己，没心理负担，反而渐渐地长高了。

然而外人不这样看，总觉得那背后，一定有可圈可点的三二理由。

上大学的时候，因为自卑，总是躲避那些热闹的场合，众人意气风发的时候，我总是沉默。这反而引起别人的注意，遇事逼着你谈看法。一如狄金森所说：我不畏惧喋喋不休者，而畏惧那静静地待在一隅而始终沉默不语的人，因为他一开口，就不凡。即便别人有期待，我还是依旧胆怯，脸色通红，含笑不语。竟有一个女生主动示好，问其缘由，她说，你为人沉静，脸上有阳光，且唇红齿白。

女同学之间，总会有勃溪龃龉，所以，她每遇不平的时候，都要在我面前发泄一番，寻求支持。我总是劝慰她，你要宽容以待，不要斤斤计较。她说，凭什么？我说，当你能用"不凭什么"想问题的时候，你就会心平气顺，看到别人的好了。她试着做了，果然心结消解，多了愉快，而且还有了很好的人际关系。她问我说，你是从哪儿学的这么善解人意？我说，我从小就不被人关心、不被人理解，反而就学会了关心人、理解人了。

她说，我不相信，一定跟你家乡的水土有关。

到了暑期，她便执意跟我回了老家。

那时，荆花已开得异常繁盛，蜜蜂也采撷得异常繁忙，她被深深吸引，在山野上逡巡不止，乐而忘返。天黑下来的时候，翅翼收敛，但花香迷魂，她冲动地抱紧了我，在我耳边喃喃低语，这个时候，我只想爱，不管不顾地爱。

我们吻得很深，地老天荒，来世今生，均幻化在荆花与蜜蜂之间，都想为对方给与。

但是，当我的手，触到她的胸房的时候，弹性与坚挺，有金子一般的质地，不由得想到，这样的贵重，非瘠薄山地所能孕育，属稀有之财，不到生命攸关时刻，是不能轻易花销的。谦卑的本性，承受不得暴富，我止于吻。

回到庭院，她激情难平，眼生华光，双腮桃红，声音温柔。父母私下里对我说，这个女子，有大美。

独处一室的时候，她对我说，今晚你就留下来吧，陪我。

我体恤她的似水柔情，与她和衣而卧。

炕还是那盘土炕，却多了一床用荨麻织成的凉席。荨麻多刺，直立在土地上的时候，手一触及，便刺痛难忍。但剖出的篾条却柔韧，水浸之后，褪去芒刺，再编织成席，就是很受用的床具了。躺在上面，虽沁凉如水，却感到了一丝辛酸，因为我第一次发现，粗鄙的父母，无所用心的表情背后，居然有细腻之爱深深地潜伏着，一经察觉，就重。

她说，我就说嘛，你家水土一定个别，你看，蜜蜂殷勤，荆花拂性，你自然多情，懂得爱。

我说，也许。

她说，那你就开始爱我吧，我由你。

　　我知道她之所谓"爱"的含义，心中的不安便乘隙而生，婉言说道，你累了，早点歇吧，属于我们的日子还多的是呢。

　　她说，不，我就要眼下。

　　我对她说，你看见我父母的房间没有，那盏灯还亮着，他们是在等我，我不回去，灯会一直亮下去。

　　我回到父母的房间，对他们说，她说了，我很久才回来一趟，让我好好陪陪你们。

　　父亲看了一眼母亲，说，这女子好，不仅有大美，还有大德！

　　后来，由于分配到不同的区域，相距遥远，而我们又没能力调动，便没有最终走在一起。但是，虽然分离，却没有伤怨，有的是绵长的牵挂与惦念。

　　用她的话说，因为你保全了我，也就保全了你自己，在我心中，你依旧完整。

　　她的话，让我很受用，给了我一种做人的庄重。以致在一些人生的关口，我都能给自己的来路保持尊严：山地人虽率性，但绝不放纵。

　　对她的思念，也化成了一种深厚的东西——对美好情感，始终有不疑的信念。

　　呃，开不败的荆花，永不停歇的蜜蜂！

　　虽大地如诗，涵养心灵，但生活有生活的逻辑，总有本心之外的一重重诱惑。为了不迷失自我，需一刻也不能放松做人的警觉。所以，一路走来，我也有了一丝生命的疲倦。但是，一如蜜蜂，是那种无怨无悔、不轻不贱的疲倦。便虽然薄霜浣鬓，却依旧是唇红齿白。自己看重自己。

明媚

　　故乡的太阳出得迟，但鲜艳，红彤彤的，耀眼；故乡的月亮落得早，但洁净，白嫩嫩的，养眼。与之相对应的，是分明的四季，有毫不含糊的季节特征——热就热，冷就冷，雨则雨，晴则晴，清明爽利，不叫人费心揣摩。于是，人也就有了与之相对应的性情——质直、率性、透亮，爱憎分明。

譬如老姑。从记事起，就分外地明白事理，穿得破旧，吃得寡淡，也从不抱怨。因为她知道，故乡所有不过是瘦山与薄地，自然穷；其中所产不过是玉黍和小米，自然饿——既然都是没有办法的事，自然要安于忍。所以，她为人处世，一直是心胸坦荡，随遇而安。譬如夏旱，吃水紧张，洗漱类的用度，自然是厨炊后的剩水，她则安心享用，无额外忧烦，她说，只要脸子长得好，污水也能洗得白。譬如秋涝，田堰冲垮，玉米伏倒，众人哀号，她却从水里捞上来泛青苞米，放在柴草上烧烤，吃得近乎忘情，红唇之上沾满炭灰。她说，已然是涝了，不如捡回来一点儿快乐的心情。

到了上学的年龄，祖父找她商量：摆在你面前有两条路哇，一是混学堂，二是随你母亲伺候猪狗。她脖子一梗，响脆地说道，当然是混学堂。她知道父亲的心思——他内心深处重男轻女，觉得女娃子早晚是别家的人，花钱上学纯属白搭，不如早点务农帮衬家境。把一桩堂堂正正的事体，用一个"混"字形容，他的意思已经再明白不过了。绝不能让这种不公得逞。她想，该上学就上学，该嫁人就嫁人，人生一世，应该过的日子，都是应该认真地过的，决不能人为地节省。

初中毕业，就"运动"了，各地学生扔掉书本到处"串连"。她自然是随潮流而动，去了南方的几个圣地。但不久，即便是全国山河一片红，但她还是悄悄地回到了家乡，安心地务农。问她原由，她说，原因很简单，即便是动机很动人，但坐车不给钱，吃饭不给钱，住店不给钱，还理直气壮，咄咄逼人，大道理背后就没道理了。之于她个人，高声大嗓背后，感到的总是内心的不宁。

祖父干干一笑，说，不叫你混学堂，你偏要混学堂，混来混去，只混了一个造反有理。老姑只是摇摇头，沉默无语。然而她甘心务农，无论是刮风下雨，也不休歇，直至被评为"五好社员"，乐在疲苦之中。

那时节，天天有最高指示发布，大队（村）部便配备了一台半导体收音机。为了落实上级传达不过夜的硬性规定，便先由村干部收听一下，然后再站在山的巅处，向村落里吼。也是因为山偏地远，收音机里的声音总是被杂音遮掩，一天，村干部吼道：社员同志们，伟大领袖就是跟咱贫下中农心贴心，跟咱山里人一样实在，他说，路上有根桩，桩是木桩。就是说，要想抓革命、促生产，就是要把拦在路上的木桩彻底拔掉才行。

老姑闻之，忍俊不禁，咯咯地笑个不停。祖父说，有什么好笑的，难道老人家说的不是实在道理？老姑说，经是好经，可惜被歪嘴和尚念歪了，人家那是：路线是个纲，纲举目张。一经解释，祖父说，我说的，领袖是站在高处的高人，怎么会讲像废话一样的大白话？原来是村干部自己编排的哩咯隆啊。

老姑适时地给了祖父一句：说什么混学堂，你看见没，这混学堂的跟不混学堂，到底是不同。祖父无言以对，白了她一眼。他始有所悟，一如山里的太阳太鲜艳，月亮太洁净，这柔顺的女娃子心里也藏着绝不温吞的刀锋。

由于老姑有文化，数算得准，字也写得好，大队（村）就让她当了库房保管员。有个叫柱子的青年，看上了老姑，便常常编排个理由来库房里找她。老姑也喜欢他，每一见他来，总是笑脸相迎。喜欢的理由很简单，因为柱儿清洁——即便是家境贫寒，衣着破旧，但总是收拾得清清爽爽，而且身上总是有淡淡的皂荚的香味。她认为，有这样的外在，必有洁净的内心，他尊重自己，必然会尊重别人。她对柱子说，来尽管来，别再编排什么不咸不淡的理由。柱子说，这么单刀直入，多不好意思。老姑说，连表达感情都这么曲里拐弯的，生活的路，也不会走得直。

多亏了当着保管，给了他们爱情发育的空间，月明星稀的时辰，他们不必寻觅与躲闪，能自自然然地"粘"在一起。但爱情如火如荼，肚腹却饥肠辘辘，那时节天公刁难，口粮歉收，总是不给人以饱。看着库房里的种子粮，柱子总是若有所思。终于在一次温存之后，柱子把心中的用意明确地表达出来——他把裤腿扎严了，灌上灿黄饱满的玉米。但当他走到库房的门口时，老姑叫住了他，请你把裤腿的东西倒掉。柱子说，我不是为了自己，而是老妈年迈，不耐饥。老姑说，这我自然知道，但孝道的背后，应该是干净的人心。柱子有些恼，说，我把整个身心都给你了，还不值你几粒玉米？老姑说，你的身心是私，库房里的玉米是公，不能混为一谈，要公私分明。

这虽然让柱子顿生尴尬，但还是依了。只不过临走前说了一句话，我以后就不来了。老姑一笑，说，你敢！隔了数日，柱子还是来了。不是因为惧怕，而是因为敬重。因为他不来老姑这里，自己就辗转难眠，折磨自己一番之后，他突然大悟：这个女子内心周正，能辨曲直，有靠得住的好，假如日后有爱情之外的爱情，她也是不会动心的。

果然就是那样。

当柱子到十三陵修水库，旬月不归的时候，有一个人总是编排一些借口，不请自来。那个人是村里的队副，也是一个有堂皇颜面的人。老姑知道他的用意，却也不点破，因为她知道，每个人都有脸面、都有尊严，她尊重尊严。那天那个人喝了酒，说起话语无伦次，老姑虽然心生厌烦，但还是笑容以待。到了后来，那个人连无伦次的话也不说了，只是不停地在老姑身后踅来踅去，终于从背后抱住了她。

老姑果决地挣脱了他，说，你也是有身份的人，哪能这样造次？

那人说，谁让你长得这么好看呢，我就是管不住自己，不管不顾地想。

老姑抄起一把利剪，毫不含糊地说，那好，你既然管不住自己的卵子，那我就替你管一管。

那个人吓坏了，落荒而逃。

一如太阳落了，还会升起来；月亮缺了，还会圆——再见到那个人，老姑还是晴朗无云，微笑以对。因为她有的是日月性情，不挂阴霾。那个人也就很快恢复了原有的自在，悄悄地对她说，本来是想报复的，把你的保管给抹稀了（撤掉），但看到你依旧是尊重的表情，我自然也就找回了自重与敬重，咱还是相敬着做一辈子好兄妹吧。

日后，那个人果然为人周正，不仅对老姑好，也对乡亲们好，经商发了大财，也无暴发户盛气凌人的样相，而是很谦和地为村里修了一条水泥马路，走进人心里去了。

叙述至此，我心中有光，不禁想到，好的日月，自然要孕育出好的人。换句话说，透亮孕育透亮，明媚孕育明媚，在温暖的作用下，暧昧和阴冷，是难以存在的。

（选自《十月》2011 年第 5 期）

叫一声老乡好沉重

陈启文

乡下人都是后娘养的啊！他一见我就开始哀叹，浑身散发出浓烈熏人的汗馊味、机油味。他来找我不为别的，只因为我们是老乡，不仅是一个乡的，而且是一个村的。这是命里注定的事。他说，如果不是实在没得办法了，我不会来找你。这给我很大的压力，对他来说，我是他实在没有办法了的办法，是他已经走投无路之后的路。

可我又有什么办法、什么路呢？

他说有。他说我笔杆子厉害，要我把他这几年的经历写出来，写到报上去，写到党中央国务院去，给他申冤，为他讨个说法。他还给我拎来了两瓶酒，大概是听说过李白斗酒诗百篇的故事，而他觉得自己要求不高，不要诗百篇，只要一篇实实在在的文章。这仿佛也是命里注定的事，我无法拒绝。

他来广州打工几年了，干锻工。那不是人干的活。我小时看乡下铁匠打铁，一把大锤，一把小锤，携带着钢铁的欲望，挥起，落下，一锤下去足以撕裂虎口。锻工活儿也就跟打铁差不多，先要把金属材料加热到几千度的高温，再用锤子反复击打成型。只是现在的锤子大多是用空气锤、蒸汽锤，还有了很先进的冲压设备。但还是水深火热，而且比以前更危险了，以前锤子好歹还掌握在自己手里，现在锤子却掌握在机器手里。干这活儿，大多是乡下进城务工的农民，自然，先要培训半个月，再在劳动部门领个证，才能上岗。只有干过锻工的，才能真实地感觉到那活有多苦，多累，苦和累一个农民还能承受，受不了的是那种高温，那种像火一样灼热的叫人窒息的空气，吸进去似火，吐出来还似火。而这样的灼热也不同于烈日下农人经受的那种酷热。一个农人在庄稼地里干活，不管有多热，地里也还蒙着一层潮湿的凉气，也能感觉有夹着丝丝水汽的风吹到自己身上。可在这样的锻造车间里，呼吸不到一点儿太阳、土地和植物的气味，只有铁矿石和焦炭的气味，火的气味，还有各种要命的粉尘和杂质，他们把金属炼得纯净而坚韧，又锻造成符合市场需求的各种形状，可没人知道，他们的生命内部也正在发生物理性质和化学性质的变化，他们的心脏和肺腑正在分解、化合或加入某些致命的元素。

我跟着这位乡亲去了他打工的那家工厂，他看起来不像个受伤的人，两条腿很有劲，有着一个农人或一个锻工的粗壮身坯。但我很快就看见他的脸和脖子开始充血，喘气越来越急促了。他的伤在生命内部，他肺可能出了很大问题。我们换乘了好几路公交车，又沿着一要柏油路往前走了一阵。这条路到处都是断裂带，许多地方塌陷下去很深。但还是有一辆辆超载的大卡车不断从我们身边轰轰烈烈地驶过，风被它们掀起来，路上的灰尘也被车轮卷了起来。连路边的树叶也沾满了黑色的粉尘。我这位乡亲开始拼命咳嗽，两边太阳穴的血管都咳得暴突起来了。

现在我们已经越过了越来越难以分辨的城乡之间的含混界限，一座正冒着黑烟的高炉让我的心理瞬间变得阴暗了。我不知怎的想到了焚尸炉，又想到了但丁《神曲》中的炼狱。而这家厂子，一看就不是那种有规模的厂子，可能是哪个私人老板开的。然后我又看见了十来个汉子，他们靠着这家工厂外面的围墙，双手笼在袖子里，缩着双肩，仿佛正等待什么。风很大，风正对着他们吹，而我也感到风吹在背上，背脊发凉。已经是冬天了。我来这座城市有年头了，可我对它的冬天并没有明显的感觉。而此时我开始感觉到自己正在遭遇前所未有的寒冷。这些人到底在等待什么呢？但他们肯定不是在等我。他们看见我时，那种表情依然冷若冰霜，像是在打招呼，又像是懒得打招呼。

我的乡亲用手把他们划了一圈说，老乡，你瞅见了，这都是和我一样的倒霉蛋，我们的肺都像蜂窝一样了，成了蜂窝肺！厂子里不给治，反倒把我们全赶出来了。

我看见了两扇锈迹斑斑的大铁门，关得死死的，隔着铁栅栏看见，一个穿着制服的保安和一条半人多高的狼狗在门后把守。那保安阴沉着脸沉默着，那条狗也阴沉着脸沉默着，我顿时感觉到了一股杀气。

记者来了！我那位乡亲摇着铁栅门大声喊，开门，叫老板出来。

但我感觉到有些心虚。我当然不是什么记者，但我有一家大报发给我的特约记者证。它此时揣在我的胸口，我摸了一下，摸到了我的心跳。倒是我那乡亲显得底气十足，他把门摇得哐当哐当响，他的气也开始越喘越粗。那条狼狗突然往前一扑，两只爪子伸出栅栏一下搭在了他的两只肩膀上。我倒抽了一口冷气，立刻就看见他肩膀上被两只狗爪子撕裂的衣服和皮肉，血很快就流出来了。他受伤了，而且这些伤是谁都看得见的。可没一个人上来帮帮他，哪怕是吼叫几声。他们——那帮倒霉蛋还像刚才那样靠墙根儿坐着，整整一排人坐在那儿没有一个吭声的，就像事情的旁观者。然而我那乡亲仿佛受了血的刺激，他把门摇得更响了，他甚至开始以头撞门了，他在一扇关得死死的铁门上一下一下地撞着，仿佛是要震醒自己，仿佛要震醒这个世界。

他这一招还真凑了效，那个深藏不露的老板出来了。但这个老板的样子和我心中的老板形象反差很大，戴副眼镜，高挑个儿，很斯文也很优雅地走过来了，不像老板，像个技术员或工程师。我低声问，这就是你们老板？他点了点头。

老板一来，保安就把门打开了，把狗链子也拽紧了。老板好像没看见我，他可能比我更加近视。谁是记者？他问。我愣了一下，然后抬头看着那张比我高半头的小白脸。哦，他这么哦了一声，表示他已经看见我了，记者证呢？我也尽量显出很镇定很从容的样子，从胸口摸出那本特约记者证。我看见他一边看一边慢慢显出很放松的微笑。他把记者证还给我了，随后他也慢腾腾地摸出一本证件给我看，但不是从胸口摸出来的，而是从屁股后面的一只口袋里摸出来的。也是一本特约记者证，来头比我这本更大。我正傻眼看着时，他又慢腾腾地从屁股后面的另一只口袋里摸出一个本子，一本律师资格证！

他在继续微笑，我却感到额头上正在渗出冷汗。他问，大记者，特约大记者，要不要我给你再制造点新闻？

我不敢动，仿佛一动就是惊天动地的事。

他又厉声问，呃，是谁把记者喊来的？

我那乡亲此时对自己危险的处境还恍然不觉，但我感觉到他也有点害怕了，他只是假装出一点也不害怕的样子说，是我！怎么了？

我立刻听见了一声响亮的耳光。这种感觉在瞬间或许被放大了。又一声！这两耳光，把我那乡亲完全打聋了。他仿佛什么也听不见了。这为他悲惨的命运进一步埋下了伏笔。此时那些靠着墙根儿坐着的人也陆地站了起来，但全都静静地呆立在一旁，眼里充满了莫名的敬畏。

老板甩着手，手抽筋了。

老板对我说，大记者，特约大记者，写吧，把你看见的一切全都写下来，你要能把我这座高炉写垮了，我给你下跪，磕头，我认栽！

他背着手含笑而去，留下一个傻掉的我，和十几个全然傻掉了的农民工。

我开始写。我好像终于体会到了什么叫奋笔疾书，那种强烈的冲动，不再源于想象和虚构。在我们这个时代，在我们身处的生存现实中，每一件事的荒诞、变态和变形，都要远胜于最有想象力的虚构作品。关键是你敢不敢真实地写下来，而当每一个标点符号都是真实的，又有谁敢于发表？但我已经没想这么多了，我像我那位天真纯朴的乡亲一样，也想把这事写到党中央国务院去。然而还是有那么多东西我无法写出来，在那座有恃无恐的高炉背后，有多少肮脏的交易此刻正在进行。这是一个什么都可以出卖的时代，那个小老板又岂止只有一本记者证，一本律师资格证，还有多少东西在暗中守护着那座高炉，我能看到它背后那一个个如鬼影幢幢的身影，犹如黑暗中的怪兽。然而我这一支笔，又如何能撕破那一层层黑幕？

当强烈的冲动如潮汐般退去后，我已无法进入事物的内部，我写不动了，被堵在外面了，就像那两扇锈迹斑斑的铁门，把我和我那乡亲挡在门外了。我怎么也找不到一种进入的方式。但我那乡亲找到了。他翻过了那道围墙，爬上了那座高炉。他一点一点地向高楼的最顶端靠近，他肯定早已知道，他正在靠近某种血腥的命运。他爬到炉顶上了，整个城市此时都可以看见他置身于天幕之下的身影，或许他自己也产生了某种幻觉，以为自己的生命已高过这座高炉。

警车开来了，消防车来了，救护车开来了，一座城市终于为一个农民工卑微的生命拉响了警报，在我和他曾经并肩走过的那条到处都是裂口和坑洼的柏油路上，所有超载的卡车都停在了一旁，只有与生命密切相关的车轮在高速运转，风也一阵阵地搅动着粗砺的砂砾。只在此时，你才能感觉到一座城市的行动能力，感到它还是活的，然而在此之前，它在干什么？它就像一个庞大无比的怪物一动也不动地趴在那里。现在它终于开始行动了，或许这也是一桩交易，而你让它开始行动所要付出的代价必然是生命，只能是生命！

对此，我那位乡亲显然比我更清醒，这绝非像后来的媒体所声称的那样，是一个农民工失去理智后所采取的疯狂举动，在他跳下来之前他肯定是经过深思熟虑的。人们害怕的不是你爬上去，而是跳下来。很多已经爬到某一个高度而最终没有跳下来的人，只有两个地方可去，一是拘留所，一是疯人院。这两个地方他显然都不想去，他想去的是医院，而他更想的是回家。他当然不能空着两只手回家。下面已经有人开始喊话，声音被扩音设备和话筒成倍数地放大，然而他听不见，你知道，他聋了，或许，他能听见的只有自己的梦呓。喊得最响的是那个老板，老板第一次开始仰望他，甚至是在乞求他，只要他肯下来，老板保证要送他去医院，保证发给他工伤补助。而他似乎一直就等着老板出现之后跳下来。在那个比一生更漫长的降落过程中，风吹得更厉害了，整座城市就像一张地图那样被风翻开了。

　　然后是一阵令人愕然的无声状态。最后一辆赶来的救护车陡地刹住，在静止中溅出蓝色的火花。许多灰尘像往事一样，浮起来，又落下去。在正在沉默下去的城市后面，是渐渐远去的河流、树林、丘陵。这是遥远家乡的风景，那是我和他共同的故乡。他躺在那里，嘴角带一点梦幻的笑意，赤裸着上身，浑身沾满了炉灰，而在他身上，几乎看不见一个伤口。有人用衣服盖住了他逐渐冷却的身体。这件衣服是他在爬上高炉之前脱下的，他大概是觉得这衣服碍事，他不想有任何东西阻碍自己通向死亡的脚步。寂静。真的是死一般的寂静啊。除了风，这个世界仿佛已在他躺下的那个地方静止了，这一刻你是最安静的人，而人间也仿佛呈现出一种从未有过的安静。

　　至此，我这篇无从叙说的文章终于有了一令人欣慰的结尾，一个农民工以死亡的方式震惊了高层，在权力的有效干预下，他得到了一笔丧葬费，他年老的父母亲和老婆孩子将共同分享一笔抚恤金，而那十几个患蜂窝肺病的农民工，也终于拿到工伤补偿并陆续送往医院就诊。而那家工厂也在不久宣告破产，这也宣告了许多类似企业的脆弱，它们大多缺乏抗风险的能力，一旦资本开始以正常的方式运转，马上就要破产。那么它们以前的运转，是否一直处于非常的状态？我不知道。我后来知道的是，这是一家连续多年被工商、税务、质监、环保等部门评定的优秀企业、信得过企业、双文明先进单位。它的倒闭让许多人扼腕叹息，而最惨的是数量更多的农民工，他们失业了，而老板拖欠他们的工资随着工厂的破产成了死账。谁来为他们买单？

　　我的笔再一次被堵住，感到喉头也堵得慌。我住的这幢楼很高，夕阳的光芒远远地照过来，我仿佛看见远远地有无数进城务工的农民又成群结队地走来了，仿佛是从大地中涌现出来的。而我已被某种不可名状的东西噎得眼泪汪汪。

（选自《散文》2007 年第 6 期）

田　野

周佩红

田野。记忆和冥想中我最早看见、最先降落的地方。久违了。仿佛第一次看见它。仿佛百年后它仍会这样。湿润的泥土，黑色中夹杂着黄褐色。走近能看到它深处的黑——刚被犁刀翻出时，简直泛着漆般的油光。接触光和风之后，土慢慢变成褐色，转黄，干硬，就像人中年以后头发经常发生的变化那样。

它总在冬末春初闲歇。就像蛇要蜕皮，它也要呼吸和休息一下。但绝不荒芜——这种奢侈从未有过。（但据说现今有大片土地闲置着，没人耕种，因为耕种它的壮劳力都到城里打工去了。还有些土地被城市蚕食。）

一年中要耕耘不止一次。犁耙、锄头、镢头将它摆弄成一片片，一垄垄，一墒墒。不平整不规则的地方，与丘陵连接的坡地，旮旮旯旯，也要这样地修整。每个坷垃都用锄根敲碎，细细的，松松的，让种子有一个宽松的床。然后，粪肥、雨水、阳光，人和大自然默契的配合，让它发酵并催发生命。

一个农民躺下来，一侧耳朵紧贴着泥土，像一个怀孕女人的急性子丈夫。我一时叫不出他的名字，但必定嘲笑过他这土行孙般的行径。他笑了，不是对我笑，他的嘴角慢慢地弯向耳朵。他听见了什么？植物的细胞在分蘖时发出的声响？细嫩的骨骼在黑暗中拳打脚踢？农民们充分了解大地内部隐藏的秘密，我却没有学他的样子也听一听。

仿佛一夜之间，庄稼呼啦啦长出一大片来了。一面面绿色的小旗帜。嫩苗和叶片。田野上最顽强也最矜贵的生命。

田野并非无边无际。山坡和村庄会截断它。但相对于村庄来说，田野仍是广大的，没有遮蔽，平坦。

我仍在用这个书卷气或文艺腔的词："田野"。这个词当地农民无一个说过。他们若说"田野"，肯定像小学生咬着舌头别扭而夸张地表演朗诵。乡村八年，我听着当地农民亲昵地叫着他们的土地命根子："到田里去……""下地喽……""那块稻田……""那垴山芋田……"话音和语调里活动着一个个特别的小漩涡。我终究没有学会那样的口吻。话生于心，田野之于他们，和之于我，毕竟是不同的。

对于他们，那还有点儿神的意味——朝夕相处的土地神。或者爱人——磕磕碰碰却永不离弃。"田"。"地"。简单而又含混的发音，醉醺醺的，馥郁温柔，像催人入睡的蜜蜂嗡嗡。对我，则像一块微颤的软垫子，在夏天的午后还会散发出一阵阵热的气息——人过中年的母亲的气息。确有几次我躺在田野上想到了远在城市的我的母亲——再怎么劳累，她也会把你拢在怀里。她汗湿的头发，她肌肤下凸出的筋脉。感受或有共通之处，也有差异，我们是用了各自认为含有爱意和依赖感的表达。

麦苗初看时很像韭菜。然后我知道了两者的区分：麦苗有挺拔的中心躯干——茎，而韭菜没有，所以容易倒伏。农作物和野草的区别也大致在此。麦苗在冬天不怕冰雪覆压，农民把它撂在田野里，兀自拢着棉袄袖管，在屋子里烤玉米芯取暖，聊天，开会，过年。天转暖化冻，麦苗长成了麦稞，挺得很直（而高大的茅草东摇西晃），到秀穗、灌浆、饱满时才略略弯下头。这时麦子由青绿转向金黄。风掠过，麦田发出轻微的喧哗，像是麦穗们在碰头时亲昵地打招呼。所谓麦浪滚滚，真是很确切的（尽管这形容比较陈旧）：麦田金色的表面在风的吹拂下有着大面积的起伏波动，从高处看尤为壮观。

麦地不用锄草。但麦茎质地坚硬，挥镰割麦十分累人。磨快的镰刀必须紧贴麦茎根部，猛地拉割——至少我们被教的关键动作就是这。成熟的麦穗美丽异常，在阳光下旋动，麦芒是一根根金针，瞬时汇成炫目的金光。

田野里有大片大片麦地。走近前去，闻得到青涩的麦香——与烤粑粑的香气完全不同。大部分香气来自麦茎的汁液，与土地直接相通。

海子在一首诗（《答复》）中写道，"麦地／别人看见你／觉得你温暖，美丽／我则站在你痛苦质问的中心　被你灼伤／我站在太阳　痛苦的芒上"，"麦地／神秘的质问者啊"。

那时，我们就是那样一些"别人"，只被那"美丽"、"神秘"的表象吸引。身处麦地我从未站在它"痛苦质问的中心"，而仅站在自己的痛苦中心（尽管这似乎不应被苛责）。我在旁观，纵有"灼伤"也没有那种大面积的痛感。"质问"则在更晚的以后。在今天。

有关稻田，记忆中全是场景，就像芥川龙之介所写的《浅草公园》的分镜头剧本：静态，漠然，无声。

一片片浸着水的田，像一方方浅池塘。风吹过，灰色的泥水起了波纹。

水放走了。特制的平耙来来回回地将稀泥整得平坦。

一个老农，挟一个装满稻种的笸斗在腰间，光脚进去。右手一把把播撒稻种，且播且退，转着圈子。姿态舒展而有节奏，像在跳着缓慢的舞蹈。

淡金色的雾在他身旁呈扇形飘散，缓慢地，缓慢地，每一粒稻谷都均匀细密地落在泥床上。

稻谷变成嫩绿的秧苗，被坐在秧凳上的农人拔起，扎成小捆，放进簸箕，挑往其他水田。

秧捆一把接一把飞向空中，均匀地分落在水波荡漾的田里。

泥水四溅。

农人们裤管挽到大腿上，走下水田。早春冰凉的泥水（或还有水蛇、蚂蟥）啮咬着他们赤裸的肌肤。

插秧。

　　粗糙的手，左手握一把秧苗，右手的拇指、食指、中指将秧苗飞快地分出一小撮一小撮，分插在浅水下的泥里。娴熟得就像发扑克牌。

　　笔直地站立在浅水中的秧苗，每行五六撮，一行行整齐地排开。

　　肩并肩的插秧竞赛。参赛者在水里后退着，后退着，看谁最先退到最后，而他面前的秧株最笔直挺拔。

　　背景伴奏是秧歌调，人的哄笑。但声响已从热闹中被分离出来，被时间吸走。因而是被更大的寂静笼罩，像那种徒有动作的默片。布景在连绵细雨和暴烈的阳光之间来回转换。

　　快镜头：秧苗迅速地拔节，长成稻秸，茁壮，抽穗。由青转黄。

　　终末的长镜头：先前播种的老农又出现了。他摘下一穗稻谷，石磨般的两片手掌一压一转，碾去稻壳。他弯身一吹，稻壳消失，掌中只留几粒微青泛白的半透明米粒。他用手指撮起米粒，放进嘴里，细细咀嚼，把粉渣和浆水全部咽下。他微微点头或摇头，在心里决定稻谷收割的时间。

　　每年情景相似。重复倒片，又重放。因而类似于永恒。

　　玉米被称为"大芦粟"，像一个人的昵称，"大呆子"、"小友子"般的可爱。玉米的躯干粗壮高大，容易成活，对生长地不挑剔。当它蹿出个子时，一片玉米地就成了一片疏朗的小树林，遮不全人影，但能挡住风。那是燥热难耐的地方。而你仍会在突然安静时听到玉米茎里汁液的哗哗流淌，像人的血液在奔涌。拔出一株玉米，断开它碧绿的枝干，可以嚼出淡淡的腥甜。热渴的人常这么做。我尝过。它比南方的甜芦粟干涩，因它的汁液大部分流向了玉米棒子。它也构不成北方所称的"青纱帐"，要有人影晃过，几米外还是能够看清楚。

　　有人影晃过吗，在黄昏或夜半时分？据说那是经常的。玉米地常有扭打、搏斗、翻滚的痕迹。到了白天，有经验的人看到倒地的玉米棵，失踪的棒子，凌乱的脚印，会在心里或嘴上把故事一路铺陈下去。偷窃，偷欢，约会，强暴，他们会遮遮掩掩地说一半，让另一半里的欢乐、有趣、蹊跷、可怕缠绕着、伸展着，变成另一概念的"青纱帐"。

我听不懂。也无意听懂。我对周边世界的好奇心远不如现在强。人可能只有在安下心后才会去关心其他。生活在我身边以另外的超想象方式进行着，这或许是我深入它的机会。我错过了。我活在自己的茫然和虚无中——如果不能把目光投向未来，那就只能投向自己脚下，那儿有一株具体的类似于杂草的玉米，我必须用锄头的一个角小心地锄去它周边的杂草，让草横躺在刨松的土上，在阳光下迅速软塌。一株接着一株。没有未来。我的脚在田野上步步向前，实际却与它擦身而过。

山芋的藤蔓像绿色的小蛇，蜿蜒在垄墒尖耸的脊背上。揭开它，向上提，藏在土墒里的山芋蛋就被一起带出，像一串巨型葡萄。这似乎有了点儿欣喜的气氛。成片收割时是用犁刀将墒犁开，效率大大超过手工刨土。我尝过刚出土的山芋，鲜嫩甜脆如生鲜板栗。

收割的田野里什么都可以当场尝鲜，花生，豌豆，大豆，玉米棒，芝麻，梨子，桃……人们大模大样地掰开就往嘴里塞。没人管。不能吃的是油菜子（十分难吃），棉花（新采下来的棉花纤维有点儿潮湿，蚕丝一般韧，哧啦作响），苎麻（一收割下来就浸到水塘里沤，直沤到绿皮化油，塘水发臭，麻筋突显）。嚓嚓嚓嚓，农民的牙齿多么结实，像磨快的刀片。不一会儿，他们却朝地上连连吐着黄绿色浆水了。他们的肠胃不争气，总是被那饱含生腥汁水的果实弄得泛酸。

这是饿的。虽然六十年代初的大饥饿已经过去（农民忆苦思甜时总是停在那年代不肯往前），饿还是死缠着他们。他们想出了种种法子来治饿。

把刚起出来的山芋当场刨片，直接放在地上曝晒（田里像瞬间落下了大片雪花），晒干后弄碎，与玉米糁、碎米同煮成粥，味道粗硬如嚼粉笔，再也没有生烤鲜煮的柔软香甜。难吃，却经饿，一会儿就能把肚子撑饱。豌豆也生生地晒干了，玉米也生生地晒干了，晒去鲜嫩，变成干燥枯索的糙，好让人吃得胃口全无。

到了春天，田野泛青，省吃俭用的农民中却有人家里揭不开锅了。有人央求生产队开了证明，带一根打狗棍，一只碗，一条破麻袋往肩上一搭，离乡要饭去了。他的手上有长年劳作留下的硬茧和疤痕，皮肤粗糙焦黑，脖子后面凸出一块肉，像一只倒扣的碗（长期挑担子磨出来的）。这绝不是一个懒汉的形象，完全不同于如今城市里到处可见的职业乞讨者的样子，然而他去要饭。田野在他渐渐远去的背影后面徒然地绿着，带着生机勃勃的假象。

或许这并非假象。天没有下暴雨，地里也没有虫灾，风调雨顺，土地肥沃，可人们就是揭不开锅。

辛苦种出的粮食哪里去了？没有谁来质疑。公开场合从没人讨论。现在我想起"交公粮"的情景，有所恍然。也许还不止这些吧。更多的事情，肯定被人们咬碎了，烂掉了，连皮带渣埋在心里。或许他们也不明白。大家望着远去的人（他们要去哪里？哪里有富庶的粮仓，在七十年代的江淮大地？），不出声。一只黄蜂嗡嗡叫着，知趣地不来打扰人们。土地蒸腾着潮湿的气息，像人一样喘着粗气。到田里忙碌时，离乡的人就该回来了，还会带来一些新的故事，四处流传。"哪里都是一样啊"，这样的叹息也会传染。大家望着，望了一会儿，还是一个个抢起锄头，一放一收地刨着土地。

（选自散文集《我的乡村记忆》2008 年版）

皖河散记（选五）

徐　迅

要来的寒流不冷／手捂的伤口不疼／秋天／想起皖河／就有一股温涌的力量／连绵向上……

——摘自一首诗

油菜花的村庄

如果从哪里跌倒的，就从哪里爬起来。那么从油菜花的田野里呢？在春天的五月，我又一次面对油菜花，面前的油菜花与我二十四年前的油菜花没什么两样，大片大片的金黄，黄得炽烈的油菜花丛里，有我熟悉和不熟悉的蝴蝶和蜜蜂。我无法抓住其中的一只，这与我的从前也没什么两样，蜜蜂的叫声嗡嗡嘤嘤的，吵得五月的田野微微发熏，土地已裂开美丽的花纹。

村庄被油菜花包围着，乡亲们的心情被一种喜悦包围着，我的心房被一些往事包围着。村庄与乡亲们闻到那浓浓的菜花香，乡亲们就看到了油亮的菜子。他们都喜欢注重结局，因为结局总意味着丰收，意味着锅里有香喷喷的油水，意味着身强力壮，红光满面。但我不是。在这里我与乡亲们有着一些差别。我只注意过程，油菜花美丽开放的过程，在二十几年前我就是这样。我的这种与乡亲们细微的差别，表明我从来就不曾想过与脚下这块土地认真地贴近，我是这个村庄这块土地的叛逆者，是这块土地上的又一个"叛徒"，记住这一点很重要。

但乡亲们原谅了我，同时也原谅了一只疯狂的菜花狗在油菜花田野横冲直撞、糟蹋庄稼。那一季的油菜花香香地开过一阵，突然就下起了一场春雨。雨打着黄黄的菜花，花儿太柔，太嫩，盛不下那密集的雨脚的蹂躏，凋谢了。许多黄黄的花儿，像死了一地的黄蝴蝶，趴在泥土上飞不动。它的翅膀断了。但香气还在，残存的油菜花的枝秆，结出一粒粒的菜子在风中昂首挺立。那是乡村五月的旗帜。几阵麦黄风吹拂，那上面就会有轻轻的爆裂声响着。阳光里这种声音很悦耳、圆润，如同大地上窃窃的私语，交头接耳着日子。

油坊在远远的镇子上。那原是一座破旧的厂房，屋很大、很黑，却终日弥漫着喷喷的菜籽油香。几个强壮的汉子，脱得精光赤溜的，只穿着一件裤衩，终日在油坊里劳作着。榨油机全都是木头做的，特别坚实的那种木质，粗粗的庞然大物。汉子们将油菜子放在上面碾碎，然后几个人共同推着一根巨大的木棒挤榨着。那酱色的液体汩汩地从木器上流下来，流进盛油的木槽或铁皮桶里，那东西亮晃晃的，能照得进人影。榨油的汉子在旁边乐呵呵的笑，他们在吸烟，光溜溜的身上满是油渍，伸手一摸，像泥鳅一样滑不溜秋。

乡亲们将油菜收割起来，扎成一捆一捆的，然后放进用篾编扎的晒筐里。在阳光里暴晒几天，轻轻用手一揉，菜子就落了一筐，堆得厚厚的。母亲是多么地高兴啊！收起油菜后，晒、榨油就是她们的事了。她们从此将日子过得像菜子一样精细、圆润。小小细细、圆圆的菜子在她们的手指缝间细细流淌着，幸福火焰般跳荡在她们胸间。时间在菜子中悄悄流逝，夜晚来到她们的身边，她们浑然不觉。

在乡间春夜寂静的皖河边，油坊里几盏菜油灯亮着。木榨油机"嘭嘭"地响，声音传得很远很远，河水哗哗地在月光下粼粼地跳跃。这生活中的一种沉重且轻快的旋律，从此伴随着皖河人度过一个短暂而又有些丰收的春天。春天里，乡亲们锅里、碗里的油水都放得很重，灶火烧得嗞嗞直叫。菜油这种来自土地里的东西，叫乡亲们感受到了无比的爱怜，他们亲口尝着，饭也吃得多，干活也更有力气了。春天一过，皖河里开始就泛起桃花汛了，平时清亮的河水夹杂着许多的泥沙，这时候变得尤其浑浊。

就在那个春天里，我打翻了一只菜油桶。喷香的菜油流了满满一地，土地上留下了一滩黑斑，母亲飞快地捞着地上的香油，时而还用手捻着、用嘴舔着。但没有人注意，乡亲们都忙着防汛抗洪去了。

桃花汛的时候

院子里桃花开时，春水潆漫，整个村庄都湿淋淋的。黑色的瓦片在雨中仿佛浸淋得很久了，油黑亮亮的，使村庄的棱角格外地分明。白色的土墙阻挡着田野上漫延过来的花草，池塘边的垂柳枝条点点，招惹得春天里的孩子们，眼睛汪汪地随着它转悠，麻鸭就在那池塘里船队一般游过，蹀蹀地踩着春天的物事。

乡亲们头戴斗笠身穿蓑衣，扛着锄头，这时候总喜欢走动在田野上。他们顺着田埂走，雨水将春天的气息打发得特别充足。这气息也特别诱人。但乡亲们当然不是专门为嗅这气息而来。他们在这条田埂上走走，那条田埂上跑跑，为的是关关这个"田缺"，开开那个"口子"，他们在做大地上的修理工。疏导春水，让桃花汛来临时能顺利地经过村庄，到达它们必须到达的地方。

皖河两岸的高高河堤，长着细细长长的小白杨树，像是春天大地里逸生出来的翅膀，拍打着河水飞快地奔跑。混浊的河水又似一条小蛇，在河堤的指引下动动静静的。只是由于春雨的淤塞，田野都像浸泡着的水草，这时候大地特别肥沃，用手在地上一抓，都是乌黑黑的泥土，肥得流油——喜欢用手扒泥土的是孩子，他们在田沟里翻泥鳅、黄鳝什么的。天气乍暖还寒，孩子们赤着脚，撒野般地奔跑在田野上，春水滋润着双脚，有一种异常熨帖的感觉，脚丫子一踩进泥巴，那更是瓷实得可以。让人更乐观的是田沟里真有不少泥鳅、黄鳝之类的。那些小动物在泥巴里骚乱得不行，一逮一个准。还有人干脆就在小河汊里支起网儿，这往往也不会落空。十有八九都会捞起一网白花花的鲫鱼、胖米，还一种鱼叫鳑子，那种鱼全身都是刺，不好吃，孩子们捞起来也不稀罕。白白胖胖的鲫鱼，大家抓起来就一阵欢呼。晚上在家里拌上葱煮，那鱼汤真是鲜美。

比我大两岁的姐姐喜欢带我抓鱼。但不知道怎么的，我总是抓不到。连一根泥鳅也逮不住。每次看到伙伴们抓到了鱼，我心里就一阵难堪，但姐姐时而抓起一条鱼，就对我说："这是我们俩抓的"。她总是这样——后来念书升初中，大队只推荐我们一个，她也让给了我，说："我们俩念的。"妈妈知道我抓不到鱼，说我穿姐姐的鞋穿多了所以抓不到。我们那里人说穿过女人鞋的男人是抓不着鱼的。

我现在的劳动大都是在晚上。但记得小时候在晚上干活，我心里莫名其妙地就充斥一种犯罪感。桃花汛的时候，河水上涨，池塘里的水也上涨，大人们总喜欢在夜晚，背着网兜在池塘叉鱼。父亲也精通这门手艺。他有一副上乘的叉网，经过一天的劳累后，有时他还带着我到处叉鱼。现在想起来，那时塘都是集体的，这样叉鱼也算不得一件什么光彩的事——我生来胆子就小。父亲在塘边叉鱼，我掌管着手电筒，望着父亲在黑漆漆的水里，用竹竿一下一下地驱赶，捞起来，网里果然就有一层鱼。但我总兴奋不起来，父亲也有点害怕，很快将鱼倒进背后的鱼篓里——也经常碰到同类们，彼此心照不宣地打一声招呼：

"有吗?"

"有。"

"多么?"

"不多。"两个人在夜幕里分手，就匆匆消融在黑暗的春夜里。

桃花汛前后也不过就一个月的时间。在这个季节里，乡亲们脚步匆匆、忙忙碌碌的。土地上许多新奇的事物随着春水开始发酵和泛滥，到处呈现出一片蓬蓬勃勃的生机，这使乡亲们的生活也变得生动和有滋有味起来。

但桃花汛过后，急匆匆的，一场洪水真的就过来了。

麦黄风

麦子在四月的皖河两岸，是最为金黄明丽的植物了。这种庄稼使南方的土地和粮食变得异常的生动和丰富多彩。直到现在我还非常奇怪，以稻米为主食的皖河两岸，在稻子黄熟的时候，乡亲们对一阵紧似一阵，将稻穗染黄的风儿熟视无睹，偏偏看见散乱在地上并不多见的麦子成熟，叫那刮来的风作"麦黄风"呢？这里，麦子作为南方独特的，点缀庄稼和生活的东西漫延着生长在山坡地，表明了乡亲们一种什么样的成熟的期待？

说也奇怪，在麦子成熟的季节，真的就有那么一阵风刮过来。那风被太阳镀上了一层古铜色，夹杂着皖河水的一丝清凉的气息。株株麦穗整整齐齐地伸展在天空下，如一把把麦帚，将天空打扫得异常的蔚蓝和明亮(不像稻子成熟时稻穗低垂)。在皖河边隐约可见的丘陵上，一块麦田就像一块金黄的烙饼，蒸腾着一种让人口水流涎的味道。乡亲们割完麦子，立即就将麦子在太阳下一粒粒碾下扬净，然后送进磨坊磨成白花花的面粉，用来做粑和扯成挂面，偶尔在吃腻了米饭的间隙，调节调节口味。

磨坊和挂面坊就是皖河岸边最富有激情和意味的风景了。乡亲们大箩小箩地将麦子晒干送进磨坊。磨坊里的磨子一律都是石头做的，很圆、很大。大多时是要两人才能推动它，还要有一个人将麦子一捧一捧地漏进磨眼里。或者就用牛拉磨，牛的眼睛上蒙了块黑布，人在一旁呵斥着，牛就围着磨子一遍又一遍的转圈儿。面粉磨成后，乡亲们很快又将它送进挂面坊里。皖河边的挂面坊有多少？我已记不清楚了。但有一点我的印象殊深，那就是一到麦黄季节，所有的挂面坊里都忙得热火朝天。扯面的师傅在晴天丽日里将那扯面的架子端到外面。架子照例是木头做的两根柱子，中间几根杠子上钻了一排排的小孔，白色的、细线般的面条被两根竹棍拉扯得很长。紧绷绷的，远远望着，像是晒着一匹白老布，或像战争年代战地医院洗晒着的绷带——这是那时电影上常出现的场面。当然，在乡亲们的眼里，挂面就是挂面，是用来招待客人的。皖河两岸，招待尊贵客人的最高礼遇，就是"挂面鸡蛋"——这与乡亲们喜欢叫"麦黄风"似乎并无内在的关联。

"挂面"在皖河边不叫"面条"。更不像在北方，还有"大宽、二宽、粗的、细的"之分。这里招待客人的程序是：先端上一碗挂面煮鸡蛋，然后"正餐"还用米饭。大鱼大肉的，还有酒。"挂面"含有一种祝福长寿，长久的意思。由于这个，扯挂面的师傅在这里就特别受人尊重，有点"技"高望重的意思。我有一个姨婆家、还有一位邻居都是扯挂面的，我看他们扯挂面很有讲究：面粉先用水发酵，水要恰到好处，发酵后师傅用手翻着、揉着，揉得满头大汗，汗珠子甚而就掉进面里。但乡亲们并不介意，说"不干不净，吃了没病"。说来奇怪，面粉在师傅手里，细软如线，坚韧如针，就那么揉、捶、打、拉、扯几下子，就如一根根丝线了。师傅们将那"线"儿款款摆弄出来，晒在太阳里，同时还晾晒着一份得意和自豪。

我家由于有了上述那层关系，麦子熟的时候，想吃挂面就非常的方便，用钱买或者用麦子换都行。要是人家做新屋，那屋正上梁的时候，乡亲们都会蒸上一点米粑，称上几斤挂面，然后搭块红布送过去。

后来，出现了一种专门磨粉制面的机子。在皖河两岸，要是那机子昼夜不停地响着，磨出白花花的面粉，一定是刮麦黄风的季节。

温暖的花朵

在皖河那纷繁的花朵中，棉花是一种最富于人情的花朵了。仿佛是某种神示，它总是赶在冬天到来之前盛开。那时候当然是皖河的秋天了。一泓秋水浅浅地流淌，如一滩白银泻在雪白的沙滩里，天地一片澄澈。站在皖河的中央四下张望，大片大片白得像雪的棉花远远地开放在皖河两岸。一不小心，你就会当作是谁放牧的一群白羊。更远的，似乎就是一朵朵飘荡的白云，逗得皖河刷刷地竖起了倾听的耳朵。棉花的白云，以它独特的姿态绕过了所有的谛听，在阳光下淋漓地抒情。

棉花似乎是皖河为寒流而准备的礼物。女人们穿着薄薄的秋衫，胳膊挽着竹篮，几乎不约而同地就走进了棉花的田里，她们小心翼翼而又大把大把地摘着棉花，夏天火烤火烤的阳光被如水的秋阳冲淡，但那炙热的光芒并没有远去，它们都躲避在棉花坚硬的壳里。女人们穿梭在棉花丛里，四周攒动的立即全是一张张棉花似的笑脸，不知不觉地，她们浑身也感到一些温暖。冬天就要到来，孩子们正等着御寒的棉袄，家里床上盖旧了的被子需要翻新，而一些老奶奶们呢？额头上深深的纹沟已让棉花擦尽，缺牙掉腮地笑得合不拢嘴。她们焦急地期待着，要将棉花捻成一绽厚厚的线棰，然后在寒冷而漫长的夜晚，摇着古老的纺线车，将那棉棰纺成一根根棉线。纺线是她们最为拿手的活计了。用这棉线，她们差不多就可以织成背带，纺成围巾等各种小玩意儿，然后留给自己的子孙。在活蹦乱跳的孩子们身上，老人看到他们穿着自己织成的小草、小花什么的。孩子胸前编织的"老虎头"在灿烂地微笑。

"弹花匠"因而成为皖河一种古老和最受欢迎的职业。乡亲们将棉花一朵朵摘回来，剥掉那褐色的壳，将棉花糅混在一起，在秋阳里晒干，然后就会邀请他们到家里，好鱼好肉、好烟好酒地招待几番。弹花匠喝得醉醺醺的，将弹弓调好，站在面前巨大的雪山上，放肆而欢快地用木棒调拨着。"嘣——锵锵"，"嘣——锵锵"。皖河秋天里的棉花散发出了一种金属的气息，两岸的弹花声弹奏起一种奇妙的音乐。使皖河变得闲适，优雅。河水因此也激动得不停地歌唱着爱情和劳动。尔后又归于一种平静。弹花匠将那弹好的棉絮弄得熨熨帖帖，如一方硕大的豆腐。高兴的时候，弹花匠还会细心地在网住棉絮的时候，用红线头织成"福"、"喜"……和"新婚快乐"的字样——那样的被子，一般都是主人为待嫁的姑娘，或者为待娶的新娘而准备的。

新娘子在洞房花烛夜里，暖暖地捂盖着一床绵软阔大的棉被，除独享着一个男人的体香，同时能清晰地嗅到的就是棉花与阳光混合的气息了。这种人生中最奇妙的气息，搅得她们躺在温柔乡里，幸福的陶醉和快乐着。过不了几天，她就会毫不害羞地将这床棉絮拿到阳光下翻晒——通常这哪里是晒被子，简直就是晾晒着一种幸福和富有。

从棉花的播种到成长，以及制作成棉被、棉袄出来的时间短促。但对于其中的每一件活计，乡亲们都做得非常精心和认真。棉花是最不容易凋谢的一种花了，但它在生长、制作过程中，乡亲们领略到的幸福、愉快和轻松，却是皖河所有庄稼活所无法比拟的。不像种稻子和麦子，锄禾日当午，汗滴禾下土。在棉花成熟的季节，一朵朵白云绕山间。皖河到处飞扬着悠扬的歌声和欢快的笑……当然，皖河人民并没有因此而放弃栽插水稻和麦子。相反，他们不像完全以棉花为生的棉畈区那样，将所有的土地都种上棉花。像仅仅只是为了欣赏一下自己种的花朵，他们种的棉花最多只管家里床上盖的和身上穿的就够了。棉花大都习惯生长在山地上，而皖河流域大多是水田，土地并不富余。乡亲们觉得，这就是上苍的一种安排。上帝给他们的分工就是种稻，没必要白白浪费大片大片肥沃的水田种棉花。

什么地长什么庄稼，他们认为这是天经地义的事。

皖河两岸除了大片大片的白棉花，在秋水茫茫的季节，还有白色的芭茅花和狗尾巴草在风中摇曳，它们一般都凋落在冬天——只有棉花既干净又利索地在秋天里成熟和结束。冬天真正来临之际，寒风吹彻了皖河每一处村落，那时棉花便穿在他们的身上，温暖在他们的身心了。

谁都清楚，乡亲们感念棉花——是因为真正的白花，雪花就快要降临到皖河了。

有些雪不一定落在河里

昨夜又下了一场小雪，皖河两岸的道路、村庄和屋顶已被白雪静静地覆盖住了。乡亲们没想到雪会下得那么薄，薄得像一层白霜。更没有想到的是河里的水依然深绿深绿的，似乎比平时绿出了好几倍——它的身上居然没有雪。由于饥饿和寒冷，冻死了一条黄狗，还死了一只老鸹，都僵硬硬地躺在河堤上。河里一缕缕水汽袅袅荡漾开来，牛棚里牛冻得哞哞叫唤。

冬雪和春雪是有区别的。一场这样的春雪，皖河靠着自身蕴藏的暖气就迅速地解决了自己的困境。冬雪就不一样了，它奇寒无比，大片大片的雪花凶猛地蚕食着土地上的一切。雪下得很厚，像是一床棉被，铺天盖地、纷纷扬扬就将皖河两岸紧紧地捂住了。谁家不结实的草屋让雪天雪地压得吱吱直叫，稻场上草堆将自己扮成了一个雪人……皖河像一个自己掀掉身上被子的人，正探头探脑地看着周围的一切。这时候它也感受到寒冷，冰冻将它的行动弄得十分迟缓。但那水依然流着，冰冻下的河水像一群小蝌蚪在不停地游移着，使人感觉出生命的一种勃动。

但雪落在皖河里肯定就看不见了！有些雪不一定落在河里，它落到了它想要落到的地方。

冬天的皖河，总是荒凉和寒冷得让乡亲们无法忍受。所有的庄稼在秋天早已收拾干净，稻田一片狼藉，光秃秃的树枝、丘陵、平原和一排排村庄，在漫长的冬季像一个少不更事的孩童裸露着羞处。呼啸的北风夹带着灰尘，卷起秋天最后的残叶。河水这时候也变得有些懒散——这种气氛似乎也感染了乡亲们，使他们的生活一下子仿佛就陷入了沉闷的境地。老天爷似乎也感觉到自己的疏忽，想努力补偿什么似的，于是用一些虚幻的雪景迅速地遮住了一切，企图让人在冬天里还建立起一些生活的信念——飘飘洒洒的，雪就这样身份可疑地来到了皖河。

雪注定是皖河一个美丽的谎言。

谎言使乡亲们在冬天不断地欺骗着自己，也欺骗着别的生命。他们在大雪封门的日子，常常独自躲在屋里，依偎着红泥小炉，温一壶热酒，编造一些故事和童话，假装成一份若有若无的轻松。大人们在雪地里还用竹箩筐教着孩子欺骗麻雀，捕捉它；与孩子们堆一尊雪人——假人，或者干脆就用雪的子弹互相射击着，然而这一切都透着一个"假"字，子弹的谎言很快就被人的身体击碎，但他们都陶醉在自己用谎言制造出来的欢乐之中。"雪是神的粮食！"乡亲们说。

这当然是乡亲们编造的最大的谎言了。

谁也无心戳穿这个谎言。只是皖河的一些老人们经历了皖河的一切，却再也无法忍受，无法按捺住自己的心情。他们好像不好意思告诉孩子们关于雪的一切，也不容许雪花欺骗一切。就独自选择在冰天雪地里离开人世。于是冬天里，皖河辞别人世的老人就特别特别的多，漫天漫地的白白雪花，转眼就变成了他们身上穿的最大的孝服。在河堤上，冷不丁就出现一支披麻戴孝的送丧队伍，吹着唢呐，敲着锣鼓。喧天的锣鼓恰好冲淡了冬天的沉寂，白白的孝幡又暗合了白雪的皖河。那些活着的乡亲慨叹着人生的无常，赶紧找了一块平地，将老人深深埋葬在那里，那隆起的土堆很快又被雪花深深地遮盖住了。

雪悄悄地落在上面，似乎就落在这个人的生命里了——这时候，你一定清楚雪落到什么地方去了。

但这不是唯一的。雪落的最大理由就是落雪。我常常看见乡亲们站在下过雪的田野，瞅着天空，嘴角流露出一丝赞许和欣赏的微笑。他们说土地太干太燥了，各种害虫就会躲藏在大地下面，雪是庄稼的医生，它是在给大地进行一次消毒。"瑞雪兆丰年"，他们在说这话时，心里依稀就有一种温暖慢慢洇渍开来。这时候你仿佛看见很多害虫、很多的毒菌都被雪毫不留情地杀死了。这就是皖河人喜欢雪的原因。在雪花的美丽和纯洁性上，乡亲们似乎更喜欢雪花的纯洁——尽管这一点与很多人不一样。

或许最平静的还是皖河。它不需要白雪的装扮，当然也就坚决地拒绝雪花给它的外套。在那个寒冷的冬天里，我跟着母亲拿着一个瓦罐在皖河的河边收拾了一回雪花。母亲说，要用冰凉的雪水腌上几只咸鸭蛋——这时，我才发觉一冬的白雪，全都落进母亲那油黑亮亮的瓦罐里去了。

（选自《清明》2010 年第 5 期）

我走过时间

葛水平

序

我是一个喜欢行走的人，尽管一个人行走有时候很孤独，但是，孤独中也有几分交织的快感和苦痛。我在行走的过程中有时候要停下来，不是为了喘息，而是因为一些我不曾料想的美丽。我为这些美丽的自然景观洒上一些眼睛里的汁液。我知道，多少年之后它们依旧泛着生命蓬勃的馨香，而我肯定要从这个世界上消失成永远。我因此珍惜每一次行走。每一次，蓦然间都会有如梦如幻的伤感和恍惚；每一次，群峰出现，河水流动，百鸟和鸣，无端地我会为大自然从不含糊的专制生出感怀，我用我有限的文字记下爱我并关心我的人和事，记下我曾有过的呼吸。在山川河流村庄，岩石和乱丛棵子中间我停下来面朝尘世，双手合十：天在上，地在下，人生百年，时间中我祝福所有平安!

时间迅疾而过。有多少生命骨殖深埋于时间中，亲情、友情、爱情，终于待在了一个安全的地方，那个去处直叫人呼吸到了月的清香，水的沁骨。生命的决绝让我在行走所产生的文字中获得回归。当这些已逝的生命从我的文字中划过时，我体悟到了温情与哀绝，惆怅和眷念。"但使亲情千里近，须信，无情对面是山河。"我不知这是谁的诗句，却与我内心的感触对接了。时间如中国画缥缈的境界，明知道一切不可能出现，却还愿意在疲倦的时候沉溺其中。逝去的以另一种方式活在现实中。当我把逝去的还原成一个具

·叫一声老乡好沉重·

体的事件时，我就更深刻地了解了那段时间。我看到了时间尘埃掩盖下的一些浓厚背景，无论轻贱卑微的生命还是辉煌伟人的喧嚣，一切都在时间的行走中验证了一条真理：在已逝的历史，在别人的转述中，歌哭笑骂，诉不完的无奈与辛酸，有我无法穷尽的多样人生。我浅拙的写作对生活质量的尊重让我精神上获得了慰藉。每当夕阳西下，在门前一条老路上踯躅时，我常常会想起我的出生地——窑洞。院中的枣树，窑内的毛驴，向晚的炊烟和归来的羊群，一切的一切让我结想成疾。我记得去冬的一领苇席。来年的夏日在院中央一铺，就等于给梦找了一个憩身之地。不远处的玉米地里，蛙鸣声弹着青玉米的叶子，明丽的月影朗照一切，我不敢大声喊叫，怕一不留神碰落了玉米的香气，青草的香气。老窑花纹繁复的窗栏板，一棵树宽的门扇，紫铜的门环，铁葫芦锁，还有那年节时的甩鞭，我的先祖们进进出出的背影，在我的生命中显影。窑洞里的人对生活绝不是敷衍的，他们寻常生活具备了音乐的韵律，他们过着世界上最平淡本分的日子，无拘无束。他们也滋生一些死去活来的故事，但他们不屑与人表述。星光下那旱烟锅粗大明灭的情怀，成为我作品中最丰满的细节。当我再一次回到窑洞时，我看到了时间消释的光芒，我和我先祖的脚印重叠着，在荒凉、萧瑟的窑洞中走进走出。那棵枣树早已在追逐时间中高过窑顶，然而坐在它的叶子下守望幸福和丰收的人，早已不在人世。他们的坟墓在对面的山坡上。夕阳落了，晚霞退了，在一切都可以颠覆的时间中，怀恋被放置在多维的记忆上，他们给了我精神的薪火传承。

我走过时间。我把这些行走的记忆写成文字，历史、现实、存在或存在过的生命，一切都始于行走，也在行走中结束。我想生命的价值仅仅在于：是否向真、向善、向美，即使目的地并未走到，但她是朝向这个目的行走。走得认真，走得执著，摒弃了种种诱惑。

炕是诱人老死的饵

窑洞最美好的地儿是炕。多少年之后，我居然在单元楼里盘了炕，青砖勾缝，榆木炕沿，炕心里铺了羊毛毡，炕桌上放了我收藏的油灯。傍晚，天光暗了，我说不出此时到底藏着什么打湿心灵的东西，它们冒出来，诱使我把灯树上的蜡烛点燃，心旌神摇那一瞬，我盘腿坐在炕上享受一个人的时光。万事万物诸多情谊都有怀恋，只要懂得，都是贵重。

我落地在炕上。生我的那一年，妈妈在碾跟前簸谷子，突然肚子疼，她的婆婆说，快，上炕。

我的出生没有异象。

十月份，青草繁茂。正午的日头照亮了接生婆的小脚，进进出出，紧束的围裙如同克制的欲望，没有多余的背景，炕，一张席片，妈妈扎着马步。我的出生，妈妈用了一个很可恶的词：红黢黢地跌下来了（大约指那种鼠科、猫科动物的初生）。妈妈说，百日后，你脱出来，白了，我才知道疼你。

一年后父母离异，万事过去皆与我无关。

三岁上，继父来相亲。妈妈坐在姥姥家的门墩上，抱着我，我坐在她的一条腿上，另一条腿则搭在门槛上不让他进门。继父无聊，站着端详了妈妈半天。妈妈手里掰着一只秋桃子，一点一点送进我的小嘴里，我像小驴一样惊异地看着继父错愕着嘴片，有口水流下来，继父扔过来一卷卫生纸。那时候乡下人没见过这么薄透的纸，妈妈抬眼看了他一眼，搭在门槛上的腿缩回来，继父进门。

我随妈妈嫁人时三岁。

山神凹，那时候，院子里有两棵枣树。秋天枣儿红了。驴拴在枣树下，我和妈妈下驴，进窑，上炕。炕桌上放着一碗红糖水，窑洞里的小奶奶四颗镂空金牙露出来，好奇地看着妈妈和怀里蜷缩的我，大概我与妈妈都很生动引人。山神凹的女人们从窑门上挤进来，空气如水流动。有人说："小闺女好看。"窑洞里的小奶奶说："是我成土的闺女。"

都是一夜之间的事情。翻过一座山头我成了葛家闺女。

小爷(我亲祖父的小弟)的窑洞里有两盘炕，互相对应着。两领羊毛黑毡，白天时铺盖是卷着的。夜晚，卷着的铺盖展开来。窑墙上还挖了洞，洞很小，像一眼小窑洞。放了细粮，比如麦子、豆，都用一斗缸装。那年月，因为是集体，农民改叫社员。秋后分粮，人均口粮，麦子也就只能分十几斤，都不舍得吃，留着过年。粮食是有味道的，不单单是一个香字。一个冬天里，窑洞里最活跃的是老鼠，闻香而来。小爷不叫老鼠，叫老君爷。窑内中堂前的方腿桌上有敬奉老君爷的牌位。黑是老鼠最喜欢的颜色，四只爪子细脚伶仃，夜里走路收收缩缩，不显山水。窑炕盘在进门处，临门有窗，窗户最下一格有猫出入，常常不糊窗户纸，用钉子钉一帘花布由猫出入。

有一段时间老鼠成灾，小爷下了许多鼠药。猫吃了药死的老鼠大都死了。灾难降临的时候。真是平分秋色啊。这下，老鼠的孙子们欢喜死了。窑梁上挂了玉米，五更天，老鼠开始夜生活。它们叽嘛乱叫着，有从梁上掉下来的，放肆的大笑声扰得炕上人无来由要学几声猫叫，吓唬老鼠。小有停顿，老鼠想：人呐，也仅仅扮演了一个岁月喑哑的歌者。

六岁那年夏天的一个中午，我看见一只老鼠从地锅前爬上炕，小眼睛贼溜溜儿顺着炕沿越过我的枕头，我轻声叫了一声："哎——"，它停顿了一下，身躯稍向后仰，似在微微着力，想回头，那神态，慵懒到不慌不忙。我指望它能回头，接下来它还是稍息一下走了。它爬上窗台钻出猫洞，我很伤感。屋外的蝉，浑圆而饱满地叫着，我坐在炕上，一副伤身伤世的样子。小奶奶从她的花肚兜里摸出一块糖递给我。窑外，蝉声一声接一声落下来，我跳下炕走出窑。等那细脚伶仃的"它"回来。

有一种纹理，它沿着成长的肌肤深深嵌进来，我对家的概念，是一进门不由分说地陷进炕上。任何一种光影的闪现都不能去除我对炕的怀恋。炕上除了蒲扇、苍蝇拍、烟袋、捻线陀以及凌乱的糖纸，也只剩下了我的小爷、小奶的从前。而今，扑簌簌往下跌土的墙上，曾经悬挂着的挂历试图靠近小爷的心和眼睛，然而，也只是一闪而过，一声长叹让夜平静而安然。隐隐没没的岁月过后，我再也睡不回欢喜的从前。

秋苗和石碾磴干大

为了我的成长，我妈把我许给了一个石碾磴做干女儿。那个石碾磴竖在一棵长了百年的杨树下，树空心了，夏天的时候有蛇出入，但是，伸向天空的树枝还有绿叶长出来，也还有绿荫罩下来。村庄的人们端了洋瓷碗，在杨树下吃午饭或者晚饭，主要的内容是聊天。我们几个孩子靠在石碾磴上听他们讲一些村庄发生的稀奇事情，一边听一边用线绳来来回回翻各种图案的"抄手"。大人们讲到激动处，有人就想把我们赶走，想坐在石碾磴上稳住身子好好尽兴听。有人就和我们说："哪有屁股坐干大的道理？"我们就散开来，那人就坐上去。我是给石碾磴烧过香，也磕过头的，原因是我妈只生了我一个，怕我长不成人。

那个年月，村庄的孩子常常把自己许给一棵树，一条河或一块石头，乡下人相信自然的力量比人大，也相信人是永远改变不了自然的。把孩子许给它们，这个孩子就活成人了。我每年生日那天早上都要给石碾磴干大烧香许愿。我认碾磴做干大的时候，七岁。那一年之前发生了一件事。快过年了，年前的腊月里有一天是吃炒节，就是把豆子、玉荌炒熟了，吃时拌了蜂蜜放到碗里，农村人叫"吃甜"。大概是希望日子一年比一年越过越要甜吧。吃炒节这一天白天，家家户户都要到河滩上取沙。取回沙，忙着从自己屋子拿了金黄后玉米换别人家的小粒种。金黄后玉米炒出来粒大不好吃，但是，丰产。有过日子细致的人家在山坡地种了小粒种，谁家有，村上的人也都知道。换了回来村路上撞见了打个招呼："换上糙玉荌了？"(小粒种的乡下叫法)

开始点火炒时，一般要等到天黑。头一天晚上我的同桌秋苗和我讲："我有二两粮票五分钱，够买一个甜火烧(烧饼)，你回家和你妈要. 你妈是老师，有钱。要了钱咱俩往公社买火烧去。"我们是第二天一大早怀揣着二两粮票五分钱从我妈教书的村庄郭北沟出发的，走到十里公社不到中午。我们各自买了一个糖火烧，不舍得吃，先是吃了半个。刚出炉的火烧不经吃。大冷天，我们俩把火烧放在河滩的石头上等火烧冻实，等它包着的红糖硬了，我们收起装进口袋，一路摸着火烧往回走。路上肚子饿得咕咕叫也不舍得掏出来下狠口，只是用指甲掐豆粒大往嘴里放，是把火烧含化了的那种吃法。走到郭北沟村的小河滩上，天黑下来，冬天的天本来就黑得早，秋苗问我吃完了没有？我说还有一块。她说，她也是。我们把最后一块火烧团成的丸药蛋子取出来，放在手心里比谁的大，秋苗的比我的大。她很高兴地说："我比你的大。"我羡慕地看着她先放进嘴里，然后，我也放进了嘴里，两个人迎着风。抿着嘴等它在嘴里慢慢化开。它总是化得很快。

河滩上正好是山的风口。我们一路上跑的汗水把棉袄都洇透了，我们俩在风口上等最后一块火烧花掉的时候，山里的风把我们身上的汗又吹干了，棉袄还湿着，像一坨子冰一样贴着脊背。秋苗说她冷得要命。我们拉着手往村上走。村里有大院子的支着铁锅炒上了，香味也出来了，我们吃着炒好的玉茭和豆子疯到后半夜才回家睡觉。秋苗妈第二天来学校问我和秋苗昨天都去哪里了？我才知道秋苗重感冒高烧不退。隔了一天，傍晚的时候，秋苗死了。很快，我都没有见她最后一面。当时，村里人说是秋苗在去公社的路上撞见鬼了。我不知道鬼是啥样，也想不出是在哪段路上撞见的。想哭，一直也哭不出来。秋苗人小，不够一棺材，钉了个木匣子埋在了半山腰。我妈很害怕，觉得事情太邪乎。要是我撞见鬼了，而不是秋苗，她这一辈子就没有闺女了。我妈本来不迷信。第二年，我妈调到了十里公社范庄大队王庄村，看人家有人给孩子请石碾碡做干大，就让我也认了一个。

我认了石碾碡干大后，每年都要给它烧香，开始的时候是我妈替我许愿，许愿我活成一个人就行。我妈在范庄村教书教了九年，我长成大闺女了，人也很结实，思想认识逐步改变，慢慢地就不给石碾碡干大烧香了。我把这一段事写出来，是因为村庄给我的记忆太深了，人和事和村庄的气息，民风民俗，我的玩伴秋苗，我的石碾碡干大，越往岁月的深里长，我越是忘不掉。

家里的乡下男人

我一直感觉在某一个黄昏或上午，我爸会背着一个帆布行囊远足而来，会用他憨厚的影子堵住正门的光线，那时有一个很不能概括的念想："我们家的乡下男人进城来了。"

我忍不住想的时间形貌，居然有那么几分近而远的缘由，但是，我爸是永远住在乡下了。

每年的清明这一天，无论刮风下雨，我都要回乡上坟。说是坟，其实只是一眼废弃的窑洞，在山神凹后山的黄土崖下．十年了，我爸很安静地在等活着的我妈。老家有个不成文的规矩，先走的人一定要丘放在一个地方等在世的人。那一口玫红棺木横放着，我爸装殓在里面平躺着，成为一个戛然而止。无法再继续坐起来或站起来的存在。

我爸有个绰号叫："跑毛蛋"（意指对生活不负责的人）。是我妈嫁过来时听凹里人穿我爸的小鞋讲的。生米做成了熟饭，我妈是自己上了驴叫我爸驮来的，有苦说不得。那时的我爸在太原西山煤矿下窑，人称下窑汉。我妈嫁过来不久。因井下塌方，俗世的我爸脑袋冒出泥地的一刹那间，决定逃生，黑炭一样逃回老家，前后走了不到一个月，我妈开始和我爸生气。

这气，一生就是一辈子。我记得我生第一个孩子时回老家坐月子，妈和爸吵，吵得我大声喊："离婚吧。"片刻后我爸嬉皮笑脸说："还不到离婚那步。"我说："爸，你怎么在这家里熬的。"我爸想了想说："你知道啥，我在你妈跟前还没有小学毕业，还得熬。"

这里我不得不说我的爷爷，爷爷是被远一些年扩军扩走的土八路，后来得益战争的最后胜利，身份转成了南下干部。正遇荒年，失去音信的奶奶无法养活我爸，作为对丈夫的报复心里，想把我爸丢在山里让狼吃了。是小爷从山里找回我爸。我爸的一生便是依靠几位叔伯爷爷的呵护成长起来。正因为有了这样的背景，我爸因而长成"三不管"式的人物，即小队管不住。大队管不了，公社够不上管。

山神凹没什么风景，有山。有人住的和羊住的窑。羊住的窑比人住的窑大，因羊多而人少。羊多，族人便穿生羊毛裤，生羊毛衣。我爸因此而会织毛衣。逢年过节家穷买不起鞭炮，我爸领人到山和山的对顶上甩鞭，用牛皮编的长鞭，长鞭一甩，因山大人少，回声也大，脆生生漫过村庄直铺天边。天边并不能看真，生生的，凝成千百年一气，鞭声滚滚滔滔跌宕过来，山里人激动得出窑，听我爸隐隐然鞭答天宇的响彻，能把人的心吞得干干净净。这种甩鞭和赛鞭过程．要延续过正月十五。十五过后老家的山上没什么内容，赤条条地与荒漠的群山对峙。荒山沟里，我爸开始了他生长期的旺盛。

我爸是一个高智商的人(用现代的话说)。他不太懂音乐。夏天打一条蛇，从马尾上剪一缕马尾，再从大队的仓库里偷一段竹节，三鼓捣二鼓捣，一把二胡从他手上就流出了音乐。我爸不懂宫、商、角、徵、羽，更别说现在1、2、3了。窑中一盏豆油灯，我爸擦一把脸，憨厚地笑一下，挽起袖管，从窑墙上拿下二胡，里外弦一"扯"，就这过程已有人对我爸手头这把民族乐器投来钦羡的目光。而真正的艺术，在我爸的手上，还没有扯开弓拉出声响。

我爸的毛笔字写得不错，不是那种龙飞凤舞的，一溜儿正楷。我爸的出名好像不仅是这些，从小掏鸟蛋，大一点抓蛇，再大一点摸鳖。他一上午能摸一木桶鳖，用铁锅煮了让光棍汉们一起吃。他说，现在人吃鳖，大补，狗屁！我吃一辈子鳖，把十里河的鳖快吃完了，也没补出名堂。十里河的鳖从我爸开始吃后，渐少，与我爸关系重大。我爸玩蛇能把蛇玩出神话，让它走它才敢走。玩过的蛇，我爸从不打死。我至今不清楚这种吐纳百毒的长虫，为什么在我爸的手里如此服帖？那个年代，我爸的故事频繁。那是个没有法制的年代，强悍与苦难汇合让我爸野出了风格。我妈常说："早知道你这样，我嫁给好人家也不来你这沟里。"我爸总是看着我和我妈说："你带着拖油瓶上哪儿嫁好人家？来沟里就算你享福了。"

我个人认为，其实男人们都很不错，关键是派什么样的一个女人去制服他。山神凹的人常说一句话："成土生生叫冬棉制服了。"

我从我爸身上学到许多很达观的东西。他的诚恳和逼真和来自大自然野性的浪漫，在我身上不时起着化学反应。以致我在最痛苦的日子里，还幻想着一种痛苦的美丽，有我爸言传身教的风范。我爸多半不会在痛苦面前洒泪悲叹，寻死觅活。他的思想散漫得很阔，人生道路也铺展得很广。他像《水浒》里的一百单"九"将，该出手时比谁都出手快。路见不平，拳脚相助。在他55岁时，30岁的我还得陪他到几十里之外的柿庄乡派出所交打架罚款。我爸在中年以后把兴趣逐步改向狩猎和打鱼。记得有一年夏天黄昏，我爸不知从哪里偷来一"夜壶"，趁天黑装了炸药。五更天叫我快起床，领着我骑嘉陵摩托车翻山到另一个县。一路风驰电掣后，摩托停在山脚下。我和我爸潜入就近村庄的鱼塘。见他点了雷管使了老劲抡圆了把夜壶扔进鱼池，接着冲天一声响，我看到"哗啦"一声，鱼塘掀翻了。等水花落下，鱼翻着肚皮漂满了水面。我吓坏了，我爸却高兴得喊："发财了。"忙活着张开渔网准备要打捞了，村里的叫喊声朝着这边鱼塘来了。我爸来不及打捞拉着我的手抬脚就跑。我不敢住后看，大口喘着气，跑到摩托车跟前说不上话来，喘气声把喉咙都拉伤了。

我爸于1996年得病。那年的正月初九，我爸从乡下给我打来电话，说自己怕是病来了，来得不轻。一贯孩子似的作风，让我忽视了他非常时期的实际。我又以非常含糊的感觉很自然等到正月十一。那天回乡后，我看到我爸在麻将桌子上鏖战，胸口上冲着桌沿顶着一根木头，止胃疼。我想哭。我要我爸走。他坚决不走，说要把四圈打完。从我爸的态度上，我知道他输钱了。在乡人劝说下，我爸很是不情愿地离开了麻将桌。

回到城里，一连串的检查，证明我爸是胃癌，晚期。

我说不出一句话，一句话也说不出；我爸吃不下一口饭，一口饭也吃不下。我知道，我爸气数尽了。我告诉他是胃癌，晚期。我爸难过了一下便笑了，说："我说嘛，不吃一口饭，雷锋还讲，人不吃饭不行。不吃饭就不行。一辈子就算完了。"我说："以后怎么打算?"我爸说："打算什么? 父死之后见人磕头。"我说："就女儿一人，怕忙不过来，想将来火化了。"我爸不语。三天后我爸说："水，千好万好烧了爸爸就不好。你想想，我走了，活人的嘴脸要骂你，骂你把爸烧了，你愿意不落好名声？"我爸讲此话时一脸坏笑。

我是三月初三开车送我爸回老家的。沿途我买好了木板，回老家后叫了木匠赶做了棺材。我在做好的棺材里躺下试了试身长。我站在我爸身边不语，我爸说："有话要说？"我告我爸："大小正好。"我爸说："躺下试了？"我说："试了。"我爸说："把它漆成红色。"我在寿棺大头写了"寿"字。因我字写得不好. 远看近看都像个草书"春"。我和我爸说："坏事了，把'寿'字写成'春'了。"我爸说："还寿什么？你爸的寿已尽了。春就春，春天生，春天终。"因我爸生于1937年4月15日。

我爸说："死后把我放置在一个干燥的窑内，等你妈百年后一起下葬。死后多烧点冥钱。才学着打麻将，老输，那边的钱在这边可便宜买到。你写文章的人，爸爸知道你辛苦，对我这件事你千万别太寒酸，寒酸了叫那边的人笑话你写文章供不起你爸打麻将。那可就不是笑话我啊。"我哭着说："爸，怎么两边都是笑话我呀？"爸说："闺女呀，我死了呀。"

1996年三月初十晚，我爸拉着我的手说："闺女，我来世做牛做马报你对我的恩情。"

我说："爸，来生我们做亲父女。"

我爸哭不出来，从鼻孔流出一丝清鼻涕，眼睛死死盯着我："近跟前来，跟你说句悄悄话儿。"我近到他嘴跟前，他小声说："你能不能把你的存款都贡献出来，给爸找点不死的药？"

我闪开了，哭着说："爸，钱买不来命，毛主席都死了。"

我爸半天后说："瞅你那哭相，难看死了。我是试探你对我有多好。我能不知道，和毛主席比我不敌人家小拇指盖大。"

我不语，泪像河一样。三月十一早8时10分，我看到我爸长出了一口气，又长出了一口。没回气，我爸的眼睛就闭上了。

（选自《北京文学》2012年第3期）

虎头山上的灵魂

乔忠延

　　我去大寨是几年前了。那时，政治狂热的喧闹已成往事，经济阵痛的潮头已经过去，大寨，这个太行山中的小村落恢复了应有的平静。我走进这个小山庄的时候，立即从这平静中体察出两种不同的况味，隐隐觉得这其中包含了寂寞与冷静。说寂寞那是客观的写照，是指狂骚以后的失落。也许，甩脱狂热的村民已经习惯了这种寂寞，然而，遥想当年那激扬神州的"农业学大寨"声浪，我怎么也耐不住这份寂寞的寒寥。不过，我选择这样一个时刻来大寨，绝不是为了体会寂寞，而是为了领略另一种况味，冷静地回望我历经的那段岁月。因为，我风华正茂的年头，正逢全国人民大冲动，学大寨的高潮风起云涌。我也曾随波逐流，为之呼喊助威。我觉得冷静回望虽是审视别人，却是警示自己。

　　我在早晨的曦光中登上了村落背后的峰峦，一曲悠远的歌声立即唱响在我的心扉，这就是那首：《我站在虎头山上》。遗憾的是，我没有捕捉到昔日颂唱时的激动，只是踏着那旋律俯仰上下，环顾左右，一时万千感慨涌上心头。我感慨什么呢？思绪纷纭，一言难尽，若是真要诉说，倒是那几尊墓碑可以代我发言。我似乎觉得，那僵硬的石头，每一尊都是活生生的灵魂。

陈永贵

　　陈永贵的墓碑立在虎头山上，就像山麓前落座的村庄一般自然而然。

虽然，这位山庄窝铺的农民曾裹着羊肚子手巾坐在国家领导人的席位上，虽然从直升机迫降后，他没有落入自己的故里，而是落在了京郊的一座农场。但是，无论怎么说，陈永贵本质上是一位农民，何况叶落归根不止是农民，也是农民以外的其他国人的既定思维，所以，他安葬在家乡的故土给人一种天衣无缝的感觉。

站在陈永贵的墓碑前，我脑海里飞扬的却是愚公的模样。无论我怎样想将他拉向另一边，但是他始终难以挣脱我的思维而隐身于愚公的精神层面。那个挖山不止的愚公是神话中的凡人，凡人的力量是有限的，他带领子子孙孙不懈努力，移山填海，扑腾了好长时间。然而，移山填海只能是一种美好的愿望，终归他愿望的实现不是靠自我的力量，而是靠神仙的恩赐。神仙之所以恩赐，不是惧怕愚公及其子孙的微薄之力，很可能是敬佩他们那种敢想敢干且又吃苦耐劳的精神。陈永贵具备的恰是愚公精神，也许他有限的文化空间中根本就没有愚公的形象，但是，滋养他成长的水土却将那老头的倔强生存定式赋予了他。因而，太行大山褶皱里的这个小山村才会在他的带领下，挖山不止，平田整地，提高产量，丰衣足食，谱写了一曲自力更生的时代颂歌。不仅如此，他们还屡次多卖余粮，奉献出一般农民少有的爱国热情。

这便使大寨成为那个年头的一面旗帜！

陈永贵和大寨人在那个特定时代的物质奉献是极为有限的，但精神上的作用却是无限的。那时候，共和国刚刚经历了一场无米之炊的灾祸，饿殍遍野并不是时过境迁的夸张之谈。论及这苦难的原因，当时的流行语是自然灾害，很少有人去过问自然背后的人为因素。不过，那人为的因素却是赤裸裸的。将大寨这面旗帜一竖，鲜艳夺目的自力更生之光立即遮掩了人为的赤裸，且看大寨，不仅自己衣食无虑，还可以多卖余粮，支援国家。若是山山水水有大寨，村村庄庄有永贵，那还会有饥饿之虑吗？这么一来，赤裸的世事便穿上了皇帝的新衣，于是便全国农业学大寨。

因而，我以为大寨的极度红盛和过度寂寞与他们本身几乎没有什么可以承担的责任。那年头有一句行世很广的话：树欲静而风不止，是用来喻指阶级斗争的。这比喻对阶级斗争贴不贴切，我没有深思，我则以为用来象征进入时代浪尖的大寨再贴切不过了。可以说，自从大寨成为政治旗帜，也就成为风中之树，想停下无休止地摇摆已由不得自身了。当然，摇摆久了摇摆就成了习惯，忽有一日，政治的风头过了，摇摆的树木不摇摆了，不动了，静止了，静止成了自身的本真，但是，人们却把这本真视作落寞了。这便是陈永贵和大寨人的一段历程，跨越时空，谁会想到世上曾有过有这魔幻般的风景？

陈永贵的墓面朝村庄，背依山脉，山呈环形，如同伸展的巨臂将这土地的骄子拥围在怀抱。大寨人还嫌这说法不形象，他们说："这是一把太师椅，老陈累了一辈子，该坐下来歇息了。"于是，这位曾坐在国家副总理席位的故人真坐在了太师椅上。大寨人给他立了墓碑，上面的字是：陈永贵同志永垂不朽！

永垂不朽，是一句可以通用的挽词，放在这里却耐人回味。毕竟因为陈永贵，小小的大寨才走进了中国人的视野；毕竟因为大寨，偌大中国曾有个家喻户晓的话题。虽然，这一切早已成为往事，然而，唯有往事才值得思念和回忆。只要有思念，有回忆，陈永贵即使没有墓碑也不会在大寨消失。

贾进财

在虎头山上，贾进财的墓不大，墓碑也很小。似乎墓碑应该再大一些，不过也许这样更符合他的心意。记得当年他埋头打石头的时候，有人曾和他笑谈，要他选一块上好的石料，将来作为他的墓碑。老贾嘿嘿一笑，说："我树碑做啥？再说这地里的那道道石坝不都是我的碑吗？"

这话确有道理，贾进财是因为打石头出名的。他在采石窝里一钻就是好多年，手中的锤子和凿子供应了大寨治坡、治窝的众多石料。大寨人对他的评价是：

"大寨的每一道石坝都有他的手印，大寨的每一块房基都有他的汗水。"

如果说，艰苦奋斗是大寨精神的关键点，那么，贾进财就是大寨精神的排头兵。他在艰苦奋斗中让无用的石头变得有了形，有了用。他改变石头，石头也改变他，他的手被石头折磨得变了形。资料上是这么描述他那双手的，像是"百年老松的根"，像是"磨损得短了钝了的铁耙"，他的手关节大得出奇，更像是"几枚乒乓球"。这种手形不是春温中的花开，而是酷寒时的皲裂，很难知道这位老劳模经受了何等的痛苦折磨！他用痛苦凝成了精神，大寨人提起他没有不敬佩的。

不过，若是换一个角度去看，这个老劳模的活法也许是可悲的。他原本是大寨的第一任党支部书记，也就是名正言顺的村头，或者就是一度唱红的一把手。一个村子的一把手，论官职不算大，可绝对是个说了算的人物。大寨在大山深处，山高皇帝远，皇帝说了不算时，他说了是要算的。我曾在人民公社的办公室待过，有个村子 20 年没有发展过党员，那支书虽说三锤砸不出个响屁，可认准了一个死理，不能让一个比他有能耐的人入党，自然也就不会有人能夺了他手中的大权，他便可以高枕无忧地当他的土皇帝。

在我们这个历史悠久的国度里，皇权自上而下确实是深入人心的。这让人忧虑，倘若贾进财死不让位，那么就没有陈永贵扑腾的机会，那么世人就不会知道太行山窝里有个叫大寨的村庄。好在贾进财不仅把支书让了，把副书记让了，后来干脆把支委的位置也让了，让给比他能扑腾的人。他则一心钻进采石场艰苦奋斗去了。他是一个善于和实物硬碰硬的人，扑腾那些多变的人，多变的事，抑或不是他的长项。不过，无论怎么说，贾进财是节节下滑了，像是村里人说的那种没出息的人。

我站在虎头山上贾进财的墓前，却没有这种感觉，反而对他的节节滑落充满了敬意。他下滑的是职务，提升的是人格。相形之下，他的滑落让无数职高位显者都应汗颜。贾进财也是解放前的老党员，曾经提着脑袋干革命，胜利了，建国了，当不少人以自己的劳碌为筹码讨要级别红利时，他却逊位了，树起了陈永贵这棵新秀。陈永贵唱红了大寨，又让大寨唱红了全国。因而国人才知道世上有个贾进财。谁说贾进财没出息？这就是他最大的出息。

由此，我亦想到贾进财无需墓碑，陈永贵就是他最好的墓碑。

孙　谦

真没想到虎头山上会有孙谦先生的坟墓。

孙谦是位知名度很高的作家。我很小的时候看书、看电影就记下了他的名字。他属于那种贴近时代、贴近实际的作家。为了贴近实际，他常常住在乡下，在农民中寻找他笔下的人物和事件。贴近农民多了，他也成了一位农民，或者从本质上说，他历来就是一个典型农民。因而，我十分赞许燕治国先生对孙谦的印象定位：南华门里一老农。南华门是山西省作家协会的地址，孙谦是忙碌在作协的老农，何等形象！

那么，这位老农作家与名噪一时的大寨有何缘情？为什么能将坟墓落卧在虎头山上？

我打听清楚了，孙谦和大寨的缘情始自他的作品《大寨英雄谱》。1963年，大寨遭受了特大的洪灾。洪灾过后，陈永贵带领村人迅速生产自救，大灾之年不仅口粮不少，给国家的贡献也不少。这真是一般人不敢想象的奇迹。孙谦就是冲着这奇迹走进大寨的。那时他大病初愈，身体还很虚弱，可是，一扎进大寨就在那儿泡了七十多天。不知他与陈永贵，以及陈永贵手下的那些好汉耳鬓厮磨了多少个日夜，最终让激情流向笔端，活画出一幅幅英雄群像。大寨人缘他的笔墨亮相于《人民日报》，进入风光了时代。之后，孙谦便成了大寨的常客，尤其是文革后期，孙谦在武家坪蹲点，武家坪与大寨仅一箭之地，他拐个弯，爬个坡，就出现在大寨的田头村巷。不少大寨人都把孙谦当成村里的一员。

还得知一则轶闻，说是"文革"初期，造反派造了作家们的反。孙谦是赵树理山药蛋派的主将，赵树理被打倒在地了，他自然无法幸免。出乎意料的是，有一天造反派踢开了孙谦的家门，人走室空，黄鹤不知何处去了。造反派十分扫兴。扫兴又有何奈？据说，造反派的无奈在于，打听到了孙谦的下落，却鞭长莫及。

孙谦被陈永贵带人接到了大寨，他在那里乐享太平。直到造反的风波平定，大寨人完璧归赵，孙谦才重返南华门。这件轶事是真，是假，我没有考证，也不想考证，我以为，凭陈永贵的性格做派是敢冒这等风险的！

接下来的事情便好理解了。到了晚年，孙谦躺卧病榻难以挣身了，这时候他要为灵魂选择一块栖息地。这样的地盘当然要能遮挡尘世风雨，无疑大寨就是孙谦的最佳选择。于是，老农作家回到了老农中间，孙谦安卧在虎头山上了。

置身孙谦墓前，我忽然想到了含笑九泉一词。我以为这挽祭他人的奉迎之词，用来说明孙谦生命的最后选择，或者说孙谦的人生归宿是再恰当不过了。

郭沫若

看到虎头山上郭沫若的墓碑，我觉得面前耸立着一个艺术的逆定理。大凡懂些文学的人，不会不晓得情理之中，意料之外这个简单的道理。但是，面对先生的墓碑我想到的却是意料之中，情理之外。

所以在意料之中，是因为自郭沫若先生的心脏停止跳动，我便从媒体上得知，他的骨灰将撒在大寨的土地上。后来还举行了骨灰撒落仪式，因此在大寨为他树立一尊碑石顺理成章。所以在情理之外，是我以为无论从哪个角度理解，郭沫若先生做出这样的归宿选择都是灵魂扭曲的缘故，而且，这扭曲已经很久了。

上学时，我是在课堂上、教科书上知道郭沫若的。很早的时候，他就是耸立在我心灵中的一座文化丰碑。由于世事的局限，他在世的年头我无法全面感知这尊丰碑的崔巍，他去世了，讣告及悼词上有一连串的桂冠，我依稀记得：诗人、戏剧家、考古学家、古文学家以及社会活动家。对一般人来说戴上其中的任何一顶也让生命有了光彩，而先生头上竟有这么多桂冠，真令人敬慕不已，艳羡至极。我觉得像他这样的人才无愧于天才。而要表达我对这位天才的敬慕与艳羡，一时还真生发不出合适词语，只好借用一句曾经使用频率最高的话：像他这样的天才，中国几千年，世界几百年才会出一位。如果说此语是有些肉麻的奉承，那是因为初创者的目的是为了讨好可以决定自己命运的顶头上司，而今我将之易位于一个早已谢世的文人，即使错了也没有什么动机不纯。

我回顾了一下郭沫若先生与大寨的情缘，概括说是一次光临、四篇诗词。一次光临是 1965 年 12 月 7 日。四篇诗词为，光临大寨那日写下的五古《颂大寨》，以及头天在太原参观时吟咏的七律《题大寨展览馆》。之后，于 1977 年 2 月和年底分别写下了《望海潮·农业学大寨》和题画诗《鲁智深醉打山门图》。舍此再无多的瓜葛。难道仅凭这点情愫就应将自己的骨灰撒到大寨的土地上去？我总觉得证据不足。唯一有份量的证据是，其时政治的热潮是全国普及大寨县，先生绝对是冲着政治逐浪而来的。

这就不能不让我为之遗憾。我以为，时政和流言可以撕扯去郭沫若先生的任何一顶桂冠，但有一顶那是谁也扯不去的，这就是诗人。的确，先生的诗词是随心所欲，挥毫即成的。别的不说，就说那过往已久的《女神》吧，再过一百年、一千年也是诗坛佳作。他用崭新的内容和形式开拓了诗歌的新天地，在那里用生之颤动、灵之呐喊叩响了黄钟大吕：

我们要去创造个新鲜的太阳，

不能再在这壁龛之中做甚神像！

这诗句充满了激情和创造，完全是一种悲天悯人的全新视角。先生若不是腾跃而起，翱翔于浪漫主义的苍穹，何以会有这一语天然万古新的境界！

不过，回头再看郭沫若先生笔下的《颂大寨》，那可真让人大失所望了：全国学大寨，大寨学全国／人是千里人，乐以天下乐／狼窝变良田，凶岁夺大熟……不必往下读了，仅就这些也让人味同嚼蜡。且不论意境，且不论文采，仅就声律也难以尽如人意了，完全判若两人。这就不难看出，郭沫若先生的诗从早年写到晚年，从女神写到大寨，不仅是诗意的衰败，而且是人格的萎缩。

当然，郭沫若先生的人格萎缩并不是大寨的罪过。还在 1958

年，他就和着大跃进的声浪高歌：轰轰烈烈，喜喜欢欢，亲亲热热密密，六亿人民跃进，天崩地裂。一穷二白面貌，要使它几年消失！多益善，看今朝，遍地英雄豪杰。八大煌煌决议，十九字，已将路线总结，鼓足干劲，争赴上游须力！多快更兼好省，更增添，亿吨钢铁。加紧地将社会主义建设。这是诗吗？这是词吗？这是政治口号的堆砌吼喊，谁会想到这也出自郭沫若先生之口。这还不够，在词的序言中他还说："我如今和她（李清照）一首，但一反其意，以反映当前'一天等于二十年'的"大跃进"高潮，因而把词牌改为'声声快'。"哈呀，谁不知李清照那首《声声慢》呀！这由慢到快地变化，没有变化出先生的自由奔放，却反映出他在政治的钢丝上如履薄冰，战战兢兢。先生失去了早年的浪漫空灵，在攀附时局的热潮中弄得面目全非了。如果这不是自身的意愿，那便是政事锁铐的结果了。

距郭沫若墓碑不远就是陈永贵的墓碑。1979 年，陈永贵最后一次回到大寨时给自己选定了墓址。他选址的意思很明白，即使死后也要看到大寨，看到昔阳，看到他腾飞和创造人生辉煌的故乡。很显然，陈永贵如愿以偿了。

那么，郭沫若先生安葬在这里要看到什么？他看到大寨与他的生命又有何益？他的生命是女神，是凤凰，应该翱翔天宇，纵览人寰，那样才会视通万里，思接千载，才会写出惊天地、泣鬼神的诗文华章。先生舍弃天宇不说，还舍弃了广袤大地，居然甘心落卧在太行山中的一个小山窝，真令我为之伤感。

其实，这种伤感绝不是先生晚年的昏聩，而是生命运行进一个怪圈的必然行迹。在他人生的最后关头，尽管那个怪圈已被打破，他已被松绑了，甚而欣慰的高歌"大快人心事"，又满怀激情的吟咏"科学的春天"，可是，肢体的束缚松解了，而思想的桎梏依然在。或者说，有形的桎梏松解了，而无形的桎梏依然在。他不再用艺术的灵感主宰自我，却用政治的敏感苟全生命，因而就作出了这与时俱进的选择。岂不知，风潮一变，航船调转，活着的人还可以随波逐流，继续冠领潮头，而他却因失去生命而搁浅于航道之外，遭受了永远的尴尬。

好在大寨人识不透先生的尴尬，能有这么一位大文豪落卧在自己的村头，怎么说也是山庄的光荣。所以在村民心中，郭沫若和陈永贵一样，也永垂不朽！

（选自《都市美文》2009 年第 10 期）

三哥的铅色人生

王兆胜

　　大千世界，人各不同，人生亦复如是。大凡说来，有四条主要的人生道路：一是一生风顺和美，如有神助；二是先甜后苦，少年"十五二十时"，人到中年开始走下坡路，晚景更为荒凉落寞；三是苦尽甘来，自小吃尽苦头，但"柳暗花明又一村"，人生之路越走越开阔光明；四是铅色的一生，如身陷泥淖，似泰山压顶，若心在暗夜，永无光亮可言。

　　三哥王兆财的人生属于第四种。他生于 1955 年，属羊，经历了大跃进，三年自然灾害，"文革"，加之身在农村，兄弟姐妹多达六人，他童年与少年的条件可想而知，初中没毕业就不得不下田干活，支持家用。16 岁那年，他参加了人民公社兴修水库的劳动，在一个阴雨连绵的休息日，因玩耍雷管被炸掉左手和右眼，从此他的铅色人生似乎就已注定了。

　　那时，我村是有名的穷村，外面的女孩子不愿嫁进来，村里的女孩子都纷纷外嫁，所以，娶不上媳妇的光棍儿特别多，这其中还包括不少俊美的小伙子。三哥早到了婚龄，但有谁愿嫁给一个残疾人？不得已，30 多岁的三哥只得与本村一残疾姑娘结了婚。这姑娘小时候得过癫痫病，长得也不好看，个子又特别矮小，大概不过一米，这与 1、73 米的三哥有天壤之别！因为母亲早逝，家人都劝三哥不要跟这姑娘结婚，担心影响后代。三哥却寄望于未来，他说："如果生个女儿像我，老了，就有的福享了。"姐姐问三哥："如果孩子像他妈呢?"三哥长久没吭声，最后说："真那样，我也认了!"这话像从地底下扔出的,沉闷而深重!

三哥的头胎是个男孩,果然一如其母,个子矮小,年年不见长高。更有甚者,这孩子远不如他的妈妈,不会说话,不知道吃饭,出去也不认得家门,他甚至不如小动物,因为一只小狗对主人还有依恋之情,而他却没有。满怀希望的三哥心中苦涩,他仿佛掉进一口深深的古井,井口窄小,井的边缘布满滑滑的青苔,而以往所能见到的几颗微弱的星星,此时也被漆黑的暗夜笼罩吞噬!关于这些,我从三哥那只抑郁的眼里可以看到,从三哥的沉默无言可以领略——本来木讷少语的三哥此时更是很少张口。我常看到他在兄弟和姐姐家的门槛上闷闷坐着,头低垂着,用那仅存的右手,借助左腿和残废的左臂,卷纸烟。烟卷成了,放在嘴唇上用唾沫润一下尖端,然后用牙咬下粗一端的余纸,吐掉。经过好一阵子摸索,三哥从衣兜里掏出火柴,仍然借助左腿和残废的手臂,很费力地抽出火柴,划火,点烟。于是,三哥很快被埋在烟雾里,先是一阵强烈的咳嗽,接着是更深重的沉默。有时在夜间,我只能看到从三哥那里有红光炽发,一闪一灭。

对于儿子,三哥并没有放弃希望,他曾与我商量:"老四(我在家中排行第四),我想带孩子去济南,你帮我找医生,看有没有的治?"那时,我一人在济南工作,尽管知道一切努力都不会有用,但还是答应了。这是三哥第一次出远门,一千多里的路程几经转折,因走得匆忙买不上座位,一路上他们父子站站坐坐!其辛苦屈辱可想而知!试想,两个残疾人——儿子更加不堪——在缺乏同情心的世人眼里将会怎样?这一点我心知肚明。经医生诊断,三哥之子是先天性痴呆。听到这个消息,三哥虽早有心理准备,但还是更加绝望了。晚上,在家里我劝慰三哥,他一声不响,一只残疾的胳膊搂着儿子,另一只粗大的手掌不停地抹泪。自小到大,这是我第一次看到三哥流泪,因为他将所有的人间苦都默默地咽下肚子,从不向人提起。后来,三哥的儿子不明所以,抡起胳膊打他爸爸。开始,三哥还用手挡挡;后来,索性任其自然,儿子的手一下一下打在三哥脸上,啪啪有声!此时,三哥再也忍不住了,他放声大哭,声如猿啼，泪如泉涌，情如翻江倒海。我知道，一向自尊、倔强、知趣的三哥，那天实在控制不住，他要将多年心里的委屈和苦水倒出来，因为没了母亲的残疾人，有谁会真正理解他的苦难、无助、辛酸和血泪？

我实在没办法使三哥解脱，一会儿跟他讲阿炳的故事，一会儿又说："三哥，你别伤心，将来我挣了钱，一定帮你。你放心，有我吃的，就不会让三哥饿着、冻着。再将来，我有了孩子，也让他照顾好你！三哥，你千万要想得开，你可知道，天底下还有比咱命苦的呢！"我知道这话说得心虚，自上大学以来，三哥经常将钱塞到我手里，那是一点一滴省吃俭用从指缝漏下来的，我知道上面渗着他的汗水和泪水。然而，我却没能为三哥做什么。至于以后吗，那又是猴年马月的事？

也可能我的安慰起了作用，也可能三哥将苦水倒出来心里松快了一点，这时，三哥握着我的手说："老四，妈去世早，咱都是苦命人。我知道，遇到苦处难处，咬咬牙就过去了。别为我操心，我身边有兄弟和你姐，你一人在外，可要照顾好自己。"三哥还苦笑一下，描述着自己的前景："现在孩子定局了，一块石头落了地，也不指望什么了。我打算回去买头牛，做辆木头大车，上山拉粪，回家拉庄稼，车屁股上再拴几只羊，过日子没问题的。你放心好了。自杀我是不会的，怎么都是一辈子。我没上多少学，读多少书，但人不能孱弱，这个理儿我懂。"

第二天，三哥说什么也要回家，我去车站送他，他拉着儿子的手坐在座位上，周围满是好奇和粗暴的眼光，我虽然愤怒但也无奈。而三哥却视若不见，如入无人之境。为表达对三哥的深情厚谊，我尽量买来各种吃的、喝的、用的，还恋恋不舍坐在他身边，我知道这也是在向人示意——让他们不要欺负残疾人。三哥用那块脏手帕不停地擦眼睛，不知道是因为假眼有阴翳，还是不想让我看到离别的泪水。当火车缓缓开动，我泪眼模糊，但仍能看到三哥不住地向我挥手，久久没有放下。

我姐姐在世时曾跟我讲："三哥（姐姐比三哥小三岁）的命真

苦，从井里打水、锄地、割麦子，甚至做针线活，都是靠一只手做的。到了麦子掉头，三哥急得团团转，眼睛都急红了。"我问姐姐："那你和哥哥、弟弟怎么不帮他一把？"姐姐一脸无奈，叹气道："老四啊，你在外面不知道，收麦子如救火，各家都忙不过来，谁顾得上三哥？再说了，三嫂不知好歹，帮三哥干活，让三哥来家吃饭，她不但不感激，还破口大骂呢！"我说："实在不行，大家凑点钱给三哥，让他雇人帮忙也行。"姐姐说："一则三哥俭省，舍不得雇人；二则麦收时节，村里哪有闲人？"所以，姐姐不顾一切，帮三哥麦收，除了累得筋疲力尽，耳里还塞满三嫂的骂声！三哥也实在无奈。姐姐还告诉我："人家上山干活都赶个好点儿（即夏天早出早归，避开炽热的太阳），三哥则早出晚归，夏天不到中午一二点不回来，因为三哥的活总是干不完，一只手做事可慢哩。每当又渴又饿回到家里，三嫂和孩子在炕上睡觉，做的面条放在锅台上结在一块儿，也不盖一下，上面苍蝇嗡嗡乱飞。三哥吃的就是这个。谁心疼他？"说着，姐姐泪水涟涟。姐姐又说："三哥后来又想要孩子，希望生个女儿。后来三嫂又怀上了，但大家死活不让三哥要。你想，再是个残疾怎么办？三哥最后没敢要。流产时发现又是男孩，三哥吓得头都大了。"我想，此后，三哥一定放弃了再要孩子的想法。

前几年，三哥的妻子不辞而别，跑了。这样，家中只有三哥与儿子一起度日，他又作父亲又当娘，苦不堪言。一天，姐姐告诉我："三哥得了一种怪病，舌头不好使，腿肿得粗了一倍，饭吃不下，觉睡不好。"我回去看三哥，他搂着儿子躺在床上，眼中闪过一点光芒，很快又趋于暗淡。他紧紧握住我的手，久久没有放开。我给三哥钱，他说什么也不要，我坚持，三哥才收下。我让姐姐带三哥到青岛医学院找我的好友姜世安，后来姐姐告诉我："三哥得的是风湿性心脏病，无药可救！"又据侄子（大哥的长子）说：我三哥在数十里远的镇医院住了一段时间后去世的，临走时有近八十岁的老父陪伴。侄子还这样描述："三叔死时穿戴齐整，像个大官儿，不痛苦，不伤心，只是眼睛一直睁着。还是爷爷给他合上的。"

听到这话，我不知道三哥在挂念什么？是他的儿子，是他年迈的父亲，还是远在数千里外没有道别的四弟？还是他所爱的这个尘世所有的人与事？三哥生活的人世给他更多的是痛苦绝望；但我知道，他不愿离开，他非常留恋这个世界！

三哥死后，姐姐哭了月余，因身体不适，经检查确诊为胃癌，三哥去世不到一年，她也弃世。三哥去了，我未给他送行；姐姐去世，我也不在她身边。在姐姐饱受癌症折磨时，我两次回家陪她一周有余，其间，姐姐对我说：三哥去世时，拿出几千块钱给她女儿读书。说着说着，姐姐泣不成声。姐姐又说："三哥从不求人，心里却老装着别人。"

三哥享年 47 岁，如今已去世三载，如果现在活着，正好 50 岁。我不知道他离世时是伤悲还是轻松？三哥的人生之路注定了没有光亮。活着，他必须不断地承受苦难；死了，则意味着解脱自由。三哥去世时没留下任何遗言，他是一口痰没上来离去的，也许他自己还希望能够活下去，因为这么多年，无论生活多么艰难，三哥却从无厌世之念。

去年我从北京回到家乡，原本亲切可爱、触手可及的二哥、三哥和姐姐，转眼三年间都已长眠于地下，归于九泉。我都没有亲自为他们送别，所能见到的只有高出地面的坟堆，上面长满郁郁葱葱的野草。抓住这些高高的青草，仿佛握住哥哥姐姐的双手，一如我每次回家他们张开的双臂，其中满是爱意、担忧和希望。我能从一个农民之子，在母亲去世后，考上大学，读到博士，有点成绩，离不开哥哥姐姐的一饭一食和一元一角的帮助，离不开他们慈爱的目光、粗糙温暖的手掌。我虽然再也见不到、摸不到、听不到哥哥姐姐了，但他们的音容笑貌、美德和对我的好处，却永藏于我的心间！

母亲去世时，最不放心的是我、弟弟和三哥，因为我与弟弟年纪尚幼，三哥残疾，所以，妈妈让比我大三岁，只有 16 岁的姐姐照顾好我们仨。而今，我与弟弟都已长大成人，三哥和姐姐都已离世，到了妈妈的世界，母亲再也不必操心了吧？如今，三哥之子由老父看护，由我寄钱养育，大哥和五弟照看。三哥被埋在母亲身边，这样，他们母子相互照应，想来再也不会孤单寂寞了。

三哥匆匆走过了卑微、苦难、屈辱而又短暂的一生，他很少求人，即使在弥留之际也没有将儿子托付给任何人，但我能感到三哥最大的心愿——他最放不下的是自己的傻儿子。我不信人死有灵，倘若有，我希望三哥的在天之灵能听到我的话："三哥，假如你的儿子正常，我会努力将他培养成人，让他接受最好的教育；而今，这一切都无从谈起了。但有一点你放心，我会尽我所能照顾他，你在九泉之下可以瞑目。"

三哥的一生如草木一春，很快由绿变黄，枯死；但在我心中，三哥每年都会长出新绿，为我报来春晖。如今三哥虽然不在了，但他的音容笑貌、一举一动，他的勤劳节俭、达观从容，他的自尊自爱、仁慈静默，还有他的无声之声、无为而为，将永留在我心灵的底片上。

(选自《都市美文》2005 年第 8 期)

百衲情

王本道

　　我国的民间习俗，有让小孩子穿百衲衣以求吉祥的做法。鲁迅先生在《且介亭杂文末编·附集〈我的第一个师父〉》中写他自己"不到一岁，便被领到长庆寺里去，拜了一个和尚为师"，并因此得到"一件百家衣，就是'衲衣'"。

　　我出生时，是家族中唯一的男孩，为了让我能逢凶化吉、长命百岁，奶奶、伯母、婶婶们立刻把她们平时做旗袍所剩的碎布集中起来，由妈妈亲手为我缝制成了一件百衲衣。诚如鲁迅先生所言"是橄榄形的各色小绸片所缝就，非喜庆大事不给穿。"这件衲衣，现今还在父母住处的一个老式木柜中完好地保存着。每当看到这件跨越半个多世纪时间的烟水至今仍五彩斑斓的小衣服，总让我对奶奶、父母及同族长辈们给予我的骨肉亲情"中心藏之，何日忘之?"

　　在父母住处的那个老式木柜中，还保存着我曾穿过的另外一件类似衲衣而凝聚的情感却远比百衲更为厚重的衣服，只是那衣服不是由碎布缝制，而是用十几种各色毛线混杂在一起编织成的，为我制做衣服的人不是妈妈，而是当年与我年龄相仿的一群农村姑娘。穿上这件"百衲"毛衣时，我已年过二十岁了……

　　六十年代末，正值我国历史上的"史无前例"时期，作为"老三届"中年龄最大、学历最高的一届，我和全国几千万知青一道，卷入了上山下乡接受"再教育"的滚滚洪流。所到之处是一个海岛上的山村——石门村。那是一个极其偏僻而又贫穷的乡野，村中没有电，有数的几眼水井都是几百米深，吃水要到很远的地方去挑。

全村的耕地全部坐落在山上，土质极差，平均亩产只能是二三百斤。但由于这里地处海岛，大自然的风光丰富而旖旎，站在青年点的门前就可以看到蔚蓝的大海，天青海碧，点点白帆，加上田野之中轮回变化的色彩，让人生出种种遐思。由于自幼生活在城市，刚到乡下那阵处处觉得新鲜，根本没有顾及从此将要面对和将要失去的是什么。一当躬耕垄亩，开始"战天斗地"，才感到生活的沉重。文弱的气质，孱弱的体魄也立刻露了馅，不到一个月就病倒了三次。生产队长刘大爷是位十分慈祥善良的老人，见我那细豆芽似的身板实在难担重负，就有意把我安排到妇女队去干活。辽南山区的习惯是，女人结了婚便待在家里伺候丈夫孩子，不再出工，因此所谓妇女队就是由十几个与我年龄相仿的姑娘组成的队伍。虽然是穷乡僻壤，但或许是由于海洋暖湿气流的长年滋润，抑或是地下矿泉水的日久陶冶，石门村的姑娘个个天生丽质，田间劳作并没能损害她们的眉清目朗和袅娜的体态，相反却更显示出一种天然的风韵与娟秀。她们的名字也都十分中听：翠蝉、月华、玉娣、娥眉、美香……朗朗上口，又极具特色。第一次与她们上山劳动是初夏时节，生产队长分配我们去为玉米田间苗。出发之前，姑娘们排成一溜长队，我站在队伍的最后边。队长月华——一个不到二十岁有着红润圆脸蛋的姑娘首先讲话。她说："欢迎我们队又来了新伙伴，今后，大家都叫他王哥。"接着，她朝我问道："王哥，你表个态，愿意和我们在一起吗？"说这话时，她那细长的眉眼闪动着爽直的、热乎乎的目光。我忙说："愿意，还请各位多关照。"话音刚落，队伍里立刻发出一阵"吃吃"的笑声。

间苗这活，看上去简单，做起来却吃力得很，需要一直蹲在地下一步步挪着朝前走，把播种后出土的多余的苗逐个拨出来。说好了是一人分担三垄苗，齐头并进，可没一会儿工夫，周围的姑娘们就把我拉出老远。而我蹲在地上的双腿早就一阵阵发酸，汗水也浸透了衣服。正吃力地往前挪动着脚步，忽然看到眼前的三垄苗，左右两垄已被间过了，再往前一看，左右两边的姑娘早已分别为我带走了一垄。我这才松了口气，渐渐赶了上去。以后的劳动项目都很琐碎，割饲草、编草帘、秋天在场院里剥玉米等等。劳动中，她们总是齐心协力帮助我。每次割饲草，由于体力和动作不佳，割的很少，收工前，她们都把自己的一份抽出些给我，说这样回去才显得体面；一次不小心手指被镰刀割破，看上去很脑腴的娥眉立刻把我的手抢过去放在嘴里吮吸，说这样才不至化脓；青年点里我换下的衣服时常不知被她们中哪一个拿走，洗得干干净净后又送来；端午节有人悄悄从家里为我带出几个鸡蛋、粽子；劳动休息时，她们不停地磨我讲故事；即便是她们中有谁受了委屈，也要拉着我去替她评理。

下乡后曾有一度因为没有书可读，村子里又没有电灯，闷得心理猫搔似的又酸又痒。一个偶然的机会，我发现当地村民家里用来糊墙的报纸，有许多是"文革"前的旧报，上面刊载的许多文章很好读，特别是有些文艺副刊，刊载的小说、诗歌、散文更让我喜欢。为此，我像发现了新大陆一样，开始串百家门，只为看看他家墙上的报纸是否有好读的文章。久而久之，我谙知这些旧报纸都是当地村民从公社供销社或村里的小卖店买来的。于是便与村小卖店店主说好，每次进货后，先由我选择。买来精选后的报纸，晚上在小油灯下把好的文章精心剪下，再贴到一张张规格相同的白纸上，装订成册，俨然是一本由我主编的书，时常拿出来翻看。妇女队的姑娘们发现我有这种"业余爱好"，都争先恐后地帮我，到外乡走亲戚，也不忘为我带回几张报纸。她们书读的少，识字不多，对报纸的选择能力较差，所送的报自然良莠不齐，有的可剪下一两篇，遇到副刊，可剪多篇，也有的一篇都不管用。姑娘们还暗地里相互比赛，看谁送的报纸"采用率"高。美香曾连续送我十几份报，竟然一篇都没派上用场，委屈得直掉眼泪。一次，我到她家串门，不经意地抬头看到她家棚顶的一张报纸有篇顾工写的散文，便抬头看个没完。美香脸上立刻露出笑容，她赶忙搬来凳子，登了上去用心剪下那篇文章交给我，那神情，充满了自信与骄傲。两年多的时间里，我在姑娘们为我选送的旧报纸中，竟剪下了五六百篇各种体裁的文学作品，其中，郭小川的诗就有二十几首，还有杨朔、秦牧、碧野、袁鹰的散文，王瑶、蒋孔阳、冯牧的文艺理论文章等。这些已经泛黄的旧剪报至今还带在身边，我坚持了四十多年的剪报习惯也是在那时候养成的。

日子轻风般缠绵地过去，妇女队的姑娘们对我也像亲哥哥一样无拘无束起来。我敏感地意识到，在与她们的接触中，姑娘们极力回避，却又悉心探索的问题，就是我们这些知青的去与留，是"永久"，还是"飞鸽"。其实这问题，当时我自己也十分茫然，真不知道历史的潮水会把我们推向何处。

七十年代的第一个仲秋，我和姑娘们在一个山坡上拔花生。休息时，大家都仰面躺在轻松的草地上，欣赏着天空中飘忽不定的白云。身边的翠蝉忽然用她那奶声奶气的声音问我："王哥，你说咱这地方好吗？"我说："好啊！""那就把你爸爸妈妈也接来！"几个姑娘顿时坐起来同时搭话了。"那……不行，要看他们的意见了。"我喃喃地说。"哼，骗人！还是你自己不想在这里扎根。"这是月华的声音，带着淡淡的凄婉。接着，大家谁都不再说话，微风送来阵阵青草、野花和姑娘们身上特有的馨香。

分别的一天终于来到了。就在那年暮秋接到公社通知，抽调我到大连广播电台工作，而且第二天就要去报到。当村党支部书记向我转达通知，并表示祝贺时，我并没有感到怎样的激动，胸中却是"剪不断，理还乱"，"别是一番滋味在心头"。整整一下午，我趴在青年点的土炕上没有出门。消息很快传开了，全村人都为我高兴，青年点里坐满了前来祝贺的人。让我奇怪的是，唯独不见妇女队姑娘们的身影。掌灯时分，月华急匆匆地来到青年点找我，平时本来十分爽快的月华，这次却显得十分拘谨。她背着脸对我说，今晚妇女队的姑娘们要在她家为我召开一个欢送会——这正是我求之不得的。

来到月华家，只见妇女队 12 个姑娘早已齐刷刷地坐满了一炕。屋子里破例点了四盏煤油灯，我和月华并坐在地下的一个长条凳子上，忽闪摇曳的灯影中，我看到姑娘们都在凝神望着我，凄楚的神态，个个如"梨花一枝春带雨"。沉默了足有十分钟，月华先讲话了，她说："王哥就要调走了，这也是我们早就应该想到的事情。像他这样有才气的人早该派上用场了。我们相处了两年多，今晚欢送他，希望大家都能让王哥高高兴兴地走上新的工作岗位。"没想到一席话，惹得十几个姑娘竟然一齐嘤嘤地啜泣起来。月华咬住嘴角，想把抑制不住的啜泣声压下去，可泪水却顺着她俊美的双颊如断线珍珠滚滚而落。她抹去脸上的泪水，愣愣地盯着我，似有一脸的疑惑。我呆呆地坐在那里，鼻子酸酸的，喉咙里堵塞着哭不出的声音。接着，姑娘们向我说了许多或是安慰或是鼓励的话，说得最多的话是不要忘记她们，一定要常写信来。听着她们呢喃的细语，我无言以对，我深感自己欠下这些善良的姑娘们太多太多的情债而无法偿还。末了，月华宣布说，姐妹们下午经过商量，决定共同送我一件礼物。原来，听到我要走的消息后，姑娘们就商量怎样送我。她们决定共同凑钱买些毛线，为我连夜织一件毛衣。钱凑齐后，她们先是到公社供销社，后来又搭车到县城去买毛线。由于在毛线的颜色上达不成协议，于是又决定，每个人按自己的想法只买一缕，然后混合起来，织成一件杂色的毛衣，表达她们共同的情谊。那天晚上，姑娘们把毛线掺杂在一起，七手八脚地用手量出了我身体各部位的尺码，便开始了编织。她们每人只织一截，相互依偎着，直到东方发白……

四十多年前与石门村姑娘们分别的前夜，我至今刻骨铭心。那夜，我通宵辗转难眠，望着纸窗外月轮亮丽的银盘，听着耳畔传来阵阵大海的涛声，驿动的心也如轻风细浪不停地翻卷。石门村的姑娘们为我编织的岂止是一件百衲式的毛衣？两年多的时光，她们时时处处都在用丝丝缕缕的爱心为我编织着温柔而深沉的百衲情！正是这百衲情，伴我走过了人生中极为困窘的时光。那件毛衣我穿了五年，直到身材开始发胖不能再穿了，才交给母亲保存。

离开石门村后的四十多年，我曾多次重返故里，看望那里的父老乡亲。只是当年妇女队的姑娘们几乎全部嫁到了外乡，我已无从了解她们的生活现状。按当地早婚的习俗，她们或许早已成为了奶奶、姥姥，也许她们已经繁华落尽逐渐走向了衰老，但是，当年她们用爱心为我编织的那段百衲情，却依然如一泓清水，在我心底荡漾。

（选自《感悟苍茫》2004 年 6 月 1 日）

青铜雨

高海涛

1.

雨也有父亲吗？——这是《圣经》里的一句话。

我在美国大学的听课笔记，有几页记的全是和雨有关的话，这很奇特。比如说夏威夷的雨是什么样的，新英格兰的雨是什么样的，还有福克纳笔下南方的雨和北方的雨、中部的雨、西部的雨有什么区别，等等。我现在能想起来，那次是詹姆斯教授在讲课，记忆中他的英语有点儿老派，听起来就像我在折旧书店买的书，语调也是那样："我们伊利诺伊州冬天很冷，夏天很热，大部分雨水来自墨西哥湾，是贸易风把它们从密西西比河谷吹过来的。南伊利诺每年的降雨量是 117 英寸，北伊利诺是 91 英寸。"

2010 年夏天，当许多地方都因大雨而引发了洪水，我却在家中反复地阅读这几页笔记。你好吗？教授，二十多年了，你就像大洋彼岸的一株老荷花，就像中国人说的"留得残荷听雨声"那样，仍在我的记忆中飒飒地讲述着雨的故事。

詹姆斯教授个子不高，当年有 50 多岁，一头鼠色灰发。那天早晨外面正在下雨，他的灰发被淋湿了，看上去就像有一只被淋湿的灰鼠在他头上惊慌失措地观望，我们都不禁笑了。教授说，你们知道吗？《圣经》里写着呢，上帝降下的雨水，既会落在小人头上，也会落在君子头上。这样说很巧妙，大家轰然。詹姆斯就这样开始了讲课。我记得很清楚，那是在南伊大学的南山教学区，外面正下着白亮亮的雨。

在南伊大学，詹姆斯教授以博学著称，外号"大英博物馆"。就在那个雨天，这位博物馆教授有感而发，竟给我们讲了一上午的雨，不仅有很准确的资料数据，还旁征博引，从《圣经》到荷马，从莎士比亚到弥尔顿，其侃侃而谈的风范令人瞠目。他说《圣经》里那段话后来成了一种法律思想，因为有位 19 世纪的美国议员说了，落在君子头上的雨水其实总会多一些，因为君子的雨伞可能会被小人偷走。说还有个著名的律师讲过，如果某党派曾经从雨中受过益，那么当反对派以干旱为由攻击它，它就不必惊讶，等等。说实话，当时我对这些例子并不很感兴趣，我感兴趣的是和雨有关的诗，也就是说，我们该如何想象雨。詹姆斯教授也提到了不少诗人，比如英国的艾略特，爱尔兰的叶芝，美国的史蒂文斯等等。特别是史蒂文斯，当教授引证他诗句的时候，我的眼里忽然充满了泪水，并差点儿从座位上站起来——

雨的土著就是雨人

这真是奇异的诗句，詹姆斯教授不会想到，这诗句会让我空前怀念自己远在中国的家乡。还有一个更奇异的词，也是引自史蒂文斯的诗："青铜雨"——我想，这是多么壮丽、多么恢宏的雨啊，它是雨的雕像吗？如果是，那么，可能世界上再没有任何地方比我的家乡更适合建这个雕像了。

一场来自落日的青铜雨标出

夏天的死亡，那时间忍耐它

总之，从多年前美国中部的一个雨天，到多年后中国大部的一个雨季，我其实一直都在回忆和塑造着家乡的雨。而此刻我已分不清：哪些是当年的回忆，哪些是现在的回忆。但不管当年还是现在，教授的旁征博引都像是一些湿漉漉的雏菊，灿然在我回忆的征途上。

2.

父亲说：天要下雨了。

父亲宣告天要下雨的时候，母亲的目光中就会出现一双小手。

E.E.库明斯的诗中说："任何人，甚至是雨，都不会有一双那样小的小手。"（见《我没到过的地方》）。母亲就用那样的小手切菜、和面，开始包饺子。母亲包饺子的目光是异样的，极温柔，也极认真，就仿佛她在用目光包饺子。小时候无论我在什么地方，放学的路上，打草的山上，只要看到天阴上来了，就撒腿往家里跑，因为知道家里必有饺子端上桌了。

我的家乡在辽西。谁都知道，那片寂寞而幽远的丘陵地带，实际上是中国乃至全世界最缺雨水的地方之一，而惟其如此，雨在父亲和母亲的心中才那么重。或许，辽西的雨也的确是重的，与心境没什么关系，至少那雨点比别处的大，大的像青杏，小的像黄豆，沉实饱满。所以我们那里的雨点不是落下来的，而是砸下来的，砸到地上会绽出菊花样的小雨坑。我们的雨气味也别样，闻起来极生鲜，很像海豚，连声音也像，啪啪地，从波涛汹涌的天空摔到地上。父亲说那叫"雨脚"。雨的手很小，但雨脚却很大，特别是我们那里的雨，都有一双美丽的大脚。

父亲看天阴得河似的，知道雨要来了，就忙着挑水，帮母亲抱柴火，然后站在院子里，一遍遍伸出手去，试着接雨。父亲最喜欢海豚雨，但我们那里不这么叫，叫马莲筒子雨。有一次五叔过来跟父亲讲毛主席诗词，讲到"大雨落幽燕，白浪滔天"，父亲说，那肯定是马莲筒子雨，再不济也得是鞭杆子雨。五叔说，还真对，你看后面这两句，不正是"往事越千年，魏武挥鞭"嘛。说着，两个人就准备喝酒去了。

父亲平时并不嗜酒，但每逢下雨，就想喝酒。这用史蒂文斯的话说，还不就是个"雨人"吗？我们村里有很多这样的人，他们都喜欢在雨天喝酒。后来我才理解，雨天喝酒不仅是一种情趣，也是颇具古风的一种习俗。两三个人坐在炕桌前，一边听雨一边喝酒，也许喝着喝着，窗外的雨点就会飞进来，斜斜地落入酒里，就像古诗中写的："数点雨入酒，满襟香在风"，这样的喝酒，在某种意义上也像是喝雨。雨人就是渴望喝雨的人，因为在他们心中，可能酒和雨同样珍贵，而雨和酒也同样浓烈。

父亲作为雨人的另一个标志，是他特别喜欢雨具。我家的雨具在村里是最完备的，只是没有雨伞。那时候一般人家都没有雨伞，但有"苘勒斗"，这属于方言，也就是古人说的斗笠。家里有好几个苘勒斗，都一顺儿挂在墙上。还有橡胶雨靴，平时放在柜子下面。还有蓑衣，归父亲专用。别人是不穿蓑衣的，因为觉得不时兴，不好看。但在父亲眼里，一个农民在雨天穿上蓑衣，再戴上苘勒斗，那可是天地间最美的风景了。只是父亲的蓑衣太旧了，年深日久地挂在墙上，像只古铜色的大鸟。

还有雨帘，辽西家家都挂雨帘，那雨帘其实很简陋，是用高粱秸勒成的，也叫秫秸帘。勒秫秸帘不是什么重要活儿，但勒好也不容易。父亲是这方面的高手。每年秋天收完庄稼，父亲的第一件事就是选出上好的高粱秸，要身材匀称的，叶子支棱的，然后用细麻绳编好，再勒上两道粗麻绳，两边剪齐，就可以挂在窗户上了。雨帘是晴天卷上去，雨天才撂下来，这样在屋檐下挂一年，往往也变得乌黑，像一捆青铜色的庄稼，是对庄稼的纪念，也像辽西人家的一个摆设。不过要是在春天，就会有点"清明时节家家雨"的味道，而在夏天，那就是"月朦胧，鸟朦胧，帘卷海棠红"了，只是怕那鸟，对着青铜色的雨帘睡不着。

3.

每逢下雨，父亲总是喊我们去撂雨帘，喊归喊，每次他总是自己出去完成这项工作。撂雨帘在父亲心中是一种仪式，也是他隐秘的乐趣。有一次我想有所表现，就跑到外面替父亲撂雨帘，结果白挨了浇不说，还让父亲显得快快不快。我那次头发让雨浇得一绺一绺的，照镜子看还觉得挺帅气，于是也不梳好，就那样一绺一绺地走来走去。这个习惯保持到我谈恋爱的年纪，故意选个雨天到那个村子去，在人家门口站半天，然后一甩头发，走来走去。后来我知道这很像海明威《战地春梦》中所写的情景，年轻的美国上尉就是以这种湿漉漉的英俊与真诚，让英国女护士的心变得充满泥泞。

其实对父亲和乡邻们而言，被雨浇应该是一件很幸福的事情。柏拉图曾举过一个聪明人的例子，英国的摩尔后来加以引证，以说明什么是"共同体"（见《乌托邦》），说如果一个聪明人看到外面下雨，而众人都在外面浇着，那他可以说服众人回家避雨。要是说服不了，众人宁愿在外面浇着，那他可以自己回家避雨，而不去干涉共同体的幸福。这个例子对我的家乡是很适用的，乡邻们就是这样的幸福共同体，下雨天都宁愿在外面浇着。而且，我的家乡没有聪明人，就算有，也是反其道而行之，下雨天总想方设法说服你、引逗你出来。我父亲就是这样的人。每逢下雨，他都要穿上那件破蓑衣，戴上那顶蒭勒斗，出去到处转悠，院子里通通壕沟，园子里架架茄秧，实在没事就薅薅草。有时候还扒着园子的墙头，和南院的三大爷，西院的五叔唠几句嗑，都是关于雨的嗑，这雨长了那雨短了的。母亲是看不惯这种唠嗑方式的，她一边包着饺子一边说，这几个人，怎么像妇女呢。我顺着母亲的目光看，也确实像。他们就这样顶着雨闲唠，而不管妇女看他们的目光是多么鄙夷。更让妇女们觉得无法容忍的是，他们唠着唠着，往往就说好了到谁家喝酒。这时候谁要是在路上看到他们，就是看到三个紫铜色的大鸟，顶着三个黑蘑菇。

辽西的农民就是这样，他们除了辛勤耕作，还是反抗干旱的革命者，全部的理想就是雨。一下雨，他们似乎就变成了高尔基的"海燕"，以紫铜色大鸟的方式，一会翅膀贴着园子，一会像妇女似的唠着雨嗑，一会又像真正的男人那样去喝酒。但父亲他们唠嗑也好，喝酒也好，都始终保持了一个优良传统，那就是不嚷不闹。辽西农民对雨是敬重的，在雨天，他们从来不大声说话，因为那样说不定就会把云给惊散了，把雨给吓跑了。这就是大名鼎鼎的辽西雨人，他们的爱雨惜雨有时会到这样的程度，那就是宁可让雨成灾，也胜过没有雨。碰上哪一年雨真多了，庄稼涝得不成样子，他们愁归愁，心里还是比较平衡，因为老天毕竟是公平的，一个地方有旱有涝，那才是体面的地方。于是他们相视一笑，抽着烟说：这回可算涝了。

4.

　　我有时突发奇想，要是父亲他们也和我一起到了大洋彼岸，并见到詹姆斯教授，他们会喜欢这个在雨天高谈阔论的人吗？可能不会，但有一点，他们会喜欢南伊利诺的雨天。美国中部的雨显然是带有中国风韵的，这是我当时的感受，所以那天詹姆斯讲课的时候，一些中国古诗里的雨也落在我心上，像"林外一鸠雨"，"沾衣欲湿杏花雨"，"燕子桃花三月雨"，"黄叶空山僧舍雨"等等，这些诗句被我随手记到了听课笔记里，此刻读来，别具况味。还有"一帆暝色鸥边雨"，出自唐代诗人殷尧藩的《潭州独步》。我想，要是我当时能把这句诗译成英语，讲给詹姆斯教授就好了。那"鸥边雨"是个什么景象，不知道，但既然可以说"鸥边雨"，是否也可以说"鼠边雨"呢？这么多年，我一直忘不了那个雨天的上午，詹姆斯像只灰鼠似的站在讲坛上，旁征博引，左顾右盼，以致外面的雨都显得灰茸茸的，说不清雨是他的背景，还是他是雨的背景。

　　如果碰巧有机会，詹姆斯能读到我的回忆，他会说什么呢？他也许会耸耸肩说，我不介意自己变成灰鼠，但我想知道你究竟怎样评价你的父亲，我觉得他也很像一只灰鼠，中国辽西的雨王（rain king）。

　　确实，父亲即使算不上雨王，但他对雨的深厚情感却让后来长大的我毕生感佩不已，只是父亲是沉默的，他不会旁征博引，和詹姆斯相比，他可能是另一类灰鼠，而正是他的沉默，照亮了辽西人对雨那无边无际的渴望。

　　没有雨的日子，父亲是最沉默的。那种日子他往往会坐在园子里，盯着那些半死不活的茄子秧，蔫头蔫脑的丝瓜条，很久没有动静，也不说一句话。大热天的，母亲问他老在园子里干什么，父亲半天才回话，那话虽然气冲冲的，语音却很低：你没看我在薅草吗！这听起来未免怪诞，母亲就派我过去看。我发现，园子里其实并没什么草，有那么几棵，也是白了草尖的，像几个老气横秋的孩子。对这样的草，父亲是不忍心薅的，我听见父亲在心里说：天都旱成这样了，草不也是一条命吗？大晌午的，父亲就那样坐在园子里，直到后来听詹姆斯教授那次讲课，我才知道父亲当时的心境，与叶芝笔下的"老人"（见《老人统治》）何其相似乃尔——

我在这里，一个坐在旱季的老人

被一个孩子观望，在等待一场雨

在旱季，父亲的行为总是不乏怪诞，他有时在骄阳似火的日子，也会穿上蓑衣，戴上苇勒斗，到东山或西山的地里转悠，在地头一坐就是一天，像个稻草人，呆呆地望着傲慢的天空，守着那片被无辜的风吹来拂去的天真的谷地。为此我曾彻夜不眠，生怕父亲的行径被邻人看到，然后当成笑话传到学校去。但后来发现，父亲是有很多同党的，三大爷、五叔，还有我同学胜利他爹，我姐同学许芹她爹，也都是这样的差不多的打扮，家里地里的转来转去。我问母亲这是为什么，母亲说，他们那是在求雨。以这种貌似怕雨、防雨、未雨绸缪的方式求雨，不知是哪辈子传下来的，但我相信那是辽西所独有的习俗。借用许多年前那位美国律师的话说，他们是这样一伙同党，就好像他们曾经从雨中受过多少益，所以当干旱发生时，他们就要主动承担责任。

但这种分散的、地下式的求雨后来被证明无济于事，眼看就要到农历五月二十三了，旱情还是有增无减。那是上世纪 70 年代的中期，好像是我到南方当兵的前一年。辽西大旱，遍地飞蝗，刚进初夏，旱象就从天而降，而后愈演愈烈，摧枯拉朽。我们辽西丘陵人，是见过大旱象的，但对此也不免心存忌禅，人在路上走，都慌慌张张的。地里的庄稼都冒烟了，划根火柴就能点着。狗热得像干了多累的活儿似的，呼噜气喘，看见来人勉强叫两声，却如同猫叫。就连马的声音也像猫叫，在井边喵喵的，而猫本身，倒像是学会了马的嘶鸣。这时候人们的心里再也坚持不住了，有人提出了全村求雨的动议，大旱当前，他们甚至有点群情激愤，一致商定在五月二十三那天上山求雨。

"大旱不过五月二十三"，这句农谚我从小知道，也从小不解，这五月二十三咋那么牛呢，难道它是传说中的宝葫芦，里面装着雨，一到日子葫芦嘴就笑呵呵地咧开，雨就下起来？可既然那天指定有雨，为什么还要求雨呢？我问父亲，父亲也不搭理，他正在炕桌上写求雨表，也就是求雨的文书。父亲小时候念过几天私塾，土改时还当过村长，显而易见，领导那次求雨的重任，已经历史地落在了父亲的肩上。

5.

然而在我的记忆中，父亲那次并没去参与求雨，为了这事，五叔还过来同父亲吵架，吵得很凶。父亲没去求雨的原因其实并不复杂，是他碰巧在村口遇见了公社的邮递员，邮递员说当前除了辽西等局部地区，全国基本上都在抗洪，而不是抗旱，特别是南方，很多地方大雨成灾，连毛主席都惊动了。说着他还从邮件里翻出报纸，指着醒目的标题给父亲看。那时的邮递员是很有权威性的，听他这样说，父亲就动摇了，他想这时候大张旗鼓去求雨，还真有点儿不太合适。但五叔是看不起邮递员的，他表现出极大的不屑，说你别听送信的瞎白话，南方怎么的？那南方年年风调雨顺，都美成啥了，难道就为了南方，咱们就得旱死？再说那南方离咱们远了去了，少说也有八千里呢。父亲说，就算八万里，不也没跑出中国去吗？说着说着，老哥俩就散了，颇有些分道扬镳的架势，我记得，五叔的衣角在阳光下一撅一撅的。那天的空气也很特别，好像泥土一样浑浆浆的，让人出不来也进不去，连父亲的叹气也是浑浆浆的。父亲知道，在这种情况下，无论是去求雨还是不去求雨，他都无法做到心境坦然了。

许多年后，詹姆斯教授讲雨，说求雨是普世性的民俗事象，包括起草过《独立宣言》的美国第三任总统杰弗逊，也亲自参与过求雨活动。不过，杰弗逊参与求雨的时候还不是总统，而是弗吉尼亚州的州长，他当了总统后就改变了态度，最明显的例证就是拒绝设立"联邦祈雨日"。据詹姆斯分析，这原因很简单，总统是要对全国负责的，而全国的雨水不可能是均衡的，有地方缺雨，也会有地方多雨，因此以整个国家的名义求雨是有问题的，如果造成普遍下雨，那毫无疑问，对本来多雨的地方是不公正的。

但父亲只当过村长，而远远不是总统，只当过村长的父亲却能像总统一样考虑问题，这样的例子是否很少见，詹姆斯教授没讲，但他所引证的英国诗人拉金的话，却让我对父亲多了一份心心相印的理解。拉金说："如果我被召唤，去创造一种宗教，我将用水去创造"。确实，水和人心离得太近了，据说世界上所有的主要宗教，都是在干旱地区发源的，这正如我们辽西，虽然土地是干旱的，但人心却比别处更湿润。因此，在我记忆中那个万里无云的五月二十三，当父亲终于决定他不去求雨的时候，我相信他的心中一定早已是风生云起，雨意盎然。

乡邻们求雨的地方在东山。求雨的方式并不复杂，那就是不管男女老少，一律穿上蓑衣，然后上香，然后跪下，然后共同求雨。乡邻们在三大爷的率领下，叨叨咕咕，如泣如诉，并在心里不断搅拌着家乡的土地和想象中的雨滴。而在三百米的高空之上，矿山井架上的风向标，连羽毛般的颤动都未发生。

父亲站在我家的院子里，样子有些惭愧，也有些悲壮。求雨表已经派我送去给了五叔，父亲知道他会念好，五叔向来是声情并茂的。父亲眼望东山，心情湿润，从傍中午一直站到下午时分。母亲坐在屋里，不时往外瞅两眼。这时候天空还是像儿童画一样朴素，偶尔飘过的几片云花，就像我多年后学会的英文字母。然而父亲是坚信的，他坚信雨在日落前一定会到来。关键是风，如果等会儿起风了，那会是南风吗？父亲平时喜欢北风，但那天却对南风充满了期盼，他觉得要是南风，就会把南方连日的大雨匀过来一些，那不就正好吗？也能让不待见南方的五叔消消气。父亲在期盼中总共抽了九袋烟，就在他准备抽第十袋烟的时候，他听到矿山井架上的风向标咔哒转了一下，果然起风了，而且果然是南风，东南风。而随着那风，一只生机勃勃的燕子降落在我家的雨帘上；在他脚下，被风吹落的几片杨树叶奔跑如鼠。

父亲听到的是风，母亲看到的是云。那片乌云大概是下午三点的时候从东山升起来的，初看像一个秃头秃脑的怪孩子，但脑门的中心却透着漆黑，这秃云迅速上升蔓延，像是无底深渊的儿子。在母亲出去抱柴火准备做晚饭的时候，她听到咔嚓一声炸雷，骤然而起的风差点儿把母亲和柴火一起撞到父亲身上。母亲嘴唇哆嗦着说：我去包饺子。没等母亲进屋，铿锵有力的雨脚就迈进了院子。母亲刷锅点火，父亲还在院子里，他不可一世地激动着，并开始用手抛出眼泪。父亲想，男人流泪时应该就着点雨，因为雨和泪彼此都是水，可以混淆，抹一把脸，别人就看不出来。这时候他听见有人在喊，扭头一看，三大爷、胜利他爹、许芹他爹，总之除了五叔之外他的所有同党，都堆在我家的大门口，他们也都和父亲一样，就着雨，在狼藏狈掖地流泪，所不同的是他们都穿着蓑衣，而父亲只穿了件小褂。

那是我记忆中最伟大的一场雨，它的神奇和浩大远远超过了辽西传统的马莲筒子雨或鞭杆子雨，它是从南方来的，也是从远古来的，不仅那雨丝仿佛是青铜万缕，从青铜似的天空倾泻而下，而且还掺进了辽西农民们那难以掩饰的泪水。还有窗户上的雨帘，那青铜色的庄稼——那天父亲、母亲和我，谁都没想到去撂雨帘。而且，我站在井沿上看到，整个村子家家都没有撂雨帘，就任那一捆捆青铜色的庄稼在房檐下悬着，像是一幅古老的壁画，阐述着风云激荡的主题。

6.

那天晚上或许家家都在包饺子，因为我们怎么说也没把三大爷他们留住。母亲说儿子，你就陪你爹喝两盅吧。那是我这辈子第一次喝酒，雨点沙沙地落入我和父亲的酒里，我想这是为了陪父亲，以填补五叔等人的空缺。吃过饭天已骤然黑了下来，我很快就睡着了，梦中飘散着浓烈的苹果香味，海豚们成群走过，闪现着它们狮子般的美丽。后来我醒了，我看见一道道很亮的闪电，照着外面那密密实实的雨，而且仿佛是倒过来了，是从地上往天上下雨，就如同闪闪发亮的树林，拔地而起向天上生长。

青铜雨下了整整一夜。

那一夜，整个村子家家都没有人声，也没有狗声、鸡声，狗们可能在含泪轻吟着"铁马冰河入梦来"的诗句，鸡们会更欣赏"雨打梨花深闭门"的意境，用雨声润嗓，准备着清晨雨后的第一声啼叫。

但狗和鸡都没有想到，雨停后挂在人们嘴边的竟然是猪。谁家的猪圈被雨浇塌了，谁家的猪跑出去了，闹喧喧的。不仅如此，早晨起来大人孩子们都跑出去看河套发水，大河套，小河套，西河套，北河套，然后说那水发的，就跟猪似的。鸡和狗觉得这很不合情理，人也是，你咋不说和马似的，和牛似的呢，偏说猪。就也跟着出去看，可不是，青枝绿叶的天空下，那水发得肥头大耳，呜呜的，拖泥带水，探着鼻子走。于是叹了口气，吟起杜甫的《喜晴》诗："皇天久不雨，既雨晴亦佳"啊。

7.

都说南加州不下雨，
南加州从来不下雨，
噢姑娘，你可知道？
从来不下雨，
却下倾盆雨。
……

当年我很喜欢这首歌——《南加州从来不下雨》，因为它几乎是有史以来第一次，让干旱地区成了某种人生的象征和楷模。歌中的小伙子可能在异乡混得不怎么好，他失去了工作，但他坚持说服心爱的姑娘，表示自己会像干旱的南加州那样，旱到一定时候，必会下一场大雨。正所谓"不雨则已，一雨倾盆"，用我们中国人的话说，也就是"不鸣则已，一鸣惊人"的意思。作为美国乡村音乐的经典，这首歌的基本精神就是激励年轻人自强不息，在外面混出个人样来。显然这也是那个年代的主题。那个年代，好像连风都自强不息，连雨都想混出个人样来。因此它的流行是可以想见的，当年在南伊校园就有许多人传唱，记得有人唱着唱着，还改了歌词，把

"南加州从来不下雨"唱成了"南伊州从来不下雨"。

如果不下雨也值得讴歌，那我们的辽西可是最当之无愧了。那里每年的降雨量仅有 450—580 毫米，大部分雨水来自渤海湾，是季候风把它们从大凌河谷吹过来的。大凌河，在清代以前被称为白狼河，在我眼中，那是世界上最有灵性的河之一。也许就是因为那河的缘故，为十年九旱的辽西，保留了一条神奇的雨脉，所以有时下起雨来，才能下得美丽如花,倾国倾盆。那是一种自强不息的雨，大器晚成的雨。詹姆斯讲了，自强不息的雨，就如同自强不息的人，总有一种让人感动的高贵。教授，你说得多好啊，我们的辽西就是这样的地方，它干旱，却也湿润，因为那里到处是雨的土著，父亲的山村住满了雨人。

都说辽西不下雨，辽西从来不下雨，但是你可知道，有时候，那里却下青铜雨。青铜雨是辽西人的神话，也是辽西人的心灵史诗。

不管怎么说，我真的很怀念詹姆斯教授，或许仅次于怀念我的父亲。如果詹姆斯如今还活在世上，那他大概有八十岁了。感谢这位"大英博物馆"，可爱的老灰鼠，因为正是他，教会了我许多关于雨的思想，从而使我对辽西，对在那片土地上生活过的我的父亲母亲，我的父老乡亲，开始有了全新的认知。或者这样说吧，从二十多年前美国中部的那个雨天开始，家乡在我心中就一直是湿润的，而那场古朴绚丽、倾国倾盆的大雨，在我心中也从未停息过。

耶稣曾用雨来教导人们要有耐心，他说："看啊，农夫们在忍耐地等待着大地上的收获，直到他们得了或早或迟的雨"。?詹姆斯提示，这句话可以这样理解，雨有时意味着公平和正义，但等待它，却需要耐心。

关于雨，詹姆斯教授还提到了美国电影 Taxi Driver（《计程车司机》），说人们即使在雨中，也会期盼雨。后来我看了那部电影，很老的片子了，福克斯公司 1976 年出品。主人公是位参加过越战的老兵，战后当了计程车司机，他找不到自己的归宿，幻灭而迷茫，直到最后挺身而出，独自与黑社会进行枪战。面对生活中的种

·叫一声老乡好沉重·

种丑陋和冷酷，老兵期盼着能有一场真正的雨，来荡涤大地与城市的所有污泥浊水。影片中不断闪现灰蒙蒙的雨天和街道，而当计程车在雨中漫无目标地行驶，那开车的老兵用一种奇特的、预言般的语调说：Someday a real rain will come（总有一天，真正的雨将会到来）。

是的，人们即使在雨中，有时也会期盼雨，而那"真正的雨"（real rain），又会是什么颜色的呢？

（选自《新华文摘》2011年第3期）

爹娘入城记

江 子

一

爹打电话说他和娘已经到了，正在火车站出口候我呢。接电话的时候，我还在上班。——我真该死，竟然记错了火车到达的时间。赶紧出门，拦了辆出租车往火车站奔去。

远远地看见了爹和娘。花白短发、身材瘦长、穿长褂长裤的是爹，个子矮小、穿一件紫色大花短袖汗衫（在广东打工的弟媳所买）的是娘。火车站出口人流如潮，爹娘坐着，有点紧张，仿佛两块唯恐被潮水冲走的石头。

叫一声爹，再叫一声娘。他们高兴地答应着，一旁绑了腿的鸭子也欢快地叫了两声。除了这只鸭子，爹娘还给我带来了老家的米酒、花生。鸭子是爹娘养的，米酒是爹娘亲手酿的，花生是刚刚从田里收的。早在电话里说了啥都不要带，爹娘还是带来了。他们说，要给儿子尝尝呢，要给儿媳妇和孙女儿尝尝呢。

我领着爹娘回家去。我在省城的家，爹只在我两年前搬家的时候来过一次，娘一次也没有来过。多次要他们来看看，他们总说没空，田里的庄稼要种呢，家里的畜生要喂呢。我知道，种种这些，不过是爹娘的托词，真实原因，其实是他们不习惯城市。他们曾经去东莞的弟弟家待了几个月，每每说起，好比度日如年。可是现在，他们还是下了决心把地和畜生都托给邻居照看了，他们要上省城儿子的家看看了。

娘说要坐只要一块钱的公交车。爹也在一旁附和。我知道他们要为我省钱。我不肯，说啥我也要让爹娘坐一回小车。我拦了辆的士，把酒和花生放在后备箱，鸭子就用一只手拽着。爹坐前面，我另一只手紧紧抱着娘。

娘晕车了。娘曾经不晕车。有一次娘生病了，我接到消息后匆匆从省城赶回，找了辆小车去老家接她到县城看病。在车上我也紧紧地抱着娘，娘开始让我，后来她推开我的手，说一点也不晕。可是现在，娘晕了。我才想起来，上次的车窗户是开着的，而现在窗户关得铁紧，车里还开着冷气。我要司机把车停路边，打开车门，搂着娘走下了车。另一只手里的鸭子挣扎着，鸭毛在空中飞。娘在路边呕吐，表情十分痛苦。我说要不我们改乘公交，大车的空气好。可这次娘不肯了。娘说，咱就坐这车回家，我要成全我崽的面子。

我要感谢司机，他是个好心人。娘的呕吐物弄脏了他的车门，他并没有表示明显的不悦。之后，他关掉空调，打开车窗，把车开得很慢很稳。也许，他也有一个乡下的娘吧？

回到家，娘一眼都来不及看就闭着眼睛躺在床上。我打电话告诉了中午因为上班地儿远回不了家的妻子，说爹娘到了。我简单弄了饭菜，和爹一起吃了。娘不想吃，娘说她先睡会儿，脑壳里天地还转着呢。

二

娘起来了，妻和孩子也都回来了。我们家祖孙三辈都齐了。我在省城的家啥时候这么齐整过呢。杀鸭子，做菜。鸭子一半炖汤，一半用来炒。盛一碗鸭子汤给爹，再盛一碗给娘。我不停地给爹娘夹菜。

领着爹娘去超市买东西。给爹娘买了毛巾、牙刷。还给爹买了一双凉鞋。爹脚下的凉鞋已经坏了，不能穿了，可爹还舍不得扔。爹穿了新凉鞋，旧鞋还用塑料袋装着，说要带回家补补再穿。

爹娘在偌大的超市里紧紧地跟着我和妻，仿佛两个胆小的孩子。那些包装得花花绿绿的商品晃得爹娘眼花。爹娘来到装大米的桶子面前，放松了身体，情不自禁地各自抓起一把，灯光下看米的成色，还把几颗放在嘴里咬。

回到家，领着爹娘在屋里转，告诉他们淋浴莲蓬头的水阀左打是热水，右打是冷水，煤气灶阀门下压后左旋是开，右旋是关。娘笨手笨脚地转动着煤气灶的阀门，火啪的一声响，娘吓了一跳。

嘱咐爹娘的还有：

早晚各喝一杯牛奶；在家里不要给陌生人开门；出门要带好钥匙；过红绿灯爹要牵着娘；把我和妻的手机号码抄给爹娘，要他们贴身带着，一旦迷路了，随时找公用电话打电话给我们……爹娘一一应着，把写了我和妻手机号码的纸条小心地装进口袋。

安顿爹娘睡下了。

三

清早被一阵索索的声音吵醒了，原来是娘在卫生间里洗衣服。一家五口人的衣服，娘全洗了。爹靠在厅堂的躺椅上，戴着老花镜在翻看我写的书。

娘就是闲不住。很小的时候就记得娘是个闲不住的人。娘嫁给爹不久，爷爷奶奶就让他们分了家，一间小房子一口锅和几个饭碗几乎是他们当时的全部家当。爹和娘不算是很有能耐的人，他们要养家，要糊我们兄弟姐妹四人的嘴，只有拼命地干活。从小的记忆里，娘话不多，只是不停地洗衣服、喂牲口、做饭、下地、整菜园。不是扛着什么出去，就是挑着什么回来。娘个头小，挑了东西身子就更小。娘的力气也相应的小，娘挑起稍微重一点的东西就跌跌撞撞，和爹一起扛打谷机有时会跌倒在田里，或者挑尿水去浇菜会滑倒在田埂上。摔倒次数多了，再加上生活的不堪重负，娘的脾气就大，骂爹没用，骂我们不乖，整个屋子都是娘边摔东西边骂骂咧咧的声音，我家小小的房子，就像一个随时要爆炸的火药库。骂完了，娘又变得沉默，做饭，洗衣服，喂牲口，下地。娘和爹凭着自己的双手让我读了书，为我们盖了一栋新房，生活在他们的手上，异常缓慢地一点点的好转。

我从小就知道娘的苦，千方百计地体贴娘。师范毕业后，就把弟弟接到身边读书，并且承担全部的费用。放假回到家，把工资攒起来，交给娘，买肉和鱼。我调到县城，结婚的那天，我把他们接到县城，让他们啥事不要管，只做我最尊贵的客人。到了省城，我一再地邀请他们来做客。他们终于来了。

姐姐妹妹都出嫁了。弟弟高中毕业后去了东莞，也做得有样子了。我和弟弟商量每年固定拿出一笔钱给爹娘养老。娘不再像过去那么焦虑了，她的脾气变得好了。脾气变好的娘显得慈眉善目，温情脉脉。我想，现在的娘才应该是娘本来的样子，而过去那个脾气暴躁的娘，只是一个因为生活过于沉重被异化的苦命的女人。

生活有了改观，可娘还是闲不住，依然做饭，洗衣服，喂牲口，种地。即使来到省城儿子的家里，娘依然不肯闲着。娘趁着我们还在睡觉，起来把衣服洗了，在阳台上一件件地晾开。

四

带爹娘去看了家附近的高楼大厦，看了据说是亚洲第一音乐喷泉的秋水广场。爹娘看什么都觉得新鲜、好奇，嘴里不时发出惊叹的声音。

今天是周末。我和妻商量带爹娘去城里转转。我们决定带爹娘去动物园。

上了公交车，我挨着娘坐下，依然用一只手紧紧搂着娘，另一只手捏着一个以备娘晕车用的塑料袋。过了一会儿，娘推开了我。娘说车大，她不晕。娘笑着，向着窗外看路两边的房子、商店、车辆和行人。

先让妻领着在动物园门口等着。我偷偷去买票。我知道，爹娘如果晓得去动物园要花那么多钱，一定不肯去。昨天晚上，我就和妻说好了，她先领着爹娘在一旁等着，并且尽力转移他们的注意力，不要让他们看到我掏钱买票的举止。

选择来动物园，是我想作为农民，爹娘对动物天生就有感情。

我记得，我们家的一条狗走丢了，爹会好多天不痛快；我们家的猪病了，娘会像我们生了病那样难受。我不骗你，我亲眼看到过，有一次，娘喂的猪病了，娘坐在一条小凳上，哭了一个上午。

爹娘在动物园里，看猩猩，看鱼，看各种各样的飞禽走兽。他们果然高兴。他们会不由自主地在动物的栅栏前驻足，用老家的与它们的学名不一样的称呼唤叫着它们，挥舞着双手逗弄着它们，嘴里轻轻模仿着动物的声音。他们的样子，真像是两个孩子。

动物勾起了他们的记忆。在关着老虎的笼子前，爹说，他曾经碰到过老虎呢。有一次夜里走山路，月光下一只老虎就在一条小河的对岸，真的是虎视眈眈地望着爹，一会儿就转过身去钻入灌木丛中。灌木丛里，呼呼的那个响，就像有一千把刀过前！娘说，她十多岁在老家，看到过豺狼。她去山里拾柴，看到一条豺狼咬着一只野鸡往深山里走，尾巴拖着地。爹说，很多年前生产队曾经在庄稼地里打死了一只野猪，整个生产队的每户人家都分到了一块野猪肉呢。娘说，有一次她在地里干活，突然一只黄鼠狼窜过来，吓了她一大跳。这畜生，跑得可快呢，一身的黄毛，金亮！

我敢肯定，与动物的关系，没有人比农民更亲近。他们因为离土地太近，血脉里依然保留着人类善待动物的天性。我在一旁，听爹娘讲起我从没有听过的故事，心想从此对爹娘的了解又多一些些了！

走出动物园的时候，我发现我买给他们的矿泉水瓶子里的水还剩了大半。花钱买的水，他们觉得金贵，舍不得喝。

五

上班回来，在离家不远的路上看到娘。娘穿着妻给她买的新衣服，一只手在背后抓住另一只手的胳臂，在路上慢慢走，两只手下意识地晃悠。娘看到我，咬着下唇笑了。问娘，爹呢。说正在睡觉呢。——那是我一生中看到的娘最悠闲的姿态。可娘的背还是弯着的，那是过于沉重的劳作，给娘留下的烙印。

我与爹差不多高。我让爹穿着我的衣服。一件类似迷彩服的圆领汗衫，一条迪奥多纳的深蓝色运动休闲短裤，穿在爹的身上，爹显得有几分帅气呢。爹年轻的时候确实是个帅男人。

晚饭后，看到爹和女儿坐在沙发上说话。爹煞有介事地说着蹩脚的普通话，让我开心极了。我偷着乐的样子不小心被爹看到了，爹很羞涩。

写稿子到半夜，看到爹娘住的房间里的电风扇还在转，悄悄进去关了，轻轻地给他们盖了薄被。爹娘睡得香，一点儿也不知道。

爹和娘两张枯叶似的脸上渐渐泛出光来。眼睛也比刚到城里亮一些。爹娘说，崽家里的营养好呢。不像在老家，吃顿肉要到三里路远的镇上买。爹还夸张地用手揪起依然干瘪的腰，说看看，长肉了呢。

六

爹躺在躺椅上，突然跟我说，他想去机场看飞机。

记得老家的天空偶尔会出现飞机。有人突然看见了，叫了一声"飞机！"，田里所有劳作的人都会停下手里的活计，手搭凉棚向着天空望去。如果是喷气式飞机，就会有许多人，在田里痴痴地抬头，直到飞机在天空中留下的那条长长的气带慢慢消散。但是让全村人都遗憾的是，老家天空的飞机太小了，比麻雀都要小许多，只有蜻蜓那么大，阳光下发着银色的光。肯定是那时候，爹就有了一个心愿，想看一次停落在地上的飞机。

娘正躺着午睡，一听要去机场，就一骨碌爬起来，问去一趟要多少钱。我说不远处有直接去机场的车，我和爹来去只要四十元，一点不贵。娘说，要四十元！咱不去了！

我不听娘的。我给机场的朋友打电话，要他等我们到了后带我们进机场看飞机。我推着爹往屋外走。爹的脚步有点期期艾艾。走到半路，爹说想上厕所。路边没厕所，爹说那我们就回家去。我知道爹说上厕所是一个托词，爹是和娘一样心疼四十元车费。我索性把手搭在爹的肩膀上，搂着爹向去机场的大巴的站台往前走。

——我和爹命为父子，情如兄弟。

爹是个好脾气好心肠的男人。邻居谁家的伞散了架，他会找了一根铁丝穿上；谁家的狗窜到我们家，爹总会扒一口饭在地上给狗吃了；谁欺负到他头上了他不作声强忍着；谁对他好，他一辈子都心里记着。

小时候，我是爹的小帮手。爹是个好手艺的篾匠，没事的时候，我经常在我老家屋后的巷子里给爹悠篾。爹在前面把脚架在高凳上抽篾片，我捏着篾片的另一端在后面来回跑。我和爹配合默契。爹说，没有一个徒弟比我儿子更让我觉得顺手。每到年前，爹会带我走村串乡去打爆米花，以赚取我下一个学期的学费和春节的开销。爹摇爆米花机，拉风箱，我把柴；爹用膝盖压爆米花机，我抓袋。每爆完了一个村庄，爹就挑着爆米花机和风箱，我挑着麻袋和炉子，一大一小走在去另一个村庄的路上。

记忆中爹只打过我一次。我9岁那年，偷了家里的钱，买了些乱七八糟的东西。爹发了狠，把我绑在楼梯上，用绳子往死里抽我，边抽边声色俱厉地说："叫你不学好，叫你不学好！"打到最后，我一个劲地哭，爹也哭了。

爹把希望寄托在我身上。我初中毕业没考上高中，不想读了。爹不肯，领着我走了十五里山路到在邻乡一所有名的中学教书的老师家里去，求着那位老师帮忙带我去那所学校复读。我记得爹当时的样子，唯唯诺诺，生怕因为自己嘴笨说错了话，把我的前途耽误了。正是爹当时的样子刺激了我，我一改平常吊儿郎当的样子，发狠读书，最终考取了大学。

长大后，我和爹互相搀扶着，支撑起这个家。在我22岁那年，爹患上了慢性肾炎。那时爹没有钱，我在乡村当老师，也没钱。爹想放弃治疗等死。我咬着牙紧紧握着爹的手说，别放弃，我来给你治。我找来许多药典，访了许多郎中，结合爹的身体情况，综合了许多药方，自作主张地为爹配了一付方子，并到山头田边，为爹采草药。后来，我们村里有许多患慢性肾炎的人都死了，可爹奇迹般地好了——或许，上苍被我的孝心感动？

不管我到了哪里，每回到家，我都会和爹一起坐下来聊聊天。

我和爹都有说不完的话。我聊我的工作，爹会告诉我村里头发生的各种各样的事。我们一老一少相谈甚欢。虽然年龄各异，但村里几乎所有的人都说，我和爹形象酷肖！

我和爹等在去机场大巴停靠的站台边。机场大巴迟迟不来，一场雨眼看就要来了。天空乌云密布，狂风卷地，闪电如蛇游走。爹跳上了一辆回家的公交车，我只好紧紧跟上。

后来我几次劝说爹再去机场，可爹说什么也不肯了。爹到底还是舍不得让我花费那四十块钱。

爹看飞机的心愿没有完成，我很难受。

七

爹娘说要回去了。爹说老家东园那丘田的禾苗怕是干死了，园陂那丘肯定长出了许多稗草。娘说请邻居帮忙照看的畜生可能瘦了，还有家里有个房间的窗户好像忘了关，这几天下雨雨水肯定劈进房里了。

我和妻极力挽留他们，可他们坚持要走。我知道，爹娘是想家了。

爹娘已经完成了到省城看看儿子的心愿。可是城市并不是他们的家。他们并不愿意在城里待下去。他们没法在城里找到认同感。只好给他们买了车票。下午三点二十七分的火车。我向单位请了半天假，在家里陪着爹娘，帮他们收拾行李。

和爹娘有一句没一句地聊天，心里却涌起了对他们的担心。他们在做儿子的家里待了半个月，享受了一番难得的短暂的天伦之乐，又要回到那个只剩下他们两个老人的家了。像几乎所有天下爹娘一样，他们年轻时为了让儿女们有出息做牛做马，可是儿女们真的一个个离开了家门，他们的晚景会如何的孤单！没有人陪着他们，他们会不会把日子过得粗简潦草？生病了，他们会不会瞒着不打电话告诉我们？

我从钱包里抽出五百块钱，说回去用这钱买点菜吃。

爹娘死活不肯要。他们一唱一和，说着不肯要钱的理由。爹说在这里这些天花了你们不少钱呢。娘说你们在城里，煤气水电都要钱，人情往来交朋结友都要钱，买的房子每个月还要向银行缴贷款，这钱就像水一样，哪里经花！爹说你们每年给的钱还剩大几千呢，娘说我们在老家，不需要什么花销的。

我说这钱你们拿着。钱用掉了我会去赚。

爹娘说，我们知道崽赚钱不容易，每晚都写到半夜才睡。

反复劝说爹娘，爹娘只好收了。

整整一个上午，爹娘再也没提钱的事。看爹娘的眼神，好像有什么事情他们串通好了刻意瞒着我。我觉得不对劲，走到爹娘的房间拉开床头柜，竟看见我给的五百块钱赫然放置其中。

我拿着钱朝爹娘吼，这只是我请朋友吃一顿饭的钱！逼迫他们收下。爹娘看他们的小伎俩被揭穿了，都悻悻地笑着。又经过一番推搡，爹娘总算是不情愿地收下了。

送爹娘到火车站。买了站台票和他们一起上了车，把他们安顿在座位上了。爹娘赶着我，说快去上班，别误了工作。

我没有走，站在过道上，反复交代在火车上的注意事项，告诉他们上厕所怎么开关门，摆在行李架上的行李下车时要记得捡，钱要小心保管，车开了不要把头伸出车外。还有，回到县城一定要在县城的姐姐家给我打电话。

我突然感到非常难受。我看到这一对生我养我的人在岁月面前的不堪老态，看到这两个为生活耗尽了精血的老人在人群中的孱弱无助。他们搀扶着我走到了今天，可我对他们的回报除了仅仅作为一个安慰，其实一无是处。我是他们的儿子，可我并不能日日在他们身边，护卫他们终老。对天下儿女来说，所谓对父母至孝，是几乎不可能完成的事。

我走下了车，直到火车开动爹娘在玻璃背后的脸徐徐远去，才告别了站台。

晚上迫不及待地打电话给在县城的姐姐。姐姐说爹娘到了，一路平安。娘接了电话，说："那五百块钱，依然放在床头柜里，夹在虫子（我女儿的乳名）的一本旧作业本里。别责怪我们，算是我们给孙女儿买东西吃的零花钱好不?"

我赶紧打开床头柜,翻开娘说的那本旧作业本。果然,那五百块钱,五张经过了爹娘的手、还透着爹娘体温的纸,依然整整齐齐地搁着。

爹! 娘!

(选自《长城》2011 年第 9 期)

和乡长刘桂香在一起

习 习

见到了桂香

正好冬至，长途车从兰州开出，约3小时到了静宁县城。天全黑了，桂香在车站等我。

去年我到静宁参加一个文学会，和喜欢写作的桂香同车。桂香原是静宁县团委副书记，当时在兰州的团省委挂职。会后，大家一起去了有几千年历史的古成纪遗址。那一带桂香熟，她娘家就在附近。大伙儿兴奋地拣拾老城墙边的汉瓦碎片，桂香在一旁笑眯眯地帮人拣。来回几十里路，路边是大片大片苹果树。那次也是冬天，阳光明亮，满地歇着果树的影子。桂香说，静宁苹果在全国很有名气。

桂香在司桥乡当乡长，乡政府离县城十来里。桂香说，大约这儿有桥又有很多司姓人家，才叫司桥。天上没月亮，车前的灯光晃晃悠悠，只照亮了前面一截儿坑坑洼洼的山路，山里很静。

晚上我住在乡政府院内桂香的办公室。这是个带套间的屋，里间是宿舍。宿舍里生个小铁炉。

真凑巧，桂香在昨天的乡人代会上正式当选为乡长，现在，她是全县仅有的两名女乡长中的一位。

桌上放着几页她的发言稿，是她昨天的就职讲话。最后几段用红笔打了波浪线：

尽管我到司桥来才四个月，但是，我已切实感受到了全乡上下振兴司桥的强烈愿望。同时，我也深深体会到，司桥的领导班子是团结有力的，司桥乡政府全体干部的综合素质是很高的，司桥乡各村的村干部是务实苦干的，司桥乡的人民群众是勤劳淳朴的。我相信，在乡党委的正确领导下，在乡人大的有力监督下，在这么好的乡干部、村干部、人民群众和我们大家的共同努力下，建设小康和谐司桥的目标一定能够早日实现，司桥的明天，一定会更加美好！司桥的未来，一定会更加辉煌、更加灿烂！

桂香说，这都是些振奋人心的话，说得人心热，得到了大家的好评哩。

这些日子，乡政府为计划生育检查工作忙得昏天黑地。桂香安顿好我，赶去和书记干部们碰头。她说，每晚都这样，人人汇报分析一下当天的检查情况。情况复杂得很！桂香说这话时皱着眉头。出门时又笑了："冻了就进被子，早上就给你插好电褥子了。"

办公桌玻璃下压着她女儿的一张相片和一篇作文。作文题目是《妈妈，献给您一束康乃馨》，我读了一遍，女儿很想念也很体谅她忙碌的妈妈。女儿叫周逸菲，在兰州上小学四年级，我见过一次，眼睛一闪一闪的，很机灵可爱。

过 11 点了，桂香开完了碰头会。房子太冷，我早钻进被子，看完了床头一大摞《中国农民报》。

我俩挤一张床上。我们又说到了苹果。桂香说静宁苹果品质好销路广，已经成了静宁的拳头产品。静宁是甘肃的贫困县，目前种苹果最能使农民增收，可有些农民很顽固，他们不信卖零嘴儿能填饱肚子。后半个秋天，乡干部们一直忙产业结构调整。为连片种植果树预留土地，乡干部们连着四十多天住在村舍甚至田间地头的帐篷里，费尽心机说服农民。呵呵，打仗似的啊，桂香说。夜里，农民悄没声息到地里，悄没声息地偷种麦子，全靠咱眼明手快的乡干部及时阻止呢。农民是想富，但胆小，守着几亩麦子就觉得踏实，得强迫着改变他们的观念。前阵子忙的这档子事，从乡镇工作的角度讲，叫"抱牛头"。今年"抱牛头"很成功，没白苦，预留了好几千亩苹果地哩。桂香露出很欣慰的表情。

从代乡长到正式任职，桂香已在司桥乡待了四个月。四个月里，她和书记到处奔波，新要了几个项目。桂香说：用钱的地方多得很，要给乡干部们发上菜篮子、司桥的路要继续休整。乡干部们的待遇很差，又做着上管天下管地鸡毛蒜皮落不下的事，工作苦得很，上面没法改善他们的待遇，只能自己想办法解决了。司桥的路也修了一半了，农民高兴啊，还得继续修……

说着话，桂香就发出了鼾声。

时令正是农历腊月初，从气窗隐约可以看见半截黑骏骏的山，天上没一颗星。

三瓣雪

桂香笔名"三瓣雪"，我读过她几年前写的一些文章，轻灵优美，很有点"雪"的味道。

到司桥后，她再没动过笔了。她说：主要是忙；另外，很多想法变了，一时转不过来，落不下笔去。

想来，"三瓣雪"这名儿放在土苍苍的司桥，确实有些隔了。

"三瓣雪"这名字的由来和她大学两个好友有关。现在，她们一位是小学老师，一位是警察。三人上学时都热爱文学，一起办文学刊物，想以后合出一本书，书名就叫《三瓣雪》。"三瓣雪"轻盈美丽，很符合她们当时的理想。我去年见过那个老师，叫杜小英，温和秀气。桂香拿出一篇小英的文章给我看，题目就叫《三瓣雪》，中间有这样几段：

每当想起我们的友谊，我就惊讶于上帝的安排：她让我们三个性格互补的人相逢于芸芸众生之中，又赐予了我们珍贵的友谊。

三人当中，桂香年龄最小个子最高最有才情。

桂香是个挺浪漫的人，亦是个永远把朋友记在心间的人。她会在大海边一边惊叹海的美丽，一边打开手机让远在西北的我听海。她走到哪里都会带去一片笑声。她的笑声很悦耳，也很有感染力。同我们相处时她常常会像孩子一样大呼小叫，看起书来则像雨后的梨花一样娴静美丽。

在这个世界上，我们就像三瓣雪，纯洁美丽地飞舞在我们人生的天空中！

这是小英多年前的文字，文字里的桂香也是小英眼中多年前的桂香。那时，她们大学毕业不久，心里还盛满少女的浪漫。

现在，作为一个女乡长，桂香成天在乡间奔忙穿梭，但小英诗意的文字还是让桂香脸上露出了温馨。

我拿《中国农民报》上的一篇文章给桂香读，想听听她的看法，文章题目是《新农村建设的文学期待》，文章说到，农村需要的是真正反映农村生活原貌的文字，而不是作家头脑中想象出的文字。

桂香说，说得对。农村很少出作家，尽管走出农村成了作家的人很多，但又和农民拉开了距离。我虽在农村长大，但现在，在和最底层最广泛最穷困的农民接触后，我才切实了解了农村的真实情况，也才发现目前所谓的乡土文学实在破绽太多、太脱离农民、太脱离底层。作家需要实实在在地体验生活。其实，我到乡里不过半年，但以前的很多想法一下子变了，你看，现实多会教育人。

乡镇，是国家最基层的一级行政组织，被人们叫做小芝麻官的乡镇干部们天天处在政策与农民利益和矛盾的焦点上。仔细想来，我们的政府机构和占总人口80%以上的农民群众之间的关系，就是靠这千万个"芝麻官"维系着。所以啊，要想真正了解农村，作家们应该和我们乡镇干部们多接触一下。

爱农民吗？我问她。她说，知道我的一位多年在乡上工作的同学咋说的？他说，对农民，刚开始全是爱，然后，就会生出很多恨来。这话我一直在琢磨。鲁迅写闰土，哀其不幸、怒其不争，我觉得，自己有时也会隐隐生出这样的感觉来。

桂香表情凝重。我一下子觉得那个在兰州爱吃火锅、爱说爱笑的桂香变了。

农民当然有淳朴的一面，她说。可一些农民的世故、自私、狡黠、冥顽不化，叫你爱不成恨不成。

三瓣雪、写作，那是过去的梦想。桂香说，写作更多时候是个人的事，做了乡干部后，想法有了大的改变，觉得一个人应该尽可能为社会做点事，为农民做点事。现在，我这一瓣雪没了梦幻和浪漫，但"雪"还是很好，最后落到了土里，落到了我们乡里，呵呵呵。

对文学当然还是一往情深，可是写什么、怎么写呢？到了乡上，满眼睛都是黄土、和黄土一样实实在在的人和事，心里沉甸甸的，一下子没法用文字来表达了。

在手工织毯厂

清晨，满地披霜。

乡政府斜对面，是先前的农机站。农机站已闲置多年，院里有一排高大的车间，外墙上还有红油漆的旧标语："抓革命、促生产，农业的根本出路是农业的机械化"——上世纪六十年代的标语了。眼下，机械没了，车间里是个手工织毯厂，是桂香到司桥后，和书记商定后托乡经委办的。20来个女人说说笑笑在车间里栽毯。厂房和栽毯用的器械、毛纱、羊绒纱都由乡政府免费提供，还花钱请专人教会了她们栽毯手艺。

女人们很喜欢做这事。桂香说这是第一批产品，如果商家验收通过，每平方米会付她们13块工钱。正学着栽毯的一个女人笨手笨脚的，桂香笑她：哪儿像女人啊。大伙儿都笑。车间中间有一个油桶做的大炉子，火苗儿蹿着，可房子还是不见热。女人们穿着棉裤，头上裹着五颜六色的围巾。眼下是农闲，女人们既能顾上家还能挣点钱，再冷，心情好得很。

咱们在院里再弄个淀粉厂怎么样？桂香问她们。

好！那好！真的好！她们抢着说。

司桥的洋芋品质很好，弄个淀粉厂，可以同时加工淀粉、粉条、粉丝、粉皮。这样，农民的洋芋就有销路了。不过，只是在自己琢磨，还没跟书记商量呢。桂香对我说。

后来在十几里外的另一个村，去看了一家织毯作坊。一个农家院落，十几个女织工，都是村里的农民，手法已很娴熟。负责人是一个在县城织过毯的二十四岁的小媳妇，这个作坊就建在她娘家。她把技术带回了村里，乡经委了解到她的情况后，给她配了设备，由她负责培训和管理。她说，想来的女人多得很，可是房子和设备有限。

已有织好的羊毛沙发坐垫，三件套：一个长沙发坐垫、两个单人的、一个双人的。客商的收购价一套 800 元，织工们日夜赶着，还是供不应求。给织工的报酬是每平方米 13 元。手快的妇女，一月能挣近一千元呢。

桂香说，在城里打过工的女人到底有了见识，回到乡里，就可以带动乡里的女人们赚钱了。

一位女工说，过去可没想过能有干这事的本事呢，在家也做针线活，织布织毛衣，没想过还能织毯子。咱现在也能挣点零花钱，不光跟老汉子（丈夫）伸手了。大伙儿笑。

桂香说，农村女人的日子苦，除了下地务农就是干家务侍候人，过得苦腰杆子还挺不直，现在出来干干，脑瓜子活了，手里有了零花钱，在家里有了经济地位，心情也好多了。

可不呢？一位女工说，到底女乡长好呢，为我们女人想得多。

撕拔糊下小鲫鱼

这天，书记特意安排灶房做了静宁的特色饭：撕拔糊。书记姓王，做了十几年的乡镇干部。桂香介绍说，先前王书记所在乡的农民都叫他毛泽东，因为他带农民修了四通八达的路，农民说，是王乡长让他们得到了解放，所以一见王书记，就叫他毛泽东毛泽东的。书记给桂香摆手，不说这些不说这些。

撕拔糊是豆面和莜麦面混拌的面疙瘩，疙瘩汤里有酸菜、洋芋条。满口浓浓的豆香，下饭菜是一盘金黄的油炸鲫鱼。胖嘟嘟的小炸鱼在碟子里整齐地摆了一圈，油是香香的胡麻油。油炸小鲫鱼，是招待贵客的。

王书记说，你得把我们司桥好好宣传一下。

小鲫鱼竟是司桥乡的特产，让我觉得新奇，在这个满处是沟壑的黄土窝窝里，会有水吗？

有啊，很大很大的湖，悬镜湖。

原来这鲫鱼是静宁悬镜湖的特产。悬镜湖在司桥乡有一大块湖面。书记办公桌上有张电脑制作的图片，是悬镜湖的规划和前景：湖光山色、波光粼粼；湖边有宾馆、花园、凉亭、游艇、穿泳衣的女人……

悬镜湖其实是静宁历史悠久的东峡水库，距静宁市中心4公里左右，东西狭长，湖区北部山腰上就分布着司桥乡司桥村的六个社，湖区南北两山都栽植着大面积的果品经济林，312国道自悬镜湖北部经过，建设中的平定高速公路也紧邻湖岸。无论从自然景色到交通、到人文风光，在这里建设水滨度假村是再好不过了。

悬镜湖是司桥乡的一大宝，桂香和书记当然对它早有打算。书记说，早考虑到了，先在司桥村发展，天一暖和就动手，在湖边建几个农家小院，吸引城里人来度假。喝茶，钓鱼，打扑克，下棋，唱歌，划船，游泳，滑冰……把悬镜湖的名声打出去后，再慢慢做大。农家小屋挂上红辣椒、玉米棒子，贴上窗花儿，还要做农家的特色饭食，当然少不了悬镜糊里鲜鲜儿的鲫鱼。桂香说。以后再推出咱司桥的民间工艺品：绣花鞋垫、荷包、兜肚、老虎枕、剪纸，卖给游人做纪念品。再借度假村慢慢推动周边村社的经济发展。

撕拨糊吃完好久了，我在一旁也不时插几句话。书记和桂香畅想得很热烈，桂香的脸红扑扑的。

还有淀粉厂，这对农民更实用。桂香说，但这又需要一笔钱，还得想法去拉项目。

农民穷，穷了好多辈子，可大多数人你不逼迫他，他就是醒不过来，动不起来。书记说，这就是官逼民富的道理。他们挣到了钱，就会信赖你，乡里的什么事情也都好开展了。

这天的碰头会结束得早。宿舍冷得瘆人，我和桂香钻进被子，只露出个脸来说话。桂香把电褥子调到了最高温度，还怕我冷，又给我压了床被子。

桂香说，待了几天，你对乡干部感觉怎样呢？

我说，除了忙还是忙啊，上厕所都是半跑的。桂香咯咯咯咯笑。

桂香给我讲了个有关乡长的段子：

一个农民拉着一头驴，驴饿了，去吃路边地里的麦苗子，地主人见了，骂道：畜生，滚出去！你以为你是乡长啊？走哪吃哪。驴还吃，驴主人过来在驴屁股上踢了一脚，骂：你尿，你以为你是乡长啊，人家都骂了，你还听不来话音儿。

哈哈哈哈，我一听，笑了。想到桂香的身份，赶紧收了声。

像这样的丑化乡干部的笑话多得很，网上一串一串的。桂香说，最可气的是有些人竟当着我们的面在饭桌上大说特说。你想想，社会上对乡镇干部的负面宣传这么多，媒体强大，作为弱势的乡干部哪有声气去反驳。前两年有一本写农民的畅销书，里面把乡干部写成了压榨农民的恶魔。读着挺生气。坏干部也有，但是占少数，可有谁好好反映一下乡干部的好和不容易呢？负面宣传对乡镇干部的打击很大，本来乡干部工资福利就很低，背着这些坏名声没日没夜地工作，真叫人灰心呢。干群矛盾也和这些负面宣传有很大关系，农民们对乡镇干部总不信任。想想看，多悲哀，政府和农民最直接的接触不就是通过我们这些芝麻官吗？农民对乡镇干部都不信任了，问题不是很严重吗？

事实情况是咋样的呢？桂香说：作为一个乡干部，当你挑起了这个担子，操起了这份心，你就会感到自己责任的重大，你就会时时注意到自己的身份，怎么会去随便吃农民的麦苗子呢？呵呵呵。而且，农民与乡干部的关系并非那么极端，只要真诚地为他们服务，为他们想办法谋富裕，人心都是肉长的，谁会怨你恨你呢？

到潘王村

早上8点整，吃饭铃响了。这些日子检查计生，五十来个乡干部全住在乡政府里。昨儿出门迟了，王书记很生气地在院里训话：啥时间了，半晌都没了。今儿谁好意思怠慢？齐刷刷去灶房吃早饭。我和桂香在办公室吃，两个热腾腾的大馒头，一碟酱油泡的红萝卜绿萝卜大辣椒块儿。

桂香打扮得很仔细，打摩丝、抹口红。身上的衣服也很鲜亮，这两日穿的是天蓝的长羽绒服，衣架上还挂着一件红大衣。桂香笑嘻嘻地说，都是配裙子的，还有我的长靴子，不过，乡里要爬高上低，穿裙子到底不方便。

桂香说，平时很想女儿，但没办法。乡上工作的人，一个月能有一个休息日都不错了。有时候几个月回不了一次家。好在有个好老公，女儿的一切都由他管。桂香说起老公和女儿来，美气得很。老公脾气特好，有学问，在兰州一所大学教书。女儿也很优秀，学习成绩在班上数一数二。这可是我这辈子最大的福分啊。

我说，给女乡长配这么窄的单人床太不合适了，万一娃他爸来住一下的话多不方便。桂香又咯咯咯地笑，说我坏。

车喇叭响了，乡干部们挤满了三辆车：一个小面包，一个六座客货，一辆小轿车。小面包车是租来的，为了这次的计生检查。车一溜烟挨个儿跑了。乡政府里安静得很，树杈上的麻雀唧唧喳喳乱叫。

桂香这天的计划是走访几个计生落后的村子。

乡政府门口的计生服务站里有好些女人，是按政策来参加环检孕检的，每季度一次。服务站门口，站着一对夫妻，表情怏怏的。一位计生干部到桂香跟前，小声说，男的硬是不叫女的作孕检，大约是怀上了。桂香望一眼那男的，也小声说，好好劝解，一定让女人做完检查再回去，有了问题得好好讲讲道理。

跟着桂香先去了潘王村。

这季度，潘王村有 12 个妇女没参加环检和孕检，桂香要去督促村上完成任务。去潘王村的路上，经过了一截新修的土路。那里原先是一个大沟，把一个村好端端隔开。看着对面近近的，可要过去很是费事，至少得走一个小时。乡政府找了工程队填平了沟壑，这下走起来就近很多了。几个放学的娃娃在路上玩耍。桂香说，这下好，娃娃们到了家，饭还热着呢。路是修好了，可亏欠了工程队很多钱，桂香和书记正为这事发愁呢。

车是行驶惯了山路的，在坑洼不平的路上跑得飞快，车厢里漾满了土。

到村主任家。村主任 50 来岁，端出一碟生葵花籽。里屋是个小卖铺，不时有人来买杂货：黑胶布、纸烟、卫生纸。桌上的喇叭旁有架电话，电话铃响了，村长对着喇叭喊："王有贵家的，电话！王有贵家的，电话!"村长说，王有贵从兰州打来的，找他老婆呢。过一会儿，村支书也来了。几个人围着小铁炉，边嗑葵花籽儿边聊。

村支书说，实在没办法啊，外出打工的人太多了，有的在省城，有的干脆多年在外省，地给亲房种了，有些人一年到头回不了一次家，院子都锁着，地址不详无处通知，常年在外的又不销户，这些计生检查指标怎么能完成呢? 乡上要一个劲儿查人头，村上去哪儿找?

桂香嗑着葵花子，细细听着。

说着，来了一个 70 多岁的老汉，老汉独自住家里，儿孙们都出外打工了。他在兰州打工的孙媳妇的孕检结果一直没交来。支书说，明儿个你就坐车到兰州找孙媳妇去，大家笑，来接电话的王有贵家的女人也笑。老汉看看桂香，说，我以为来个女乡长，计划生育就可以松些了哩，没想到抓得越紧了。桂香笑，女乡长能生娃，就不抓计划生育了吗? 那你老汉家倒是走着看。

一个农民来给支书交入党申请书。桂香问他家留了多少亩苹果地，那人说，不是不想多留，主要怕树苗子的质量不好。果子能结，可到底不知道味道好不好。桂香拿出本子记了他的话。

村舍间的路刚好过一辆车，车一动，扬起了厚厚的虚土。车走远了，村长和支书还在院门口站着。

在司桥村

再去司桥村。

路上，桂香接到副乡长从席湾村打来的电话，乡干部小王的脸被人抓破了。说那家女人死活不交环检报告，抓破了小王的脸还大哭大闹呢。桂香在电话里说，不执行计划生育政策，还打乡干部，要好好处理，不过一定要讲方法，先叫小王去车里休息。

快到司桥村了，远远听见了吵嚷声。原来是一家农户正对乡干部们无理吵闹。男主人不拿在外打工的媳妇的环检报告给乡干部看，又叫来几个兄弟一起闹。乡干部们一个劲儿讲道理，那家人不听，把一个正说话的干部推来搡去的。院子里剑拔弩张，气氛很紧张。我往相机镜头里一看，一院子男人，就桂香一个女的。桂香叫人过来，悄悄让我把相机藏起来，怕激化矛盾。桂香很温和，对气呼呼的男人说，很简单的一件事，配合一下，按期交来环检结果就行了，乡上是按政策办事，如果连交个环检证明都不配合，那么以后退耕还林呀粮食直补呀农村合作医疗等等的优惠政策，你们家还享受不？院子一下子静了。过了一会儿，那男人说，我交证明就是了。

我问乡干部，吵架的事多吗？乡干部说，经常有。农民最怕计生检查，许多对立的因素都与此相关。本来看看证明就完结的事情，有些农民就是要故意刁难，因为他们都觉得计划生育就是在刁难他们。

村子里，家家门户紧闭，路边屋舍的墙上写着各类计生标语。计生检查是乡干部最头疼的一件事。一位干部说，一到这时候，我们就成了猪八戒照镜子——里外不是人。上面对乡政府的计生工作实行一票否决制，大伙儿的压力都大得很。

计划生育工作搞了多少年了，国家为搞计划生育给农民想办法补贴、给劳动力少的家庭提供实惠，可他们还是老脑筋，宁可穷也要生娃。他们还是只关心个人，从没想过计生政策给国家给农村给他们自己带来的好处。桂香说，她的情绪有点不平静。

已是傍晚6点多，乡干部们已跑了三个村子，又集合起来去另一个村子。

我在村里转了一圈，沿一条路走下去，看到一条大沟，沟底铺满白冰，冰面敞阔。忽地想起这就是悬镜湖。冬日的湖面更像一面晶亮的镜子，傍晚的余晖柔柔地洒在冰面上。经了这一日的繁杂，眼睛落到这里，心里也安静了许多。

回到乡政府，桂香先去了灶房。对师傅说：昨儿晚上的饭咋没够？大家下了这么大苦，清油放多些，饭做足。

想起桂香说的话，在县上，最辛苦的是乡镇干部，事无巨细，什么都得管。农民忙时我们忙，农民闲时我们更忙。上面的工作，一样一样都要落在乡干部的头上，上面千根线，下面一根针。千根线万根线，都得从乡政府这个针眼里过。

"平茬"

一再听乡干部说到"平茬"这个词。问桂香是什么意思，桂香说，割完麦子的地见过吗？就是把没割净的，地里还剩的毛茬儿全部收拾干净。

现在，"平茬"成了计生工作的一个专用名词了，就是把那些疑难户、钉子户，按计生政策，该说服的说服，该处理的处理。这样，在农民眼里，政府的计生工作一视同仁，以后的工作就好开展了。一年的最后一个季度，大约各地的乡干部都在忙着"平茬"。

忽地，由"平茬"，我想到桂香讲的另一件事。

冬天，地燥风大。乡上一再要求农民不要图省力去烧地埂上的草。一天，天黑时，接到护林员电话，说有地方起火了，具体哪个村说不清。那天，桂香正来例假，忙乱了一天，很乏，正想早点歇着。可水火无情，接了电话，桂香立马喊上几个在乡政府住的干部，拿了灭火器具往外跑。果然，远处一个山头红着。可平素看着近近的山头怎么都到不了跟前。天黑透了，绕来绕去满山跑，就是找不到火源。有人估摸着烧着的是上马村的地，跑到上马村要村民们帮忙，可村民都说火源不在他们村，他们管不着。一个多小时后，终于找到了着火的地方，火源正在上马村，不过，火已熄了。原来，风把火苗一直往前推，一条不足两米宽的土路截断了火。

半夜回到宿舍，桂香心里很生闷气，气恼村民的心眼儿窄，还气恼那个自私的烧草的农民。那晚，桂香两条腿肿得像椽子，脚上全是水泡。

真的，在乡下工作，很多时候，你会丢了自己的性别啊。该出力的时候，没人拿你当女人看。桂香说。

其实我一直想呢，身处男干部堆里，又在思想封建的西北农村，一个女乡长，能服人吗？

桂香说，她见过外省一道竞岗副乡长的考试题，题目大概是这样的：如果你是一名女副乡长，如果干部们在背后说你和乡长或者书记有不正当的男女关系，你会怎样处理？桂香说，看到这题，当时真生气，这分明是对女干部的羞辱哩。不过回头细想，这也是现实。本来，女乡长就很少，大家像看新鲜一样眼睁睁盯着你的一举一动。农民的老脑筋当然更接受不了一个女人对他们说话，对他们下任务。所以啊，我一边要忘了自己是个女的，一边还要时时提醒自己是个女的。既然大家老盯着你身上的男女问题，那就坚决不要叫他们钻空子。如果有人实在想钻空子，那就只好日久见人心了。再说了，女乡长也有女乡长的优点，一些干部还夸我细心体谅人，做事有耐心呢。桂香又笑了。

又说到那次火，我说，那才叫一次意外的"平茬"哩，那几块地烧得很干净吧？桂香气得挠我。

快过新年了

还有几天就新年了。新年是个短暂的歇息，是在急跑中喘上一口气。年终岁尾、新年伊始，打仗赛跑，乡干部们太忙了。

傍晚，书记、桂香、两个副乡长，边吃饭边商量起元旦前的工作。书记说，还有十来个村的计生工作没有检查，得分散开，明天起分两组，远的乘车，近的步行。

另外，文书在司桥乡工作的女朋友，最近在县公安干警招考中顺利通过了考试，也是司桥乡的一件光荣事。大家商定欢送新女警和欢度新年一起进行。书记说，买几只羊，做羊肉泡馍，白酒管足，大家好好放松放松，然后放假两天，在家好好睡个透觉。几个人议着，都喜洋洋的，节日的气氛一下子近了。

傍晚7点，天很黑了。桂香说县里有个紧急会，今晚得在县里住了。桂香叫我一个人睡。

我怎么都睡不着。乡里的夜静得要命，竟没一声狗吠。天窗微白，想必是叫对面小山上的残雪映的。

扭开台灯，看床头的书。翻开一页，看到辛弃疾。桂香喜欢豪放派词人。

醉里挑灯看剑，梦回吹角连营。八百里分麾下炙，五十弦翻塞外声，沙场秋点兵。

桂香在下面用铅笔画了线。我放开声音读了一遍，自个儿笑出了声。桂香话少，喜欢眨巴着眼睛想事儿，想好了，才说出不多的话来。想起她袅袅婷婷的细瘦身段、温文尔雅的说话声调，再看她看过的辛弃疾、苏轼，就禁不住笑呢。

又是沉重的一天

今儿是圣诞。我暗自思忖，城里一定热闹得很。只我这样想，乡干部们哪儿有圣诞的概念呢。

空气清冽，太阳出来，草尖亮起一层细碎的露珠。

今早怕是闲些，桂香想领我去悬镜湖看看。可刚吃过早饭，电话响了。县妇幼保健站站长要来，联合国妇女儿童基金会有个捐助项目，要在司桥拍些资料相片。

这是件大好事，最好能给司桥的残疾儿童争取点捐助。桂香兴奋地说。

桂香叫来乡卫生院院长，确定了走访对象。

说话间，站长就来了。是个女站长，四十多岁。她给桂香抱来一箱苹果。二人见面，你拥我抱，姐妹似的，一个说一个年轻了，一个说一个漂亮了。

我又跟着她们走乡串户。

先去的这家，一家人全是残疾。男人双腿残疾，从临洮县娶来个弱智女子。一家子无法务农，男人在路边开了个小卖铺，邻居说他刚刚挂着拐出去进货了，临走时叮嘱女人千万别卖东西。女人说，一根棒棒糖一角钱，站长给了她一元，她抓耳挠腮，说，算不来，不卖不卖了！我给她和孩子在铺子门口拍了张合影，孩子11岁了，才六七岁孩子的身高。

进到另一家，气氛很沉重压抑。正屋对门墙上挂着一张黑布挽联，上面已经落了厚厚一层土。站长说，挂一年了。这家女人生了三个孩子后，又怀了孕，五个月时自己喝了堕胎药，孩子流产时，怎么都不肯去医院，结果大出血去世了。男人神情悲哀地站在院里，对站长说他的小女儿眼睛斜视。站长说，一定尽快来保健站，让医生给好好瞧瞧。三个孩子由他和他因穷困成不了家的兄弟带。桂香对他们说，家里要是有怀娃娃的亲戚，一定到乡卫生院或县妇幼保健站来生，要放心，国家对农民的接生费有规定的，花的钱很少又安全。男人红着眼圈一个劲儿点头。

再去的这家，几代人都是弱智，只有一个80多岁的麻眼老人智商正常，弱智老伴早去世了。麻眼老人去年摔破了胯，在热炕上坐着，我摸了摸她棍儿一样细的腿，她说，肉干了肉干了。桂香眼睛红了。站长表情沉重，不说什么，不停地拍相片。老人的女儿是傻的，生的女儿还是傻的。傻孙女招了个上门女婿，也是弱智。现在孙女有孕在身，快要临产的样子。问她肚里的孩子几个月了，她说，一个月了。

去了另一个村，进到一家，屋子破败低矮。这家的媳妇患癫痫，正坐月子，刚生了个死胎，她目光痴呆地靠墙坐着。院里站着她的女儿，眼睛斜视、弱智，11岁了，还在上学前班。

另一家的那个男孩15岁了，弱智，一直在循环上小学，六年级上完上一年级。路还走不稳。

……

跑了9个村子，转了十几户这样的人家。一路上，我问了很多问题：为什么会发生这样的恶性循环？农民为什么会这样不负责任地怀孕生育？乡政府能不能有效地干预？问题十分复杂，乡长刘桂香给我只做了最简洁的回答，一边不停地摇头。

回乡的路上，谁都不说话，车窗外，一直有一弯月牙儿跟着。

那晚，我们很倦。回到司桥，倒头就睡了。

写在后面

今年深秋，我从庄浪返回途中，绕道再次去司桥乡看望桂香。

叫一声老乡好沉重·

桂香给我讲了很多，还领我看了悬镜湖度假村，回到兰州的当晚，我在本子上记下了四条：

1.司乔乡全乡通上自来水了，农民说："这下真个成了城里人了!"

2.手工织毯厂有效益了。女织工们平均每月能挣到五六百元，最多的能挣到千元左右。乡政府为了鼓励她们，给女工们买了奖品，织得快织得好的奖励一台洗衣机，织得不错的奖励一个挂钟。

3.静宁苹果销路很好，价格节节攀升，品种最好的苹果今年能卖到每斤三块多，农民种果树的积极性越来越高了。

4.悬镜湖度假村建成并有了效益。湖边建有木屋、蒙古包。彩旗翻飞，小树环绕，湖上有小船。去年"五一"长假时，来这里休闲娱乐的游客非常多。

新年时，本想趁桂香回家过节小聚一下，但总不赶巧。那天又想起她，和她互发了几个手机短信：

——在干吗?

——正忙呢。

——忙啥?

——忙计划生育、养殖小区建设、全膜双垄沟播玉米技术和果园管理技术培训、低保发放……

(选自《山西文学》2008年第2期)

千年乡路

李登建

这条路和这个村子一样古老，和这个村子的历史一样绵长。

自有了村子，或者说自最早那座茅棚在这里扎下，庄稼人到田里去刨食吃，去播种、栽秧、锄地、浇水，再把收割了的庄稼拉回。去去来来，很快，清风一吹，一条亮带子就在美丽的梁邹平原上飘拂了。

我不知道该炫耀一番还是闭口不提为好，我们村子这棵古树是明初生根发芽的。听老人们传说，洪武年间有一家逃难的从北向南去，男人的担子一头挑着一领烂席卷着的破被褥，另一头是一个盛杂物的大筐，一扇一扇，像一只疲惫的大雁；俩儿子搀扶着咳嗽不止的病弱母亲，走走歇歇，歇歇走走，被他落下老远。他们走到这里天又漆黑如墨了，也累得迈不动步了，男人便卸下担子，解开席子，草草搭个棚子过夜。不幸女人就死在了这个夜里。天亮男人带着儿子把女人埋葬，回来却不摸扁担，望着无边的荒野他目光茫然，犹豫了半晌，他决定不走了。他们找了一洼水脱土坯，垒了一座低矮的土屋遮风挡雨；开出一块巴掌大的地，撒上仅有的一瓢子秫秫粒儿。头三年老天有意养活这家人，旱涝保收，打的粮食少有剩余。但接下来是连年的灾荒。而一天傍晚一个逃荒的小女孩路过土屋时突然昏倒，汉子收留了这个孤苦伶仃的孩子，半月后大儿子却因吃黄蓿菜患水肿病不治而亡。小儿子和小女孩像屋前的那两棵柳树一天天长高，老人倾尽积蓄又盖了一座屋，让他们住进去完婚。新一茬庄稼收割的时候，这座土屋里传出了婴儿清亮的啼哭。

过了数年，又有两家学着他们的样子，在一东一西造土屋，房子们也相互有了倚靠；可近坡的好地种遍了，得到远坡去开，路就跟着脚印走，慢慢地越来越长，慢慢出了叉和须。要是有一只巨手把它提起，那形状就像一个不小的根系了。

一出村庄这段路应该是它粗大的直根，它宽且高——梁邹平原这一带古时候是退海之地，海水虽被黄河赶走，沉下的泥沙却饱浸着盐分，捧一捧湿土闻一闻，咸腥味刺鼻。春天碱泛上来，一圈圈一圈圈的"绒花"盛开，地里白茫茫，如同下了一场雪。种地前得先刮碱，锨板贴着地面将碱土刮成一堆一堆，这时候农人总要装两袋子扛回家淋盐——水从碱土上淋下，蒸发后盆底就结出亮晶晶的盐末儿。这好看的东西却苦得要命，只能腌咸菜，万不得已才直接食用（实际上我的先人没少吃这种盐）。这能取多少碱土？于是荒原上隆起了一根根土堰。横土堰和竖土堰相连，被其包围的地块人们称为"抽匣子地"。梁邹平原上这类抽匣子地随处可见。而在大路附近刮碱，碱土自然就拽到路上，土路便一岁岁地加宽增高。

但是，我却宁愿相信它是一层一层的脚印叠起来、铺厚了的。祖祖辈辈走在这条路上，从春到夏，从夏到秋，从秋到冬，从冬到春。农人们出工的时候，刚睡了一宿觉起来，养足了精神，胸中丰收的希望鼓胀着，巴不得插翅飞到等在地里的庄稼面前，步子轻快，脚印就像路旁的杨树柳树飘下的叶子那么薄。收工回来情形却不同了，在田垄上与泥土摔了一天跤，身上丁点儿力气没有了，骨头架散了，简直像堵土墙要坍塌；而我会过日子的父老乡亲又没有空着手回家的习惯，就是累死也得捡回一把柴火，或者背着一捆压弯了腰的草，这时候他们拖着的双腿是多么沉重，每一步都是一块半尺厚的青砖。这条路就是这样的脚印一层一层修筑，并用那汗水和的泥灰勾了缝儿。它的坚固程度是无可比拟的！

我说不清我是第一位在这里垒土屋的祖先的三十几代裔孙，我还不会走就爬上了这条路；还举不动镰刀就到大东洼挖野菜、割草，我是在它上面颠大的。

从什么时候起村东出现了一条河？源头不是山西杏花村，岸上也没栽杏树，可是它的名字却叫杏花河，我故乡那些大字不识一箩筐的庄稼汉并不缺少诗情。杏花河南北穿越梁邹平原，河水日夜流淌，两岸农田的盐碱由雨水压到地下，随着水脉汇入河里被河水带走，原来的盐碱滩悄悄地变为沃土。这时候在抽匣子地里干活就嫌不透风，不敞亮，闷得慌，长龙似的土堰还占地不少。乡亲们粗砺的手掌搓得迸出火星子：平掉它！冬闲时节，全生产队老老少少呼啦啦出发了，马萧萧，车辚辚，碾得土路轰轰隆隆。我们小孩子冲在头里，骑在堰脊上，抓住枯草喊：驾，驾！大人们却不是玩游戏，他们是在玩命。要将几百年刮起来的碱土一锨锨摊到田里，整平，得掷多少力气？光大车拉土太慢了，精壮劳力一人一辆小推车，篓子都装得像小山，车袢直往肉里勒。姑娘喊着号子抬筐，戴着棉垫子还磨破左右肩。铁蛋正咬着牙推着车子拱土坎儿，车把突然"咔嚓"一声断裂，众人投来羡敬的目光。铁蛋五短身材，车轴汉子，臂膊一块一块肉疙瘩硬得像铁蛋，干起活来不知死活。他早就被本村的一个漂亮姑娘相中，这就是梁邹平原上的白马王子。休息时，女人们委在堰根儿捶背揉膀子，只见大芹还捏着针，在给未婚女婿四喜做的鞋垫子上绣鸳鸯。大芹人高马大，腰粗腿壮，撸锄杠抡镰把样样敢跟小伙子比试，老人们都说：四喜娃儿有福气啊！乡里择偶就这标准，身板结实、能干活才是好媳妇，娶个花瓶有啥用？我记得，这样苦拼了三四个冬天，那一根根土堰被铲除，平展展的原野上，这条路就是历史遗留下来的唯一的"宏伟建筑"了……

　　我已成长为一匹还未套进车辕、躁得在原野上又蹦又跳的马驹子一样的后生，但我却没沿着这条路走下去，我奋力挣脱了它。我是村里为数不多的挣脱它的人中的一个，我儿时的伙伴大都认了命，一辈子推着车子，扛着铁锨、镢头在这条土路上跋涉。但当在外面世界，走过现代化广场的闪闪发光的大理石路，走过五星级宾馆的红地毯路，走过游人如织的江南园林里鹅卵石镶嵌的弯曲小径，走过太多豪华、飘逸、仿佛通向天堂的路之后，我好像才懂得了我村前这条坑坑洼洼的土路，我又返身朝她走来。

在我每年一定回故乡住的这一段日子里，每天我都要踏上这条路，流连忘返。每次来我都抑制不住激动。我走得很慢，我在以脚掌为手轻轻抚摸它。我走到南边去看一望无际、生长茂盛的庄稼，从起伏的绿浪里捕捉那黑豚样窜动的脊背；再回首凝望一会儿被雾霭笼罩的村庄，那若隐若现的红瓦白墙，缕缕袅袅升起的炊烟，仔细分辨着那里混杂在一起的狗吠、鸡鸣和孩子的哭叫。这时候，挨近地平线的夕阳吸引我侧过脸，这一瞬的夕阳是最美的，一泓熔金似的鲜亮，又丹柿一样柔和，它低低地悬着，平原愈加平坦、辽阔。而它红绸缎似的霞光披在一草一木上，更创造了一种全宇宙一片欢腾的动人景象。但是，我的目光却每每落在近处一个个夕阳涂红的坟头，凝滞不动。与村子的地盘拓了又拓对应的是墓地也不断扩大，平土堰的年月老坟都平光了，可新坟又挤满路边的"三角地"。生与死原来就是这样相依存。连接这两个所在的恰是这条路，这条路就是这二者之间的桥梁，好像村人的一生只不过是走完这条路——从村子里起步到墓地停止，就这么短暂，这么平淡。村人尤其是村里的老人们不把活着看得多么了不起，死也不是多么悲伤的事。我参加过给李二爷出殡的全过程，那天送葬的队伍浩浩荡荡，魂幡遮天蔽日，纷扬的纸钱使路面又厚了一层。李二爷当过队长、村长，号召、率领大伙儿平土堰、土坟，打井，挖沟，建窑厂，算得上叱咤风云；上了年纪又被尊为族长，"执政"期间，曾逼得自由恋爱的小兰投河自尽，在族里享有很高的威望。这是李二爷最后一次走这条路了，全族人该痛不欲生啊，可是我却注意到那高调门的哭声都是用假嗓子唱出来的，人们眼里根本没有泪。甚至刚转入下道，把灵柩放进墓穴，填土还没结束，两个长辈就交头接耳、窃窃私语："死了好，死了就不再受罪了。"瘦子长辈还拿尖尖的下颌指指大路："就不再在这条土路上滚了……"我虽然不能原谅李二爷晚年的愚昧、专横、顽固，但此时此地我却理解不了他们这举动，愤恨地白了一眼。什么东西在眼前一晃，我把目光移开，夕照中的美景立刻驱散了这抹阴影。我继续轻轻迈动步子，走一节，倒回来；倒回来又走一节。这条路就像一个高高的看台，我站在上面，可以尽情地远瞻、近观。傍晚的豆子、谷子、红薯、棉花都不蔫了，活泼、快乐的少儿一般，风翻动它们的叶子，像无数只小手在摇；高粱、玉米俨然英姿飒爽的军人，一个方队跨过，又走来一个方队；鸟儿们花样表演似的掠着庄稼梢头低飞，划出道道优美的弧线，个别懒鸟躲在大树上的巢里，只伸出剪刀似的嘴巴，叽叽喳喳；飞虫们好像在庆祝狂欢节，漫天飞舞，如同撒向空中的红色的小颗粒，煞是好看。我欣赏着这蓬勃、欢畅、自在的大自然的万千生命，深深陶醉了。

在路旁地里劳作的乡亲亲热地和我打招呼，却用奇异的眼神瞧我。我则遗憾他们不扔下农具，来这高高的看台上走一走，欣赏欣赏风景，他们怎么就没有这份雅兴？我竟渐渐得意忘形了，我忘记了他们的心思哪在这里？况且这条路他们早走厌了，再不愿多走一回。他们出门就是这条路，就连耕地的牛，不用人喝闭着眼打着盹也能慢吞吞地回到圈里；就是那运肥的车，拐拐拉拉咣咣当当也从没错过辙。都麻木了。不，他们痛恨它，狠狠地咒骂它是下地狱的道，是魔鬼抽死人的鞭子；他们眼里还有它的存在？然而另一种情况却例外——电闪雷鸣，风雨大作，农人们被困在屋里，坐立不安，从天上倾下的水柱似乎在捣他们的心肝。雨还没有完全住，一家家大门洞开，男人们披着蓑衣出来，来到大路上。这里聚了很多人。如果这场雨不大，他们走下大路，顺着田埂到地头，手插入泥土，这边喊"嗬，二指雨！"声调流露出虚惊后的欢喜；那边就有人接茬儿："他娘的，那块黑云彩一眨眼就跑到北乡去了。"听话语得意中有不满足。他们拍拍手上的土，扶直一半棵留着风雨的痕迹的秧苗，回到大路上，却不回家，而是东逛逛，西瞅瞅，然后仨一伙，五一堆，谈论谁家的庄稼长得好，谁家地里的草没薅干净，谁家头晌施肥雨下晌就到，天爷爷还不收他的柴油钱……要是地里积了水，庄稼七倒八歪地淹在水里，叶子泡得发了黄，而沟满壕平，地里的水没处排；前方又咋呼青龙山发山水，杏花河暴涨，漫过老石桥了；天却还阴得像黑锅，空气里拧得出水来，他们阻止不了天，又下不去地，只能站在路上观看。这种观看对他们来说是怎样的折磨！路堤上蹲着两溜儿勾着背、垂着头的庄稼人，团团愁苦的浓烟把他们裹住，你一声短叹，我一声长嘘，低沉但却震得耳膜翁翁响。农人面对受灾的庄稼的那种绝望，那种死灰一样的面色是可怕的。庄稼是他们的命，从小芽芽钻出土就像喂养宝宝一样侍弄，心甘情愿地为它们当牛做马，做梦梦的最多的就是金灿灿的粮食流进粮囤，可是顷刻间都成水泡泡了，谁能受得了？去年夏天我回老家，正遇上一阵鸡蛋大的冰雹把即将开镰收割的麦子全砸在泥里，看灾情的村人大半天呆立在土路上。女人群里爆发出裂肺断肠的哀号，呼天抢地，疯了一般；汉子们的泪无声地流过嘴角，手里撕扯着麦秆，撕出了血也不觉。在哀号的人群中，我看见大芹姑也来了，她已经是白发老人，腰弯了，拄着拐棍，颤颤巍巍。我还看到铁蛋叔两眼红肿，他是孙子驾着地排车拉来的，他年轻时干活凶毁了身子，五十多岁就浑身疼，瘫在床上，下了冰雹他吵嚷着要出来看看他的麦子，说不来死不瞑目。我感慨：铁蛋叔、大芹姑这一代人就这么老了，可这方人还是灾后来这里，眼睁睁地看着自己的希望破灭，这条土路还是这么和他们一同痉挛，疼痛着。而梁邹平原上有几个年景是风调雨顺？农人那揣得热乎乎的希望有几回不落空？你就是石头也早被打穿了，揉碎了。但是这条默默不语的土路却以脚印为底片、为文字清楚地记载着，我的父老乡亲一百次被绝望击倒，又一百零一次像泥水里的庄稼棵子，经过痛苦、艰难的挣扎、抗争挺了起来！他们什么都不再怕，连死都不怕了，淡看了，还有什么能摧折他们活着的信念？他们仍朝朝夕夕、月月年年，不怨天不尤人地从这条路上奔向召唤他们的原野，那无比广大的厚土……

大路永在。

哦，古镜一样映现岁月的乡路，磐石一样承载苦难的乡路；突凸的大地的脉管般的乡路，踩得扁却踩不断的藤蔓般的乡路；我心头的一道伤痕似的乡路；我梦中的一弯彩虹似的乡路！乡路，你到底是什么？但不论你是什么，你都时时萦绕在我的情怀，牢牢地把我的心拴在故乡的树桩上。在远离你的这座小城里，我一遍遍、一遍遍登上高楼，向云水迷蒙处寻找你一条扁担、一根草绳似的踪影。突破空间的阻隔，透过时间的烟尘，我看到你了，我看到你了，我看到你正在苍茫的梁邹平原上，缓缓向前伸展……

(选自《中国精美散文》2007 年 6 月 1 日)

乡音考略

丁宗皓

一

对我来说，狭义的乡音其实是辽东话。发生在从本溪为中心，放大开去的地域里。再具体一下，是铁岭、沈阳、抚顺、辽阳、鞍山、营口等。那里，虽然言语细节上有些许差异，但大体相同。

而如果从流域的意义上考虑的话，主要是太子河与浑河发育并经过的那片土地上。在《剑桥中国晚清史》一书上，有一幅清代的东北地图，上面标有柳条边，也就是盛京边墙的轮廓——在土墙上种柳树，树与树之间用柳条连缀，柳条边因而得名。因为柳条边的存在，东北又被分成"边内"和"边外"，太子河和浑河流域就是在边内，当然它所隔开的，就是边外，女真人发祥地。我奇怪地发现，我说的乡音地带，绝大部分正是在柳条边周边以及边内的区域上。这是一个很有意思的巧合。

柳条边起始于凤城南，向北过本溪到新宾，折而向西北抵达开原的威远堡。从那里向西南抵达山海关，接上了长城。这是顺治年开始修建的"老边"。边内就是这个轮廓内的地方。边外是不可以去的，这是清朝定下的规矩，于是边内聚集了关内的移民。我的乡音与移民和满族居民注定有着某种特定的关系。

因而，我们就获得了一个大致的参照系统，从这个地区向东与向南，在那些靠近海的地方，则是把"吃完饭了"说成"吃弯（音）饭了"的辽南话，海蛎子味儿的（大连人自己的说法）。而海蛎子味儿根本上是山东味儿，胶东半岛的味道。口音的后面是移民史，闯关东的人跨海而来，从大连上岸，进入关东腹地，从那里向北，海蛎子的味道就呈现为一个递减的过程。

从这里向西则进入了一个相对含糊的沈阳口音过渡带，再走则进入了尾音高挑的辽西话区域，尾音高挑的程度连拼音和国际音标都拿它没办法。还有，在那里的锦州周边，老婆、妻子、爱人、贱内、屋里的，纵有千般变化，都一律称为对象——一个哲学术语，这古怪得让人不明就里。但在辽西，朝阳是个特例，在那个向内蒙与河北绵延的地方，挺好的被说成"挺吼的"，口音来源就不甚了了。

从这往北，就进入了吉林，在经过了大片把"大棉袄"叫做"大棉脑"，"大白鹅"叫"大白呐（扬声）"的地方，次第来到了长春和哈尔滨。这是两个奇怪的地方，在整个东北这么广袤的大地上，那里却说地道的普通话。我对此的解释是，长春曾经是伪满洲国的首都，那里一度集中了来自北京的满清后人与汉人，导致了这个城市口音的流变——这是我的猜测。

但对哈尔滨口音的认知不是妄断，19 世纪 20 年代，因为中东铁路的经过，那里成了一个国际都会，有西方世界很多国家各色人等生活在那里，当然更多还是中国人。小提琴家赫尔穆特·斯特恩作为一个被迫害的犹太人在那里住了十多年，接受了音乐教育。除了他这个德国犹太人以外，甚至还有纳粹、俄国贵族、流氓与农民等，让人难以置信。斯特恩后来著有《裂弦》一书，记录了这段生活。

语言在那里交汇与冲荡的结果是，那里的东北话不可理喻地衍生成地道的普通话，也就是国语，并一直沿袭下来。这样，哈尔滨和长春其实就成了东北的语言特区。而两个城市四周，还是被东北方言包围着。"大哥耶，我家是农南（吉林农安县）的。""安"当成"南"来读。或者是"恩——呢"，是回答，"对"或者"是"的意思，需要一股鼻音滞重地通过鼻腔，像胡同里面拖碾子。诸如此类。

前些日子，我有一个兄弟，从双鸭山来，他用"恩——呢"回答了我一切提问。最后他说："过了佳木斯耶，还得往北耶。"他说的是家庭所在地，但用的又是辽西口音，尾音的两个"耶"字高高挑起。

他这么一弄，把我认为说清楚的划分又搞乱了。

二

二十年前，携着乡音到长春的时候，进入了普通话的世界，至少是接近普通话的世界，如同抱了根木头漂到了公海上，丢了自己，感觉窘迫。但是一直遭受善意嘲笑的不光是我们几个乡党。湖南老林把男人说成"蓝人"，把女人说成"铝人"，当然女孩子成了"铝"孩子，同理可证，女同学成了"铝"同学等。自然，买男皮鞋成了买"蓝"皮鞋，那个年代没有蓝皮鞋，他几乎被赶出商店。河南老刘坐在课堂上认真听讲，古代汉语老师忽然提问，问题是："老妪"什么意思。老刘不假思索："楼妪就是楼娘们！（老妪就是老娘们）"，课堂笑翻。

老师微笑：是老年妇女！没想到老刘认真：就是老（楼）娘们！课堂彻底笑翻。

乡音引发的语言事故至此也算到了极致。而平日里，来自陕西的李谦平兄对长春一年常见的蓝天还是格外眷顾，他总是叹息说：哎，多么难的千空啊。这陕西汉语翻译成国语是：多么蓝的天空啊。湖南同学是汉语拼音中"n"与"i"不分，老李不光是"n"与"i"不分，"t"与"q"也不分。

山东话自成体系，说起来光怪陆离，反而少了可挑剔之处，但引起了同学间的整体模仿，整体模仿像重学一门语言。模仿时，山东同学镇定旁观，而且还来纠正呢，像个教练。经济系住在隔壁，一个喜欢文学的福州同学四年校园生活始终在自己的语音困境里挣扎。上个世纪80年代，刚刚思想解放啊，在文学中就容易遇上"鸟"字，因为作家提到"鸟"的几率太高，没有办法。他说"鸟"字时几乎是一次凤凰涅槃，他要调动口腔里的所有设备，发音从

"扭"出发经过艰苦的过渡，最后却变成了"柳"，筚路蓝缕。

尽管长春四周的广阔大地上，我的同党不少，但是在城里，问题大了。我的口音有一个命门，即平卷舌不分，也叫平翘舌不分。正如后来有人归纳的，平卷舌不分容易导致的结果是：易头夜，赛银右，赛得银右资冒油，翻译过来即：日头热，晒人肉，晒得人肉直冒油。当时，被同学们追逐着，恶意与善意模仿时，我心里不平，不会卷舌怎么了？读课文照样摧枯拉朽。但是时间久了，心就虚了，有一次，我把自己的朗诵录了下来，私下听了，被自己之勇敢和声音之极度难听所打动。

但让我最受触动的，是另一个事件。大学二年级开学，我们开了新课——马列主义。教马列的老师姓萧。第一堂课，他就讲到了党的思想路线。他说：我们党的思想路线是实事求是。事情出现在"实事求是"四个字上，他用卷舌卷过了"实事"二字，到了"求"字舌头来不及伸开，"是"字就来到了眼前。结果是，他的舌头从头卷到了尾，"求"字不幸被卷中。课堂上一片默然。——这个发音古怪极了，像金刚鹦鹉忽然说话。

我的预感一下课就被证实。老师果然也是乡党，来自辽阳。他在长春就读，留校任教，那年年近五十。想想看，他带着和我几乎一样的乡音在那里生活，为了不误人子弟，努力使自己的发音准确些，每堂课都冒着矫枉过正的危险，宁愿多卷一千，也不漏网一个，像一个和乡音斗争多年的独行侠，风萧萧兮易水寒啊。我家乡的太子河恰经过他的家乡辽阳，有人考证它即易水。

舌头舒卷自如是一个通行的本领，在语言的山岭上逢山开道，遇水架桥，像个汉代的儒生。而从另外的意义上看，舌头就是不卷，像个巨大的铲车一样，逢山劈山，遇河趟河，何尝不淋漓一种霸气，像赤发鬼刘唐和黑旋风李逵一干人等。但是问题不在这里，如果直着舌头说话，死不悔改，估计伟大的现代汉语就要损失大半词汇，翻字典时，这个心得让我吃惊不小，舌头的舒卷果然关乎民族文化得失。

我和萧老师的困境在于，学习平卷舌说话时，无法脱离平舌包打天下的经验，就像硬盘上了新系统，旧系统却无法删除。这让人啼笑皆非——我们既可以把每一个字都卷起来说，比如"前事不忘，后事之师"，当然也能把每一个字都平舌表达，声音就成了"前似不忘，后嗣子斯"。

可是，真正的本领是该卷卷，该平平啊，但是，卷舌头哪像卷铺盖那么容易！所以，开口说话相当于进了热带丛林，毒蛇水蛭环视四周，得左避右闪，小心挑选，该卷的卷上，不该卷的放下。真是应接不暇，如履薄冰。

经过四年的普通话训练后，我到了离家乡很近的沈阳，周遭又都是乡音了，住久了，口音就开始自然而言地倒退，像细沙溜出指缝。

开始时，有人问我：哪儿毕业的？几年？我说：长春，四年。

再过几年，我一不留神就说：藏村，是年。

髀肉复生，走了回头路。乡音的回头路为什么好走？表面上看是对于习惯的回归，但是习惯的后面是什么？有一种力量，是什么力量？

三

吾乡在本溪，用本溪的听觉系统判断，这个发音不准。乡党、吾友李大洪的发音是范本：北西。在他的嘴里，这样本溪市就成了北西四，本溪市人大，就变成了北西寺银大，本溪县就成了北西县。成了名记者后，他走遍辽宁大地，无论周围如何进言，他犹不知悔改，这份执著，也好。

和我在长春的境遇仿佛，对于广播电视里的标准国语人人受用，但是行走于家乡说普通话，则会遭到善意的围攻。每次于旧邻和同学之中，在长春时代的窘迫就会重现。撒食候回来地呢？意思是问我什么时候回来的。我说：昨天。你干什么呢？我会遇上狐疑的眼光。干痕么就是干痕么，还干什么，离开家两天半就不会缩（扬声，说的意思）话了。我赶紧说：哪有的事儿。

这下又麻烦了。哎呀妈呀，还卷涩（这是为扬声，舌的意思）了。

这是一位女邻居。男同学在酒酣耳热时，大声附在我的耳朵边喊：我得回家拿熨斗把你的口条（口条即舌头，烹调业术语）熨平了，还人、人的，不就是银吗！卷着缩（扬声，说的意思，下同）话你不费劲啊，你不似北西银（是本溪人）啊，再这么缩我消（揍的意思）你。——卷舌运动让他愤怒了。

普通话的推广在吾乡主要是要解决卷舌问题，可谓一场卷舌运动。这难坏了那里的语文老师。他们的困境和萧老师一样。因此，他们教出的学生，考大学时，汉字注音那道题基本上是不得分的。

生产——僧惨。时间——斯间。虮子——私自。县长——现臧。作用——作 rong。走私——肘失。老师——老私。汉语拼音的 zh、ch、sh 和 z、c、s 分不开的结果就是这样。

不光是平卷舌。除此以外，还有地道的乡音障碍，乡音主要是当地特殊发音。

比如，学习在吾乡叫 xiao（扬声）习，觉悟叫 jiao（上声）悟。

一位老师在黑板上写下了"学习"两个大字，领着学生们高声诵读。他准确地念完后，进一步给学生们解释道：学，就是淆习的淆，学生再次大声诵读。等老师发现并自己笑出声来的时候，已经是几天以后。

类似的除了"觉悟"以外，还有"棉花"，"棉花"在吾乡被读作"鸟换（音）"。

虽然，"书同文，车同轨"，但是读音却各不相同，这就是平卷舌运动以外更难以规范的语音问题。

吾乡乡音奇怪得很，山东的，满族土著的，两者杂糅后发酵而成的。

例：

自行车——自英车。因为——拥误。吃饭——词饭。更老一点的人则说成是歹（音）——据考来源山东。被子——被乎。褥子——玉子。稀罕（喜欢的意思）——西痕。用于求爱的造句为：我西痕你，你西痕我不？有电视剧引用了这个句式。干什么——干痕么。干啥——干哈。晚上——下晚或者下晚黑。故意——介意儿。

其间万般气象，编一个乡音字典没有问题，这里不一一例说。

有一年，在萧老师的老家——辽阳出差，清晨到一个饭店求食，问老板娘有什么吃的。得到的回答是：包着饺着韭菜盒着，其实就是包子饺子韭菜盒子。"子"被卷成"着"别有一番意味，于是知道老师在读"实事求是"时，使用家乡的秘密武器，不该卷的地方也卷，自有出处。我们开玩笑说：那瘩着瘊着扁平疣着（瘩子瘊子扁平疣子），这么说对么？老板娘：那当然。

再试探着往吾乡的四周走走，相似的地方更多了起来，因此，我所留意的地方也就多了起来。乡音里有一部分，和舌头与读音无关，似乎是特有的创造，这让我十分兴奋。贴根儿，原来、本来的意思，不管是原来还是本来，都没有贴根儿离事物本身近。连向（音），马上、立即的意思。本当，造句是：这个孩子长得本当啊。周正、漂亮的意思，语音效果新奇。lai（上声）大玄，胡扯、胡吹的意思。lai（同上）大膘，说黄嗑儿的意思。黏套，磨磨叽叽、没完没了的意思。最为匪夷所思的是：油及格耐，我根本就不知道这四个字怎么写，但意思是明白的，黏黏糊糊的，无聊的。

当然，在吾乡以外，比如朝阳，也有类似的存在。太阳被叫做"老爷儿"，这有点自然崇拜的余韵，而夜里隔（晚上）就更好玩，被夜里隔着的是昨天——我相信那里所记录的是一个天真年代，距离今天有多远，根本说不清楚。

——越来越喜欢玩味这样一些话语，它们是从区域生活里长出来的东西，像庄稼一样，带着自己的土腥味儿。越是如此，乡音越是难改。

前些日子，在乡下，我看见了已经秃顶，得了脑血栓的堂叔，他挂着拐杖站在屋前，看新发的桃花，满脸是笑。因为恢复得还好，他已经能够挂着手杖走路。他当了一辈子的老师，在村小学、乡中学教语文，语音的问题从来都没有解决，在课堂上，卷着舌头说话，回家就伸开。以致他的孩子们没有一个说好普通话的。

这次，事情有点邪性，虽然他的口齿迟钝，需要一个字一个字的往外蹦，但字字都是普通话，落地有声，只是像一个学说普通话的南方人。

我大惑不解。

四

乡音不是孤独的存在，支撑乡音的，是生活方式和精神方式。按照语言学家的说法，就是人创造了语言，随后便安心地做语言的奴仆。乡音难改，主要是精神方式难改，所以改掉乡音，学说普通话的过程，不是鹦鹉学舌，而是与过去彻底告别。再小的方言、乡音也有自己的过去，像微贱的人也有关于出身的记忆一样。

我的乡音里，有直接、爽快、豪放、率真、亲切的气质。我喜欢乡音中的叹词，特别出自女性，则妙趣横生。

妈呀——我的妈呀——哎呀我的妈呀——天啊——哎呀我的天妈呀！或者是天老爷——老天爷——我的老天爷——我的天老爷。

乡音当然还流露出一种平等感。平等的精神和对这精神的诉求是乡音的真髓，在平等的语境下，则产生力量。

有一个事实，在我的乡音里没有"您"这个词。"您"是尊称，说起来有教养、有分寸，但感觉那里有距离、甚至有敌意，当然还有察言观色，甚至可能是巧言令色的开端。一个尊称怎么会包含着这些看起来矛盾的东西？其实没有什么，我相信这个字眼儿源自市井文化背景下的老北京话儿，皇城根儿下的生民匍匐在政治风雨里，几朝几代，见惯了世事变迁中的锦绣繁华和风流云散，形成这样的言语不足为奇，也是文化烂熟的象征。

乡音中没有"您"字，漫长的东北历史上就没有礼貌和客套吗？当然不是，在呼叫对象前面加上"大哥"、"大姐"、"大妹子"、"大爷"、"大叔"、"大婶"、"他姨"、"三舅"，实在不行就加上发语词"我说"，交流也就开始了，不仅方便，还亲如一家，没有试探，小心，更没有虚与委蛇——这是乡村文化的背景下的常态。

像我在长春的境遇一样，乡音进城面对主导语言的压力，是一个历史现象，本质上是地域文化的冲突。我有一友，带两个朋友去北京，清晨在北京站口一个饭店吃饭，他们要了一桌子菜，然后囫囵起来。邻桌的几个看起来还斯文的北京男人，每人要了两根油条在那里细嚼慢咽，文明、典雅。看看朋友的吃相，听听口音，傲慢之气就有了，他们一直小声用地道的京腔议论着，最后他们犯了一个错误，小声说：东北人，真能吃，像猪。

吾友本来听北京话就来气，听北京男人莺声燕语说北京话更来气。这回他炸了，他一个人站起来，走到那一桌人的前面，依次注目了每一个人，指了每一个人的鼻子，随后说：王八犊子，再说一遍。

声若洪钟，那一桌子顿时蔫了。感觉上是野蛮战胜了文明。

他这么做，是性格使然，其实也是乡音使然，乡音和性情互为表里，尽管露出了缕缕匪气。旧中国，东北是土匪的主要产地，看来也没有什么可奇怪的。

但这是多年以前的事情。现在，开放渐渐消解了地区主导语言和乡音之间的紧张关系。相反，听听乡音和土话，倒是一种意外的享受。一个安徽小友从大连来，在酒桌上向我介绍一个国际大公司的情况。他说：他们的房事是连锁经营。房事？连锁经营？我们面面相觑。俄顷，一桌人才明白过来，他说的是方式，不是房事。但那一刻，没有人笑，这和二十年前是多么的不同。

同时，乡音的改变也容易了，按照这个思路，也就找到了堂叔口音变化的根本原因，不是脑血栓闹的，他的儿女外出打工，把外面的口音带回来，堂叔这回认真地当了孩子的学生。谜底就是这样。

在汉字的语言天下，除了普通话，也就是国语以外，其余几乎都可以看作方言和乡音。安徽话是，北京话也是。在种种交流和汇集里，都为汉语提供着丰富的感性和理性资源，并沉积在语言里。我喜欢普通话，典雅、凝重、黄钟大吕。

显然，我们正在经历一个乡音逐渐消逝的过程，那些打开的城市和乡村，心理疆界没有了，频繁的交流也使乡音的痕迹淡漠了，像依稀但无从记忆的童年往事，像皮影舞于银幕后面，闪过一下，就模糊了。

乡音的消逝对于我来说，是一个离开事物本源的过程，不是痛，只是一种怅惘。而面对略显模糊的方向，我们有莫名的不安，当然也有说不上来的欣喜。这时，听听乡音，在感伤中，仿佛有了某种依靠。

（选自《都市美文》2005 年第 9 期）

十只羊

任林举

（一）

在我们家族的传统里，曾很深地忌讳着"三"这个数字。

据说，从古至今，本族中凡行三的男人都是生性怪异，命不久长。更远的例子怕是没有人说得清楚了，但从我曾祖的那辈到我祖父那辈，两代行三的男人，却真都是孤零零地长眠地下。末了，连个伴儿都没有，因为他们都是在 20 岁左右的年纪，还没来得及娶妻就离奇地辞世了。

曾祖三爷，据说是一个天才的画家，从未从师，却能画什么像什么。他的怪处是整天不说一句话。人问，谁教你的画，他不吭声，只是埋头画；人问，你怎么不吭声，他也不吭声；后来问的人不耐烦，说，你哑了吗？他仍旧不吭声，只是埋头画画。我问过爷爷，曾祖三爷是画什么的，爷爷也说不清楚，反正就是"画什么像什么"。还不到 20 岁，曾祖三爷便手握画笔，在某一个寂静的夜晚离奇地逝去了。

我的三爷，就是我爷爷的亲弟弟，不仅短命，更是一个有一点传奇色彩的人。在他 20 岁辞世之前，没找到过一件正经的"营生"，他就那么整天游荡在草地和树林之间。当他的脚步走过或脚步声响起，所有的爬行动物便纷纷如中了咒语，顿时失去行动能力。蜥蜴和蛇立时"放白"，肚皮朝天；而林中那些成堆附着于树木表皮上的大、小毛虫们却纷纷如雨般落在地上，年轻的三爷便从容地从地上捡起那些我们看了直恶心的虫，大嚼大咽起来，有时竟会有绿色的汁液从嘴角流出。那时，家里因为出了这样一个人物而愁云不散，也有人把三爷视为妖怪。但平日里的三爷却温顺腼腆得如一只胆小的猫，从来不于人争执，也不找任何人的麻烦，偶尔有话碰到他内心的敏感处，还会有红晕浮上脸颊。后来族里有稍通巫术的人说，只要给三爷娶上一房"八字"制衡的媳妇，结果迎亲的日子一到，三爷却突然一命归西。

后来又有更高的术士到了我们家，说一切都是一个数在作祟，如果族内男子能够有效地避开"三"字，便可逢凶化吉，安然无恙。就这样，从父亲那一辈人开始，族里就不再有行三的男人了。虽然我本族的叔叔、大伯十来个，却没有一个人被唤作三叔或三大伯的。

小弟弟降生时，天赐了一付浓眉大眼的俊相，把父亲母亲欢喜得连嘴都合不上，爷爷却长长地叹了一口气，说这孩子命相不济，赶上了行三，又逢上了属羊，真是弱呀，如果长得丑陋些倒好，会冲一下命相，更加好养一些。本来这些话一般是不轻易说破的，一说破，全家人的情绪马上就降到冰点以下。接下来的很多日子，父亲便冒着"搞封建迷信的"风险开始四处暗访，去寻找能够破谶的先生。直到现在，我还依稀记得，那一个时期，父亲消瘦而又奔波不止的身影，什么时候看上去都是一付疲惫而沮丧的样子。

先生终于请来了，却是一个形象十分可疑的人。来时，匆匆忙忙，走时，也急急火火，举止言谈总有些躲躲藏藏的意思，所以看起来就有那么一点鬼鬼祟祟，他在临出门前只丢下了一句话，却让我们全家人奋斗了好几年。

先生说，避开行三，在家里养十只羊，平安地过了 18 岁就能安享天年。

（二）

从那天起，弟弟就被唤作"老五子"。

接下来要解决的问题就是羊。

那是遥远的 1970 年代，著名的人民公社时期。生活在那个年代里的人们，是不允许有个人财产的，如果没有经过革命委员会同意，每一分私财都要被当作资本主义的尾巴坚决割掉。有一些地方，由于社员们的日子光靠"公家"那点有限的分配，实在是无法维系，便采取了宽松一点的政策，允许社员们自行种几垄地，养几头猪、几只鸡或几只鸭，以补充生活的不足。但这些私有浮财的前面都要冠以"自留"二字，证明这些财产虽然是私有财产，但却是"公家"允许的。

很快，父亲就找到了当时的大队书记，提出养羊的要求。大队书记断然拒绝，理由是没有人可以公开破禁，发展个体经济。而父亲的理由似乎也十分有力，父亲强调，我们养羊并不是为了发展经济，而是为了自己的家用，别人家可以养猪养鸡我们为什么不可以养羊。大队书记说，养猪养鸡是当地的习惯和传统，而养羊却不是人人可以理解、认同的传统。父亲说我不管是不是传统，我们家就是想养羊，只要别人养猪我们就养羊，我们可以不养猪不养鸡，但必须养羊。事情就这么僵持着，3 年之内没有一个明确的结果，但父亲并不死心，他不想放弃，虽然这件事情对别人很微不足道，但对我家来说却比泰山还重。在父亲反复坚持，不断要求下，最后大队书记还是让步了。三年后的一个夏天，父亲把家里仅有的五只母鸡杀了两只，请大队书记喝酒，酒酣之后，大队书记说：你爱咋整就咋整吧，就是别整出矛盾。

第二天，就用两麻袋玉米从舅爷家换回了两只山羊。

起初，两只母山羊被一颗木桩两条长绳同时拴在房西的草地上。尽管它们不断地左冲右突，四处乱跑，但总是出不了一个不大的圆圈儿。钉木桩的地方是爷爷选的，都是些野草茂盛的所在。一开始，羊就啃食身边的野草充饥，但对于两只正在生长的羊来说，那点草是远远不够的，于是家里的人便轮流去割草喂养它们。羊像吃草的机器一样，一筐草放在它们面前，不用抽支烟的功夫就被它们吃得精光。在一筐草与下一筐草的间隙，两只从来不曾停止咀嚼的羊，就很卖力气地继续啃吃周边残存的青草及树枝，不久，在以两条绳子为半径的圆圈内，便再也看不到一星半点的绿色。最后，连蹄下的草根都让它们刨出来充饥了，原来的绿草地就变成了一个撒满粪便的土坑。没办法，爷爷只好在稍远一点的地方再钉上一颗木桩。然后，前边的那一幕再一次重演。

两只羊在闷着头不停吃草的时候，我常常坐在它们对面，痴痴地看着它们。不知道它们天天那么不停地吃，到底为什么，因为它们无时无刻都感到饥饿吗？如果它们不停地咀嚼，并不只是为了吃，那又是为了什么呢？从它们的表情和眼神中，我什么线索也捕捉不到。

在那两只羊在吃草的间隙，偶尔抬起头咩咩叫的时候，我便很奇怪地想起了那首童谣《十个印第安小男孩》："十个印第安小男孩，为了吃饭去奔走，噎死一个没法救，十个只剩九；九个印第安小男孩，深夜不寐真困乏，倒头一睡睡死啦，九个只剩八……"

我说的奇怪，并不是由羊那带着颤音富有感染力的叫声里，一下子想到了某一首古老神秘的童谣。我奇怪的是，为什么我会由十只羊一下子想到十个印第安小男孩。虽然十只羊和十个印第安小男孩在数字上重合，都是十个，但十个印第安小男孩是要历经生活的磨难和不测一个接一个不幸死去的，而我们的羊却是要一只接一只地养下去，一直到养满十只的。十个印第安小男孩的结局是黑暗而凄惨的，而十只羊的结局应该是光明而详和的，这应该有实质的区别。难道说，在我的潜意识里正偷偷地盼着羊一个接一个地死去，我们好一个接一个地把羊吃掉？但是理智地想一想，如果真有这种念头，或潜或显，都是可恨又可悲的。再怎么样馋那羊身上的肉，也不应该盼望着那两只羊因为吃得太多而撑死或因其他的什么行为而遇有不测啊，与弟弟的命比，个人的小小馋欲算什么呢。从那时起，我尝试用一种高尚的情感或思想把内心里原有的一切覆盖掉，这应该叫做克制或净化吧。

两个月过后，木桩不见了，羊脖子上的绳索也不见了，我也不再把它们看成肉的化身了。如今它们和我们一样，都围着我们的房子打转转。羊不说话，但我相信羊终于明白了，对于它们和我们来说，那房子的意义是等同的，那就是我们共同的家。

（三）

第二年的残雪还没有化净，两只母羊便双双产仔，一只一胎生下了两只小母羊，一只生下一只小公羊。两只变成了五只，这是一个好兆头，这就意味着弟弟的安全有了进一步的保障。

盛夏的一天，久旱后终于有一场像模像样的雨降了下来，全村的大人小孩都兴奋地趴在窗台上看雨。傍晚时分雨终于停下，但天并未见晴，空气中仍有浓重的水汽四处弥漫。看样子这只是一场雨上下段之间的一个小小空档，说不定什么时候仍会有余兴未尽的雨水再一次倾泻下来。但困在圈舍中的禽、畜和屋子里边的孩子们早已经耐不住性子，立即吵吵嚷嚷地出现在院子里和村路上。这时，突然有一个蓝紫色的光团像一只彩色皮球一样从房山角那边飘过来，缓缓地移向院子中心的方向。5岁的弟弟这时正站在院中，兴奋得几乎要张开两手跑过去将那光团捉住，而那光团似乎也有意向他的方向移动。接下来的一幕让在场的所有人都目瞪口呆，当火球正在加速移动时，被一只跳上板车吃草的羊撞上了，只听一声暴响，那只羊立即倒地，同时，两角之间有丝丝烟缕升腾、扩散……

父亲冲到院子，从泥里拾起呆若木鸡的弟弟仔细查看，并未发现有一丝半点的损伤，而那只产下了小公羊的大母羊却做了弟弟的替死鬼。父亲放下弟弟，开始心疼起那只已无气息的羊，反复摇晃、扶持，却怎么也无济于事。这时，爷爷说话了："别再摆弄了，怎么摆弄它也活不过来啦，再者说，它如果不死的话或许要出大事了，它们不就是为了给孩子搪灾的嘛。"那时，父亲才如梦方醒，而我，似乎也明白了一点什么。

接下来，父亲进行了更加宏伟的筹划。但还没等计划说完，突然眉头一皱，说，但我们的粮食怕维持不到年底，看样子那两只羊一时没法弄了，以后吧。

在以后的两年里，我们家的养羊事业急转直下，到了冬天，不但一只没有增加，反而因为缺少食物和天气寒冷有一只小羊没有撑过去，年根儿不到就死掉了。

转机从第二年冬天开始。北屯有一家人因为儿子娶亲要把手中的羊变成钱，便由中间人撮合把羊转到了父亲手里。为了让那五只羊填肚皮，我们家几乎是全体动员，一有空就到收割过的田地和草甸子上去，收集可供羊充饥的秸秆和杂草，我们宁可让自己的手脚疼裂，也不让羊有一天吃不到食物。全家人像供养神明一样，供养着那几只羊，全力保证了那些羊每一天吃饱栖暖。那个冬天，应该是羊们最幸福的一个冬天了。第二年春天，三只母羊各产下一只羊羔。当爷爷赶着这一群羊走向草甸的时候，远远看去，已经有一点浩浩荡荡的意思了。

（四）

八月的草原，正是草美羊肥的时候。生产队社员和养有私畜的农户都在这个季节里纷纷奔向草甸，开始一年中很重要的一次农忙——"打羊草"。这实在是一件令人愉快的劳作，打草时，二三十社员汇集一起，每人一把扇刀，拉开横排，在平整的草甸上轮动，随着一阵阵清脆的切割声，厚实的羊草被成排放倒，空气中则有一股青草浆汁的香气在四处弥漫。

这是一种奇妙的清香，不仅仅开人心窍，愉悦心魂，而且又能时时给人带来梦幻般的向往。很多年之后，再回忆那种清香，仍然有一种陶醉和沉迷在心中激荡。

我想，如果羊在那种气味儿里行走，定会更加心旷神怡的。但不幸的是，在这样的季节里，总会有一些羊没办法将高兴进行到底。因为这个时候，人们总是要杀几只羊来慰劳那些打草的人。某一天清晨，当羊们刚刚用眼神交流过梦里的温情，并以额相抵，以颈相交，预期着一天的好心情，突然就有几个彪形大汉闯进羊群，把同伴从身边带走杀掉。替羊想一想，那该是怎样的一种际遇呢？好在羊并不像人一样，总是把喜怒哀乐挂在脸上，羊从来不为自己和同伴争辩，羊甚至不像牛那样在自己被宰或同伴被宰时流下泪水，尽管它们从来都清白无辜，但它们从来不哭着吵着争取生存的权利，也不向人类表露悲情。这样，就让操刀和吃肉的人类心里好受多了，或者说心安理得多了。有时，羊在垂死的那一刻甚至会对围观的人群流露出一丝怜悯的情绪。按理说，那情绪不应该出现在被杀者的情绪里，但羊却是不同的，羊也许是一种人类永远都理解不了的动物。

打过羊草不久，生产队来了工作组，要对农村的公有化程度进行调查。那一天，他们到我家调查那一群羊的情况时，父亲一如既往地理直气壮，还是别人养猪我们就养羊那一套。这可把大队书记吓坏了，赶紧把工作组的人拉走，说到大队详细解释。傍晚，大队书记一脸苦相，说你们什么都不要对人家说了，就破费一下吧，杀一只羊犒劳一下工作组，这事就算过去，否则不但你的羊养不成，我的书记也当不成。交涉的结果是把那只从后屯买来的公羊杀掉，供工作组的人品尝人民公社的集体经济成果。剩下的七只羊，必须在年底前自行处理掉两只，保持总数不超过五只。

吃饭的时候，小孩和狗不许上桌，小孩坐在敞开的窗口前盯着肥软的羊肉，闻着随风传来的阵阵香气，并不动声色、温文尔雅地咽下一阵阵涌出的口水。但真正轮到我吃饭的时候，我却什么也吃不下了。看到盆里的肉颤动一下，就想起了"咩"的一声羊叫，每听到一声羊叫，就想起羊那温顺而又有一点忧郁的眼神。

（五）

弟弟 8 岁那年得了一场奇怪而重的肾炎。说奇怪，明明是肾炎，却怎么用药也不见好，越治越严重，刚开始还能行走，到后来连床都起不来了。

父亲把家里能够变成钱的物件都变成了钱，把能借到的亲戚都借遍了，仍没有把弟弟的病治好，后来，连县里的医生都冒汗了，因为按病理并没有什么不对，但却不知道为什么越治越严重。再后来，他们干脆就不留人了，几个大夫轮着劝父亲把弟弟转走，否则，出了人命他们也担待不起。

这期间，父亲连那些巫医都偷偷找过，但仍旧没有人说得清楚。

最后家里人还是听从了爷爷的建议："把那几只羊卖掉吧，去更大的医院给孩子看病，不管看好看不好，我们已经尽了全力。"

　　于是父亲与大队书记谈，能不能用羊做抵押，借钱给孩子看病。书记犹豫再三，但谁也不能见死不救啊，最后事情就那么定了。

　　一个月后，弟弟随着父亲像没事的人一样，蹦蹦跳跳地回到了家中，但父亲从大队借的钱却被一扫而光，那五只羊只能作为抵押物充公了。

　　1978 年以后，很多事情都发生了变化，农村的经济体制开始改变，高考制度已经恢复并连续实行两年，全国上下都开始崇尚科学，旧有的一切虽然刚刚翻过去不久，但仿佛已经恍如隔世。当我从省城的一所高校放假回家再提及前些年养羊的事情，父亲仍不无遗憾地感叹，到底也没有把该养的羊养到十只。

　　母亲说，迷信那东西你信就有，不信就没有，如果一切注定，人生又怎么能改变呢，如果不是一切注定，你又怎么能够算得清楚？几只羊怎么就能解决了人的生死运势。

　　母亲说这些话时，我看出爷爷的神色明显不对，他是从来不赞同这种说法儿的。但这一次爷爷并没有大声争论，他开始一只只计算着养羊以来羊的总头数，最后他大声宣布，我们家养的羊连死带活总数正好是十只。也就是说，最后卖掉的那五只羊，救了弟弟之后，便完成了它们的使命，从此我们家就可以不再养羊，而弟弟的平安也再不用担忧了。

　　爷爷的话，没有人反驳，不管他说的是不是事实，都正是全家人所期望的，谁愿意为了一个不知是对是错的道理而毁掉美好的生活呢？如果事情不像爷爷所说的那样，我们全家人那么多年的努力不是尽付流水了吗，说起来岂不更加令人懊悔和沮丧？所以大家最后都点头称是，于是十只羊的往事便成为了一个真相不明的悬案。从此，许多年不再有人提及，许多年不再有人想起。

　　弟弟果然就平安地度过了那个令人心惊胆战的 1 8 岁，参加工作，娶妻生子，进入平顺祥和的人生轨道。现在，就连他自己恐怕都不记得很多年以前的那段往事了。

　　那天，偶尔读到《圣经》，有这样一段文字："耶稣拿起饼来，祝了福，就擘开，递给他们说，你们拿着吃，这是我的身体。"于是我又想起了那十只羊。

（选自《芳草》2011 年第 5 期）

乡村爱情

江少宾

记忆里，李春是个老实巴交的人。他的沉默，我只有用可怕来形容，再或者，用我们乡下的土话说，他就是用磨子也压不出个屁来。就是这么一个用磨子都压不出个屁来的男人，偏偏做了件令李婶呼天抢地的大事。李婶在呼天抢地之余，一个劲地数落着李春：你这个败家子，这要是出事了，怎搞啊？要是小宝把你给告了，又怎搞啊？

李春把头埋在裤裆里，始终不出一声，间或也抬头看一眼他年迈的母亲。这天的阳光出奇的好，我和李春对坐在和暖的光里，静谧的小村，偶尔响起一两声鸡鸣。

李春是小村牌楼第一批吃螃蟹的人。早在上个世纪九十年代初，李春就抛妻别子，外出打工。当时，一百四十七元的零碎毛票，是李春去他乡淘金的全部资本。这个初中勉强毕业了的乡下小伙，先是去了南京，但古城南京没有接纳这个有些莽撞的异乡人。这样的拒绝让李春无颜见江东父老，他不甘心啊，于是又只身闯荡到了东莞市一个叫横沥的小镇。在人生地不熟的横沥，初中毕业而又身无长物的李春依旧无法安身。他无数次上门毛遂自荐，但每一次都被生硬地拒绝，发展到后来，几乎所有的保安都认识这个从安徽来的瘦削的年轻人。在某个玩具厂，李春差点就被留了下来，但那个企业需要五百元的押金，而当时的李春，几乎已经身无分文，吃了上一顿就没了下一顿。这一次，接待李春的，是玩具厂里的一个安徽人，那是个比李春大不了几岁的小姑娘，她的微笑，让李春仿佛又回到了小村。"她还给了我一瓶矿泉水"，李春说，"笑起来，像《红楼梦》里的晴雯……"这一次的际遇，一直温暖着李春漂泊无依的行程，也让他相信，世界尽管物欲横流，但还是有"晴雯"这样的善良的人。在李春朴实的思想里，善与恶，就是一瓶矿泉水，无味，透明。

那两年，李春一直没有回过一次小村，他的行踪像无法捉摸的电波，在偶尔一次的电话里飘忽不定，东莞、厦门、珠海、天津、石家庄、重庆……这些陌生的城市远得失去了边际，似乎并不在中国，让李婶和小宝一边是愤怒，一边是吃惊。而在小村人的口口相传里，李春成了一个快活得忘了本的人，他独自走过了大半个中国，而对家里却不闻不问。然而正是那风餐露宿的两年，让李春从一个乡下的毛头小伙子，成为一个精明能干的生意人。那是李春在外漂泊的第三个年头，他终于抓住了一次机会，一条咸鱼于是翻了身。也就是在第二年的春节，小村迎回了衣锦还乡的李春。那个春节是真正的春节，李春从破罡街上买下了五头猪的肉，向每家每户免费大派送。李春的壮举，在十里八乡引起了巨大的轰动，一直到今天，大家还在津津乐道那一年的春节，还在怀念那个衣锦还乡的李春。这时候，小村里的男人和女人才从一场大梦里醒了过来，他们仿佛是从暗夜的尽头看到了一线曙光，他们也要和李春一样，去异乡淘金。

和中国地图极为相似的小村牌楼，在上个世纪九十年代初叶，终于在明媚的春光里，发出了第一声长鸣。浩浩荡荡的打工大军在李春的感召和引领下，开始远走他乡。有点资本的贩卖桂圆和荔枝（李春从中掘出了第一桶金），没多少资本的就去挖土方，或者是在工地上打零工（在这些工地上，李春居然已经有了熟人）。在李春的帮助和联络下，短短几年之后，小村牌楼就成了一座空村，留守在家的，都是些不得不留守的妇女、老人和学龄儿童。没有人统计过那几年的牌楼人，究竟从外地带回了多少资金，反正一个显见的事实是，那几年，小村牌楼的农业税上缴任务，几乎年年都是先进。时间很快就到了1997年秋，李春的父亲刚刚过世之后，李春推翻了家里那座三十多年的老屋，盖起了村里的第一栋楼——前后两进，上下两层。李春的惊人之举再次惹来人们的议论，在漫长的一段时间里，李春成了小村的名人。他穿着西装，打着领带，皮鞋照得见人影。黄昏的田间地头，人们甚至可以看见李春和小宝手牵着手，不过李春在前，小宝在后。

那些年，小宝——这个目不识丁的乡下妇女，因为李春而出尽了风头。

对小村的疏离并没有割断我对她的关注与记忆。父亲和母亲一直奔走于城乡之间，每一次来合肥，他们总会带来一些和李春有关的消息。父亲说，李春在湖南认识了一个女的；母亲又说，李春和那个女的生了一个孩子……最近的一次消息让我非常吃惊，小宝要和李春离婚，而李春却死活也不愿意离。

檐下的阳光在渐渐地西移。风，什么时候起来了。屋前的梧叶，斜成了一个旷远的手势。

一地的香烟，毫无规律。

李春在湖南生养的女儿才八个月。李春说，"我知道这是重婚，但我没的选择。"他还说，"一个人在外地，有些事情，是难免的……"　我吃力地笑了一笑，面对这个走南闯北的年轻人，我忽然失去了表达的力气。事实上，所有的表达都是多余的。

算起来，李春奔走于异乡已经十多年了。在那些聚少离多的日子里，李春对小村最大的牵挂除了他的母亲李婶，就是他的儿子小龙；除了小龙，就是李婶。而小宝，渐渐地成了一个符号，成了他的名存实亡的妻，或者是"家"的另一重含义——毕竟，在"家"这个温暖的巢穴里，还有他无法舍弃的东西。我知道，在远离小村的日子里，许多事物都成了一个渐行渐远的符号——那些模糊的人，那些蚀骨的事，和陈年的老屋一起，渐渐地风化成一段剪不断的记忆。

但李春轻忽了这个符号，轻忽了符号背后更多的东西。这样的轻忽几乎等同于摒弃，没有人能原谅这样的摒弃与轻忽，也没人能接受李春出格的举止。李春的姐姐妹妹和她们的丈夫，在李婶的哭述之后，开始了对李春的轮番攻击。在一轮又一轮的攻击里，我听见了许多久违的俗语与粗词，他们一致指责李春的叛逆，一致勒令李春和湖南那头斩断联系。而李春，始终陷在黑夜一样幽深的沉默里。仿佛，这一切和他全然没有关系。

自始至终，我只见过小宝一面（或许是她在刻意回避）。这个已经提前老去的乡下妇女和我的年纪相仿佛，她端茶的手一直在颤抖，在杯盖轻微的响声里，我听见她撒下来的同样轻微的似乎有些难堪的笑意。她的眼角像是一柄微型的打开的折扇，幽暗。枯涩。蛰伏着的岁月，不动声色。

我还看见她给李春续了些水。细碎的水花，争先恐后地跃到了杯子外面。

夕阳西斜的时候，不时地有人过来串门，他们在东扯西拉的闲谈，话题永远摸不着边际。但屋子里的笑声又起来了，这些都知情的人，不时地和李春开一些半荤不素的玩笑，李春尴尬地笑着，仿佛悠远的时光，已经让他不会生气。在这些人之中，我猛然认出了胡小涛，他是我的小学同学，小学五年，一年四季，他的嘴角上面永远挂着一串晶亮的鼻涕。现在的胡小涛，嘴角上面已经没有了鼻涕，而是两笔短短的黑里泛黄的"八"字，乍一看，有点像是混事的。他非常礼节地和我握了握手，又非常正式地问及我现在的房子和票子，这让我浑身上下老大地不自在，以至于我几乎说不出话来。在有一搭没一搭地闲聊里，他坚持递给我一支"中华"，而把我的"红皖"随意地别进左耳上的头发窠里。听母亲说，胡小涛2004年就离婚了，新婚的妻子，是比他小八岁的女徒弟。胡小涛在贵池做装潢，这个小女人，只一年功夫就咸鱼翻身，从胡小涛的女徒弟升级成了胡小涛的妻。胡小涛的前妻刘满霞也是我的小学同学，记得我上初中的第一个春节，她还送给我一张手制的小卡片，形状是只展翅的蝴蝶，上面歪歪斜斜地写着四个字："鹏程万里"。那可能是我收到的第一张贺卡，而且，还是手工做出来的。

我后来在村子里多次遇见过她。每一次，她都绕道而走，有几回，实在是绕不过去了，她就低着头，佯装没有看见我的样子。

我很想问问胡小涛关于刘满霞的消息，但终于没有。时光飞渡，或许，刘满霞早就已经忘了我这个旧年的同学，而被丈夫抛弃的耻辱，想来她也应该不再在意。毕竟，在小村牌楼，她虽然是第一个被丈夫抛弃的女人，却不是唯一的一个。在她的身后，还匍匐着一群更为苦命的女子，她们守着一个个空空如也的家，冰冷的被褥像一座座小山，年轻的躯体，在无边的暗夜里慢慢荒凉。

　　我也很想问问李春今后的打算，但也终于没有。因为我知道，在李春的身前，其实只有两条路，一条是和小宝离婚，另一条是终结和湖南的关系。然而这两条路，哪一条都不那么好走，哪一条都不是坦途。李春的沉默也正来源于此，他根本就不知道该如何选择，如果时光可以倒流，他情愿还是当年的那个懵懂的小子。在懵懵懂懂浑浑噩噩中，度过无欲无求的一辈子——就像我们的父亲和母亲，在他们漫长的一生里，生儿育女才是最大的事，而爱情，和离婚、出轨一样，都是该遭天打雷劈的词。

　　离开小村，是在一个伸手不见五指的清晨。在深一脚浅一脚地前行里，机耕路边的人家三三两两地亮着温暖的灯，他们似乎是知道，每一个清晨，都有人走出这条唯一通向山外的机耕路，而经年之后，也总有人在温暖的灯火里，悄悄回首，叹息声声。正如那一刻，我就看清了人家窗棂上泻出的灯火，李春两层小楼里泻出的灯火，母亲东房里泻出的灯火，——它们是那么的轻柔，那么的温暖，却又那么容易被我们忽视。像那些黯然凋败的花朵，繁花如织，落花成泥，在琉璃虚幻的光影里，她们无声无息，来去两由之。

（选自《散文》2009 年第 5 期）

乡村记忆 （二题）

刘家科

骂　街

自打村里有了广播喇叭，骂街的就逐渐少起来，再后来，几乎就没有会骂街的人了。用广播喇叭发布信息，调整心态，倒是比骂街效率高得多，也文明得多。可是也有人说，少了骂街这营生，村子里这幅风俗画便缺少一种特色和味道。要是把村子里的生活比作一首古老而原始的歌谣，那么骂街就是这首歌谣的伴奏。这种伴奏尽管有些野有些酸有些辣，但它恰像烧菜放佐料，能把生活中那种原汁原味给提出来。

最文明的骂街其实是一种语重心长的劝诫，一句一句掏心窝子的骂声，能唤醒被骂者的良知。王老五是村里种菜园子的能手，他靠着一身的精明和一双摇辘轳磨得层层老茧的大手，维持着五口之家三分薄地的生活。可就有爱占便宜、手不干净的人，趁一早一晚王老五不注意的时候，捎走人家几只北瓜，几个茄子，只想回家美美地吃两顿北瓜饭，炒两盘茄子菜解馋，没想到王老五要用这点瓜菜换粮食、打油盐酱醋，维持一家人生计。事情发生后，王老五一怒之下，站在街口的高台上，冲着他怀疑的对象大嗓门骂开了：

"你听清了啊，你这个混账东西！俺那北瓜正长个儿哩，俺那茄子还没有落花哩，你先给摘去吃了，你他妈的不是糟蹋事儿吗？你不想一想，俺家就只有三分园子地，俺一家五口人的口粮靠的是用瓜菜去换啊，俺上有八十岁的老母亲，下有五岁的小孩子，俺容易吗？你他妈晚上躺到炕头上，抚摩着胸口想一想，你的良心在哪里？你对得起八十岁的老人吗？你对得起五岁的孩子吗……"

大概是偷东西的人真的被骂声唤醒了良知，产生了自责，到了夜深人静的时候，竟偷偷地将摘去的北瓜和茄子送到王老五家的园子地边上。王老五早晨下地，见到送回来的东西，双手抱在胸前，向路过地边的乡亲们一遍一遍重复着：

"人心都是肉长得啊，人心都是肉长的啊！"

最野蛮的骂街是一种歇斯底里的发泄，什么话难听骂什么，什么话最能伤人骂什么，什么话骂出来最能出恶气骂什么，总之一句话，用最脏的语言，最损的语调，最高的声音，最长的时间，形成一种盲目的强烈的语言扫射，从而找回一种心理平衡。这样的人往往是吃了大亏，受了别人的暗算，又找不到报复的对象，这口气窝在肚子里肯定要生一场大病，大骂一场糊涂街算是把气放出来了，也算找回了一个面子，让人们知道咱也不是随便让人欺负的人，以后也好接着混日子。骂出来了，等于把气布袋放了气，心里轻松多了。

最惊险的骂街是"找对子"。目的是骂出对手来，对手一旦出来，就要对骂，由对骂进而对打，有时会酿成伤害事故。但有一点，在对手出来之前，一般已有相当多的观众，在动手之时，肯定有人出面调解，所以酿成事故的情况算是特殊。村长女人性情刚烈、天生聪明，可她斗不过自己的丈夫。村长风流倜傥，爱串老婆门子。村长女人时常跟踪，看他到底与谁家娘们相好。村长当过几年侦察兵，有特别的敏感，女人每次跟踪都被她觉察。村长女人心生一计并随即付诸行动：夜深人静之时，估摸村长已从麻将桌上转移到哪个女人家里，她便顺着村里的三条胡同，把五十多户人家的大门吊都虚搭上，等到四更天，她再挨门挨户查验，果然发现只有张寡妇家的门吊脱落了，这样试了三天，皆如此，她便认定村长的相好是张寡妇了。于是，她要与张寡妇叫个长短，争个输赢。

在一个农闲的傍晚，借村长外出之机，村长女人大骂出手，摆出个骂不出对子不罢休的架势。开头是混骂，只骂"那些爱偷汉子的贱女人"；紧接着是指桑骂槐，骂"那个死了丈夫，不守妇道，专爱招惹男人的臭婊子"；转而就指槐骂槐了，不骂李家的王家的孙家的寡妇，但骂张家的寡妇。而张寡妇紧闭大门，并不应战。村长女人见火力不够，就双手叉腰，从街口走到街心，直站到张寡妇的大门口大骂不休。

张寡妇见无可回避，只得出门应战。一时间形成激烈的对骂。一会儿双方都双手叉腰，摆开"剪刀阵"，一会儿双方都一手叉腰一手指着对方，摆出那种"壶瓶骂"的架势。一边骂对方不要脸，偷人家汉子；一边骂对方没能耐，守不住汉子。到此时，已经在对骂中证实了村长与张寡妇的奸情。围观人越来越多，在众目睽睽之下，村长女人从腰里掏出剪刀，挥舞着直逼张寡妇。张寡妇也随手从腰里抽出剪刀，毫不示弱地迎过去，一时间两个女人扭打在一起。于是有人出面拉架，有人在一旁好言劝解，村长女人见目的达到了，找个台阶下来，一边骂着一边回家去。等到村长回到家来，见事情已在全村人面前完全败露，只得向女人认个错，保证以后不再拈花惹草。一场矛盾算是暂时解决了。

会骂街的人，一般都是精明人，每次骂街都有明确的目的，都讲个方式，掌握个火候，目的达到了，找个台阶就下来。而事情总有例外，就有那种骂街骂上瘾来收不了场的人。甚至有人三天不骂街就吃不好饭，睡不好觉，浑身不舒坦。于是总爱找个碴口骂一回。村里有个刘杨氏就属这类人。大街上有块大石头，她但凡骂街必会坐在那块石头上，一骂就是半天，这半天的骂辞都不带重样儿的。鸡毛蒜皮的值不得的小事都全成为她骂街的借口。有一伙挨过她骂的小青年嘀咕着要算计算计这个骂街迷。刘杨氏的园子里种着几畦胡萝卜，胡萝卜畦背上长着水灵灵的大白萝卜。小青年们趁傍晚的功夫把她那大白萝卜拔掉十几个，随后又原样插回去。好险呐，他们刚离开萝卜地，刘杨氏就来到园子里。她怀疑这些坏小子会祸害她的园子，可是仔细看了一遍，并没发现异常。第二天晌午，她再到菜园子时，发现十几个大白萝卜都蔫了。

刘杨氏搬个梯子上了房顶："你们这些大姑娘养的、野地里生的私孩子，你们发孬发到你姑奶奶头上来了！俺那水灵灵的大萝卜，碍着你什么地方疼啦？你一棵一棵地给俺拔了！还有这么孬的吗？你祸害俺东西又戏弄俺人，拔了俺的萝卜又给俺按上！俺×你娘啊，你给俺拔下来俺不知道，你又给俺插上俺也不知道，等到打蔫了俺才知道……"这伙小子们躲在一个背旮旯里听热闹，料到她会骂出这种辞来，此刻，有一人手捏着鼻子，递过去一句："你真是个傻×"。这一下刘杨氏激醒了。自知上了人家的圈套。于是更加恼羞成怒，她马上调整了思路，几乎是点着那几个小子的名子骂起来。那个泼劲，邪劲，狠劲，是多少年少见的。几个小子不敢再惹她，只得暂时吃个亏，以后再伺机报复。

但在村里安装广播喇叭的第二年，刘杨氏寿终正寝。以刘杨氏的死为标志，村子里的骂街史算是画上了一个句号。

吹　　牛

没见过世面的庄稼人不会吹牛，而庄稼人一旦得见世面，吹牛的本事便与之俱来。吹牛成了小码头村里人特殊的精神消费。因为这种消费是自给自足的，所以生产的目的和消费的方式便多种多样，独具个性，千奇百怪。有的纯粹是为了满足自己的虚荣心，有的却是为了博得众人一乐；有的是一种复杂情绪的释放，有的是一种非分之想的放纵；有的是为了有目的宣传和炫耀，有的是为了骗人或唬人；有的是为了实现心灵的自我补偿，现实中得不到的东西，以虚拟的形式得到；有人是为了实现精神的自我刺激，打消自卑心理鼓起生活的勇气……

当吹牛处于原始状态自然生成自由生长时，是村里人精神生活水乳交融的组成部分，虚也罢，假也罢，俗也罢，劣也罢，但大概是于己无害，于人无碍。不管怎么吹，这种行为总有几分可爱和别样的妩媚。但是，当那些有心人要运用吹牛达到超出精神消费的其他目的时，吹牛就变得福祸参半了。

一年秋天，康熙皇帝乘船沿大运河到京南一带农村私访。私访的目的是体察民情，了解农耕现状。这一天康熙扮作商人带两名"管账先生"在小码头下船之后，就察看了堤内堤外的庄稼，逢人便询问耕作收成的情况。当时村里的族长闻讯便带了两个人去接待几位造访的客商，攀谈中康熙皇帝点拨他讲讲当地农耕的天时地利和发展潜力，族长察觉来者不凡，便施展了吹牛的本领：

"俺小码头村人均一亩地，河滩地就占三分，论地亩俺是邻村的一半，论收成俺是他们的一倍。你看俺这河滩地里的苞米，小垅内间种绿豆，大垅内间种红薯，一亩地里，苞米收两担，绿豆收两担，红薯收五十担，俺这一亩顶他们三亩；苞米随船南下，价钱比当地高一倍；绿豆做粉条，粉渣养肥猪，收入又增加一倍；红薯藏在地窖里，来年春天到城里卖，一斤又顶五斤的价钱，这样算下来一亩能顶六七亩的收入。你再看俺堤外的菜园子，开春用草墙挡北风，用草衫遮寒流，韭菜菠菜茴香小葱比别村早下半个月，夏天黄瓜西葫芦芹菜番茄比别村下得早长得好收得多，秋天冬瓜北瓜茄子萝卜大白菜比哪个村的都抢眼，俗话说一亩园十亩田，在别处只是口头上说说罢了，在俺村里真是能兑现。俺们村的菜顺着大运河，进京下卫，城里青菜行家家都抢小码头的鲜菜……"

康熙皇帝听这一番话觉着眼前一阵豁亮，它虽然明白这番话大大地言过其实，但也禁不住赞叹称奇，心里话，天下百姓都能像小码头一样，何愁国富民强！于是顺口说了句："真该鼓励啊，如若三年能兑现，你们村子可二十年不纳皇粮国税"。

康熙皇帝离开村子后，族长被自己吹的那一套激动了，好啊，按我说的路子开发粮田和菜园，整个村不真得要发起来吗？于是召集各家各户传达他的命令，按照统一要求搞间种，按照早种早熟的办法发展菜园，按照增产又增收的目标发展储藏和运销，谁家也不得违抗。果然，三年之后，村子的粮田和菜地实现了他的理想。也巧，这一年康熙帝又南下私访，还记着小码头这档子事情，顺路下船，又与族长攀谈起来，临走，故意丢下一把折扇，并说三年前许下的诺言可以兑现。族长仔细辨认，果真是一把当今皇帝的御扇。

此事很快传到县衙、州衙、府衙，小码头就成了皇帝特别开恩的免税村。

时代推演到二十世纪五十年代后期，大跃进浪潮风起云涌的那年秋季，正准备播种小麦。乡里召开誓师大会，各村准备在大会上作发言。上年的誓师大会上，小码头村最先发言，本来使出了吹牛的本事，无奈后来者居上，每位后来发言的人都在前一个发言的基础上又加一码，故一个比一个吹得大。大会结束时，最后发言的得了红旗，最先发言的被插了白旗。白旗旗杆是用高粱秸秆做的，插到衣领子里，鲜红的血都渗到白粗布褂子外边来。今年村长吸取去年血的教训，在全村选最能吹牛的人上台去发言。

第一个发言的讲：我们村今年小麦地深耕三尺，每亩施肥 50 车，用种 100 斤，一斤种子换百斤麦子，亩产万斤小麦是没问题的。明年麦收请到我们村里来参观，抱来个娃娃到麦浪上打滚儿，保险露不下去……

第二个发言的讲：我们村今年小麦地深耕六尺，每亩施肥 100 车，用种 200 斤，一斤种子换百斤小麦，亩产两万斤是没问题的。明年麦收到我们村来参观吧，领一群娃娃到麦浪上来跑步，保险一个也落不下去……

第三个发言的讲：我们村今年小麦地深耕九尺，每亩施肥 200 车，用种 300 斤，一斤种子换百斤小麦，亩产三万斤没问题。明年麦收请到俺们村来参观，参观团的人都到麦浪上去跑步，保证比马路上还瓷实……

这个村虽然选了最能吹牛的发言人，但仍然被安排在第一名发言，终于又被插了白旗。

然而在今天，这个村的吹牛经过时代精神的改造，彻底地脱胎换骨了。在这一带，这个村的蔬菜第一个上了市里的电视台，那广告词比村民的吹牛要高明得多，加上漂亮的画面，真有一股子煽动力。说也怪，电视台上天天播放，还真是管用，这个村成了远近闻名的蔬菜产地，建起了市场，创出了名牌，后来又上了省电视台，又上了国家电视台。于是这蔬菜基地，这专业市场，这名牌产品在全国出了名，发展势头不可估量。

　　从此，吹牛便真正产生了分支。一支仍旧是村民生活中的一个插曲，一种自娱自乐，自给自足；一支则是用于开拓市场，发展经营，致富村民，推动社会进步。

　　　　　　　　　　　　（选自《乡村记忆》2006 年 3 月 1 日）

家乡耍活

郑彦英

耍活是陕西关中的方言。关中是我的家乡，家乡人把一切玩耍的活动都用这两个字表达了，就像城里人把一切游乐活动统称为娱乐一样。

我童年时，差不多四十多年前吧，我和小伙伴们的耍活大都是从玩土耍泥开始的。家乡土好，是标准的壤土，我们把土堆成堆，用两只脚挡住两侧，然后用手捶击散土，散土很快就成形了，挪开脚，土的新形象就稳稳地立在那里。玩土手艺的高低主要取决于将土堆积成的形状，若院墙、若井口、若门廊，甚至若狗若马若猪等等。玩泥巴的年龄一般在上小学以后，这种玩法类似于如今的泥塑，孩子们大都是把眼前的东西复制过来，比如庄稼、动物、建筑、农具，当然还有人物。遇到假期的下雨天，许多小孩子在一起，常常会分工合作，用泥巴盘捏出一个故事来。

但是这些耍活是不能在冬天玩的，冬天自有冬天的乐趣，那就是牵狗撵野兔子，特别是在大雪初霁的日子，野兔子的脚印会清晰地出现在我们面前，顺着脚印，野兔子就不可能逃脱。有时候茫茫雪野没有野兔子脚印，但我们也能从一望无际的雪地里看出野兔子躲藏的地方，然后悄悄地接近野兔子的隐藏点。等到放开狗的时候，隐藏的野兔子已经是囊中之物了。我记得最清楚的一回是我们的狗把野兔子追到了悬崖脚下，野兔子无路可逃了，猛然跳起来，竟然跳了一丈多高，等到它落下来的时候，一群狗的嘴巴就接住了它，我们还没看清楚，它就成为一块块碎肉被狗们分别噙在嘴里。

一群大呼小叫的孩子看到这一惨状，突然间都失了声，许多孩子的嘴巴呆呆地张在那里。

再长几岁，就会学着大人丢方。丢方是方言，其实就是用手指头在地上画出横七道、竖七道的方形棋盘，两人或执土蛋儿，或执柴草棒儿，类似于下围棋那样下起来。这种玩耍方法会记一辈子，我在武汉大学上学时，同学中有关中人，我们还在武大美丽的校园里丢过一回方。

我十九岁离开村庄的时候，是上世纪70年代初期，那时还不知道我们村里谁会下象棋。因为我从来没见有人下过。到90年代初期，我应邀到西安电影制片厂写剧本，其间和西影厂编剧竹子去了一趟我的家乡，才知道村里已经下象棋成风了，而下得最好的，就是我的父亲。竹子就和我父亲在我家的院子门前摆开象棋盘下起来，竹子下棋的水平在西影厂也就一般，但和我父亲在一个小时内下了三盘，我父亲都输了。父亲深有感触地说，看来，下棋也有大学问！

有一句流传至全国的顺口溜："八百里秦川尘土飞扬，三千万老陕齐吼秦腔，吃一碗面条喜气洋洋，没有辣子嘟嘟囔囔。"我们老家人确实爱吼秦腔，我印象最深的是夏天打麦碾场的时候，大人们在大太阳底下，戴着草帽，牵着拉碌碡的牲口缰绳，一边扬着鞭子一边唱秦腔，往往是此伏彼起，有男的唱，也有女的唱，更有几人合唱的。那耀眼的阳光、流淌的汗水和高亢的秦腔合在一起，形成了麦场上令人难忘的情景。

我们村里唱秦腔唱得最好的是一个瞎子，他还会弹三弦，他一张口唱，其他人就立即闭了嘴。他天生一副好嗓子，提着三弦走村串巷，用乐器和嗓音挣钱挣物养家糊口。我们知道他方游回来的消息几乎都源于他喊他儿子犬的吃饭声，他站在自家院子里，大叫一声"犬——"，周围几个村庄的人都知道他家开饭了。

改革开放后不久，村里通了电，有了脱粒机，打麦的场景从此消失了，也就没了秦腔，自然成了麦收时节乡村人很大的遗憾。

但是社会毕竟往前走着，新的耍活不断出现，比如有了电影，逢年过节，或者谁家有了红白喜事，就会请一场电影来，让一个村庄的人看。前几年我回家乡，父亲告诉我，如今看电影也很少了，因为每家都有电视机，在家里都把电影看了，还跑到外面弄啥?!

我知道父亲爱吼几声秦腔，有时也哼哼眉户，就问父亲这几年有吼戏的场合没有，父亲笑笑说，过去大家在一块儿做活，说唱就唱起来了，有个互相比的心，如今单个做活办事，唱不起来。想想又说，有一次你弟开着拖拉机拉着我去赶集，路上高兴了，忍不住吼了两句秦腔，但吼了两句也就停了，一个人唱，寡气，没意思。

去年9月，和我一起上初中的一个同学来到郑州，他的儿子考上了郑州这边的大学，他送儿子上学，顺便来看看我。"你把书念成了，我没念成，我得让我儿子念成。"他这样说，话语中渗透着自豪和满足。我发现他的头发已经白了许多，胡子也没有刮，看上去很苍老，就问他家的经济情况，因为目前在我去过的一些农村，最穷的是两种家庭，一种是家里有大病号，另一种是有孩子上大学。

他低头一笑说紧是紧一些，但也不至于像我们小时候那样受穷，他说他家承包的土地全都栽了苹果树，每年家里能卖两万多块钱，而且不用交农业税了，供一个大学生没问题。这就让我放心了，中午请他喝酒。他酒量小，两杯酒下肚，脸就红了，指着他的脸问我："你看我像不像杜甫?"我一愣，心里想，你咋能像杜甫?嘴里说："你比他胖。"他却说："重要的不是形似，而是神似!"说着立起来，做了个捋胡子的姿势，并戏曲亮相一般地定住格："这下你看像不?"我看着更不像，就笑起来。这一笑，他也笑了，坐下来说："自古到今，咱那儿的人有了钱就置地盖房子娶媳妇。眼下呢，这些都不在话下了，村里一伙人就想在今冬把钱凑到一块儿，排个新秦腔，剧名叫《杜甫》。我就在争这个角儿呢!我把台词全部背过了，唱腔不但背过，而且琢磨着唱了不下五十遍，应该说每一个唱腔都能达到西安来的导演的要求。我给你唱一段吧?"我连忙摆手，心里想这儿是饭店，不是乡村，能说唱就唱?嘴上却说："你一准能唱好，你从小就嗓子好，凡是耍活你都比我强，来，来，碰杯。"

前几天郑州下大雨，他冒着雨来到我的办公室，我几乎没认出来，因为他的胡子垂到了胸口。他说这是为戏留的胡子，因为去年冬天他们的《杜甫》演得很成功，他现在一有时间，就琢磨《杜甫》的事，他是跟儿子一起来的，儿子去学校了，他来跟我商量《杜甫》。

"不是很成功吗？"我问。

"成功归成功。"他捋捋胡子说，"导演还是不满意，说我演的唱的都成，就是气质不成。我就是来请教你，咋个把气质弄成？"

我看着他，心想诗圣的气质是一般人能修炼出来的？但我不能给他泼冷水，毕竟，当普通农民都开始琢磨怎么弄成杜甫的气质时，他们的耍活就要活了。

我把茶端到他面前："不就是个耍活嘛，放开弄！"

（选自《人民日报》2006 年 10 月 1 日）

静守师傅

陆 梅

夜晚，我站在大树下
静静地倾听
倾听大树为我讲述
关于大自然的故事

——【英】毛姆

　　静守师傅是镇福庵里的和尚。庵本来是住尼姑的——"和尚庙，尼姑庵"，通常大家都这么认为。可总也有例外。小说家汪曾祺在其名篇《受戒》里就写到一个明海小和尚，住在苦提庵。庵里还不止一个和尚。

　　现在这座镇福庵，在浙江宁海象山港的横山岛上。虽说已开发，我去时游人并不多，岛上树木葱郁，浓荫蔽日，满目参天古樟和挺拔秀竹——如此欢喜的清和静，真叫无话可说了！

　　镇福庵就在山腹上。顺着卵石小路往深处走，刚还灌木丛生、遍地苍苔，突然间就亮堂起来，看到一片开阔地——是几亩菜园。阳光金灿灿，有些晃眼，分明还没从浓荫里醒转过来。就那么一瞬，感觉灵魂出窍。脑海里漫出胡兰成在《山河岁月》里的句子："在阳光世界里，田稻穰穰，长亭短亭，柴门流水，皆成金色……"

　　这会儿，没有金色的稻田，也未见长亭短亭，却有大片的菜地，开成一畦畦，正是蔬菜长势最好的时节——青菜肥头大耳，草头一簇簇正窃窃私语，菠菜油亮翠嫩，芹菜亭亭玉立……胡萝卜还在泥地里沉睡，但纤细的叶子叫人莫名心生愧疚之情；卷心菜刚开长，一层层小圆叶片在阳光下笑开颜！

风吹过，我闻到了这个世界上最优雅最富贵最奇异的香水也抵不上的香——是阳光、泥土、正在拔节的茎叶混合着粪水的清香味儿，可这香，你永远也不可能在城市里拥有！这是被干净的风、新鲜的空气、清澈的水、纯粹的蓝天和真正的星空，还有生长古木苍苔也生长神话传说的土地所造就出的香。我在这香里，瞬间迷醉过去。依稀仿佛，走进我遥远的童年村庄。

静守师傅就在这个时候出现：

洗旧了的海青色短衫，里头露出同样洗旧了的白色短褂领子。套袜和绑腿沾满了泥尘。脸黝黑，眼睛却清亮。乍一看，就跟总在田间地头劳作的农人没啥两样。他的身后，就是镇福庵，距菜园百步远。

先说庵。庵很古旧——宁海县志里有据可查，建于明洪武 13 年，距今 600 余年。和很多的深山远庙一样，这镇福庵也是小格局，却也有奇处——一般观音菩萨都立于莲花座，而这里的观音却立于鳌鱼之上。莫非……和这横山渔岛有关？

我四下里探寻，却不见静守师傅的影子。大殿内黑漆漆，午后亮白的阳光打在廊柱上拖成长长的暗影。空气里混合着浓重而发霉的、不容忽略的寂静和香烟的气息。阒寂无声。我一阵恍惚，大步奔向殿外。

殿外，是另一个世界。同行的友人正三三两两围拢在一丛老树前——这就说到了与庵同龄的三株古树：芙蓉、香樟和桑树。古庵、老树——没错，它们理该在一起。互为依存，互相倾听。

桑树更像一个巨人，当路而立，顶天立地。站在它面前，只有抬起头来，才能与它相望。树上挂着它的"身份证"：植于元代，距今已 700 余年，为浙江省现存最大的桑树，誉称"浙江第一桑"。

芙蓉树就长在庵门前，不高，枝叶繁茂。树上也有一块牌子，上写：植于元代，距今已有 700 多年。此树曾于 20 世纪 60 年代衰落枯萎，仅剩古树桩，1998 年枯木逢春，复抽新枝，繁茂至今。

大家簇拥着看树时，静守师傅一直静立在边上，更像个置身事外的看客，脸上是农民式的淳朴，甚而还有些木讷。但是当大家正要回转身走时，他像是突然醒转过来，说还有棵树呢！在那！说着他兴冲冲跑前头，指给大家看。就在庵旁的树林子里。是一棵600多年的古香樟，盘根错节。奇的是，树中长树，老树桩里又长出一棵挺拔的毛竹。抬眼望去，老树像一擎天伞，高耸入云。有些树，你站在它面前，除了感动，更会生出一份敬畏之心。这棵古香樟就是。

当大家抬头仰望一时无语时，静守师傅用充满怜爱的手势拍了拍老树斑驳的身躯，身子也向大树倾去，像是在耳语，又像是在倾听——用整个的身心。我杵在树下，怀疑自己也成了树的一部分……

再往林子里走，静守师傅顺手一指，道：那边还有一口古井，水很甜咧，我烧水做饭全靠它！我们就齐齐地跟了去。井台斑驳，井水清冽。静守师傅麻利地给大家打水。一桶水打上来，大家纷纷用手掬了喝，颔首称许。静守师傅就那样憨笑而立，眼里满是孩童般的喜悦——那后面的潜台词是："甜吧？我说得没错吧！"

到这会儿，静守师傅已进入自己的角色——他，才是这寂静之岛的主人。这古庵、这老树、这水井、这大片的林子、神话和传说……以及庵前空地上一畦一畦的菜园子，因了他的存在，才显出生命和灵性来。兴许他自己并未深切意识，而我、我们，这些偶然的闯入者和旁观者，清晰地看到了。

镇福庵没有电，到了晚上就得点蜡烛。镇福庵也没有第二个和尚、杂役或是游方僧。远来的和尚不会选择到镇福庵来落脚。静守师傅是庵里唯一的和尚。所以他既是"住持"，又是"方丈"，还是杂役。——说杂役兴许更贴切些。我不知他平日里念不念经，做不做和尚们通常的早晚"功课"。但他每天必做的功课是烧水、做饭、洗衣、种菜、锄地。

"不种菜，就没菜吃；不烧饭，就没饭吃。"静守师傅两手一摊，说了句大实话。问他什么时候到了这里？答：十多年了，师傅圆寂的时候叮嘱过，要他守在庵里，从此就没离去。

十多年里，一个人守着一座庙、一座山，乃至一个岛。难得也会有游人或香客远道而来，但香火终是不旺。十多年里，独自一个人把每日的挑水种菜锄地洗衣做饭……当成修行的功课，顶着日晒、雨雪日日往前走。白天还好，有事可做。晚上就有些难熬，没有灯，即便是点上蜡烛，也是浓重暗夜里的一星豆火。一个人，每夜每夜被层层的黑和暗包裹着，会是怎样的清寂感觉？真是不好说。

但静守师傅"熬"过来了——说"熬"，未必尽然——我无法揣度静守师傅本真的内心。他站在你面前，朴拙地笑着，不善言辞。我只是从他简单的描述里猜想着他的日常：劳作。汗水。一日三餐。手捻佛珠敲木鱼……

还有什么？——寂寞？孤单？长夜难熬？或许吧！

还有什么？——还有很多。但未必人人能看得见。

不要忘了，这里有古庵、老树、林子、菜园，有鸟鸣、蝉唱、树影、风声……及至大自然的怀抱。一个热爱自然的人和一个无视自然的人；一个亲近自然的人和一个远离自然的人——他们的生活态度会多有不同。

所谓的大自然是什么呢？是湛蓝如洗的天空，逶迤盘亘的群山，清澈蜿蜒的流水，花团锦簇的草地，绿荫铺地的森林……没错，它们共同组成了人类永恒的家园。可是，光有这些还不够。这是我在邂逅了横山岛的静守师傅后突有所悟的。一个自觉地亲近和守护大自然的人，他眼里的大自然是与人类一样有灵性和生命的。那一畦畦混合着粪水味儿的碧绿菜园、那一棵棵历尽沧桑的参天大树，你听得到它们的声音吗？

德国哲学家狄特富尔特在《哲人小语：人与自然》一书中说过这样一段话：

我们对植物知道些什么呢？觉察它们的痛感吗？每秒超过二万往复振荡的呐喊，我们的耳朵听不见。也许全世界、整个宇宙都在呐喊，我们却耳聋。可能草也在喊叫，当它被割、或动物的嘴在拔它时；当树木周围架上斧或锯时……

　　静守师傅沾满泥尘的套袜和绑腿、黝黑的肌肤、清亮的眸子，还有他抚摸树干时充满怜爱的手势、前倾的身子……都让我深信：他是懂得并深爱自然的人，他和自然融为了一体，他是自然之子；他当然也更能体会万物的生机，劳动的愉悦、乃至艰辛，于是在他眼里，一箪食，一瓢饮，都赋予了欢欣和不易。

　　用作家韩少功的话讲，"经常流汗劳动的生活，才是一种最自由和最清洁的生活；接近土地和五谷的生活，才是一种最可靠的生活。"——这是怎样奢侈的人生啊！（于城市中的我们）静守师傅以这样一种亲近土地的方式，感恩生活。

　　　　　　　　　　　　（选自《辛夷花在摇晃》2011 年 10 月 1 日）

父亲的老猎枪

艾　平

　　我的父亲出生在大兴安岭东麓一个鄂温克人聚居的小山村，自幼就和鄂温克人朝夕相处，学了一口流利的鄂温克话，也学会了山里人的生存之道。骑马、打猎、放木排、拣木耳、扎猛子抓鱼、熟皮子这些山林里的活计到啥时候也难不住他。直到大病不起，他还开玩笑说，我这条命是野猪剩下不要的，又多活了四十年已经是偏得了。

　　父亲后来成为当年亚洲最大肉类联合加工厂的厂长。

　　在我的童年里，每一年的初冬都有这样的一个黄昏。工厂大门外面的马路上突然烟尘滚滚，几万只羊像从西边天上飘落的云朵一样，突然地出现了。厂区立时欢腾起来，空气里越发看不到细致的景物了，只听到羊们"咩啊、咩啊"的叫声和牧人"啪儿、啪儿"的鞭子声。"赶运的回来了！赶运的回来了……"随着大人孩子的大呼小叫，我和一群小伙伴冲出家门，像小狍子一般飞快地奔向厂子门口的大马路。赶运就是由厂子里挑出来的好骑手组成一个团队，利用十天半个月的时间，把数十万只羊从几百里外的锡林郭勒草原赶到呼伦贝尔。路途的艰辛，那些羊倒不在乎，反正是在大草原上，走到哪儿吃到哪儿。赶运的人可就辛苦了，不仅要保羊的头数不短，还要保这些羊不掉膘。风餐露宿不说，白天要规矩着羊群尽快赶路，并寻找有水草的地方让羊群觅食喝水，晚上要下夜和每每偷袭羊群的狼群搏斗。那个年代的领导是以和工人同甘共苦为荣的，作为厂长，父亲在年年的赶运大会战中一马当先。

所有孩子都瞪大了眼睛，还是找不到他们的爸爸。因为马背上的牧人个个身穿白茬皮袄，头戴狐狸皮帽子，脸上身上布满厚厚的灰尘和白霜，根本看不出原来的模样。但是我却能在夕阳勾勒成的牧人剪影中第一个找到爸爸，因为爸爸的肩上总是斜挎着那支漂亮的猎枪。每一次赶运，爸爸的猎枪都功劳卓著。赶运经过的林缘草原和干旱草原，是野狼掠食的地盘。狼的凶残体现在它们袭击羊群的方式上：咬死一地，叼走一只，很祸害人。现在有些文学作品，过于拟人化地把狼的聪明仁义渲染到了大而无当的程度。事实上在草原，狼就是羊的天敌，就是人的威胁，因为狼也是以食为天的，只要肚子不饱，绝不会像迎宾小姐似地给人类让开一条大道。现在因为狼的锐减导致生物链失衡，有一天野生动物过剩那也是一种失衡。我认为，今天我们放下猎枪和有一天再拿起猎枪，都不能简单地被认为是开明或者愚昧。什么叫可持续发展，就是不断地和自然调谐平衡。

父亲没有告诉过我他一生打死过多少只狼，但是我知道父亲曾经收集了一小口袋大约几十个狼的"嘎拉哈"（蒙语音译。后腿膝盖骨），后来都送给院子里的小孩子玩了。现在听说狼"嘎拉哈"可以辟邪，已经卖到将近一千元一个，有人开始去蒙古国贩运了。瞧我们这个不可理喻的物质时代啊！

虽然那支猎枪已经被草黄色的枪套包裹得严严实实，但是它在爸爸肩上随着马蹄的节奏上下摆动着，依然十分抢眼，更有一种摄人魂魄的力量。爸爸听到我的呼唤，就用一只有劲的大手把我从地上一捞，托上了马背。我伸出双手暖了爸爸粗糙又冰冷的脸庞，再为他掸落掉帽耳上厚厚的霜花，无比骄傲地冲着还站在尘烟里寻找爸爸的小伙伴们大喊："我爸回来了！我爸回来了！"

那是一种何等波澜壮阔的生活啊，我坐在爸爸的马鞍前，爸爸用他的白茬皮袄裹着我，他腰上的子弹袋里的子弹壳热热地硌着我。一望无际的羊群，就在我的脚下。头羊在爸爸的马后面乖乖地跟着，马踱步缓行，羊群和阳光、烟尘和飞雪像波涛一样簇拥着爸爸和我，就像臣民簇拥着国王和公主一样。大鼓如雷，铜钹如磬，广播喇叭里的"蓝蓝的天上白云飘……"还有厂子大门上的鲜红标语——"自力更生,艰苦奋斗,鼓足干劲,力争上游,多快好省地建设社会主义!"统统搅在一起,成为工厂的白夜。

厂子的羊圈好大好大,可是赶运回来的羊还是太多,一直到第二天的早上,还有一大片一大片的羊在排队进圈。爸爸的工厂每天要打("打"包含屠宰和加工两重意思,这是厂子里的行话)上万只羊和几千头牛,就像一个巨大的传送带,把活生生的牲畜送进车间,再把一箱箱鲜肉和肉罐头传到开往阿拉伯诸国和前苏联的冷藏列车里。隆冬时节是生产的旺季,多雪的呼伦贝尔到处都是天然大冷库。当厂区的道路和空地铺上米黄色的芦苇席子,一个壮观的行为艺术便开始了——身穿白色工作服的工人们肩扛着冻得硬邦邦的"羊个子"和"牛肉扇儿",按着精心设计的几何规则,依次摆放,直至造成一座座红白丰腴的肉山。这时候爸爸也会出现在造山者的行列里,他的肩头上往往要比工人们多一个羊个子。其实不止是父亲,当时厂子里的各级干部,包括车间主任以及工会组长都是要参加生产劳动的,这是六十年代初的风气。

有肉便有狼。在肉山崛起的冬天,狼群蜂拥而至。记得到了晚上,宿舍区家家户户早早地关好门,一夜不敢关灯。我们如果不听话,外婆就会拎着耳朵把我们拽到面向南山的窗户前,闭了灯。不一会儿我们就会看到夜色里出现了一对对浮动的绿星星,那就是狼贪婪的眼睛。狼群近在咫尺,随时都可以爬上我们家的窗台。人们使用石灰在厂子长长的红砖围墙上画满白色的大圆圈,又拉过电灯一闪一闪地照着这些大白圈,用以吓唬不远处垂涎三尺的狼群。饥饿可以使一切生命铤而走险,虎视眈眈的狼群,慑于大白圈的恐吓,不敢接近肉山,转而袭击家属区的仓房和猪舍,甚至差点儿就叼走了一个下学的孩子。那一天是冬至,下午三点天就黑下来了。那是一个没有妈妈的孩子,贪恋在自来水房旁边的大冰坨子上玩耍,放学后没有直接回家,是一个挑水的工人用扁担打退了那只穷凶极恶的狼。

每逢冬天,厂子都要组织基干民兵下夜打狼,父亲便枪不离身地在厂里值班。夜里狼嚎此起彼伏，"狼来了"在我们的童年里可不是一句空话，往往在早晨我们会看见门外的桦树障子上挂满了狼的皮张。我还记得父亲和几个工人在一起剥狼皮的情景，几乎和现在蒙古老乡杀羊的程序完全一样。他们用尖细的小刀，从狼的肚皮上豁开，用刀尖一点点向两侧划开，剔掉腿皮，剥到尾骨附近，一个人两手攥住后腿皮，另一个人攥住狼的两个后腿，反向使劲一拉，刷的一声，一张完整干净的狼皮就剥下来了。那时候见到这样的事情没有什么血腥的感觉，就像见到一位主妇，削掉了一只冬瓜的表皮，又把瓜切开，剔除了瓜瓢，然后把瓜做成一碟普普通通的家常菜一样。人只要在狼群中生活，自然而然就是猎人了。

就这样一个在工作中与枪为伍的厂长，在不加班的星期日，还要远行几十里地，到山林里去打猎。父亲从不骑马，也不坐平日里使用的嘎斯六九吉普车，因为那是公物。他总是骑着我们家那台大永久加重自行车在凌晨出发，到深夜归来，大永久上驮着的猎物像个小山。我母亲和外婆不吃野物，家里收拾得一尘不染。父亲一进入工厂的宿舍区，就开始把车上的野鸭子、野兔子、狐狸和旱獭子随手送人。那时候厂里职工家家都不富裕，但是不缺肉吃，他们要这些猎物，是要毛皮到收购站卖钱，所以爸爸每次打猎归来都像圣诞老人那样受到追捧。尤其是那帮平日里淘得恨不能上房揭瓦的臭小子们，无论大人怎么召唤，就是不肯回家睡觉，直等着父亲打猎归来。他们常常在父亲的身边围成一团，山呼雀跃。有的人竟爬上父亲的自行车，把父亲除了水壶、帽子、水裤之外的所有随身物品穿戴在自己身上，一路招摇。到了"文革"，这群孩子也不受当时大气候的影响，就在院子里跟着父亲这个已被"靠边站"了的走资派玩，父亲给他们每人用羊"哈拉巴"（蒙语音译。肩胛骨）做了个弹弓子，还在院子里用风匣烧火给这些孩子烤羊头吃。这个拥有千余职工的工厂，那时候居然出了九百五十多个保皇派，保的就是父亲这个厂长。

父亲是个百发百中的神枪手，而且对各种猎枪颇有研究。我没有记住他这支德国双筒猎枪的型号，但是我知道那是父亲经过一次次升级，用心爱之物从当时厂子里的苏联专家手里换来的。

我从小就懂得敬重猎枪。

星期六是我们家的节日。傍晚父母下班的第一件事，就是把我们姐弟三人从幼儿园接回家。晚饭后，父亲便叫我们拿出三个小板凳坐成一排，他自己则在洁净的地板上席地而坐，开始擦枪。我们在整个过程中不敢动手，不敢乱说话，只是托着下巴静静地观看。父亲摊开他那些神秘的家什和弹药箱，显得小心翼翼。他先是把枪的机匣折开（在这关节上，我们会听到一声具有弹性的音响，清脆而圆润，这是我们盼望了一个星期的那一刻！）当枪露出弹孔和保险机构，他便用一个蘸着机油的棉纱探子一遍遍地在两个枪筒里拉来拉去，拉几下就眯上一只眼睛借着灯光看一下。这个程序过于庄重还不断重复，几乎变成了一个仪式，以至于我们谁都说不清每次到底是几遍。

父亲擦枪用的是三块不同的抹布。第一块是半干的棉纱，用以擦去枪外面的灰尘；第二块是蘸着机油的棉纱，用以给枪上油防锈；第三块是一块麂皮，用于抛光。擦好的猎枪被父亲挂在一个俄罗斯式的实木雕花大衣架上，以超凡脱俗的气质，熠熠生辉。尤其枪中间闭锁块部位镍钢上的錾花叶纹，像被清澈的水给漂浮起来了似地清晰而灵动。父亲猎枪上的花纹就这样清晰地錾进我的童年里，让我一辈子都无法忘记。2008 年的冬天，我去黑龙江省委统战部调阅东北军爱国将领苏炳文的档案，在泛黄的页卷中发现了一张当时苏将军珍藏的两支德国手枪的照片。天哪，我听见自己的心在怦怦跳，仿佛就要从胸腔里冲出来——其中一支手枪上的花纹，何其眼熟，那不就是父亲猎枪上的花纹吗！遗憾的是，他们不许拍照，我也不知道父亲猎枪的具体型号，这两个相同的图案之间的渊源关系无法考证。

接着，父亲会解开那又重又长的牛皮子弹带，取出一个个打空的铜弹壳，再打开一个四四方方的备品箱，箱子里有很多精致的隔断，以保证插进去的各种工具在颠簸中稳定不乱，不会损害。接着父亲使用一个五分硬币大的长柄小勺，往子弹壳里填弹药。要是我没有记错的话，先是填入黄色粉末状的弹药，再放入铅弹。铅弹有大有小，适用于不同的猎物。最后父亲还要用圆形的毡垫和弹壳的盖子把一颗颗子弹封好，一一插在子弹夹里。

这时候父亲的脸上呈现出心满意足的表情。弟弟因而有些胆大妄为起来，他讨好地伸出手，帮爸爸把工具箱里面已经安置得一丝不苟的各种小工具，再加上一点点力度，继而伸出一个指头试探着去抚摸那支完美无瑕的猎枪。父亲也不生气，只是赶紧地掏出麂皮，在弟弟摸过的枪身，轻轻摩挲一遍。说："到时候，我打围带上你。"

父亲习惯将打猎称作打围。这两个词的意思显然有大小之分，后者更能使人想到古代威风凛凛的武士，前者就应该指父亲这样的业余猎手。父亲打到的大猎物是狼和狐狸以及狍子、黄羊子。他说自己曾经遇到过犴，想了想没有开枪，因为那头巨大的野兽是父亲使用的散弹一枪无法撂倒的。父亲一向不忍在受伤的猎物身上补枪。记得父亲打猎带回来过一只肩胛骨受伤的大雁，褐色的羽毛，红色的眼睛。它已经没有能力飞翔，但是对于人类的救治拒不配合。在我们家明亮的地板上，它扑腾着张开翅膀试图飞翔，失败，再扑腾，一遍又一遍，竭尽全力。那是一个永不放弃的生命，所见之人，无不心生敬意。我感觉父亲有点儿怀疑是淘气的弟弟挪动了他的子弹位置，使他在射击大雁的时候，使用了打飞龙和沙半鸡的细铅砂，不然这只大雁不会遭受苟延残喘的厄运。母亲用一个小镊子挑出了大雁肩胛骨中的一颗颗铅砂，救活了大雁。但是它已经不能展翅蓝天去追赶南飞的雁队了，沦落到与职工家属宿舍房前屋后的公鸡为伍，尝尽嗟来之食，在那一年的冬天悄然死去，留下的是一对半睁的红眼睛。

我想父亲使用"打围"替代"打猎"，一定是于无意识当中道出了自己作为一个猎人的理想，战虎豹斗熊罴，方显英雄本色。

在一个嘈杂而恐怖的夜晚，我和妹妹突然被吵醒。原来是那占全厂人数仅二十分之一的造反派们，开始了打砸抢和抄家。我们家当然是他们的第一个目标，他们要的就是父亲心爱的猎枪。

　　父亲的猎枪在造反派手里，历经了造反司令部、工宣队、军代表和革命委员会乱哄哄你方唱罢我登场的四年时间，终于退回到了父亲的手中。父亲揭开枪套，当初上好的机油尚在，轻轻地用麂皮一擦，那枪簇新依旧，像是进了一回仓库，毫发无损，所有的配品一件不少。

　　后来有两个造反派到我们家来赔礼道歉，主动告诉父亲，父亲的猎枪到了他们手里之后，却没有一个人敢动，因为厂子里人人认识这支枪，人人都知道这支枪曾经给厂子立下了多大的功劳。谁拿着厂长的枪出来瞎得瑟，谁就会成为众人眼里的沙子，非倒霉不可。

　　我们家的猎枪就这样逃过了"文革"劫难。

　　时代大变，我们姐弟全部长大。父亲一辈子极爱孩子，重男不轻女。弟弟在父亲的直接授意下，参军到了一个异常艰苦的野战部队，爬冰卧雪，刻苦训练，抗灾救人，屡屡立功，给父亲带来了一生最大的喜悦。在父亲工作忙碌，身体尚好的那几年里，复员归来的弟弟暗暗觊觎着父亲的猎枪，他想一试身手，当一个无愧于父亲的猎人。可是父亲没有许可，他说他要亲自带着弟弟去打围。这时呼伦贝尔大地，再也不是"棒打狍子瓢舀鱼，野鸡飞进饭锅里"的世外桃源了。一夜之间，打猎和挖药材的淘金者以浩劫的方式，冲进了草原和林地。野兽死的死，逃的逃，骑自行车走出城市二十里，满目尽是随风飞舞的白色垃圾，父亲打猎的念头便日渐淡漠了。

　　擦枪的仪式在我们家依然保留着。我和大妹妹出嫁离家，弟弟由观众升格为主角。弟弟擦枪那也是行家里手，这一点很像父亲的儿子。但是他的观众就没有当年父亲的观众那般毕恭毕敬了，其中两个幼小的妹妹因屈就哥哥的恩威并施，流露出一副漫不经心的表情。而弟弟的几个小哥们儿，老是动手动脚，恨不能一把夺过枪来，冲到草原上一通狂射，横扫大地如卷席。后来这当中果然出了不义之人。

　　父亲在得知身体已经难以为继的时候，把自己使用的公物都还给了机关，对于包括这支老猎枪在内的私人物品没有特别的嘱托，似乎一切早已不言而喻。他静静地躺在洁白的床上，等待着灵魂起飞。

父亲的遗物，没有任何金银财宝。我当时向母亲要了父亲的工作笔记，要了父亲的一支钢笔。父亲手上的英格纳手表，在父亲停止呼吸的时刻，也永远地停止了。我让母亲好好地保存起来，等到以后再由我来传承。

父亲的老猎枪，蕴含着父亲的热度，散发着父亲的气息，浸染着父亲的汗水，珍藏在母亲家里的老箱子中。每当我离家远行的时候，我会以拥抱它的方式和父亲告别；每当大年夜，我都要悄悄地坐在那个老箱子的跟前，想念父亲。老枪在，父亲在。我们这个饱受苦难的家庭，一年年就这样和远去的亲人团聚。

父亲的老猎枪，是我们全家的魂。

当家里的每一个人都在为生存东奔西忙的时候，有人以哥们义气的方式，从弟弟手里"借"走了父亲的老猎枪。

不知道要过多少次，就说丢失了，最后那人竟然躲起来，让我们无处可寻。弟弟遇到的是个无赖。

我不敢埋怨自己那个铸成大错的弟弟，他的心比我更难受！可是，让我怎么能原谅他呢，丢失了父亲的老猎枪，等于从我们的手里抽走了父亲那永远温暖的手啊！

父亲的老猎枪，你在哪里？你在哪里？我不敢去想你的命运，我的心日夜流血……

（选自《散文海外版》2012年第1期）

九月之书

黑　陶

　　茂壮繁密的绿帚棵，连同簇拥其间的疯长胡琴草和蓬乱晚饭花，在小块水泥场的边缘，组成大半人高的绿篱，隔开了屋前聚满鹅拔草的粼粼池塘。尽管最终命运是被刈割、晒干、束扎成农家扫帚，但墨青的绿帚棵，现在仍是那么不遗余力地使劲生长。胡琴草叶上很重的闪亮秋露，有的早在黎明就被昆虫或鸟雀碰碎，更多的，是被越来越烫的阳光蒸发；逆光里，毛茸茸的草芒正在喷射熠耀辉煌的金边。昨日黄昏还如云如波的浓香晚饭花，现在已经全部蔫掉（零星黑圆的花籽隐现其间），她们娇嫩的脸面太易被太阳灼伤。

　　绿篱内部的复杂空间，逡巡飞行着许多小蜻蜓。这些拥有三对细足，身子如一枚缝衣针大小的可爱昆虫，像极了微型直升机。这些在绿篱的密林里穿行的直升机刷有不同颜色：有的是蟹壳黄头部，淡青身子；有的是淡青头部，棕红身子。飞得累了，它们便歇停于细枝或叶缘，于是，花叶枝茎勾连纠缠的幽暗王国内，偶尔就会闪现极其细微的亮斑——蜻蜓两对近乎透明的羽翅，是这些神秘亮斑的直接光源。

　　池塘的淘米埠头暂时还是冷清的。虽然，在由裸露的枫杨树根、鹅拔草和河埠条石围成的角落里，沉漾着污黑塑料袋（白色垃圾），但是，池塘的水还是清可鉴脸。一条，或者两条深灰色的窜条鱼，静静悬停于水里，像正在等待命令的隐蔽潜艇，稍有风吹草动，它或它们，激扭着瞬间便没了踪影。那种超乎寻常的灵捷，让人惊叹。河埠条石上还遗落有青红斑驳的圆枣，这时孩子们喊叫蹦跳着，在用竹竿打枣——绿篱边两棵叶子稀疏的枣树上，累累密密挂满了诱人甜果。大叶子的柿子树枝叶纷披，那悬于墨绿枝叶间的一只只果实灯笼，现在仍是纯青的，要等待更深更浓的秋日之焰，才会将它们内部的秘藏之烛，尽情点燃。

在塘溪，现在几乎每户农家的场地上，都摊晒着收割下来的红梗老苋菜，准备收籽。二三尺长的梗（茎）都极粗极壮，因为渗透了漫长夏季白昼的浓酽日色，皮色一律又紫又红。花叶早已枯萎，然而折断有力的茎，用牙齿嚼咬，仍有酸甜的汁水。苋菜棵间，从田野追随上来的老嫩蚱蜢在繁忙跳跃。灰褐的老蚱蜢有一双特别发达的后腿，后腿上密密麻麻的小钩刺，会扎痛人手；躲在苋菜枯叶阴影里的小蚱蜢，则又嫩又怯，它们沿着弯扭的红梗慢慢爬移，像让人生怜的纯青微型玉雕。太阳的曝晒，人畜的踩踏，粗茎枯叶的底下，已经积有疏落的一层漆黑菜子。扁圆形的苋菜籽，大概是南方农家常见植物种子中最为细小的——仅有一粒芝麻的三分之一大小，所以在塘溪，说一个人特别吝啬，总是这样表示："他的量气么，比苋菜籽还要小！"

芝麻也已经收获。晒干的芝麻秆被归到檐下，这是秋冬上好的灶屋燃料。蓝天下的乡村风口处，人们将沉重的竹簸箕举至头高，里面，盛满了掺杂草枝焦叶的芝麻。向风缓缓倾倒簸箕，黑沙似的芝麻瀑布随即泻入地上摆放的大圆竹匾，枯脆的草啊叶啊，便被风吹散于匾外。线条柔和的芝麻沙丘，在竹匾内越积越大——这就是弥漫村庄的，青团子内芝麻糖馅的美味和金澄澄麻油的浓香。

凤仙花是燃烧在塘溪的一丛丛红云。旧墙角落，井栏周围，屋后僻地，猪舍旁边，到处是它们蔓延的火姿。深红的，紫红的，粉红的（还有深红和粉红聚于一朵的），或者单瓣，或者重瓣，全在尽情喷涌各自的生命。我看见了秋天激越灼耀的血液——深藏于乡村大地内部的血液，被万千凤仙茁壮的艳茎抽输，最后短暂呈现于秋天的视野，并且，映红着曾经如此熟悉，现在似乎变得陌生的村庄。因为凤仙不生虫秽，所以农民们并不去砍斫伤害这些怒放的草花。这个季节，村庄上奔跑疯玩的野丫头们的手指甲，几乎个个都是用凤仙花染红的。染甲的方式，仍是千年一贯："凤仙花红者，捣碎入明矾少许，染指甲，用片帛缠定，过夜，如此三四次，则其色深红，洗涤不去。"（南宋·周密《癸辛杂志》）读过古书的村中老人，还了解染红指甲的起源。传说杨贵妃生来"手足甲爪"都是艳红色泽，于是朝野女子效仿，终成流俗。站在大丛的凤仙花旁，裸露的皮肤常会被飞溅的细粒击痛，这是成熟的花果在弹射种子。凤仙果实椭圆形，略小于橄榄，成熟时自动弹开，褐黑若六神丸的密集种子就如碎雨般溅出——来年，这里就将有更大一片的汹涌花焰。懂得烹调的农民在这时总要收集花籽，日后煨肉时放入少许，肉就极易煮烂。

更为广阔的村庄外面的世界，仍是绚烂近于迷幻的植物大海。成片的黄豆棵倾斜或倒伏，黄绿、深黄或枯蔫的叶子间，饱满的、毛茸茸的豆荚累累密密，成万上亿的碧青豆粒，在黑暗的荚壳内叫喊，急着出来。被粗倔的红皮大山芋顶裂的长长地垄上，一浪浪的山芋藤已经翻卷过来，紫红色的藤蔓，如网乱缠，结韧灼眼。数亩纤长的韭菜在野风和阳光里亭亭乱舞，顶端白色的花台簇拥摇逸，像抛洒并凝定在半空的白色大米，又似一条古老迷离的月光河流。散落田地各处，习惯聚生的芋头绿棵高过人头，它们成蓬的椭圆形块茎（有毛皮的"芋婆"和"芋子"），要等到霜降之前开挖。和芋头棵相类，但是更加高长的，是浅塘里的群荷。荷梗荷叶狼藉凌乱，已经不见了鲜红荷朵和烛盏莲蓬。有田鸡伏跳的浅水田塘里，荷叶荷梗同样狼藉凌乱的阴影在其间触碰嬉戏，极尽幻美。

依然炽热的秋阳接近头顶，被两侧植物覆拥，由塘溪通往城镇的小路上，上午卖完菜的村人已经骑着挂有空篮的自行车陆续归来。艳尾高翘的大公鸡伸展脖子，在杨树和扁豆荫下，偶尔高声打鸣。淡天蓝色的炊烟开始袅袅显现，随即，又被清凉的湖风吹散于瓦屋之顶。

（选自《泥与焰》2004 年 1 月 1 日）

乡村暴力

杨献平

北风掠过枯燥山冈，但没发出任何声音，群众太激愤了，多少年压抑的仇恨火山一样爆发，经由嘴巴，就成为了一声声嘶喊——看着昔日骑在他们头上胡作非为的地主们——这时候，地主们再不会无视群众存在了，广泛的仇恨不仅停留在嘴巴上，还有拳头乃至挥舞的木棒，他们头顶神奇了好几百年的瓜皮小帽早已不知去向——被暴怒的群众反剪双手，昔日趾高气扬的脑袋耷拉下来，整个上身是弯曲的，鼻尖几乎碰到了自己的肚脐。

其中一个地主是柳树村沟的，叫白殿起，祖上几代地主，到了这一代还是地主，祖上都平平安安一辈子，到他这一代，忽然之间一贫如洗不说，还拉出来游街——他记不清是第几次了，头上的高帽子忽悠忽悠，一会儿瘪了，一会儿涨了，背上还插着一块木板，上写"打倒地主恶霸白殿起"，之后是三个血滴一般的感叹号。

这一天，天气格外冷，冻掉手指的风还夹杂了粗糙的雪粒，针尖一样扎在满是伤痕的脸——长工们嫌他走太慢，不停推搡着他的后肩膀，一推就是一个趔趄，好几次摔倒，啃了满嘴的黑土——路过一面红色悬崖时，谁也没有想到，白殿起的身子就像一块笨重石头，猛然跳了下去。

群众都惊呆了，张大嘴巴，任凭冷风钻进钻出，相互看了好一会，才有几个胆大的站在悬崖边，朝几丈高的悬崖下面看——白殿起的身子就像一块黑色的卵石，或者一口装满麸糠的破麻袋，伏在河沟一动不动。尾随的群众谁也没说一句话，有的转身回家去了，有的坐在路边的枯草上，掏出旱烟，用石英石打着，一口口的青烟就像是一个个稍纵即逝的灵魂，由人体吐出，消失在茫茫虚空之中。

还有一个叫曹白鹭的地主——被群众揪出来，在石展子专门为批斗地主恶霸而搭建的高台子上，挨了不少的口水，还有群众不断上台，声嘶力竭痛斥他坑害乡亲的罪行——克扣工钱，少给粮食，还强行纳了一个佃户的闺女当小老婆，和另一个长工的老婆通奸等等——最终，激愤的群众捡起石子，雨点一样砸在他们的身上——全身包了白布，在一丈多高的柱子上，寒冷的北风穿透了他的身体，骨头结成了冰碴——残废之后，妻离子散，家产散尽，孤零零的一个人躺在昔日的牲口圈内，没过几天，连呻吟声都听不到了。

另一个地主叫朱起福，批斗会中，群情激昂，有人拿了煤油，尽情地泼在他身上，然后用石英石擦燃棉絮，扔在他被反绑双手的身上——大火拔身而起，照亮整个村庄——疼痛和求生的欲望让他像狼一样狂奔不止，不一会儿，就消失在结了一层薄冰的池塘里——他的妻子疯了，儿子一夜之间没了踪影，再后来，房屋和田地归到了各家各户，小老婆随了一个四十多岁的长工。

所有这些，我没能够亲眼目睹，都是爷爷讲的——讲的时候，很多年过去了，他的口吻还很激动，尤其是群众的那种残暴行为，说得很"动人"，每个人的表情都刻画得惟妙惟肖——比如，他说点火的人：先是用袖子抹了一把清鼻涕，在屁股上擦了一下，再掏出石英石，手冻得像是烂了的猪脚，打了好几下，棉絮才冒出火星……远比我的叙述精彩百倍——我至今还记得，那个夜晚很黑，同样的冬天，重复着同样的北风，还夹杂着盐粒大小的雪花，一只只打在马头纸的窗上。爷爷说完，爬起来，又点了一袋旱烟——看不清的青烟一直攀援到黑色的屋顶，惊扰了几只硕大的老鼠，一阵仓皇奔跑之后，一切都归于平静。

我躺在那里，看了一会儿黑暗的墙壁，有一种稀薄的光，从无法看到的地方，向我内心蔓延。我不知道为什么那样——从那时，我就知道，在黑夜，光会更加锋利。隔壁有孩子哭起来，尖厉的声音充满了恐惧与绝望——我知道那是一个堂伯新生的儿子，比我小四岁。他母亲是一个凶悍女人，娘家在羯羊圈村——先前生过四个闺女，一个比一个凶悍——我不知道她和别人家到底有什么仇怨，总是伙同几个闺女，欺负村里的一些人。还和她的婆婆打架——有一次，我亲眼看到她抓住她婆婆的头发，揪下来一大片，婆婆迅即狂叫一声，伸手摸了一把头顶，手掌立刻一片殷红，还滴滴下落。

很多次，我看到她和其他妇女吵架——双手掐腰，或者手足舞蹈，飞溅的唾沫星子在阳光下就像是无数的肥皂泡——我第一次听到这样的脏话："操恁娘的×××"，还把牲口的生殖器强加给人等等，我觉得害怕，像只幼鼠，躲在母亲怀里，眼睛里满是恐惧——原始的恐惧，人的凶暴行为使我觉得了一种近在咫尺的危险——有一次，在河沟，满满的池塘边，我看到她正把一个小孩子的头使劲按进水里——那是一个和我一般大小的男孩，挣扎的四肢像是被刀刃切割的羊羔。

此后，不用母亲交代，远远看到她，我就躲了起来；宁可多走一点路，也不敢与她碰面，尤其是没人的时候——她让我感到一种与生俱来的恐惧——人对人的恐惧，害怕同类被同类吞噬甚至虐杀的恐惧——但她偏偏就在我们上面住着，每次去爷爷奶奶家，都要从她门前走。天晚了，母亲就送我；实在忙不开，我就绕道到村子上面的一家，再返回到爷爷奶奶家——每次路过她家院子时，我的心脏狂跳，全身的肌肉都紧张起来，眼睛死死盯着那扇黑嘴巴似的门洞，趁着没人，赶紧跑过去。

从上学第一天开始，她的闺女们就老是欺负我。九岁那年，放学回家路上，我看到她的二闺女在路边的石板上写咒骂我母亲的脏话——有时候故意藏在高处，看我走过来，往我头上扬沙子，丢石头——我头顶的几个疤痕还在，多少年了，我摸到就还是一阵战栗——当时是殷红的鲜血，从浓密的头发中泉水一样渗出——那一次，我真的急了，搬起一块比自己小不了多少的石头，冲她二闺女（我该叫堂姐）的脚上丢过去，她一跳躲开了，反过来又打我，而且是扇我耳光——火辣辣的疼痛倒在其次，主要是屈辱，我疯了一样，用身体砸她，可是她老能躲开——那时候，我就想要一把刀，就像电影中八路军杀日本鬼子的长刀一样——如果谁真的给我一把，我会毫不犹豫，挥向她的身体。

仇恨一直跟随着我——在她一家人身上，自己的那些屈辱随即就忘了，主要是母亲所受的那些——我亲眼看到，她们一家人坐在房顶上，大声辱骂我母亲，而母亲只是一个人，我吓得钻在她小腹上，大气不敢出。当我出来透气的时候，却发现一块三尖石头，冲着我的脑袋呼啸而来——母亲用手一挡，石头击打在骨头上，发出很脆的响声，落地碎成了三块——我看到鲜血淋漓而下，像溪水，滴在青色的石板上——我哭了，抓住母亲的血手，使劲往家里拉她——从那个时候，我的内心充满了复仇欲望，时间越长，欲望越是强烈——我曾经设想：拿了父亲从工地带回来的雷管和炸药，像英雄黄继光一样，冲进她们家里，点燃……直到二十多岁，我还一直以为，儿子为母亲而死是光荣的，是英雄行为，可以万世传颂，生生不灭！

父亲是一个懦弱的男人——多年之后，我仍旧这样说自己亲爱的父亲。还有爷爷和奶奶，当母亲受欺辱时他们总是劝父亲不要管母亲，说母亲是一个多事的女人——父亲真的很听话，私下还向欺负母亲的堂伯堂大娘说好话——母亲哭了，很伤心，她的哭声在午夜尤其凄惨——我躺在母亲一边，被汹涌的泪水惊醒。我开始恨父亲，觉得父亲不应当是我的父亲，一个连妻儿都保护不了的男人……而父亲有他的理由：不惹事，和为贵，听天由命之类的……还有爷爷奶奶，还让我劝母亲……我暴怒，摔烂了他们的一只粗瓷大碗，还有一只啃了几口的馒头。

母亲就此归结为家人少的原因，相比亲兄弟三个，还有两个姊妹的她们家，爷爷奶奶只生养了父亲和姑妈；一个是父亲的懦弱——"马善被人骑，人善被人欺"。母亲总是说：报仇的担子就放在你身上了——我把它看做一种使命，几乎每天都能清晰感觉到有一种气息在胸腔激荡，我也几次按照想了无数次的办法，拿出父亲的炸药和雷管——母亲看到了，她大声哭着抱住我，让我卸下来说：君子报仇，十年不晚；最好的报仇方式是"保全自己，消灭敌人"……看着母亲悲怆的脸，我咬着的牙齿松动了，忍不住放声大哭起来。

十六岁那年冬天，村子里又发生了一起暴力事件：也是亲叔伯兄弟，住在一起，因为宅基地而大动干戈，其中一个七个儿子，两个女儿；另一家则是三个儿子，一个女儿。开战之后，所有家丁齐上阵，似乎敌我之间的一场你死我活的战争，铁锨、镐头等等工具都用上了——更像是一场农民起义，杀戮的欲望和动作搅起尘土，暴怒的嘶吼仿佛来自地狱，很多人看到了，但没有一个上去劝阻。有的人在笑，有的跺脚大喊，还有一些人，悄悄离开了村庄。

还有一件：女婿怀疑岳丈与养女关系不正常，将岳丈暴打一顿，扔在马路边——岳丈满嘴是血，额头还不停往下滴，呻吟声比过往的汽笛还要响亮。有人把他扶了起来，包扎了伤口。另外一件是邻村的，一个光棍被一位妇女的丈夫打了，也扔在马路边，一天过去了，路过的人走了好几回——但只是看看他，没人肯扶他一把。还有一个是，亲生父母打坏了自己儿子的膝盖，十岁的儿子再也站不起来了，蹲着走路到现在。

这样的事件让我惊恐——听说之后，额头冒出汗滴。有一次，弟弟被别人欺负，我立马过去，截住那个人，把他打了一顿。而正当我立志要报仇时，母亲的态度变了——而且是一百度的大转弯，总是对我说：你要好好读书，读书好了，才能真正报仇，让他们再也不敢欺负咱家。那时候，我不知道读书和报仇有什么关系。母亲说，读书才能当官，当了官儿谁还敢欺负咱家？她还说了宋朝吕蒙正的故事，开始人人瞧不起，受欺负，高中状元之后，欺辱他的人都巴结他了。

我似懂非懂，觉得这里面一定有着一种玄妙的因果关系——随着时光，我逐渐明白：权力有时候是制止暴力的最有效武器，权力是比暴力更能置人死地的尖锐之物——人敢于和身边具体的人争斗，却对无形但庞大的国家公器束手无策，充满敬畏——后来读金庸的《射雕英雄传》，杨铁心夫人包惜弱被完颜洪烈掳走后，杨铁心为要回自己妻子还丢了性命——完颜洪烈最强大的武器就是掌握了国家公器，有那么多人为他看门护院；还有一夜白头的伍子胥，最终报仇还是依靠吴国的国家军队。

我忽然明白：以国家公器作为个人恩怨的武器，或者某个人一旦成为国家官员，也就掌握了国家公器——这种潜规则或者说传统是悠久的，生命力旺盛到了不可救药的地步。十八岁，我已经能够看懂一些世事了，乡村暴力的存在可以与人类诞生的长度相比——利益的争夺导致了人性最大的恶，更是恶的膨化剂和助推器——遇到势力庞大的家族，比如：有人在乡里、市里或更高一级政府部门任职，村干部乃至派出所在处理群众与群众之间的矛盾时，也会有所偏倚。村里这样的事情层出不穷，一家成材的大树被另一家强行砍伐使用后，另一家找到村干部，村干部表示无奈，或者只是答应去问问情况，然后是漫长的下文。

一个身在政府做科长的人，父母被人殴打之后，派出所立即警车呼啸，开进村庄——体现了治安部门的工作效率。1998 年，一家的一个人被另一家几个人突然袭击，打成脑震荡，找到有关部门答应解决，几天之后，一点动静都没有。再去，还是答应，又几天，还是没人来——这里面包含的一个具体情节是：报案者是一个老年妇女，从她所在的村庄到派出所十六公里，她没有汽车，也不会骑自行车，只是自己走，一个星期内，一连走了六个来回，而且是夏天。

这个故事让我流泪。有几次路过她走的那条路，忍不住看看路面，想找到她踩下的脚印……可路面上都是车辙，深深浅浅，坚硬无比。有一次，听说这样一件事：两个年轻人结婚了，但女的根本不爱对方，男人一直暴打，妻子跑掉了，要离婚。男人不允，跑到岳母家，将妻子拖回来，继续暴打，并威胁说：你跟我离婚我就灭你全家——这话让我战栗，我想象不出这个男人说这话时，是怎样一副狰狞面孔。晚上，一把菜刀结束了他人世的最后的一刻。被捕的妻子说：我不杀他，他就会杀我！

我听到了，觉得私奔乃至逃跑都比杀人好——人杀人是什么？是最简单的暴力，也是最大的暴力，是最大的恶和人性的败坏。这应当是乡村最为普遍的暴力行为了，也是人与人之间仇恨的最终目标——很多仇恨实际上是乌有的，甚至根本不存在，但暴力的杀戮却使它们成为了现实。与此同时，还发生了几起私奔事件，我为此拍手叫好——我们不爱，可以分开；我们相爱，我们私奔！

古希腊的伊壁鸠鲁说："灵魂最圆满的幸福，有赖于我们思考到那些使人心最大的惊惧的东西，以及与它们同类的东西。"（《论快乐与幸福》）——私奔在南太行乡村是大逆不道之举，但避免暴力和杀戮的私奔是更大的功德！我愿意为那些真心相爱，而不得允许、无奈私奔的人们致以最隆重和真诚的祝福。但一个问题是：无论漂流在外多少年，两个人总是要回来，或许有人再也不会回来了。不管怎么说，生命是最重要的，哪怕再也见不到。

与此相反的一个例子，一个老人，一辈子老是打自己的妻子，妻子擦干泪痕，还笑盈盈地站在他面前。妻子死后，他似乎意识到了什么，几天不出门，再看到他的时候，一个老了的男人，就像一个孩子，蜷缩在妻子睡过的地方，早就没了声息——对她死去的妻子，我始终有着莫名的敬意——非暴力的抵抗，温柔的抵抗，虽然没有当时化解，但从根本上改变了一个暴力男人的最终立场。

前些年读马丁·路德·金《我有一个梦想》："非暴力寻求消除作为当代人类重大困境的精神的落后状态……非暴力是一种强大而公正的武器……它不仅砍下去不会造成创伤，而且使挥舞它的人变得高尚。"（在诺贝尔和平奖授奖仪式上的演说：《和平、非暴力和兄弟情谊》）这令我动容，感到惊讶，非暴力让我觉得了一种痛苦的快感，耻辱的高尚。

很多年过去了，我的报仇愿望还没有实现，每次回家，总还看到那些曾经欺负过母亲的人。她们也都老了，孩子成群，孙子也成群，花白的头发，皱褶的面皮，多么像时间的灰烬啊！再强的人终究是"人"，我们大抵是被自己蒙骗和局限了——作为暴力甚至欺辱最直接的承受者：我母亲，也开始苍老了，说起旧事，总是叹息，但再也没有提到"报仇"二字——我低下头来，想起当年的激烈情绪，也觉得了惭愧，暴力让我再次感到惊惧，深深的惊惧就像是一把反转的刀刃，砍下的是别人的身体，疼痛乃至被罪恶缠绕的却是自己。

或许是简单的生存要求了暴力。最近的几年，每次与母亲谈心，她还坚持自己当初的观点，只是没有了更多的怨恨和报复心理。但每每想起，我的心总是不能平静，胸中火焰熊熊而起。母亲跟着很多人，先是跟着一帮子人背诵《新旧约全书》，后来受洗成为了基督教徒——总说的几句话大抵出自上帝的嘴巴："慈爱的人，你以慈爱待他；完全的人，你以完全待他；清洁的人，你以清洁待他；怪僻的人，你以弯曲待他。"尤其是最后一句，让我忽然明白了一些什么——也许上帝不是不要人进行斗争，而是要人采取合适的策略罢了。

时间是可以消灭仇恨的，从根本上消除。当年那些被暴力折磨而死的地主们，他们的后代依然在，甚至与当时的始作俑者后裔成为了儿女亲家。往来说笑，内心笃诚，仇恨已然不见。他们早就忘了，亲情使得仇恨成为了真正的"泥土中物"——而又有一些新的仇恨导致了新的暴力，最大面积的就是那些在煤矿铁矿下井猝亡(炸死，被煤块铁块砸死，乃至瓦斯爆炸、塌方等)的人，他们的妻子都还年轻，转身成为别人妻子，而与公婆的仇恨也是无形的——这应当是一种传统思维所导致的背叛行为，相信不会太久，也就会烟消云散的。最近，有一个人亲口告诉我，他从小看惯了暴力，尤其是家庭暴力，至今不相信人世间还有真的爱情或者感情存在——我觉得悲伤，暴力使我们内心蒙羞，良知失明。

哈马贝斯说："参与者并不想用暴力或妥协，而是想用沟通来解决他们之间的冲突。"（《话语伦理》）我总是在想：要真正消除南太行的乡村暴力，如果他们认同马丁·路德·金和圣雄甘地等人的"非暴力"主张，我想在后面再加一条："沟通"。当我老了，如果我能够行走，我愿意挨门挨户坐下来，面对温和阳光，向他们说……只要他们愿意听。

（选自《散文百家》2006年第11期）

冬牧场

李 娟

南下跋涉的头一天上午，我们的驼队和畜群长时间穿行在没完没了的丘陵地带。直到正午时分，我们转过一处高地，视野才豁然开阔，眼下一马平川。大地是浅色的，无边无际。而天空是深色的，像金属一样沉重、光洁、坚硬。天地之间空无一物……那像是世界对面的一个世界，世界尽头的幕布上的世界，无法进入的世界。我们还是沉默着慢慢进入了。

走在这样的大地中央，才感觉到地球真的是圆的——我们甚至可以看到大地真的在往四面八方微微下沉，我们的驼队正缓缓移动在这球面的最高点。

大约两个小时后，空旷的视野里出现了一长溜铁丝网。从东到西，拦住了一切。而我们继续前进，很久以后走到近前，才看到土路与铁丝网的交叉处有豁口。穿过这豁口，继续深入大地的西南方向。很久很久以后，又看到这铁丝网的另外一面——仍然横亘东西，前不见头后不见尾。

在这荒凉的戈壁滩上，为什么要建造这么巨大的一个工程，圈起如此广阔无物的土地？

对此，居麻的说法是：为了能让戈壁滩变得跟喀纳斯（阿勒泰最著名的国家级森林公园）一样。不准我们的羊再吃草了，只让野马去吃，让草使劲长。不然的话，内地人来了，就会说："都说新疆是好地方，其实啥也没有嘛，全是戈壁滩嘛！"——草也没有，野马也没有，也拍不成电视，也照不成相，太难看了！太丢脸了！

所以一定要保护起来……

我估计这是基层干部们在给动迁的牧民做思想工作时给出的一个不耐烦的解释。

真正的原因大约是近几年推行"退牧还草"政策，防止过度放牧，所以进行圈划，分区轮牧。

据说铁丝网要围五年，现在已经围了三年了。

我们的邻居一家四口，一对夫妻，一个小伙子，一个小婴儿。男主人就是新什别克。

刚到沙窝子时，我问居麻女主人叫什么，居麻说不知道。又问那个小伙子叫什么，也说不知道。再问他们分别多大年纪，还是不知道。我大为奇怪："你们不是邻居吗？"

后来才知，今年是两家人开始做邻居的第一年，其实大家都不熟的。

往年，这数万亩的牧场上只住着居麻一家人。而新什别克家的牧地正好在铁丝网圈住的范围里，被勒令休牧后，虽失去了牧地，却得到了补偿金。于是他们用这补偿金重新租借牧场，继续放羊。这个冬天，新什别克共付给居麻家四千块钱的租金。去年雪大，今年牧草丰足。因此对居麻家来说，四千块钱还是很划算的。

我又打听了一番，隔壁有两百多只羊，三十来只大畜（骆驼居多）。一整个冬天下来，每位才摊到不到二十块钱的伙食费！真是节约标兵。

我们生活刚稳定下来不久，一个大雾的月夜里，两个迷路的不速之客带来了一个坏消息，正与这次租借牧地有关。

话说这俩人原本去北面的邻牧场，结果迷路了。他们声称自己开汽车过来的，显然那辆汽车肯定不咋样，因为两人穿衣的架势跟骑马差不多。一位居然套着阔大笨重的生皮的羊皮裤，年轻点的那位像妇人一样裹着宝石蓝的厚墩墩的羊毛马夹。两人急于赶路，传递完消息，又问清道路，茶也不喝就走了。客人走后，居麻激动又气愤，就此事逮着嫂子大声争论起来，还把嫂子当成对立方呵斥了半天。嫂子始终默默无语地提着纺锤捻羊毛线。

原来这块牧地并不是居麻一家的，原先属于三家人共有，但其中一家多年前迁去了哈萨克斯坦，另一家也很快改行做起了生意。于是这些年来只有居麻一家守着这几万亩荒野，从没人过问什么。可草场刚租出去，做生意的那家就开始过问了。他家认为新什别克付的租金应该两家平分，便去乡领导那里告了状。居麻大怒，冲我嚷嚷："他自己又不来，怪我干啥？别说告到乡里，就是告到中央也是我有理！"可我觉得他实在没啥理。

这件事大家议论了两天，并商量好了说辞，坐等告状的那家前来理论。可人家才不傻，犯得着吗？骂个架跑这么远。调解委员会的自然更不会来了，公家那么穷，哪有钱报销汽油费。

这事似乎再无后话，大家松了口气。可我却始终不安，隐隐感觉到了牧场和牧人日渐微薄的命运。

传说中最好的牧场是这样的：那里"奶水像河一样流淌，云雀在绵羊身上筑巢孵卵"——充分的和平与丰饶。而现实中更多的却是荒凉和贫瘠，寂寞和无助。现实中，大家还是得年复一年地服从自然的意志，南北折返不已。春天，牧人们追逐着融化的雪线北上，秋天又被大雪驱逐着渐次南下。不停地出发，不停地告别。春天接羔，夏天催膘，秋天配种，冬天孕育。羊的一生是牧人的一年，牧人的一生呢？这绵延千里的家园，这些大地最隐秘微小的褶皱，这每一处最狭小脆弱的栖身之地……青春啊，财富啊，爱情啊，希望啊，全都默默无声。

前来收购马匹的一位生意人告诉我：再过两年——顶多只有两年时间，就再也看不到这样搬家游牧的情景了！从明年开始，南下的羊群到了乌伦古河畔就停下，再也不会继续往南深入。

我大吃一惊："也太快了吧？"

我的反应很令他生气。他放下茶碗，庄重地面朝我说："你觉得我们哈萨克受的罪还不够吗？"

我噤声。其实我的意思是，虽说这种古老的传统生产方式本身正在萎缩，但这么突然的大动作，对人们的生活和心理该是多大的冲击和摇撼啊。

过了半天我忍不住又问："是真的吗？是谁说的？有上面的文件？"

他说："文件肯定有，我们肯定看不到。反正大家都这么说嘛。"

居麻大喊了一个国家领导人的名字，又嚷嚷道："是他说的！昨天给我打的电话！"

大家哄堂大笑，转移了话题。

其实我还想问："你们觉得定居好吗？"再一想，真是个蠢问题。定居当然好了！谁不向往体面稳定、舒适安逸的生活呢？

荒野终将被放弃。牧人不再是这片大地的主人。牛羊不再踩踏这片大地的每一个角落，秋天的草籽轻飘飘地浮在土壤上，使之深入泥土的力量再也没有了，作为它们生长养料的大量牲畜粪便再也没有了，荒野彻底停留在广阔无助的岑寂之中……荒野终将被放弃。

而在北方，在乌伦古河两岸，大量的荒地将被开垦成农田，饥渴地吮吸唯一的河流。化肥将催生出肥大多汁的草料，绰绰有余地维持畜群渡过漫长寒冬。这有什么可说的呢？

居麻一喝醉了就骂我滚。我要是有志气，应该甩开门就滚。可甩开门能滚到哪里去呢？门外黄沙漫漫，风雪交加，无论朝着哪个方向，走一个礼拜也走不到公路上去。况且还得拖个比我还大的行李。况且还有狼。只好忍气吞声。

我刚进入这片荒野的时候，每天下午干完自己的活，趁天气好，总会一个人出去走很远很远。我曾以我们的黑色沙窝子为中心，朝着四面八方各走过好几公里。每当我穿过一片旷野，爬上旷野尽头最高的沙丘，看到的仍是另一片旷野，以及这旷野尽头的另一道沙梁，无穷无尽。——当我又一次爬上一个高处，多么希望能突然看到远处的人居炊烟啊！可什么也没有，连一个骑马而来的影子都没有。天空永远严丝合缝地扣在大地上，深蓝，单调，一成不变。黄昏斜阳横扫，草地异常放光。那时最美的草是一种纤细的白草，一根一根笔直地立在暮色中，通体明亮。它们的黑暗全给了它们的阴影。它们的阴影长长地拖往东方，像鱼汛时节的鱼群一样整齐有序地行进在大地上，力量深沉。

走了很久很久，很静很静。一回头，我们的羊群陡然出现在身后几十米远处（刚到的头几天，无人管理羊群，任它们自己在附近移动），默默埋首大地，啃食枯草。这么安静。记得不久之前身后还是一片空茫的。它们是从哪里出现的？它们为何要如此耐心地、小心地靠近我？我这样一个软弱单薄的人，有什么可依赖的呢？

在这无可凭附的荒野，人又能依赖什么呢？我们安定下来的第二天，就在沙窝子附近的沙丘最高处插了一把铁锨，挂了一件旧大衣。远远看去，像是站了个人在那里——用以吓唬狼。刚驻扎下来时，有寻找骆驼的牧人前来提醒：前几日，两只狼在大白天里袭击了羊群，咬死了四只羊。

从此，这个假人成为我们的地标，无论走多远，只要回头看到它还好端端地站在那里，心里便踏实。反之则心慌意乱，东南西北一下子全乱套了。尤其是阴天里。

略懂汉话的居麻对"迷路"一词的说法是"忘了"。说："今天下午嘛，我又'忘了'。羊在哪个地方，我在哪个地方，这边那边，不知道了嘛！"

我试着打听过我们待的这个地方叫什么地名，但这么简单的问题，居麻却怎么也领会不了。于是直到现在我都没弄清自己到底在茫茫大地的哪一个角落度过了一整个冬天……只知道那里位于阿克哈拉的西南方向，行程不到两百公里，骑马三天，紧挨着杜热乡的牧地，地势东高西低。据我的初步调查，这一带能串门的邻居（骑马路程在一日之内）有二十来户，每户人口很少有超过四个人的。共十来块牧地，每块牧地面积在两万至三万亩之间。大致算下来，每平方公里不到二分之一个人（后来我从牧畜局查了一下有关数据。密度比这个还小，整个富蕴县的冬季牧场，每平方公里不到四分之一个人）。

放下茶碗，起身告辞的人，门一打开，投入寒冷与广阔；门一合上，就传来了他的歌声。就连我，每当走出地窝子不到三步远，也总忍不住放声唱歌呢！大约因为，一进入荒野，当你微弱得只剩呼吸时，感到什么也无法填满眼前的空旷与阔大时，就只好唱起歌来，只好用歌声去放大自己的气息，用歌声去占据广阔的安静。

加玛一直戴着一对廉价又粗糙的红色假水钻的耳环，才开始我觉得俗气极了。很快却发现，它们的红色和它们的亮闪闪在这荒野中简直如同另外的太阳和月亮那样光华动人！

另外她还有一枚镶有粉红色碧玺的银戒指，这个可是货真价实的值钱货，便更显得她双手的一举一动都美好又矜持。

我还见过许多年迈的、辛劳一生的哈萨克妇人，她们枯老而扭曲的双手上戴满硕大耀眼的宝石戒指，这些夸张的饰物令她们黯淡的生命充满尊严，闪耀着她们朴素一生里全部的荣耀与傲慢。——这里毕竟是荒野啊，单调、空旷、沉寂、艰辛，再微小的装饰物出现在这里，都忍不住用心浓烈、大放光彩。

有一天加玛在一件旧衣服的口袋深处摸到了一枚假金戒指。当时已经挤得皱皱巴巴，拧成一团了。居麻把它掰直了，再套在一根细铁棍上敲敲砸砸一番，使之恢复了原状。为表示友谊，加玛把它送给了我。我非常喜欢，因为它看上去和真的金子一模一样。若是以前，我是说什么也不会把这样的假东西戴在手上的。可如今，在荒野深处这个俭朴甚至寒碜的家庭里，在仅备最基本日常用具的生活里，在空无一物的天地间，它是我唯一的修饰，是我莫大的安慰。它提醒自己是女性，并且是有希望和热情的……每当我赶着小牛向荒野深处走去，总是忍不住不时用右手去抚摸左手的手指，好像那枚戒指是我身体上唯一的触角，唯一的秉持，唯一的开启之处。在蓝天下，它总是那么明亮而意味深长。

十二月初，每隔两天，就会有南迁的披红挂彩的驼队和羊群遥远地经过我们的牧地。我和加玛高高站在沙丘上，长时间目送他们远去，默数他们的骆驼数量，判断他们的财富。什么也不为，什么也不说。他们的行进真是骄傲又孤独。在荒野中他们最倔强。

有一天早茶后，加玛唤我出去，我一看，又一支队伍经过西面的荒野向南慢慢行进着。但是加玛又提醒我："看，没有马。"仔细一看，果然，队伍里只有一个人步行牵着驼队，同时还兼顾赶羊。看来看去再也没有别人了。比起之前几支又是摩托车又是座饰华美的马匹的队伍，可真寒碜啊。加玛判断道：没有马是因为他家昨夜驻扎时，马跑散了；只有一个人前进是因为其他人都找马去了。

　　无论如何，那情景让人看了很是辛酸。这是荒野，什么样的挫折都得接受，什么样的灾难都得吞咽。

（选自《冬牧场》2012 年 6 月）

大地静美

周　伟

　　就是这么一幅简单的农民画——《老书记》，曾经轰动一时，围者如堵，驰名中外。先是上京参展，随即巡展全国八大城市，后被印制成年画、挂历、水印木刻等广泛发行，据说当年的发行量仅次于《毛主席在安源》。

　　今天，在我看来，这是一幅淡定静美的画，令人经久不忘的乡村一角。

　　老书记很安静，很生活，很唯美。尤其眼神是那样的专注，令人不忍打扰他。就让他那样久久地静坐着，专注着，思索着，远远地进入画面，定格为一个时代的印记。

　　画中的他，是真实的，令人动容的，尤其给人以美好想象的空间。所以，我想，他一定是个好书记，大伙儿想必都欢喜他。（小时候，"好"与"坏"是我们通常判断一切事物最根本的标准。）在老书记的脚下，一切都是那么安然和美好。那石头，被铁链缚住，一侧有枕木固定，安安稳稳踏踏实实地躺在他的面前；那铁锤，那钢钎，那比拇指还粗的箩绳，那带着时代烙印的黄背包，都静静地侧靠在他的身边；头顶烈日的草帽此时也总算歇下了，被随意地摘下来翻在背后，膝上平铺着一本看得津津有味的书，书脊中间还搁有一根随时用来勾画重点的铅笔；烟斗衔在嘴里，他一手握着火柴，一手漫不经心划着火柴准备吸烟；尤其他头顶上那有些灰白的短发，向后满是精神地翻卷着……看来，这一切的一切，都在老书记的安排和掌控之中，一件件物什，就像一个个鲜活的生命，谨遵他的吩咐，静等他的号令，该歇息时歇息，该集合时集合；只要他一声喊，一个手势，个个就都精神起来，立马跃跃欲试，冲锋陷阵，与天斗，与地搏，山河为之让路，风浪退避三舍。

那个年代，是人定胜天的时代。我一直都在揣测着，作者为何不画一个恢宏的场景：红旗猎猎，人声鼎沸，开山修河，围海造田，老书记指挥千军万马，气吞山河势如虹，呼星呵辰使山崩。就是不搞这样的大场面，老书记也应该工作在劳动第一线，有声有色，声情并茂，有绿叶有红花，干部要有群众来陪衬，否则就不能显示出老书记就是老书记。

在我的印象中，老家农村的老书记就是老书记的姿态。那个太大子，是我最憎恶的老书记，他常常牵着奶奶去大队部批斗。不仅如此，他不是揪这个，就是斗那个，颐指气使。他整日里在高音喇叭里高声大吼，骂骂咧咧，在村子里"横冲直撞"，肆无忌惮，无人敢惹。太大子每次来我们家，奶奶都是把我护小鸡样的护在身后。我站在奶奶双腿的缝隙中，看见太大子总是怒目圆睁，凶神恶煞，令我不寒而栗。在我们村子里，若有哪家的小孩哭闹不听话，就有人说，太大子来了——一声喊，小孩立时噤了声。当着太大子的面，村子里的人大都像"哼哈二将"一样，背地里却个个指指点点、嘀嘀咕咕，隔好远都戳他的脊梁骨。唯独奶奶，当面不怕他，背后对他更是不屑。奶奶其实也是穷苦人出身，只不过曾经做过不久地主家的小妾，就被太大子上纲上线。有人讲，太大子家一直和我们家有过节，有企图，于是寻着这机会对奶奶下狠手，在大队部好多次把奶奶"放飞机"、"吊半边猪"。奶奶每次去大队部，总是穿得齐齐整整，临阵不乱，坦然面对，咬牙坚持。奶奶每次回家，我都要围着她全身上下前前后后左左右右看个够，看奶奶哪里青了，哪里紫了，哪里肿了，哪里瘸了，哪里有了血痕。奶奶总是笑，我就咬牙切齿，说总有一天我要找太大子报仇雪恨。奶奶抚摸着我的小脑袋，说，报仇不如看仇，看他能横行多久？果真没多久，太大子的书记位置一下被撸了，大伙儿再也不用担惊受怕了。太大子整个人蔫茄子一般，耷拉着脑袋，远远看见有人就急急地躲

叫一声老乡好沉重

开，仿佛幽灵般悄无声息地消失在村子里。好在乡里乡亲的都不记仇，善良、仁义得很，一个个竟有点不好意思一样，还主动地和他去搭讪。村子里也就恢复了往日的正常。日子如水，平静无风，倒也一日捱过一日。

接下来，我们村子里的书记是伍书记。他的大名叫伍开田，他是想有番作为的，看他的大名，大伙儿就可想象一二。他常常在大会小会上作报告，传达精神，安排工作：一、二、三、四……几大点，1、2、3、4……几小点，前前后后，上上下下，讲清楚，摆明白，吃深吃透。每次开会，他总是先动员，再强调，最后做总结。声音先是慢条斯理，慢慢地中气十足，最后竟是慷慨激昂，高亢入云。只是，他这样起劲，下面的人，一律我行我素——男的，抽的抽旱烟，搓的搓草绳，还有的把呼噜打得山响连连；女的呢，打毛线的打毛线，钻鞋底的钻鞋底，有的大大方方敞开大奶子奶细伢子，也有的正在家长里短讲得过瘾，唾沫飞溅；孩子们一个个不停歇，你追我赶，跳上跳下，摔跤，跳田，飞飞机，丢手绢，过家家……有一两个小的赶不上趟儿，或者一不小心摔在地上，亮亮地哭两声，只一会儿就站了起来，把脸上的灰抹一下，又抹一下，抹成一个三花脸，伙伴们就笑他，他也跟着破涕为笑，再次加入到那一片欢笑吵闹和无忧无虑的天真场中去了。当然，也有几回，伍书记报告做得累了，晒谷坪里竖起两根柱子扯起幕布放电影，那又是另一番场景，一个个停下手中的活计，就连孩子们也定住了般，屏息静气，一个世界安静了，另一个世界又是另一番热闹。

伍书记在我们村里一干就二十多年，大伙儿都说他的心思好，人也好。他不做报告时，就像一个老农一样，该上工时上工，犁田打耙，撬石扛树，担粪挖土……该歇脚时他却歇不下来，一个人总爱在田野里转，从嫩绿秧苗苗开始到一日日往上长的青绿禾苗，他无一日不"看青"；稻子长穗了，稻子黄澄澄地压弯了，熟透了，他"护秋"、"收秋"。他也爱上山看树，上水库边看水。有时，他一看就是一早晨，或者一晌午，或者半夜天，这样的时候，他是沉静的，充实的，喜悦的。只是，每到深夜，他的脑袋里总是静不下来，空空荡荡，烦躁不安。在村子里，他处理一应大小事情，总是不偏不倚，一碗水端平，因此村子里盗鸡摸狗鸡飞狗叫的事情并不见多。在那些年月里，却总有人家里头缺粮受冻，总有夫妻俩为了油盐钱吵了嘴，弄出一些不小的声响，惹了一村的平静。这种时候，伍书记也去，却解不了事。他若说得急了，人家暴跳地问他：你能从兜里掏得出粮食吗？你能变戏法似的拿上几个油盐钱吗？于是，有人就见到伍书记每每在这个时候总是皱眉烂额的，看看天，跺跺地，阳光如昨，大地依旧。其实，大伙也记得伍书记在任时有过一次大大的作为，他把村里的榨油场废了，办成了村里的第一个小学。那些天，村子里沸腾起来，村子里的大人小孩都朝学校走，伍书记总是第一个早到，唱着国歌，带着大伙儿高高地升起一面鲜艳的五星红旗。升旗毕，大地又是一地沉静，太阳出来了，闪闪烁烁，一点儿一点儿地高挂起来。

凤娥姐就是从这个学校走出去的，我也是从这个学校走出去的。走出去的，一个，两个，三个……后来是，一批，一批，又一批。走出去，有转了个圈，又回来了的；也有走出去，不回头的。走出去的，凤娥姐是最早回来的。她高中毕业回村，一根粗辫子在村子里甩来甩去，还常常哼唱着小调。村子里并不因了凤娥姐的走动而有些许不同，炊烟还是那么淡白淡白，有气无力，黄黄的太阳下，有老人和狗在打着盹，鸡们有一搭没一搭在啄着虫儿，远处的老黄牛从山冈上慢慢地下来了，一声长长的哞——拖得人人都想早早地回家困觉。凤娥姐就不，总是在村子里这儿看看，那儿看看，一双漂亮的大眼睛转个不停，长长的眼睫毛扑闪扑闪。在那些日子里，她先是来到我家，嚷着要跟我妈妈学裁缝，也怪，没几天她就能把缝纫机踩得"扎扎扎扎"地响个不停。后来，她又跑到大队小学校里拿起粉笔，"横竖点撇捺折勾"，一丝不苟，把一个个细伢子"咿咿呀呀"教得滚瓜烂熟。终没有多久，凤娥姐又在大队部里像模像样地当起了团委书记。惹得凤娥爹妈嗔骂道：死妹娃，看看能疯多久？一点儿不正经。凤娥的爹妈所说的正经，是农村女娃应该正经地做姑娘，正经地嫁婆家，正经地生儿育女孝敬公婆，正经地收媳嫁女熬成婆婆终老乡里。

凤娥姐自从进了大队部，就一根粗辫子跟在伍书记后面甩来甩去。伍书记很看重凤娥姐，常常在人前人后夸她的聪明才智，夸她的深思熟虑，夸她的宏图远大。但没有一个人把伍书记的话当回事。直到有一天，伍书记跟乡里的书记正儿八经地说自己也该退下来休息休息了。伍书记早不退迟不退，偏偏这个节骨眼上退下来是早有打算的，原本是想把凤娥姐推上去。村子里有些人就嘀嘀咕咕：这怎么行，这怎么行呢？甚至有些人还风起云涌起来，找乡里领导，找伍书记，找村子里辈分大的老人，找凤娥爹妈，一个个起劲劝说，横加干涉。还有许多人当面背后都对凤娥姐不屑，哼，一个黄毛丫头，也不看看自己几斤几两，岂能搅得动水响？爹妈听了村子里上上下下的话，很是担心，不准凤娥姐七里八里，男不男女不女，逼着凤娥姐嫁人。没多久，凤娥姐拗不过爹妈，嫁了大院子的后友，一根田埂就抬到了婆家。爹妈料想，嫁了人，应该会服服帖帖，不再东跑西颠了。也就过了三两天，凤娥又出现在村子里，风风火火，愈发的精神。她不仅报名参选村支书，而且还到处发表什么竞职演说。村子里有些年龄大的的人都躲得远远的，异样地笑看凤娥姐。只有一班小青年跟在凤娥姐后面屁颠屁颠的。我也一样，爱跟着凤娥姐，爱看她一双黑黑的大眼睛，爱看凤娥姐扑闪扑闪的长睫毛，爱看凤娥姐一根甩来甩去的粗辫子。

有一回，凤娥姐问我：村子里为何三不三（时不时）就有人打架相骂？为何又有些人不明不白不阴不阳地没影（死）了？一听，我眼前立马浮现了几个人，有些后怕：数九寒天里，冬月婶饿得不行，敲开水库上的冰块去捡翻了白眼的死鱼，咕咚一下掉进冰窟窿中；秋菀子，一个粗壮的大汉子，在眩晕的金黄色的阳光下，在秋天无边无野的金黄里，一个人抛妻弃子，变做一柱黄烟，飞散了；老是咳嗽的三伯，时常用一只布满生活茧花的手捂住嘴，终是捂不住吐出来的满手血丝，在一个如血的残阳中安歇了；还有后里哥，讨不到婆娘，阴阴郁郁地，二十五岁不到就成了短命鬼……凤娥姐见我惊恐万分，立马平静地抚摸着我的头说：要知道，穷相骂，恶打架。一个人没有想头了，活着也是没意思的！尽管当时并不深明凤娥姐话里的意思，我却频频地点头。凤娥姐立在我面前，美丽动人，智慧一身，摇曳多姿。我常常在奶奶和妈妈面前尽说凤娥姐的好话，说得凤娥姐简直像天上的仙女一般。有时，我还无头无脑地自言自语：只可惜凤娥姐嫁人了，只可惜凤娥姐又嫁错了人⋯⋯凤娥姐就是凤娥姐，她不信命，不认命，也不听软磨，也不怕硬来，义无反顾地提出离婚。如此一来，有些人放出话来，要是这样的人带头，岂不乱了套了？

凤娥姐还是凤娥姐，仍然把自己打扮得漂漂亮亮，在村子里走来走去，还常爱站在村口的小山坡上去望远方。她也和伍书记一样去看水库，看时，眼珠子却滴溜溜转，她一边看一边给一起去看的几个小青年描绘蓝图：圈养鱼，置几艘游船，宽阔平坦的水面上，银光点点，碧波荡漾，水波粼粼，鱼跃人欢，风景无边，商机无限⋯⋯她还和伍书记一样，一丘丘田土看过去，肥的、瘦的、高坎的、水田的，向阳的、背阴的，都要一一分清，因地制宜，科学种养。她说，该种植水稻的种水稻，该养殖的就养殖，该栽种凉薯的种凉薯，该栽烤烟的把烤烟房砌起来，把烟叶铺种开，该种金银花的就要大面积开发⋯⋯就在那一年，村委会总算换届选举了。连选了三场，凤娥姐都是遥遥领先。那一年，凤娥姐离了婚，此后多年一直独身。那一年，我也离开了生我养我的小山村。

多年来，奶奶一直托人带话，要我回乡下看看，问我还记不记得凤娥姐，问我还记不记得小光？我问奶奶，凤娥姐还是那样美吗？小光是不是出息了？我可记得他是我们小伙伴中那时最爱流鼻涕最胆小的一个。去年秋天里，我跟奶奶说，我想去会会小光，想去看看凤娥姐，想去陪陪伍老书记。我还要在平静的村子中走走，去田野里转转，去山上握握长高长粗的大树，去水库里试试瘦下去的秋水。奶奶很高兴，我更是高兴地说，奶奶，其实我最想陪您静静地晒晒太阳，吃上几块香喷喷的腊肉。奶奶，您还记得么？小时候，您总是把腊肉存放好长时间，在别人没有肉的五黄六月，您总要在那个铝制的小碗里给我蒸出几大块黄亮黄亮鼓鼓冒油的腊肉。

这个时候，您总是微笑地安坐在一旁看着我，看着我吃得猴急，看着我满嘴流油，看着我打着长长的饱嗝。奶奶说，哪还不早点回来，快快坐明天的早班车回来！你回来看看，村子里很多人新修了屋，都是一座比一座豪华的高楼。村子里还修了水泥路面，一直通到我们的屋门前……奶奶的高兴从电话那头涌到我的面前。奶奶还说，晓得不，小光搭帮了凤娥，小光再不是以前那个小光了！若不是你凤娥姐费了好大的劲找到县长书记，争取到了项目，又帮他担保贷款，就是借小光一个胆，也是没有丁点作用。你回来，要小光领着你去看他砌得考究的四个烤烟房，还有那正在疯长着的大片大片的烟叶。晓得不，小光请了好多人帮他打工，有得大赚了……

去年因抗冰，我没有如期回去。现在，我回来了，我回来了——小光来了，凤娥姐来了，乡亲们来了。真的，老家真是变得太多！没变的，是乡亲们的人情冷暖，浓浓的乡语，大山的静穆，土地的肥沃，泥土的清香，五谷的醇香，还有那醉人的米酒，温暖的火塘……我一夜无眠。第二天，在晨曦的恬淡中，我一个人早早地上到村口的小山坡上。这个小山坡，是我小时候最初的向往和放飞梦想的地方。雾霭中，我看见凤娥姐也早早地立在那里，早晨的第一缕阳光从山头射下来，缓缓地爬满她平静的脸庞。凤娥姐还是那么的美丽年轻，黑黑亮亮的眼睛还是那么有神，长长的眼睫毛依旧扑闪扑闪的，只是那一根粗辫子消逝了，那一脑飞散的短头发，有好几根都灰白了。我走近了，凤娥姐正看着远方，似是自言自语，又好像是回过头来对我说：风和日丽，春回大地，大地像孩子！我的心怦然一动，久久地陪凤娥姐立在村口。她不时地引我四处远眺，霍，远处成片成片的金银花在冉冉升起的阳光下开得烂漫，铺天盖地的金黄、银白，黄白相映，被翠绿的叶蔓衬托着，那气派，那场景，那丰收的气象，我想我是陶醉了。这时，一阵微微的风飘来，一股股金银花清香的气息，迷醉沁人。

回到院子里，整整一个晌午，接着整整一个下午，我，一家一家地串门，一句一句地嘘寒问暖，家家都很热情，待我如上宾。来者不拒，我大口大口地喝着米酒，有滋有味地吃着农家菜，紧一句慢一句地聊着从前的时光和熟谙的人事，又三不三问些村子里的柴米油盐和趣闻逸事。久久地，平静地，看着眼前熟悉又陌生的村子，认识和不认识的亲人们，古朴或时髦的种种情状。家家桌上热烘烘的腊肉，还是那般香气扑鼻，肥旺透亮，随便夹起一块，足足有二三两，我大快朵颐。这时，我想到了奶奶，想到了伍老书记和那个我现在已经恨不起来的太大子。特别是眼前的凤娥姐，让我明显感觉到她老成了许多。一打听，才知道凤娥姐这些年经历太多，直到前几年才找了同村一个比他大 10 多岁死了老婆又病蔫蔫的男人。凤娥姐起早摸黑，又当爹又当妈，硬是把他的一双儿女双双送进了大学。这些年里，没有人知道凤娥姐的心思，只知道她爱站在村口的小山坡上常定定地看着远方，凤娥姐把一生最美的时光都留在了这个静美的小山村。只是，眼前一切的一切，已是日光流水，物是人非。我看着门外的一派阳光，和阳光下一片和煦的天地，不禁唏嘘不已。

正在这时，村街一栋高楼里飘出罗大佑一首叫《大地的孩子》的歌："广广的蓝天映在绿水 / 美丽的大地的孩子宠爱你的是谁 / 红红的玫瑰总会枯萎 / 可爱的春天的孩子长大将会像谁……"落寞的歌声或许惊了天上闪闪烁烁的一派阳光，惊了村街那头农家屋顶冒出的袅袅炊烟，惊了在村街上玩汽车玩具的一帮小孩，还有一堆围桌摸纸牌的老人，和一头卧在村街水泥路面上晒太阳的老黄狗。我抬起头，擦了一下双眼，目光穿过村街、农田、小桥、流水、远山和流霞……远处，成片成片的金银花海铺开去，无声无息地蔓延到天边。

这一日，我沉浸在乡村的静美中，思绪纷飞。直至夜黄的灯挑起来时，我才醉醺醺地回到我在城市的家。一路上，脑海里总是浮现出很多异样的感受和思索。在书房里，我再一次面对《老书记》，画里幻化出伍开田老书记和凤娥姐的身影。面对这幅淡定静美的画，我的心中淘洗得净朗和安宁，雪洁无瑕，无一丝杂质。推窗望去，月夜静美，星空如洗。晃忽中，我看见天空中纷纷扬扬飞落好多好多金黄的树叶，它们静静地铺在大地的温床上。我仿佛看见自己一步一步向故乡走去，走进那一天一地久违的金黄中，仰天躺在软绵绵的一地金黄的秋叶上，闭上眼睛，树叶和泥土的气息，野花的清香，还有乡村的绚丽色彩，阳光映照下的千年果实，一切都令我晕眩陶醉，周身到处都是涌动的幸福。此时，城市中的喧嚣不再，尘世的烦扰隔断，大地静美而安详！

（选自《都市美文》2010 年第 5 期）

农 民

邱晓兰

  曾经有一幅叫《父亲》的油画感动过我。画面里，一位扎着头巾，脸上纵横着粗粗细细无数根岁月沟壑的老汉，胸前一双青筋密布的手里，一捧正午骄阳般沉甸甸、金灿灿的稻谷，眯缝着的眼里，一层说不清是满足还是疲惫的迷朦的光……

  我不是一个出生在乡下，5岁捡柴禾，6岁会烧火，到了7、8岁上学了，还得背着弟妹去放牛这样一路艰苦着成长起来的孩子。在看到那幅画的时候我还太年轻，关于乡村与劳作的认识，我只有"锄禾日当午，汗滴禾下土"和"日出而作，日落而息"之类来自书本的描绘。因为书本的影响，连四时五谷都分不太清的我，是十分向往那"开轩面场圃，把酒话桑麻"的田园生活的。耕耘的辛苦自然是有的，但"豚栅鸡栖对掩扉"，"家家扶得醉人归"和"采菊东篱下，悠然见南山"的农家乐，不也是怡然自得别有情趣的吗？为什么图画中的父亲会在收获的季节有如此复杂又沉重的沧桑感呢？

  十多年的时间过去了，许多往事和观感都已经排着长队牵着时间的衣角渐行渐远。那幅叫做《父亲》的油画却固执地停留在我的脑海里，长久地，并且是越来越强烈地给我震撼，让我心酸。也许是画中饱浸沧桑的父亲与我自己的父亲——一位儒雅的中学教师，形象相差太远，每当那幅叫做《父亲》的油画在眼前浮现，我所想到的却是随着阅历的增长，所理解的含义也越来越丰富的两个字眼——农民。

上个世纪的最后一年，我有半年时间是在广西的一个乡村度过的。去的时候，怀抱的就是书本给我的关于田园生活的诗意憧憬。小桥、流水、人家，闲话耕作桑麻。我以为，只要是乡间就必然会有青山和绿水，而青山和绿水所孕育的必然是淳朴的乡情和民风，而淳朴的乡情民风也必然会给我年轻浮躁的心灵一个明净的空间。始料不及的是，我所看到的山是半秃的，我所见到的水是半干涸的，我所接触到的村民大多是麻木又混沌的。他们想不出也顾不上即将到来的明天会怎样，只是为了眼下的生存，他们砍山上还未成材的树，他们买卖已经病死了的猪。金黄色的秋天，被金黄色的太阳晒得黑里透黄的他们翻晒着新收回来的作物不停地抱怨：提留太多，粮价太低，农药化肥经常有假货，出门打工要交这个费办那个证还不定得工钱，说是小康了，脱贫了，哪个生病了都看不起，小孩的学费杂费还一年比一年高……

从前也不是不知道农民的苦，电视里，报纸上，哪怕报道的形式再巧妙再婉转，做一个中国农民的不容易还是看得出来的。奇怪的是，他人的艰辛居然也是一部分人优越感的参照。特别是那些已经习惯了事不关己高高挂起的人，城乡的距离让包括我在内的许多城里人漠然地，或者庆幸自己的城里人身份，或者仍旧虚妄地幻想着：乡村，不就是桃源吗……据统计，2000 年，中国城镇居民的人均税额是 37 元，农民的人均税额却是 146 元。在城镇居民实际收入为农民实际收入 6 倍的情况下，农民缴纳的税额反而是城镇居民的 4 倍，此外还有各种名堂的这个费那个费。至于城里人可以享受的医保、社保和低保对占了中国人口大多数农民来说是陌生到可以忽略不计的。

乡间开阔的地头边，"平畴交远风，良苗亦怀新"的景象还是看得到的，但秋熟之后还有没有"春秋作美酒，酒熟吾自斟"的兴致就难说了。我知道我所亲见的其实并不足为奇，可是那些尴尬的现实已经足够把我曾经诗意的憧憬轻而易举地踢翻在地。我开始理解十三亿五千万中国人里，九亿五千八百万的农民（包括农民工），2002 年，年均纯收入 287 美元的统计数字是一个怎样的概念，也开始理解那幅图画里的农民父亲为什么会在收获的季节有那么复杂又沉重的表情。

可是除了逃避我又能做些什么呢？从城里跑到乡村本来就有逃避的意思，更加糟糕的环境令我再次从乡村逃回城市。偏安于城市的某个角落，我还用不着去买"大头婴儿牌"的奶粉，也不用担心作为"盲流"半夜有人会查我的"暂住证"，可我一介平民也需要时刻警惕着，马路上别招惹了开奔驰宝马的主儿，看到穿制服的人也最好躲着点，天黑了别一个人出门，人太多人太少的地方最好都不要去，另外还要注意自家的身体，别一不小心生了太大的病我看不起……远在乡村的农民兄弟和姐妹啊，隔着城乡，我们只有各自珍重了。

很偶然的，在听一张早就知道的香港乐队——Beyond 的歌碟的时候，我听到了一首之前从未留意过的歌。有点嘶哑的歌声从已经故去的主唱黄家驹的嗓子里或徐或急地喷涌出来，时而沉郁悠长，时而又高亢张扬。在还没有注意曲目和歌词内容的时候，我就被这尽管是流行歌曲却清晰地表达出了沉重与信念的旋律吸引住了。摁一下 CD 机的重播键，我翻开目录和歌词，映入眼帘的歌名是：农民。

"忘掉远方是否可有出路，忘掉夜里月黑风高，踏雪过山双脚虽渐老，但靠两手一切达到。见面再喝到了薰醉，风雨中细说到心里，是与非过眼似烟吹，笑泪渗进了老井里，上路对唱过客乡里，春与秋撒满了希翼，夏与冬看透了生死，世代辈辈永远谨记……忘掉世间万千广阔土地，忘掉命里是否悲与喜，雾里看花一生走万里，但已了解不变道理。一天加一天，每般交纵汗与血，粒粒皆辛酸，永不改变，人定胜天……"（粤语歌词）

跟着唱碟里的黄家驹一起哼唱了一遍又再唱一遍，我的泪水就涌出了眼眶。土地、出路，当然是不要去指望的忘掉才能不更受伤了；是非、生死，也最好是看透了，信命吧，就当是过眼的烟云风吹过了就好；交纵的汗与血、粒粒皆辛酸，真的就是世世代代要永远牢记不变的道理吗……更让我难过的是，词曲中执拗的信念和固执地想给人以希望的憧憬都让我绝望地联想到了冰冷的现实。见面再喝到了薰醉？那是有可能的，但那醉更多的是为了麻醉与忘却！风雨中再细说到心里？各人自扫门前雪，谁那么得空跟你细说到心里啊?！雾里看花双脚走万里？没有城市户籍没有钱，凭一双脚板你能走多远?！上路再对唱过客和乡里？试问贫穷与疾病的重压下，谁还能有那个精气神跟不相识的过客和同样活得底气不足的乡里唱山歌呢?！

尽管如此，我仍旧对英年早逝的主唱及词曲作者黄家驹充满了敬意。因为他真诚，因为他勇敢。身为香港流行乐坛的明星艺员，一个时常面对鲜花、掌声、追光灯的歌手，他能够大声地，以自己的形式和声音向世界讲述他对一个弱势群体的理解与关注。第一次，我面对一位歌手的声音，反省自己的怯懦与空虚。为什么我只会逃避？为什么尽管痛苦我也渐渐地习惯了苟且和偷安？为什么当我也在说话和唱歌的时候，除了夹生的颂词和赞歌我唱不出其他的言辞……

每当我再路过城市街道旁林立的建筑工地，看到某个年轻的农民工正光着膀子，粗野却快活地喊着两句不成调的流行曲的时候，我会想起那幅叫做《父亲》的油画和那首叫做《农民》的粤语歌，可也只能想想那幅叫做《父亲》的油画和那首叫做《农民》的歌；每当我看到红绿灯下，身着制服的交警正公事公办地训斥着某个显然是不常到城里走动，却无意中违反了交规的乡下大叔那惶惑又无助的神情的时候，我也会想起那幅叫做《父亲》的油画和那首叫做《农民》的粤语歌，可同样也只能想想那幅叫做《父亲》的油画和那首叫做《农民》的歌；每当我看到马路边上那位守着两箩西瓜，或者是一板车甘蔗的乡下大嫂，苦苦地扯住已经被城管人员抓住了一头的秤杆，正颤着声哀求着什么的时候，我还是会想起那幅叫做《父亲》的油画和那首叫做《农民》的粤语歌，可仍旧还是只能想想那幅叫做《父亲》的油画和那首叫做《农民》的歌……

（选自《散文百家》2004 年第 23 期）

舞蹈在狂流中的生命

刘志成

天空如墨汁漫过，云层最浑凝的地方几缕鱼肚白似的光束灼然射出，挤开了巴掌大块黄沙沙的地方，转眼儿，那突破口上便爆闪出一道银色的闪电，照得天地间刹那亮了一亮，又复归了阴霭。紧跟着炸响了几声闷雷后，雨点儿如鼓点，劈啪，劈啪地落下，地面上漫起一股酥酥的惬意的土香。

此时，你绝对想象不来，那平日里几乎要干涸的，昏昏沉沉，懒得发声吐气的陕北窟野河，会浩浩荡荡成怎样的一种咄咄逼人、粗犷凝重的交响呵。

那么，朋友，我告诉你吧，这时候，那河才有了真正的生命。它会在刹那间急剧地膨胀，汇集成一支巨大的洪流，如奔驰的千军万马，骄横无度地挥杀着，翻卷着，放肆地撕毁了河岸无数的灌木，大树和裸露地面的炭块，轰隆，轰隆地席卷着奔啸而下，让你紧张、战栗得透不过气来。

窟野河就是由此而得名的。河的上下游，生活条件差别很大。上游拥有煤山，拥有无数的乔灌木，而下游山区却为这些东西发愁，做饭取暖，须到百里外的上游，靠牛车运取。当地有民谣曰："一冬半春为炭忙，年三十拉炭在半路上"，"水如油，炭似金，要娶婆姨攒三冬"。 所以，他们只好把希望寄托于这河的发洪季节。

那一年，正在舅家做客的我，有幸目睹了这一悲壮的场面。河边聚集了一片黑压压的人群，他们正急切而紧张地站在滂沱大雨中，渴盼着那渗透着幸运与悲酸，胆量与技艺的冷峻时刻到来。女人们的长发已被雨水淋得淌起水来，衣服也陷下去了，乳部凸起来了，有了一道道美丽的曲线条。这些并没引起男人们的注意，他们神情专注地望着河中，只是不时用手抹一把脸上的雨水，甩到地下。浑压压的浪头像山峰铺天盖地地终于压过来了。水面上漂浮着一层柴草杂物。富有捞河财经验的舅舅告诉我，"头水猛，二水稳，赶上三水不落空"，这头水，只是摧枯拉朽的前锋，一般是没有炭的，即使有，也因水过狂，下去不保被哪一个浪头打翻。

焦急的乡民们都已开始做下河前的最后准备了。为减少洪水的冲击力，不致被卷翻，男人们一律裸露了宽阔而结实的胸膛，浑身赤条条的一丝不挂。女人们也并没有做新娘子那阵子的娇羞，为营造火热的生活，她们也豁豁达达地脱下湿淋淋的衣裳。她们的身上只是比男人们多了条裤衩，身子一动，那两个嫩白嫩白的奶子也跟着美丽地颤摆。但此刻谁也没有儇佻的邪念，有的只是一股无名的亢奋。我清楚用生命和生活对话的他们，从浊浪里饮下了日子的困顿，从浊浪里咀嚼了火光的温暖。也许正因地域的封闭和物质生活的滞后，他们才为我们的民族守护住了这份有土地气息的憨朴，坦荡，凝重地走到我身边，使我不得不在新观念与现代意识的坚硬里，全方位的重新审视人生，反省自我的自私、浅薄、虚荣。我好像看清了自己灵魂的颜色。我深信面前的这一群捞炭人，置身这种古老而深层的纯朴里，比置身钢筋水泥筑就的蜂巢里的我要充实的多。尽管他们面对贫困而我们面对繁华。

就在这样的思绪中，我突然看见又有一片浪头伴着浑沉的吼声匆匆涌来了，像头马领着一大队不见尾的马群，浩浩奔腾。这时的水面已有大量的炭块混着泥沙打着旋儿向前赶。人们一窝蜂似的涌入了滔滔洪水中，水性好的男人奋不顾身，直捣中流，扑大块，老弱妇童在河边用筐子等工具捞小块。至今还记得一入水的刹那，重重叠叠的浪涛像残棱的碎石子往我身上撞，划得生疼，还有一股不知从哪里涌出的阴冷地刮着骨头，以未遭任何工业喧嚣的原生走进了我的细胞，唤起了我对原初生命力最基本的感应和臆断。从此，我生命中再也无河，即便有，也抓不住我的激情，进不了我的骨髓和血液……

抢在最前头的是舅舅，他已在中流稳稳地接住块大炭，顺水势向岸边扶过来，迅速地推上岸，又忙奔下水去了。如此两三次，妗子和我才捞满一筐，我们两人抬着紧走几步，倒在舅舅刚才放下的炭堆上，正准备下水，恰遇上舅舅捞了一块几百斤的大炭，扶到岸边运不上来，喊我的名字呢。我们忙过去帮忙，舅舅便喊起了高亢而雄浑的号子：

一 —— 二 —— 上 ——
一 —— 二 —— 上 ——

听着号子，我热血沸腾，浑身劲。舅舅涂满浊泥的肌肉腱子也鼓得一疙瘩一疙瘩的，像拳击手蓄满了劲。随着号子声，我们一齐用力，掀着大炭滚着上了岸后，我才感到有点冷。舅舅拧开带来的烧酒瓶盖子，仰着脖子灌了几口后递给我，又下了河，龙口夺宝去了。这时，正好势如狂飙旋卷的洪涛中流，有一座十多间房子大的炭山漂下来了。舅舅便和四五个冒气腾腾的后生，急抢过去堵接。舅舅水性好，划在前头，就在他接住炭山的刹那，却给那股激流冲得仰了几仰，要不是身后一个青皮后生眼疾手快，拉住了他，几乎给冲倒了呢。刚才的一幕，令河边的我，心悬在了嗓眼上，唬得浑身软作一团，只是心里一股劲念着"菩萨"不已，直至舅舅和后生仔们稳稳接住了炭山，踩着大浪，向岸边浮着过来了，我还"咚咚咚"的心跳着呢。我清楚看到了什么。

像这样的炭山，妗子说，只要你搭上一只手，便有你的一份子。

又一片像有水蟒狂澜搅动似的浪头远远地涌来，发出雷鸣般的响声。仿佛将几百个世纪的呐喊凝聚在一起，膨胀得再也容纳不下，再也承受不住，疯狂而野蛮地迸发出沉闷的咆哮，震得人脑仁嗡嗡作响。正在河中捞炭的人们闻声抬头，见那"可是耆门名鹫岭，岩崚陡起浙江潮"的惊天动地的声势，便知道这水过狂，继续捞恐有危险，就理智地一个个急忙忙跃上岸。

我的肚子早已咕咕叫了，本以为这下能乘空同舅舅他们回去吃饭了。谁知没有一个人离开河岸，人们只是眼睁睁地瞅着一座座炭山在眼皮下滚走，脸上布满了焦急无奈。

一株浮出河面二尺多高的大树，从水面上飘下来了。我听见妗子低声向舅舅说："这么粗的树，能打四五间房的檩子呵。"我正苦涩地咀嚼着妗子的嘀咕，几声惊恐、急促的声音几乎是同时挤进了我的耳鼓——

"二牛，快上来！"

"二牛，不要——命了！"

原来舅舅家隔壁邻居二牛终于抵不住诱惑，跳下了河。隐伏在洪涛中的二牛，侧着身子，艰难地划着。眼看就要向那株树靠拢了，一块大炭滚下来，扎过了他的头顶。随着一声微弱地惨叫，二牛从河面上消失了。

岸上的亲人们目睹了二牛的惨遇，都哇的一声哭开了，其声凄切而沉痛，扶摇直上，直冲九霄，令听者无不潸然泪下，哀怜绞心。二牛娘嘘唏着，嘘唏着，突然就昏倒在地，慌得一群婆姨们围着好一阵叫唤，才清醒过来。二牛爹也仿佛一下子苍老了许多，眼眶里蓄满了两池浑浊的泪雨，但始终没溢出来，只是默默地站着像雕塑一般。洪水里浮现的一幕，像火燎心口，一种锥心的疼痛也揪紧了我。对于这幕触目心惊的惨痛，我不知道我所准确把握住的苦难的实质是什么？（是捞炭人生命激情的悲壮张扬？还是现代文明萎缩的悲哀？）多年来，我极力使自己的心智接近这个洪水里传递过来的信息，将复原了的感受说给被喧闹挤压得寡淡无味的一些城里朋友听，但没有人能够真正理解我的心境，只以为是讲故事。也许，唯一的知音就是那个至今仍没谋面的有"缺乏苦难，人生将剥落全部光彩，幸福更无从谈起"的深刻感受的文友马丽华了，在诗里在藏北高原渴望过苦难的马丽华。但我要讲，讲出来心里也许会好受些。这种坚强，我明白是窟野河咆哮的雷声砸出来的，是捞炭人悲凉的心境浸泡出来的。记得在我深陷于心灵的疼痛时，雨早不知什么时候就停了，水位也开始逐渐下降。人们又都涌入了河中。河滩上恢复了先前人流穿梭往来的喧闹场面。

我看见二牛娘依然在岸上呆呆地站着，双目无神地盯着河面，仿佛被人使了定身法。而老汉却跳下了河，又一次默默地加入了那种激情张扬的疯狂。

"二牛爹怎还下水呀？"我不禁悲哀地问妗子。

"老命，敢要生活了哇。"妗子长长地叹了一口气，"死的是死了哇，活的敢没留下喝西北风哇。不凑紧捞点烧的，以后烧甚呀？"

"老命，这一百多里的沿河畔，哪一家不为那点烧的没死过格人？有的叫水给冲上跑了，就连格死骨石也找不回来。"妗子的声音里渗满了无奈，脸上有两行泪珠淌下。

这时，远处间或有一两个碎脑娃子稚气的歌隐隐约约荡起：

哭了笑了都在庄稼人的脸上

死了活了都在二砍球的河上……

那清脆的童声，尽管撩拨得人们嗓子都痒痒的，但一河的人忙碌如蚁，根本无暇顾及。粗犷而野性的号子声又一次伴着冷飕飕的河风扑面而来，肆扬在我割伤的眼眸里，不堪一击的苦痛的心灵里，但我已没有了激情走进这野性的呐喊，这童稚的清脆，更无力在河的浅水处作最初的扑腾。我满脸的无奈和悲凉，我浑身的疲倦和寒冷，只在心灵的深处叠叠积淀。望着二牛爹木然捞炭的神态，我禁不住鼻子一酸，有眼泪从心底哗哗流出……

窟野河汹涌地夹杂着大量的泥沙向前奔涌着，呼啸着而去。我知道这滔滔的浊流，流着的不全是陕北人悲酸的歌，也冲刷着历史落下的厚厚尘埃。明天，这河定会清澈起来，卷着两岸的喧嚣汨汨地向前流去……

（选自《中华散文》2001年第11期）

敬告作者

我社一贯注意保护作者的合法权益。选编本书时曾委托选编者尽量同作者联系版权事宜，并得到了作者的大力支持。但仍有极少数作者因地址不详等原因而未能及时取得联系，在此谨表歉意。同时敬请相关作者和著作权人见到该书后，尽快与我们联系，我们将寄赠样书，并按国家规定标准支付稿酬。

地　址：北京市朝阳区北苑路 180 号加利大厦 5 号楼 105-106
　　　　（邮编：100101）

电　话：010-64966714